# 见证

## ——肖斯塔科维奇回忆录

### Testimony: The Memoirs of Dmitri Shostakovich

[俄] 季米特里·肖斯塔科维奇 口述

[美] 所罗门·伏尔科夫 记录并整理

叶琼芳 译

作家出版社

列宁格勒音乐学院,18岁的肖斯塔科维奇（后排左二）与他的钢琴教师列昂尼德·尼古拉耶夫(前排左四)及其他学生。另外两位主要人物是：钢琴家玛丽亚·尤金娜(后排左三)和弗拉基米尔·索弗罗尼茨基（前排右一）。照片摄于列宁格勒,1924年。

青年肖斯塔科维奇：
"我喜欢受到尊重。"

列宁格勒音乐学院是俄国历史最悠久、最知名的音乐学院。学院前是里姆斯基－科萨科夫的纪念碑。

列宁格勒音乐学院院长亚力山大·格拉祖诺夫，"俄国的勃拉姆斯"，他当年是个"神童"，因此特别理解肖斯塔科维奇。照片摄于20世纪20年代。

与他的朋友和保护人梅耶霍尔德合摄于后者在莫斯科的公寓。这个时期，肖斯塔科维奇正在写《鼻子》。十年后，梅耶霍尔德在斯大林的狱墙后面永远消失了。莫斯科，1928年。

讨论弗拉基米尔·马雅可夫斯基的喜剧《臭虫》的配乐。坐着的是肖斯塔科维奇和梅耶霍尔德(从左至右)，站立者从左至右是马雅可夫斯基(1930年饮弹自尽)和亚历山大·罗德琴科。照片摄于莫斯科，1929年。

肖斯塔科维奇的赞助人米哈伊尔·图哈切夫斯基元帅和他的妻子尼娜。在苏联肃反时被杀害。

导演尼古拉·阿基莫夫。他的争议性作品《哈姆莱特》由肖斯塔科维奇作曲。照片摄于1932年。

擅长讽刺的作家米哈伊尔·左琴科是肖斯塔科维奇的朋友。1946年,安德烈·日丹诺夫说他是一头"惹人嫌的、贪得无厌的动物"。

经过一段曲折的恋爱，肖斯塔科维奇终于在 1932 年和尼娜·瓦尔扎尔结婚。使斯大林勃然大怒的歌剧《姆岑斯克县的麦克白夫人》是题献给她的。尼娜死于 1954 年。

与他的至交音乐学家索列尔金斯基在一起。

杰出的音乐学家鲍里斯·阿萨菲耶夫。肖斯塔科维奇从未原谅他的背叛。

一张罕见的照片：斯大林站在被谋杀的列宁格勒政党领袖谢尔盖·基洛夫的棺椁面前。斯大林身旁是安德烈·日丹诺夫，后来成为苏联共产党文化事务方面的思想领袖。很多年里，他们的喜好决定了官方对待肖斯塔科维奇音乐的态度。照片摄于列宁格勒，1934年。

这成了俄国人抗击希特勒军队的一个象征。（1942年。美国《时代》杂志。）

肖斯塔科维奇的学生,作曲家维尼阿明·弗莱施曼(坐于右起第二)在保卫列宁格勒战役中牺牲。肖斯塔科维奇为他的去世感到震惊,续成了弗莱施曼的歌剧《罗特希尔德的小提琴》,并为之配器。这部歌剧取材于契诃夫的小说。

苏联三位音乐巨人：他们既是敌人，又是朋友。左起：谢尔盖·普罗科菲耶夫、季米特里·肖斯塔科维奇、阿拉姆·哈恰图良。莫斯科，1945年。

和轰炸机飞行员在一起（1942年）。肖斯塔科维奇认真地履行战时义务。

季洪·赫连尼科夫被斯大林指派管理苏联的音乐，他在作曲家代大会上第一次攻击了肖斯塔科维奇："在明确的党的方针武装下，们将会结束一切反人民的形式主义和堕落，不管他们将会采取什样的伪装。"照片摄于莫斯科,1948 年。

代表大会"一致"谴责"形式主义者"：肖斯塔科维奇、普罗科菲耶夫、哈恰图良和其他主要作曲家。

1944年,肖斯塔科维奇在斯大林的压力下,来到纽约参加文化
与科学保卫世界和平会议。他对此行,特别是对美国记者的紧
盯不放留下了很不愉快的印象。左起:苏联代表团的政治领导、
作家法捷耶夫,诺尔曼·梅勒,肖斯塔科维奇,作家阿瑟·米勒,
英国威廉·奥拉夫·史塔帕顿博士。

1949 年 12 月 15 日，肖斯塔科维奇和他的妻子尼娜在列宁格勒交响乐团的包厢里出席他的清唱剧《森林之歌》的首次公演。二十三年前，即作曲家十九岁那年，他的第一交响乐也是在这里首次演出并获得巨大成功的。右为指挥莫拉文斯基的妻子。

肖斯塔科维奇与母亲索菲亚·瓦西利耶夫娜合摄于1951 年。她在四年后去世，临终时说："我卸下了做母亲的不太轻松的责任。"

一次音乐会后在他的儿子——指挥马克西姆的化装室里。马克西姆记得他父亲当时说："艺术家在台上犹如军人在沙场作战，不论有多艰难都不能退却。"莫斯科，1965 年。

保罗·罗伯逊和犹太演员所罗门·米霍埃尔斯在莫斯科。米霍埃尔斯是肖斯塔科维奇音乐的积极捍卫者。

用意第绪语书写的一本歌曲集的书名页,1970 年在莫斯科出版,由肖斯塔科维奇编辑并作序。序言反映了他对犹太民间音乐的喜爱。

肖斯塔科维奇为他的《犹太民间诗歌选》的合唱表演伴奏。照片拍摄于列宁格勒,1956 年。

肖斯塔科维奇在工作。他作曲时不需要任何特殊条件,甚至吵闹声也干扰不了他。

和第三任妻子伊丽娜在一起。(他的第二段婚姻并不幸福,只维持了很短的时间。)

1963 年在吉尔吉斯共和国听民间艺术演奏。肖斯塔科维奇的左边是作曲家穆拉戴利,他在俄国乐坛出名始自 1948 年他与肖斯塔科维奇一起被指责为形式主义者。

1959年纽约交响乐团在伯恩斯坦率领下首次访问莫斯科。肖斯塔科维奇对伯恩斯坦的欣赏多于任何其他美国指挥。

1960年在莫斯科柴可夫斯基厅,艾伦·科普兰代表美国文学艺术学会和文学艺术研究会授予肖斯塔科维奇荣誉会员证书。肖斯塔科维奇对这类证书持讽刺态度,然而却把它们端端正正地挂在家里。

和所罗门·伏尔科夫在一起。照片摄于列宁格勒,1965 年。

开始写书之后,肖斯塔科维奇把他的《第十三交响曲》("娘子谷")的谱子给了伏尔科夫,并题词:献给亲爱的所罗门·莫依谢耶维奇·伏尔科夫,致以真挚的祝福。D.肖斯塔科维奇,1972年 5 月 3 日,于列皮诺。

中断了 40 年、再次在苏联恢复的歌剧《鼻子》排练中:大家在交换意见。从右至左:肖斯塔科维奇、指挥格纳迪·罗日杰斯特文斯基、所罗门·伏尔科夫。手写字为:送给所罗门·伏尔科夫作为《鼻子》歌剧的纪念——格纳迪·罗日杰斯特文斯基。1975 年 10 月 16 日。

在他的最后一部四重奏
作品《第十五弦乐四重
奏》演奏会上。照片摄于
列宁格勒,1974 年。

肖斯塔科维奇和孙子
在莫斯科近郊别墅里。

肖斯塔科维奇读
一篇官方讲话。
他读过许多这种
官方讲话。左边
是当时苏联的文
化部部长叶·福
尔采娃。

肖斯塔科维奇的葬礼。1975年8月14日在莫斯科诺伏杰维奇公墓。哈恰
图良在吻死者的手;旁边是他的妻子尼娜·哈恰图良。最左边是肖斯塔科
维奇的妻子伊丽娜。最右边是肖的儿子马克西姆搂着他的姐姐加尔娃和
他的儿子。所罗门·伏尔科夫在他们之间。

# 目　录

原版本封面介绍 ·················································· 1

序 ······································· 所罗门·伏尔科夫　1

引　言 ································· 所罗门·伏尔科夫　1

**见　证**
　——肖斯塔科维奇回忆录 ····························· 25

**主要作品以及生平职称和获奖表** ····················· 297

# 原版本封面介绍

《见证》的成书和问世过程极富于戏剧性。俄国人把音乐界巨人——季米特里·肖斯塔科维奇作为他们文艺理想的化身介绍给世界，他在这些回忆录中揭示出他是一个深受苦难的人——对他自己和他所扮演的角色充满了深刻的矛盾心情。

在肖斯塔科维奇逝世前四年左右，先是在列宁格勒，后来在莫斯科，苏联富有才华的年轻的音乐学家所罗门·伏尔科夫，勾起了肖斯塔科维奇对往事的回忆。作曲家终于把发表这些回忆录视为自己的义务。他对伏尔科夫说："我必须这样做，必须。"伏尔科夫记下了这些往事，然后加以整理、编辑，始终保留肖斯塔科维奇回忆时所特有的风格以及他的跳跃式的语气。在伏尔科夫完成写作工作后，肖斯塔科维奇通读了全书，表示同意，并且逐章签了字，他同意将稿送到西方出版，唯一的条件是：到他逝世后才能公之于世。

肖斯塔科维奇把这些回忆称为"一个目击者的见证"，把目击者的直觉贯穿于这一系列相互联系的回忆，其范围包括他整个一生，从革命前一直到赫鲁晓夫谴责斯大林以后的不幸的解冻时期。一幕幕情景跃然纸上，使读者有身历其境之感：与斯大林的令人吃惊的勇敢的谈话；喧嚣一时的创作新国歌的竞争（在其中肖斯塔科维奇与哈恰图良是合作者）；假天才的伪造；剽窃行为的普遍存在。他回想了他所认识的音乐家、艺术家和作家：普罗科菲耶夫、斯特拉文斯基、格拉祖诺夫、梅耶霍尔德、阿赫玛托娃和其他许多俄罗斯文化的中心人物。他愤懑地谈到在社会各阶层蔓延的反犹太主义。他辛辣地描写了随着掌权者的调子跳舞的人们，其中有达官贵人，也有无名之辈。

过去，这一切他从未向人公开过，如今，本书所揭示的一位富有创造力的艺术家在苏联如何度过一生的情景是动人的，而且往往令人黯然神伤。

在感情上，这是陀思妥耶夫斯基式的生活和艺术。这些回忆的语言朴素、坦率、辛辣、有力——介绍了一个世人从来没有看到过的肖斯塔科维奇和一个人的功成名就而又可悲可叹的一生。

# 序

我和肖斯塔科维奇的私交开始于 1960 年，即我第一个在列宁格勒报纸上评论他的《第八四重奏》首次公演的时候。当时，肖斯塔科维奇 54 岁，我 16 岁，我是他狂热的崇拜者。

在俄国学音乐，不可能不从童年时期就听到肖斯塔科维奇的名字。我记得，在 1955 年，我的父母从一次室内音乐会回来时极为激动，原来是肖斯塔科维奇和几位歌唱家第一次演出他的《犹太组歌》。在一个刚受到反犹太主义的恶浪冲击的国家里，一位著名的作曲家居然敢于公开发表一部用怜悯和同情为犹太人执言的作品。这是音乐界的大事，也是社会的大事。

我就是这样开始知道了这个名字。我接触他的音乐是在几年之后。1958 年 9 月，叶甫根尼·莫拉文斯基在列宁格勒音乐厅指挥肖斯塔科维奇的《第十一交响乐》。这首交响乐（写于 1965 年匈牙利暴动之后）表现了人民，表现了统治者，有时并列地表现这两者；第二乐章以自然主义的真实手法粗粝地描写无自卫能力的人民如何被屠杀。令人震动的诗篇，我有生以来第一次在离开音乐会时想到的是别人而不是自己。直到今天，这是肖斯塔科维奇的音乐对于我的主要的力量所在。

我全神贯注地研究我所能得到的肖斯塔科维奇的所有乐谱。在图书馆里，歌剧《姆岑斯克县的麦克白夫人》的简化钢琴谱已经被悄悄地收走了。我要获得特别许可才能够取到第一钢琴奏鸣曲的乐谱。早期的"左倾"的肖斯塔科维奇的作品仍在正式禁止之列。在讲授音乐史的课上和在教科书里，他仍受到诽谤。年轻的音乐家三三两两秘密地聚到一起研究他的音乐。

每逢他的作品首次公演，总要在报界、音乐界和权力的阶层引起一场或明或暗的斗争。肖斯塔科维奇会站起来，很不自在地走到台前答谢听众的高声欢呼。我的偶像会从我身旁走过，他的头发乱蓬蓬的小脑袋着意地保持着平衡。他显得极为孤单无力，我后来知道这是一种错误的印象。我满心希望尽我所能地去帮助他。

在《第八四重奏》首次公演后，我有了说出自己心情的机会。这是一首不同凡响的作品，在某种意义上是他的音乐自传。1960年10月，报纸上登出了我的欣喜溢于言表的评论。肖斯塔科维奇看到了这篇文章：他一贯仔细阅读对他的首次公演的作品的评论。别人向他引见了我。他说了一些客气话，我如同到了九重天。在此后的几年内，我又写了几篇关于他的音乐的评论。这些文章都发表了，在当代音乐的进程中或大或小地起了作用。

我认识肖斯塔科维奇的时候，大概正是他对自己最不满意的那几年。人们可能得到一种印象，觉得他正试图疏远自己的音乐。我开始明白他的处境的内在的——不是外在的——悲剧，是在1956年春季我协助组织一次肖斯塔科维奇音乐节的时候。这是在列宁格勒，这位作曲家的出生地，第一次举行这类音乐节，演出了交响乐、合唱曲和许多室内乐作品。在相当华丽的旅馆房间里，我和肖斯塔科维奇谈到与音乐节有关的活动。他显然感到紧张，在我问及他最新的作品时他避而不谈。他带着勉强的笑容说，他正在为卡尔·马克思的传记影片谱曲。说了这一句之后他又静默了，一个劲儿在桌上弹着手指。

这次音乐节中肖斯塔科维奇唯一表示赞同的是演出他学生的作品的那一晚专场。他明显地暗示，关于它的重要性，我必须同意他的意见。不服从是不可能的。我开始研究他的学生的音乐，埋头看手稿。有一份手稿特别吸引我：维尼阿明·弗莱施曼的歌剧《罗特希尔德的小提琴》。

弗莱施曼在二次世界大战前上过肖斯塔科维奇的课。当前线移到列宁格勒时，他参加了志愿旅。志愿旅的男儿们是注定了要为国捐躯的，几乎无一生还。弗莱施曼没有留下坟墓，除《罗特希尔德的小提琴》外，也没有遗下任何乐谱。

这部歌剧取材于契诃夫的一篇故事，充满着令人悬念的未了之情。据说，在肖斯塔科维奇的建议下，弗莱施曼已开始谱写一部同名的歌剧。在他奔赴前线之前，据说他已完成了简化谱。现在研究者所能得到的只有总谱，自始至终是以肖斯塔科维奇特有的潦草的笔迹写的手稿。肖斯塔科维奇坚持说他只不过为他已故的学生的作品写了配器。这部歌剧是非凡之作，明净、细腻。契诃夫又苦又甜的抒情的语言以一种可以形容为"成熟的肖斯塔科维奇"的风格再现了。我决定，《罗特希尔德的小提琴》必须搬上舞台。

当然，没有肖斯塔科维奇，这件事我是办不到的。他以一切可能的方式给予协助。1968年4月首次演出时，他不能到列宁格勒来，由他的儿子——指挥马克西姆代表他来了。这次演出引起了轰动，取得了激动人心的成功，评价极高。一部不同凡响的歌剧在舞台上诞生了，随之还涌现了一个新的歌剧院——室内歌剧实验剧院。我担任这个在苏联还是首创的歌剧院的艺术指导。首次演出的一个星期前，我刚满24岁。

于是，文化部门的主管者们谴责我们所有人为犹太复国主义者：可怜的契诃夫，可怜的弗莱施曼。他们的决议写道："上演这部歌剧是为敌人助威。"这意味着这部作品无可挽救地终了。这对肖斯塔科维奇和我都是一次挫折。他在失望中写信给我："但愿弗莱施曼的《小提琴》最终能得到它应有的承认。"但是，这部歌剧从此再也没有上演。

对于肖斯塔科维奇，《罗特希尔德的小提琴》象征了没有治愈的罪过、怜悯、骄傲和愤怒，因为不论是弗莱施曼还是他的作品，都再也没有复活。这次挫折使我们彼此靠近了。当我开始写作一部关于列宁格勒青年作曲家的书时，我写信请肖斯塔科维奇为此书写序。他立即回信说："我将很高兴和你见面。"并提出了时间和地点。一位著名的音乐出版家同意出版这本书。

按照我的计划，我希望肖斯塔科维奇写写这些年轻的列宁格勒人与彼得堡学派之间的联系。在我们见面时，我开始和他谈起他的青年时代，但是最初遇到了一些阻力。他宁可谈他的学生们。我不得不要手段：一有机会我便提出一些对比，勾起他的联想，使他想起种种人和事。

肖斯塔科维奇让步了，而且超出我的愿望。他终于向我谈到了旧音乐学院时代，谈到的事情非同一般。过去我所读到过或者听到过的一切就像一幅已褪色到不可辨识的水彩画。肖斯塔科维奇的故事犹如一幅幅草草几笔便神态逼真的铅笔素描——轮廓清晰，特点明确。

我从教科书上熟悉的一些形象，在他的叙述中失去了情感的光轮。我情如潮涌，肖斯塔科维奇也是如此，虽然他自己并没有意识到。我没有料到会听到这样一些事情。在苏联，最难得和最可贵的毕竟是"回忆"。它已被践踏了数十年，人们知道比记日记或写信更妥当的办法。当20世纪30年代"大恐怖"开始的时候，受惊的公民销毁了私人的文字记录，随之也还抹去了他们对往事的回忆。此后，凡是应该作为回忆的，由每天的报纸来确定。历史以令人晕眩的速度被改写。

没有回忆的人不过是一具尸首。这么多的人在我面前走过去了，这些行尸走肉，他们记得的仅仅是官方许可他们记得的事件——而且仅仅以官方许可的方式。

我原以为肖斯塔科维奇只是在音乐中直率地表达自己。我们全都看到过官方报刊上那些把他的名字放在最末位的文章①。凡是音乐家，谁也不看重这些夸张的、空洞的宣言。人们在比较亲密的圈子里甚至能告诉你哪篇文章是作曲家协会的哪位"文学顾问"拼凑起来的。一座纸糊的大山搭起来了，几乎把肖斯塔科维奇这个人埋在底下。官方的面具紧紧地套在他的脸上。因此，当他的脸从面具

---

① 有许多次并没有请肖斯塔科维奇签名，因为这种形式被认为是不必要的。反正，谁能怀疑肖斯塔科维奇不会像所有其他苏联公民一样奉承领袖和导师呢？于是，1950年9月30日的《文学报》上出现了吹捧"斯大林同志的丰功伟绩"的文章，署名季·肖斯塔科维奇。这篇热情的颂词他本人连看都没看过。

后面小心翼翼地、疑虑重重地露出来的时候，我是那样地吃惊。肖斯塔科维奇说话很有特点——句子很短，很简明，经常重复。但这是生动的语言，生动的情景。显然，作曲家不再自我安慰地认为音乐可以表达一切，不需要言词的解释了。他这时的作品以越来越强的力量只说一件事：迫近的死亡。在20世纪60年代后期，官方报刊上发表的肖斯塔科维奇的文章是劝他最热爱的听众不要认真倾听他的作品演奏。当最后的门即将在他身后关上时，还有谁愿意去听它呢？

我写的那本关于列宁格勒青年作曲家的书在1971年出版了，立即销售一空。（直到我1976年离开苏联的时候，这本书在全国是讲授当代苏联音乐的教材。）肖斯塔科维奇的序言被严加删节，只留下了谈当前的部分——没有往事的缅怀。

这是最后的强大动力，激励他把他自己在半个世纪里看到的在他周围呈现的事情告诉世界。我们决定把他对这些事情的回忆整理出来。"我必须这样做，必须。"他常常这么说。他在给我的一封信里写道："你必须把已经开始的事情继续下去。"我们越来越经常地见面和交谈。

为什么他选中我呢？首先，我年轻，肖斯塔科维奇希望在年轻人面前——甚于在其他任何人面前——为自己辩护。我热爱他的音乐，也热爱他的为人，我不编造故事，我不夸耀他对我的善视。肖斯塔科维奇喜欢我的作品，也喜欢我写的关于年轻的列宁格勒人的书，曾几次给我写信提到它。

他往往在往事如潮涌上心头时一吐肺腑，但是这种回忆的愿望需要不断加以酝酿。当我向他谈起他已故的朋友时，他惊异地听我讲到他已忘却的人和事。"这是新的一代中最聪明的人"，是他对我的最后评价。我在这里重述这些话不是出于虚荣，而是想要解释这个复杂的人物是怎样作出这个困难的决定的。多少年来，他一直觉得往事已经永远消逝了。至于往事的确还存在一份非官方的记录，这种想法他还需要逐渐习惯。"难道你认为历史不是娼妓吗？"有一次他这样问我。这个问题流露了一种我还不能领会的绝望的心情；

我所相信的正相反。而这一点在肖斯塔科维奇看来也是重要的。

我们就是这样合作的。在他的书房里，我们一起在桌旁坐下，他请我喝一杯（我总是拒绝）。于是我开始提问题，他回答得很简短，而且，开始时还很勉强。有时我不得不用不同的方式重复同样的问题。肖斯塔科维奇的思潮需要时间才能奔放。

渐渐地，他苍白的面容添上了血色，他激动起来了。我继续提出问题，用速记法记笔记，那是我在当新闻记者的几年里学会的。（由于多种原因，我们放弃了录音的想法。主要是因为肖斯塔科维奇在话筒前十分拘束，如兔子在蛇的逼视下似的。这是他对奉官方之意发表广播讲话的条件反射。）

我找到一个有效的办法帮助肖斯塔科维奇解除拘束，使他在讲话的时候比对知心朋友谈话还要自然："不要回想你自己，谈谈别人吧。"当然，肖斯塔科维奇是要回想他自己的，但是他是从谈别人而及于自己，从他们身上找到了自己的映像。这种"反映方式"是水上城市彼得堡的特征，它闪烁发光，影影绰绰。这也是安娜·阿赫玛托娃爱用的方式。肖斯塔科维奇尊敬阿赫玛托娃。他的寓所里挂着她的画像，是我送给他的礼物。

起先，我们在列宁格勒附近肖斯塔科维奇的别墅里会面，作曲家协会在那里有一片休养地。肖斯塔科维奇要休息时便到那里去。那地方不是太方便，我们的工作进展得很慢，每次重新捡起话题不易在情感上适应。1972 年我迁到莫斯科在苏联主要的音乐杂志《苏联音乐》任职，工作很快就顺利地前进了。

我担任了《苏联音乐》的高级编辑。我易地任职的主要目的是为了更接近肖斯塔科维奇，他的住所与这个杂志社在同一座房子里。尽管肖斯塔科维奇经常离开这个城市，但是我们还是可以经常会面。① 工作的开始总是由他打电话给我——经常是在清早，办公

---

① 除了我们的主要工作外，我也帮他办了许多次要的但繁重的事务。肖斯塔科维奇是《苏联音乐》编辑委员会的委员，所以他得要为提请发表的稿件写评语。在某个音乐问题上有争论时，人们常要求他的支持。在这种情况下，我便起他的助手的作用，按照他的要求准备评语、答复和信件。这样，我就成了肖斯塔科维奇和杂志总编辑的中间人。

室里还没有人的时候，他用生硬的、嘶哑的男高音问道："现在你有空吗？能来吗？"于是，接连几小时令人筋疲力尽的谨慎的探索开始了。

肖斯塔科维奇回答问题的方式别具一格。有些措辞显然是经过多年推敲的。显而易见，他在模仿他在文学界的偶像和朋友——作家米哈伊尔·左琴科，一位语言精练的讽刺叙事文体大师（他文笔之细腻和穿珠般的精巧是译文所无法表达的）。果戈里、陀思妥耶夫斯基、布尔加科夫以及伊尔夫和彼得罗夫的语言在他的谈话中经常出现。口中吐出讽刺性的语句时，面容却不带一丝笑意。相反，当激动的肖斯塔科维奇开始深深触动心弦的谈话时，他的脸上露出了神经质的笑容。

他常常自相矛盾，那时就需要猜测他的话语的真正含意，拨开假象找到真相需要用毅力同他的紊乱的头绪作斗争。我常常在离去时筋疲力尽。速记本越堆越高，我一次又一次地阅读，试图从潦草的铅笔字迹中间组织一部我知道已经初具规模的、形象众多的作品。

我把素材分成可以联贯起来的几个部分，按我认为适当的方式组织在一起，然后拿给肖斯塔科维奇过目。他同意我的写法。这已形之于笔墨的情景显然对他产生了深刻的影响。我逐渐把这些浩浩瀚瀚的回忆按我的意思整理成章节段落，然后用打字机打印。肖斯塔科维奇看过以后在每一部分后面都签了字。

我们两个人都明白，这部定稿在苏联是不可能出版的；在这方面我尝试了几次都失败了。我采取措施把原稿送往西方。肖斯塔科维奇同意了。他唯一坚持的是，这本书要在他死后发表。"在我死后，在我死后。"他经常说。肖斯塔科维奇不想再经受新的磨练了。他太虚弱了，疾病已消耗尽了他的精力。

1974年11月，肖斯塔科维奇约我去他家。我们谈了一会儿，然后，他问我手稿在哪里，"在西方，"我回答，"我们的协议生效了。"肖斯塔科维奇说："好的。"我告诉他，我要准备一项声明，大意是说他的回忆录必须在他死后才能付印（后来我给他送去了关于这个协议的信件）。在我们谈话结束时，他说他要送我一张题词的照片。他写道："亲爱的所罗门·莫依谢耶维奇·伏尔科夫留念。季·肖斯塔科维奇赠于 1974 年 11 月 13 日。"在我准备离去时，他说："等一等。把照片给我。"他又加上了一句："以志我们关于格拉祖诺夫、左琴科、梅耶霍尔德的谈话。季·肖。"写完后，他说："这能对你有所帮助。"

在这之后不久，我向苏联当局申请离境去西方。1975 年 8 月，肖斯塔科维奇逝世了。1976 年 6 月我来到纽约，决定发表这本书。感谢那些有勇气的人们（我甚至不知道其中有些人的名字），是他们把这份原稿安全地、完整地带到了这里。我自从来到这里以来一直得到哥伦比亚大学俄罗斯研究所的支持，并在 1976 年担任了这个研究所的副研究员。和研究所里的同事们的接触对我来说得益匪浅。哈珀和罗出版公司的安·哈里斯和欧文·格莱克斯立即接受了这部稿子。对于他们的建议和关心，我表示谢意。我的委托律师哈里·托尔希内尔给了我莫大的帮助。

最后，感谢你，我那在远方的、仍不得不隐匿你的名字的朋友：没有你始终如一的关心和鼓励，这本书是不可能存在的。

所罗门·伏尔科夫
1979 年 6 月，于纽约

# 引　言

所罗门·伏尔科夫

　　他安卧在棺中，脸上带着微笑。我多次见过他笑；有时是放声的大笑，他经常讥讽地嘿然一笑或者低声轻笑。但是我不记得有过像这样的笑容：超脱、安宁、平静、满足。似乎他又回到了童年，似乎他已经逃脱了一切。

　　他喜欢讲到有关他所崇拜的文学巨子尼古拉·果戈里的一个故事：他怎么样显而易见地从坟墓里逃逸了。当坟墓挖开时（20世纪30年代在列宁格勒），果戈里的棺材是空的。当然，后来事情澄清了，果戈里的遗骸找到了并且安葬在他的归宿处。但是这种想法——在死后躲藏起来——本身却极为令人神往。

　　他逃脱了，官方的讣告已无从影响他了。在1975年8月9日他去世以后，刊登在苏联所有报纸上的官方讣告说："我们时代的伟大作曲家，苏联最高苏维埃代表，列宁勋章与苏联国家奖章获得者季米特里·季米特里耶维奇·肖斯塔科维奇逝世了，享年六十九岁。共产党的忠诚儿子，杰出的社会和国家活动家，人民艺术家肖斯塔科维奇为苏联音乐的发展献出了他的一生，坚持了社会主义、人道主义和国际主义的理想……"

　　如是等等，一板一眼的官样文章。讣告下面第一个署名的是苏联领导人勃列日涅夫，以下按字母顺序排列着秘密警察头子、国防部长……（列在这一长串名单的末尾的是一个真正的小人物：亚戈德金，莫斯科主管宣传的头头。此人之所以被人记得，只因为1974年9月他曾用推土机铲除了一次离经叛道的文艺作品的户外展览。）

8月14日，在官方的葬礼上，主管意识形态部门的高级长官们群集在肖斯塔科维奇的灵床边。他们中间许多人多年以来是以罗织他的罪状为业的。肖斯塔科维奇的一位亲密的音乐家朋友脸色苍白地朝我说："乌鸦聚会了。"

肖斯塔科维奇早就预见到这一场了，他甚至为一首描写另一个时代的俄罗斯天才普希金的"体面的"葬礼的诗谱写了音乐："如此殊荣，使他最亲密的朋友也无地立足……右边左边，只见宪兵的胸膛和恶相，粗大的手垂在两侧……"

现在，这一切都无关紧要了：多一次古怪的场面，多一次矛盾，他已不会再介意了。肖斯塔科维奇是在矛盾之中诞生的。1906年9月25日，他在俄罗斯帝国的首都、1905年革命余震未消的彼得堡出世了。这座城市后来在10年中两次改名——1914年更名为彼得格勒，1924年更名为列宁格勒。在这里，统治者与人民之间的冲突从未停止，只是时或隐蔽一些而已。

俄罗斯的诗人和作家早已为彼得堡塑造了一个邪恶的形象——一个"虚伪者"的城市，充满堕落生活的场所。彼得大帝不惜牺牲无数生命，强迫人们在沼泽地带建立了这个城市，它是暴君狂妄设想的产物，是专制君主的疯狂梦想。陀思妥耶夫斯基也认为"这个腐烂的、可厌恶的城市会随雾而升起，像烟一般消失"。

这个彼得堡是肖斯塔科维奇许多作品的源泉、基础和背景。在这里举行首演的也有他的7首交响乐、2部歌剧、3部舞剧以及他的大部分四重奏。（他们说肖斯塔科维奇想埋葬在列宁格勒，但他们把他埋葬在莫斯科。）肖斯塔科维奇承认彼得堡是他自己的城市，这就注定了他在心理上的两重性。

另一个矛盾来自他的遗传，这就是他的波兰血统与他（像陀思妥耶夫斯基和穆索尔斯基一样）始终力求在他的艺术中探讨俄国历史上的重大问题这两者之间的矛盾。遗传和历史相遇了。作曲家的曾祖父彼得·肖斯塔科维奇在青年时代是一位兽医，参加了孤注一掷企图向俄国争取波兰的独立的 1838 年起义。在起义被残酷镇压而华沙沦陷之后，彼得和成千上万其他起义者一起被流放到俄国的蛮荒——先到彼尔姆，后来到了叶卡捷琳堡。

尽管这个家庭已经俄罗斯化了，但是，"外国血液"的掺和无疑仍然起了作用。1927 年，在肖斯塔科维奇去华沙参加肖邦比赛之前，别人也使他想起了血统问题，因为当时政府拿不定主意是否应该让"那个波兰佬"前去。

肖斯塔科维奇的祖父鲍列斯拉夫参加了另一次波兰起义的准备工作（在 1863 年）。这次起义也被俄军击溃了。鲍列斯拉夫·肖斯塔科维奇与革命团体"土地和自由"（最激进的社会主义团体之一）关系密切。他被送到了西伯利亚。在那个年代，"波兰"这个名称在俄国几乎是"叛乱"和"煽动者"的同义词。

19 世纪 60 年代在俄国流行的激进主义显然是唯物主义的。艺术被视为闲人的消遣而被摈斥。当时有一句流行的口号："一双靴子比莎士比亚更有价值。"这种态度持续着。作曲家的父亲季米特里·鲍列斯拉夫维奇·肖斯塔科维奇没有卷入政治，他和著名化学家季米特里·门捷列夫一起工作，在彼得堡当一个工程师，颇有成就，生活顺遂。他娶了钢琴家索菲亚·瓦西里耶夫娜·科柯林娜。这个家庭对音乐有真诚的爱好，不再蔑视莫扎特和贝多芬了，然而他们的基本观念仍然是艺术必须是有用的。

小肖斯塔科维奇——米佳——9 岁开始学钢琴，学得比较晚了。他的第一个老师是他的母亲。她在看到他进步很快之后就为他另找了一位钢琴教师。家里人最爱提到下面这段对话："我给你带来一个聪明极了的学生！"

"所有的母亲的孩子无一不是……"

两年之内，他弹完了巴赫《十二平均律》中的全部前奏曲和赋格。显然，他的天赋过于常人。

他在普通学校的各门课程上的成绩也优秀。不论做什么，他总是力求做得最出色。他几乎在学钢琴的同时开始作曲，态度认真；在他最早的作品中有钢琴曲《悼念革命牺牲者葬礼进行曲》。这是一个 11 岁的孩子对 1917 年二月革命的感受。这次革命推翻了尼古拉二世。布尔什维克党的领袖列宁从国外回来，在彼得格勒的芬兰车站受到群众的欢迎，年幼的米佳也在欢迎的人群之中。

同年，十月革命使布尔什维克掌握了政权。不久，爆发了国内战争。这时已不再是首都的彼得格勒（列宁把政府迁到莫斯科）逐渐空了。肖斯塔科维奇的家庭仍然忠于新政权，没有像许多其他知识分子那样离开这个城市。当时国家处于混乱之中。货币几乎已失去价值，粮食成了无价之宝。工厂倒闭了，交通停顿了。诗人奥西普·曼杰尔施塔姆写道："彼得堡在光荣的贫困中奄奄一息。"

1919 年，在这种乱纷纷的时候，肖斯塔科维奇进入了当时仍享有国内最高音乐学府声誉的彼得格勒音乐学院。那年他 13 岁。学校房屋里没有取暖设备。在开得成课的时候，教授和学生们都裹着大衣，戴着帽子和手套。肖斯塔科维奇是最有坚持力的学生。假若他的钢琴老师、著名的列昂尼德·尼古拉耶夫没有到学院来，米佳就自己到他家里去。

家庭境况越来越差了。1922 年初，父亲由于营养不良，患肺炎不治去世，遗下索菲亚·瓦西里耶夫娜和 3 个孩子：米佳 16 岁，长女玛丽亚 19 岁，小女儿卓娅 13 岁。他们没有任何维生之计。卖了钢琴，但房租还是没有付。两个大孩子去工作了。米佳找到的职业是在一个电影院里弹钢琴为默片配乐。历史学家喜欢说这种卖艺生涯对肖斯塔科维奇是"有益的"，但是作曲家回想起这段日子就觉得厌恶。而且，他病了，医生诊断是肺结核。这疾病把他折磨了将近 10 年。

换了别人也许已被这种遭遇压垮了，但是肖斯塔科维奇没有。他倔强、坚韧。他从小就相信自己的天赋，虽然他把这个信念藏在心里。对他来说，功课才是最重要的。不管要付出多少代价，他也要当高材生。

我们所看到的肖斯塔科维奇最早的画像（由俄罗斯杰出的画家鲍里斯·库斯托季耶夫用炭笔和红粉画的作品）表现了这种顽强和内心的专注。这幅画像还表现了另一种品质。画上，肖斯塔科维奇的凝视就像他年轻时的一个朋友的诗意描绘："我爱春天暴风雨后的晴空。那是你的眼睛。"库斯托季耶夫称肖斯塔科维奇为弗洛勒斯人。但是，肖斯塔科维奇虽然年轻，却感到这种比拟太浪漫主义了。勤奋就是一切。他从童年时代就相信这一点，而且一生都依靠它①。

得天独厚的青年肖斯塔科维奇在作曲上似乎是当时占主导地位的里姆斯基－科萨科夫学派的音乐传统的忠实追随者。虽然里姆斯基－科萨科夫已于1908年逝世，音乐学院的主要位置仍然由他的助手和学生在担任。肖斯塔科维奇的作曲教师是里姆斯基的女婿马克西米利安·斯坦因伯格。肖斯塔科维奇在音乐上初露头角就证实了他与"彼得堡学派"的血缘关系。作为毕业作品，他写了一首交响乐，时年19。同一年（1925），这首交响乐由一个著名乐队在列宁格勒音乐厅演出，指挥是第一流的。这首交响乐立即引起了轰动，人人都喜欢这部作品，它令人激动，感情丰富，配器是巧妙的，同时又符合传统并容易理解。这首交响乐很快就出了名。1927年，它在柏林首次演出，指挥是布鲁诺·沃尔特；1928年列昂波尔德·斯托高夫斯基和奥托·克伦帕勒都指挥了它的演奏；1931年，《第一交响乐》成了阿图罗·托斯卡尼尼的保留节目。它几乎到处引起热情。肖斯塔科维奇被誉为新一代中出类拔萃的音乐家之一。

然而，在这凯旋的时刻，肖斯塔科维奇避开了成为一个因袭他人的作曲家的道路。他决心不当果戈里《死魂灵》中"八面玲珑的妇人"。他烧掉了许多手稿，包括一部以普希金的一首长诗为题材的歌剧和一部取材于安徒生童话的舞剧。他认为这些是粗制滥造的作品。他担心，假若他使用学院式的技巧，恐怕会永远失去"他自己"。

尽管音乐学院保留了自己的传统，但是，20世纪20年代是"左派"艺术君临新的俄国文化生活的时期。原因很多。主要原因

---

① 在肖斯塔科维奇的成熟时期，一个学生向他诉苦说找不到主题写他的交响乐第二乐章。肖斯塔科维奇告诉他说："你不该寻找主题，你应该写第二乐章。"直到1972年，他在给我的一封信中仍然强调音乐技巧的重要性。

之一是，先锋派准备与苏维埃政权合作。（传统文化的最杰出的代表人物不是离开了俄国，就是正在对新政权怠工或者在等待事情过去。）有一个时期，似乎是左派人物在给文化政策定调子。他们得到了机会实现一些大胆的计划。

外界的影响助长了这种趋势。1921年开始实行新经济政策后，生活比较安定一些了，新音乐立即从西方进来了，人们起劲地学习并演奏这些音乐。在20年代中期，列宁格勒几乎每星期都有一场有趣的首演：兴德密特、克任内克、"六人团"以及"外国的"俄国人——普罗科菲耶夫和斯特拉文斯基。兴德密特和巴尔托克等著名的先锋派作曲家来到列宁格勒并演奏了他们的作品。这些新音乐使肖斯塔科维奇感到兴奋。

像其他许多人一样，来访的著名音乐家们在听到种种关于这个新的进步国家如何慷慨地支持新艺术的故事后肃然起敬。其实，没有任何奇迹。事实很快就证明，国家的艺术赞助人只愿支持有宣传意义的作品。肖斯塔科维奇接到一项重要任务：为革命10周年纪念写一首交响乐。他成功地完成了这项任务。《献给十月革命》（他给这首作品起的名字）附有合唱，歌词是共青团诗人亚历山大·别兹缅斯基的慷慨激昂的诗句。这首交响乐（以及少数其他作品）标志了肖斯塔科维奇向现代主义技巧的转变。总谱里有一个声部指定用工厂的汽笛演奏（虽然作曲家注明可以用圆号、小号和长号的齐奏代替）。

当时，肖斯塔科维奇另外还写了几首指派给他写的大作品。这些全都受到报刊的普遍好评。音乐主管部门的有影响人物支持这位有才能的青年作曲家。他们显然准备给他补个官方作曲家的空缺。

但是肖斯塔科维奇并不急于填补这个空缺，虽然他非常想得到成功和承认——以及不虑温饱。20年代后期，真正的艺术家们与苏维埃政府间的蜜月过去了。权力终于使出了它一贯的、必然的行径：它要求屈从。要想得到青睐和任用，要想平静地生活，就必须套上国家的笼套听任驱策。有一段时间，年轻有为的艺术家肖斯塔科维奇曲承新保护人的意旨，但随着他在创作上越成熟，苏维埃官僚幼稚的要求就越使他难以忍受了。

肖斯塔科维奇怎么办呢？他不能，也不想公开顶撞当权者，但是他很清楚，完全的屈从有扼杀自己创造力的危险。他选择了另一条道路：不管是有意还是无意，肖斯塔科维奇成了第二个佯作颠狂、假托神命的"颠僧"式的伟大作曲家（穆索尔斯基〔1839—1881，俄国作曲家〕是第一个）。

"颠僧"（yurodivy）是俄国的一种宗教现象，即使是谨慎的苏联学者也称之为一种民族特征。在任何其他语言中，没有任何字眼能够确切地表达俄文 юродивый 这个词的意义以及它的许多历史和文化的含意。

颠僧能看到和听到别人一无所知的事物。但是他故意用貌似荒唐的方式委婉地向世人说明他的见识。他装傻，实际上坚持不懈地揭露邪恶与不义。颠僧是无政府主义者和个人解放论者。他在公开场合扮演的角色是打破众人视为天经地义的"道德"准则，藐视习俗。但是，他为自己规定了严格的戒律、规则和禁忌。

颠僧的起源要追溯到 15 世纪甚至更早，直到 18 世纪才成为值得注意的现象。在整个这一段时期内，颠僧可以揭露不义而保持相对的安全。当权者承认颠僧的批评权利和保持放诞行为的权利——在一定限度之内。他们的影响极大。他们的令人摸不清头脑的预言，农民听，沙皇也听。颠僧通常是天生的，但也可以"为了基督"而自愿加入其行列。一些受过高深教育的人成了颠僧，把这作为一种聪明的批评和抗议形式。

肖斯塔科维奇不是唯一的"新颠僧"。在他的文艺界同人中间，采取这种处世方式的并不乏其人。列宁格勒的年轻的达达派组织了奥伯里乌小组，行为与颠僧相似。有名的讽刺家米哈伊尔·左琴科戴上了一副颠僧的面具再也不脱，他对肖斯塔科维奇的行为和表现影响很深。

对这些现代颠僧说来，世界已成废墟，建立一个新社会的企图显然已经失败——至少暂时是这样。他们是光秃秃的地球上的赤裸裸的人。过去的崇高的价值标准已经被扫入尘埃。他们感到，新的理想只能"从反面"来肯定，必须用嘲笑、讽刺和装傻为烟幕来传达。

这些作家选择平淡、粗糙和故意晦涩的语言来表达最深刻的思想，但是这些语言的涵义并不简单，而是带有双重的甚至三重的言外之意。在他们的作品中，插科打诨、玩世不恭的市井俚语屡见不鲜。玩笑话成了寓言，儿歌成了对"世态"的可怕的评判。

不用说，肖斯塔科维奇及其友人的装疯卖傻不可能像他们的先驱那么始终如一。过去的颠僧永远抛撇了文化和社会，而"新颠僧"的退身是为了存身。他们企图用从反文化武库中借来的手段复兴传统文化，虽然故意带上些宣道说教的味道，却与宗教无关。

肖斯塔科维奇极其重视自己与穆索尔斯基的这种关系。关于穆索尔斯基，音乐学家阿萨菲耶夫这样写道：他"从某种内心的矛盾逃入了半说教、半颠僧状态的领域"。肖斯塔科维奇曾在音乐上以穆索尔斯基的继承者自居，到了这时，他在作为人的意义上也与他联结在一起，不时扮演"白痴"（甚至穆索尔斯基最亲密的朋友也这样称呼他）的角色。

既然踏上了颠僧的道路，肖斯塔科维奇也就对他自己所说的一切卸脱了责任：任何语言都已失去它表面上的意义，即使是最高的颂辞、最美的辞藻。关于人所熟悉的真理的宣讲却原来是嘲弄；嘲弄往往反而包含着可悲的真理。他的音乐作品也是如此。这位作曲家故意写了一首"没有结尾诗节"的清唱剧，为的是促使听众从这首初听之下似乎并无意义的声乐作品中去寻觅它的真意。

当然，他下这一决心并非突然；这是经过了许多犹豫和矛盾的结果。肖斯塔科维奇日常的举止在很大程度上取决于当局的反应——就如从前俄国真正的颠僧"为了基督"的所作所为一样。当局有时宽容些，有时苛刻。自卫是肖斯塔科维奇和他朋友们的行为的一大支配因素。他们要生存，但不是不惜任何代价。颠僧的面具帮了他们的忙。应该指出，不仅肖斯塔科维奇以颠僧自居，而且他近旁的人们也是这样看他。俄国音乐界提到他时常常用颠僧称他。

肖斯塔科维奇在他一生中不时回到这种继承了对受压迫人民的

关怀的颠僧的角色上来，只是形式随着这位作曲家的身心由幼稚到成熟、凋萎而有所不同。在他年轻时，这种角色使他远离文艺界执牛耳的"左派"人物，如梅耶霍尔德、马雅可夫斯基和爱森斯泰因。普希金有一首《为堕落者乞怜》的名诗。肖斯塔科维奇在1927年后可以说也同普希金一样同情堕落者，这是这位颠僧式作曲家的两部歌剧中的重要主题——一部是《鼻子》，取材于果戈里的故事（完成于1928年），一部是《姆岑斯克县的麦克白夫人》，取材于列斯科夫的故事（完成于1932年）。

在果戈里的这篇故事中，角色都是假面人，但是肖斯塔科维奇把他们写成了"人"。即使是从他的主人科瓦廖夫市长脸上跑下来穿着军装在彼得堡街上闲逛的那只"鼻子"，在肖斯塔科维奇的处理中也具有现实的特征。作曲家对只有一般性的群众与个人之间的相互作用很感兴趣，他仔细地探索群众心理的规律。我们关心被狂怒的城镇居民逼死的"鼻子"，也关心"没有鼻子"的科瓦廖夫。

肖斯塔科维奇只是把这个故事的情节作为跳板，用一位同果戈里截然不同的、另一种风格的作家——陀思妥耶夫斯基的棱镜来折射事件及人物。

在《姆岑斯克县的麦克白夫人》（这部歌剧后来在第二版改名为《卡捷琳娜·伊兹麦洛娃》）中，与陀思妥耶夫斯基的联系也是显而易见的，例如对耀武扬威、无处不在的警察权力的描绘。像在《鼻子》一剧中一样，肖斯塔科维奇安排他的角色与警察机器迎面相撞。

两部歌剧都用刑事案件来反衬他的人物"在耶稣受难像前的纪念默祷"。他使本已粗鄙的显得更粗鄙，用强烈、刺目的对比使色彩更为浓重。

在《麦克白夫人》中，卡捷琳娜·伊兹麦洛娃为爱情而杀了人，然而肖斯塔科维奇赦免了她的罪。按他的解释，卡捷琳娜杀死的那些毫无心肝、仗势欺人的人才是真正的罪犯，而卡捷琳娜是他们的受害者。这部歌剧的结尾十分重要。劳动营那一场是陀思妥耶夫斯基的《死屋手记》中某些章节的直接的音乐再现。肖斯塔科维奇认为，这些囚犯是"可怜的亡命之徒"，同时也是法官。卡捷琳娜受良心的责备，她的吟唱和众犯人的合唱几乎融合在一起，就是说，个别性溶入了一般性，罪恶溶入了伦理。这种赎罪和净化的概念是陀思妥耶夫斯基的根本概念。在《麦克白夫人》中，对这种概念几乎是以大起大落的戏剧手法直言不讳地表达的。肖斯塔科维奇并不隐藏他的说教意图。

从《鼻子》到《麦克白夫人》，肖斯塔科维奇所走过的路程是从一个前程远大的青年到一个遐迩闻名的作曲家之间的路程。《麦克白夫人》是现代作品中取得巨大的——也是无与伦比的——成功的杰作。1934年在列宁格勒首演后，它在5个月内演出了36场；在莫斯科，仅仅两个戏剧季节就演出了94场。斯德哥尔摩、布拉格、伦敦、苏黎世和哥本哈根都几乎立即上演了这部歌剧；托斯卡尼尼把其中的片断列入了他的保留节目。在美国的首演由阿图罗津斯基指挥，引起了极大的兴趣；弗吉尔·汤姆生在《现代音乐》上发表的文章（1935年）题为《大都会剧院的社会主义》。

人们赞美肖斯塔科维奇为天才。

接踵而来的是灾难。斯大林到剧院看了《麦克白夫人》，离开时一腔怒火。1936年1月28日，一篇置人于死地的社论《混乱而非音乐》在党报《真理报》上出现，事实上是由斯大林口授的。"听者从歌剧一开始就被接连不断的故意安排得粗俗、混乱的音响惊住了。片断的旋律和刚萌芽的乐句被撞击声、挤压声和嘶叫声淹没，刚逃逸出来又再次被淹没。这种音乐令人无法卒听，要记住它是不可能的。"

当时正是全国一片恐怖的时期。清洗的规模极大。国内正在出现一个新的国度——"古拉格群岛"。在这种时候，斯大林对肖斯塔科维奇的警告——"这是故弄玄虚，这样下去结果可能很糟"——是明显的、直接的威胁。一星期后，《真理报》上又出现了第二篇社论，这次是申斥肖斯塔科维奇为大剧院上演的一部舞剧谱写的音乐。作曲家和他周围所有的人都认定他要被逮捕了。朋友们对他保持了距离。像当时许多人一样，他收拾好了一只小提箱，准备着。他们通常是在夜里抓人的。肖斯塔科维奇夜不成眠。他躺在黑暗中，听着，等待着。

这个时期的报纸上充满了要求处死"恐怖分子、间谍和阴谋家"的信件和文章。几乎每一个想生存下去的人都在这上面签名，但是，无论风险多大，肖斯塔科维奇都不愿意在这种信上签名。

斯大林私下对肖斯塔科维奇作了一个永远有效的决定：不逮捕肖斯塔科维奇，尽管他与被斯大林无情地毁灭的像梅耶霍尔德和图哈切夫斯基元帅这样一些"人民之敌"很接近。在俄国的文化历史中，斯大林与肖斯塔科维奇之间的这种特殊关系是有其深远的传统的：沙皇与颠僧之间，以及沙皇与为了生存而扮演颠僧角色的诗人之间的爱憎交错的"对话"具有一种可悲的激烈色彩。

斯大林一挥手就能创造或毁灭整个文化运动，个人的声名更不在话下了。《真理报》的文章是对肖斯塔科维奇和他的同志展开一场阴险的攻击的开端。使用的形容词是"形式主义"，这个词从美学词汇转入了政治词汇。

在苏维埃的文学艺术史上，哪怕只是小有名声的人也没有一个没有被打上过"形式主义者"的烙印。这完全是武断的指责。许多遭到这种指责的人死去了。在《混乱》一文出现后，肖斯塔科维奇处于绝望之中，几乎绝望到要自杀。他经常等待着被捕，内心抑郁。差不多有 40 年，直到他逝世，他始终把自己看作是个人质，一个被判了罪的人。这种恐惧有时强些，有时淡些，但从来没有消失过。整个国家成了一所无路可逃的大监狱。

（肖斯塔科维奇对西方的敌意和不信任有许多是在这个时期形成的，当时西方是尽量地不去注意古拉格。肖斯塔科维奇从来没有同任何外国人建立过友好的联系，只有作曲家本杰明·布里顿也许是例外。他把《第十四交响乐》题献给布里顿并非偶然——这首交响乐是为女高音、男低音及室内乐队写的，其中的主角在被投入监狱时筋疲力尽地喊道："墓穴在我的头顶上，对所有人来说我已经死亡。"）

考虑到自己有被捕的危险，肖斯塔科维奇把他在 1936 年完成的《第四交响乐》公开演奏的事情搁了下来。他怕重新试探命运①。1932 年，经过热烈的追求，作曲家与尼娜·瓦尔莎结婚了。尼娜年轻美丽、富有活力，是有才能的物理学家。1936 年他们的女儿嘉丽亚出世了，1938 年又生下了儿子马克西姆。从此，肖斯塔科维奇不仅要对自己负责，也要对他的家庭负责了。

处境越来越危险。凡是独裁者，无一不想建立一部机器来处理"他们的"艺术，但是斯大林所建立的乃是世界上从未见过的最有效的机器。苏联创作界人物对他无比顺从，为他的不断更改的宣传目的效劳。斯大林加强并完善了"创作协会"的制度。在这种制度下，工作的权利（也就是作为艺术家存在的权利）只给予那些得到官方承认和赞许的人。作家、作曲家、艺术家等等的协会作为官僚组织从 1932 年开始纷纷成立，成了等级区别严明、责任检查严格以及不断交叉控制的官僚组织。每个组织，除了无数非正式的告密分子外，都有一个"保卫部门"，即秘密警察。这种做法一直持续到今天。如果企图蔑视自己所属的协会，那不会有好下场：各种各样的压力和镇压随时都能临头。谁服从，谁就受到奖励。在这个上足了油的、运转顺利的机器后面，站着斯大林这个人物，他的无处不在往往给事物涂上一层怪诞的、悲喜剧的色彩。

肖斯塔科维奇和斯大林的关系是他的生活和工作中的决定性因素。在一个统治者对他的子民掌握着绝对的生杀大权的国家里，斯大林对肖斯塔科维奇备加折磨和公开侮辱。然而，几乎同时，他又奖给他最高的称号和荣誉。看来似乎荒谬，然而事实上，荣誉和屈辱都给这位作曲家带来了无人可及的声名。

1937 年 11 月 21 日可以认为是肖斯塔科维奇的音乐命运的分界线。列宁格勒的音乐厅里挤满了人：苏联社会的精华——音乐家、

---

① 过了25年才首次公演。在这些年里，作曲家耐心地听任报纸报道说他把这首交响乐束之高阁是因为他对它不满意，他甚至鼓励这种瞎说。当这首交响乐最后又排练时，他连一个音符也没改。指挥建议作一些删节，他断然拒绝。"让他们去唱，"肖斯塔科维奇说，"让他们去唱。"《第四交响乐》取得惊人的成功，正如其他长期禁锢后的作品重又复活时一样。他的音乐经受了时间的考验。

作家、演员、画家和所有各方面的名人——聚集在这里出席失宠的作曲家的《第五交响乐》的首演。他们等待着这部作品出事惹祸，猜测着作曲家会有什么遭遇，交换着流言蜚语，说着俏皮话。在恐怖环境里社交生活毕竟还是存在。

当奏完最后一个音符时，全场沸腾（后来肖斯塔科维奇的重要作品在苏联首演时也几乎全部都是同样情况）。许多人流下了眼泪。肖斯塔科维奇的作品体现着一位诚实而有思想的艺术家，在巨大的道义压力下面，对决定性的选择作出了奋斗。这首交响乐充满着神经质的搏动；作曲家狂热似的在寻求走出迷宫的门户，结果，在终曲中，像一位苏维埃作曲家所形容的，他发现自己是在"思想的煤气室"里。

"这不是音乐；这是高电压的神经电流，"一位深为《第五交响乐》所感动的听众说。这首交响乐至今仍然是肖斯塔科维奇最受称颂的作品。它显示了肖斯塔科维奇在为他的一代人说话。有数十年之久，他成了一个象征。在西方，他的名字不论对左派或右派都具有典型的意义。在音乐史上大概没有第二位作曲家被放在如此富于政治性的地位上。

肖斯塔科维奇恢复了交响乐的垂死的流派，对他来说，这是表达他的思想感情的理想形式。在《第五交响乐》中，他终于从新的西方作曲家——斯特拉文斯基、普罗科菲耶夫和主要是古斯塔夫·马勒——的影响中脱颖而出了，创造了他自己的、无人模仿得了的独特风格。

肖斯塔科维奇音乐的最大特色是它的紧张的、探索的旋律。主题通常在交响乐的整个过程中成长，形成新的"分支"（这是肖斯塔科维奇的交响油画的完整性的源泉，它往往篇幅巨大，而且几乎总是变化很多）。

肖斯塔科维奇音乐的另一个重要因素是它的丰富的、立体的、多变的节奏。他有时把节奏作为独立的表达手段，在交响乐中大段地自成段落（如《第七交响乐》——即"列宁格勒"交响乐——中著名的"进行曲"插曲）。

肖斯塔科维奇认为配器非常重要。他能立即想象到由乐队演奏时的音乐，落笔就写成总谱，而不是像许多作曲家那样先写简化的钢琴谱。他把各种乐器的音色视同不同的人，因此也喜欢把它们人格化（如《第十一交响乐》第一乐章的"冥界"中的黎明前的长笛声）。在他的管弦乐作品中，独奏乐器的独白常常像演说者的演讲，有时候则与内心的自白相结合。

在肖斯塔科维奇的交响乐中还有许多内容唤起对戏剧和电影的联想。这毫无可以责备之处，虽然许多评论家似乎仍然这么想。海顿、莫扎特和贝多芬当年在他们的"纯"交响音乐中曾经描绘了启蒙运动的一些形象，柴可夫斯基和勃拉姆斯也各以自己的方式把浪漫主义的文学作品和戏剧改编为音乐。肖斯塔科维奇参加了 20 世纪音乐神话的创造。他的风格，借用索列尔金斯基描写马勒的话来说，是卓别林真实地再现陀思妥耶夫斯基的人物。

肖斯塔科维奇的音乐是崇高的感情、奇异的方式、深刻的抒情与朴素的叙述的结合。

听者几乎都能理解音乐中的"情节"，即使他没有多少音乐修养和经验。

《混乱而非音乐》一文在嘲弄中也漏出了一句真话，它说：肖斯塔科维奇不是毫无才能的，他知道怎样用音乐表达单纯的和强有力的情感。无疑，这句话与斯大林对肖斯塔科维奇所写的电影配乐的看法有关。这些影片当年不仅在苏联，而且在西方左翼知识分子中间也非常成功（虽然现在已不大有人记得了），影片中最使人难忘的当然主要是肖斯塔科维奇的音乐。

斯大林非常懂得艺术的宣传潜力，所以他特别注意电影。他看到苏联的电影有很大的使人动情的力量，而且肖斯塔科维奇的音乐对之起了很大的作用。于是，肖斯塔科维奇的电影配乐得到了斯大林的赞许。对肖斯塔科维奇来说，为电影谱写音乐是他"向凯撒缴租"。看来这是一种有效而又无害的办法，可以用来争取活下来致力于他自己的音乐。当局对《第五交响乐》和他后来的许多作品采取了无可无不可的态度，对有些作品甚至给予了斯大林奖金——这是那个时期的最高褒奖，每年颁发一次，由斯大林亲自批准。

但是斯大林从中取得的最大的宣传价值是肖斯塔科维奇的所谓军事交响乐：《第七交响乐》和《第八交响乐》。这两部交响乐是第二次世界大战期间的作品。苏联在全球宣传了《第七交响乐》的创作环境：头三个乐章写于德军炮火下的列宁格勒，用了一个月左右的时间（德军在1941年9月到达这个城市）。因此，这首交响乐被认为是直接反映了战争开始时的场景。没有人想起肖斯塔科维奇的工作方式。肖斯塔科维奇写得很快，但是只有到音乐已经在他头脑中完全成型后才动笔。悲剧性的《第七交响乐》是作曲家和列宁格勒的战前命运的反映。

首先听到这首交响乐的听众，也没有把《第七交响乐》第一乐章的著名的"进行曲"与德军入侵相联系，这是后来的宣传把它们联系在一起的。作曲家当年的朋友（《第三交响乐》是题献给他的）——指挥莫拉文斯基回忆说，当他在1942年3月从收音机上听到《第七交响乐》的"进行曲"时，他认为作曲家创造了一个普遍性的愚蠢的、极其庸俗的形象①。

这首"进行曲"一流行，便掩盖了一个明显的事实，那就是，第一乐章——其实是整部作品——充满着安魂曲风格的哀思情绪。肖斯塔科维奇一有机会就强调安魂曲的情调在这首乐曲中居"中心位置"这个事实。但是作曲家的这种话被故意置若罔闻。战前时期事实上充满了饥饿、恐惧以及大批人在斯大林的恐怖下平白无辜地丧生，可是官方现在却在宣传中把它粉饰为一片光明和无忧无虑的田园诗。把这首交响乐改变为与德国人"斗争的象征"有何不可呢？

要对一年半以后首演的《第八交响乐》如法炮制就比较难了。伊利亚·爱伦堡写道："我从演奏会回家时心情激动。我听到了古

---

① 从纯音乐的观点看，不难理解这种印象从何而来：这首"进行曲"的主题吸收了莱哈的小歌剧《风流寡妇》中的一首流行曲调。肖斯塔科维奇的亲密朋友们认为，《第七交响乐》那个主题中有一个"内在的玩笑"：在俄国，用这个旋律唱的歌词是"我要去看马克西姆"，也许家里人常对肖斯塔科维奇的小儿子马克西姆唱这歌词的。

老的希腊悲剧的合唱的声音。音乐有一个极大的优越性，它能说出所有的一切，但是尽在不言中。"爱伦堡后来在回忆战争年代时认为那是苏联创作工作相对自由的时期，"你可以描写悲剧和毁灭"，因为反正是外国人——德国人——的罪过。在和平时期，艺术必须是晴朗的乐观主义，像肖斯塔科维奇的《安魂曲》肯定是受到歼灭性的批判。具有讽刺意义的是，战争拯救了这位作曲家。

另一个暂时的盾牌是肖斯塔科维奇在同盟各国的声誉日隆。在英国，当《第七交响乐》在艾尔伯特大剧场由亨利·约瑟夫·伍德爵士指挥首次演出时，6万听众狂热地欢迎它。在美国，名指挥们——斯托高夫斯基、尤金·奥曼迪、谢尔盖·库塞维兹基、阿图·罗津斯基——为这部引起轰动的交响乐的首演权你争我夺。他们给苏联大使馆写信、打电报；他们的朋友和代理人纷纷活动，劝说苏联代表把指挥首次演出的权利交给"他们的"指挥，甚至只要有可能便介绍其他竞争者有些什么"短处"。

托斯卡尼尼参加这场竞争较迟，但是他得到美国全国广播公司的支持，因此取得了胜利。他首先得到了总谱，是摄在胶卷上由军舰带到美国的。1942年7月19日，纽约无线电城首次广播了这部作品，数以百万计的美国人收听了广播。

在美国，这首交响乐在这第一个音乐季节中便演出了62次。美国1934个电台和拉丁美洲99个电台广播了这部作品。1942年9月，旧金山举行了肖斯塔科维奇音乐节，美国几个最优秀的乐队参加了演奏。托斯卡尼尼在一个大型露天剧场再次指挥了《第七交响乐》。哥伦比亚广播公司为取得《第八交响乐》首次广播的权利付给苏联政府1万美元。

在那些年里，西方听众通过照片、画像和杂志封面认识了肖斯塔科维奇的面貌：圆镜片后面的谨慎的双眼，薄薄的、紧闭的嘴唇，孩子似的脸型，老是蓬松着的头发。（很久以后，嘴角向下弯了，眉毛抬高了；年龄在改变他的轮廓。畏惧的神色更明显了。）肖斯塔科维奇在欢呼面前举止笨拙、古怪。他鞠躬时显得手足无措和尴尬，一只脚向旁边一拐。肖斯塔科维奇"不像个作曲家"，但是他们连这个也喜欢。

斯大林是密切注意他对同盟国的宣传工作的。有一阵，他压制了自己的仇外心理，但是到第二次世界大战结束，与盟国的友好关系终止以后，愤怒便更强烈地爆发了。在斯大林的命令下，一场反对"世界主义"和"拜倒在西方脚下"的运动开始了。千百万苏联公民在战时曾与另一个世界和另一种生活方式有过接触，曾学会了不怕艰险和勇敢，学会了发扬首创精神，现在必须使他们重新温驯听话。大批的逮捕和流放又开始了，粗暴的反犹运动一而再、再而三地出现了。与此同时，一有机会便歌颂俄罗斯民族主义。

苏联政权特别"关心"文化。从1946年开始，党的决议一个接一个发表，攻击一些著作、戏剧和影片，首先遭殃的是左琴科和阿赫玛托娃。高潮是1948年2月14日苏共中央《关于穆拉杰利的歌剧〈伟大的友谊〉的决议》。据当时苏联的一篇评论说，这个不幸的著名决议的"历史性的世界意义"在于"它不但指出了我们时代最伟大的音乐文化的真正的发展道路，同时对腐朽的资产阶级美学给予了决定性的打击，向世界各国千百万单纯的人民揭露了它的堕落本质"。写这篇评论的人还兴高采烈地说："资产阶级现代派在这一打击下将无法生存。"

这篇"历史性决议"攻击了"坚持形式主义的、反人民的倾向"的作曲家。肖斯塔科维奇、普罗科菲耶夫、哈恰图良、舍巴林、加弗里尔·波波夫、麦斯科夫斯基被列为这样的作曲家："在他们的作品中，音乐方面形式主义的滥用和反民主的倾向特别强烈，与苏联人民和他们的艺术趣味格格不入。"决议一笔抹煞了苏联音乐中最有才华的人物，其中最主要的是肖斯塔科维奇和普罗科菲耶夫。"历史性决议"谴责善于奉承的穆拉杰利和他的平淡无奇的歌剧只是借口。斯大林对肖斯塔科维奇特别生气——因为他在西方出了名，也因为在战争结束时他拒绝向斯大林奉献一首庄严的凯歌式的《第九交响乐》以颂扬领袖的天才和智慧。不但如此，肖斯塔科维奇在1945年反而写了一首充满讽刺和辛酸的交响乐。当大多数人认为生活从此一片晴朗的时候，这个颠僧在节日欢宴上哭泣。所有人都能看到，他的忧郁的预言是正确的。

　　1948 年以后，肖斯塔科维奇把自己封闭起来了，表里判若两人。他仍然偶尔奉命在公众场合出现，匆促地、带着明显的厌恶感宣读不是他自己写的检讨或者哀婉的声明。这时他已不像 1936 年那样感到精神上的创伤，因为他已准备着迎接最坏的情况。身旁发生的种种事情已不复能影响他；他好像是从远处观望着它们，他的作品从节目中消失了——他毫无反应；报纸上充满了"工人来信"指责他的音乐——毫无反应；在学校里，孩子们背诵关于肖斯塔科维奇给艺术带来"巨大损失"的课文——还是没有反应。

　　他感到孤独——他的朋友们或是已经去世或是失踪，或是在各干各的工作——但是他对这也已经习惯了。他现在住在莫斯科——一个从来没有成为他的家的城市。他的家庭仍然是个小小的堡垒，但是命运没有让这个最后的庇护所保持多久：他所爱的妻子尼娜·瓦尔莎 1954 年去世了；孩子们独立生活了。他与第二个妻子玛格丽塔·凯诺瓦的婚姻是不愉快的，很快就离了婚。而在这整个时期里，宗教法庭式的迫害似乎永无休止。世界始终一片灰暗。这是一个充满背叛、充满畏惧的世界，像雨水洒在窗户上一样地模糊朦胧。

　　但是肖斯塔科维奇私下仍然创作，像俄国人说的，"为他的桌子"创作。有一首作品是嘲笑斯大林和他的亲信组织 1948 年的"反形式主义"运动的，至今尚未演奏或出版过。其他作品后来都极为出名。在那几首重要作品中（《第一小提琴协奏曲》，声乐套曲《犹太民间诗歌选》，《第四四重奏》），肖斯塔科维奇借用犹太民间传说同情地叙述了犹太人的命运——在灭亡的边缘奇迹般地幸存下来的流亡者。这个题目化成了一个自传式的主题：一个孤独的人面对愤怒的愚蠢的暴民①。

---

① 肖斯塔科维奇在《第十三交响乐》中公开地反对反犹主义。当时是 1962 年，当权的是赫鲁晓夫而不是斯大林，但官方对犹太人的态度一如既往，是敌视的。论道德问题的《第十三交响乐》（其中采用了叶夫图申科 Yevgeny Yevtushenko 的著名的诗《娘子谷》）引起了苏联当局与作曲家之间的最后一次尖锐的和众所周知的冲突。

当时也是一个充满矛盾的时期。肖斯塔科维奇与斯大林之间的令人吃惊的对话明显地说明了这一点。对这件事，书内有所描写。一方面，肖斯塔科维奇的主要作品不能演奏，然而，另一方面斯大林却亲自打电话催他在1949年3月到纽约去，作为苏联文艺界的主要代表出席文化和科学界保卫世界和平会议。尽管与斯大林发生了激烈争论，他还是去了——可是此行是他的一次极不愉快的经历。他在麦迪逊广场花园为广大听众用钢琴演奏了《第五交响乐》中的《谐谑曲》，但是他感到自己像一场冷酷的政治棋局中的小卒子。他年轻时为参加钢琴比赛到过华沙，顺路还到了柏林，除此之外，这是他第一次出国，可是担任的却是个完全虚假的名人的不舒服的角色。他的态度已经形成，认为"西方的"东西与他内心的奋斗是互不相容、格格不入的。他在美国的忙碌不堪的短暂逗留（后来在1959年和1973年的访问也是一样）只是加深了他的偏见。美国记者的寻根究底尤其使肖斯塔科维奇感到痛苦，以致他回国时几乎对等待着他的暗淡的生活感到欢迎。

1953年斯大林去世了，国家处于震动之中。苏联开始变了，试探地、谨慎地变着，但是是朝着已被慑服的知识分子从来不敢梦想的方向在变——也就是朝较好的而不是更坏的方向变。"解冻"开始了。一个庞大的世界强国站在十字路口，许多人看到他们自己也在十字路口。

肖斯塔科维奇在《第十交响乐》（1953年）中总结了斯大林时代。第二乐章顽强、无情，像一股险恶的旋风——斯大林的"音乐画像"。在同一部作品中，他引入了他自己姓名起首字母组成的音乐字母DSCH（音符是D、降E、C、B），这些字母在他后来的作品中起着重要的作用。似乎，随着独裁者的死亡，这位颠僧可以开始在他的作品中确立自己的人格了。

不用说，肖斯塔科维奇全心全意地和自由派站在一起。当赫鲁晓夫在1956年把斯大林拉下宝座时，他所公布的事实并未使肖斯塔科维奇感到意外。公布这些事实的意义仅仅在于人们如今可以公开谈论"领袖和导师"的罪行了，虽然这种自由后来证明只是昙花一现。肖斯塔科维奇为很进步的（按照苏联的标准）诗人叶夫图申科谱写音乐；他书写和签名支持要求为那些被斯大林送进集中营的音乐家"恢复名誉"的请愿书；他帮助幸存者重回社会和寻找工作；他试图为放松斯大林所立的严酷的文化法令施加影响。1958年，在赫鲁晓夫的指示下，苏共发表了一个新的决议，宣布斯大林对文艺作品的态度是"主观"的。肖斯塔科维奇的"形式主义"的帽子脱掉了，他的地位也显著地提高了。作曲家献出他的大部分时间从多方面帮助普通的人民，保护他们反对官僚主义。

当局决定派肖斯塔科维奇担任拟议成立的作曲家协会"俄罗斯"分会的第一书记，这时他不得不第一次参加共产党。1960年9月14日，作曲家协会为吸收肖斯塔科维奇入党举行公开的会议，这次会议吸引了许多想看热闹的人：他们估计这位颠僧又有什么出奇的表现。他们猜对了。肖斯塔科维奇喃喃地念了他准备好的稿子，眼睛始终也不抬，只除了有这么几秒钟，他突然提高了声音："我的一切优点都归功于……"，听众期待着标准的、照例必须有的"共产党和苏维埃政府"这几个字，然而肖斯塔科维奇大声地说："……我的父母！"

6年以后，在他60岁生日前夕，他写了一首声乐小品，充满了痛苦的自嘲，题名《我的作品全集的序言以及对这序言的简短的沉思》，歌词是他自己写的。这首作品中主要的因素是对他的"各种荣誉的头衔、极为重要的职责和任务"的一份嘲笑性的目录。了解内情的人认为这是奇怪的玩笑。要理解这种玩笑，必须知道背景①。但是，尽管他加上了头衔，得到了奖赏，俄国知识界还是直到60年代后期才把作曲家看作官方体系的一分子。几十年来，他的音乐中的真实情感帮助他们在精神上维持了不死。俄国没有第二个肖斯塔科维奇。

---

① 如，要充分理解1970年（在《第十三四重奏》与《第十五交响乐》之间）为管乐队写的作品第139号《苏维埃警察进行曲》的意义，就一定要知道肖斯塔科维奇所崇拜的作家左琴科年轻时曾短暂地为这股势力服务。这种秘密玩笑在作曲家的作品中颇多。

在"解冻"的几年里，肖斯塔科维奇写了几首在苏联社会中引起显著共鸣的主要作品。一些以前未与群众见过面的作品也在这个时期演出了——其中有《麦克白夫人》（后改名《卡捷琳娜·伊兹麦洛娃》）、《第四交响乐》以及40年代后期的一些器乐和声乐作品。然而，在世的最伟大的俄国作曲家与思想最自由的知识分子之间的隔阂逐渐形成了。

按时间先后略举几件大事就可看出形势发展之紧张。1962年，《新世界》杂志发表了亚历山大·索尔仁尼琴的《伊凡·杰尼索维奇的一天》。1966年，作家安德烈·西尼亚夫斯基和尤里·丹尼尔（他们在西方发表了讽刺作品）在莫斯科受到审判。这次审判震动了苏联创作界。从"布拉格之春"到1968年8月华沙条约国进兵捷克，不满意越来越多。同年，科学家萨哈罗夫公布了他的《论进步、和平共处和知识界自由》一文。这篇文章在地下刊物上广泛刊载。当时，地下刊物在国内外已赢得"平行的"俄国文学的地位，它的影响往往比官方刊物大得多。

不满意见向政治运动发展。肖斯塔科维奇怀着兴趣和同情观察着，但是他不能加入。颠僧不能侵犯社会秩序。他的对立面是人，不是环境。他是以人道的名义而不是以政治改革的名义仗义执言的。肖斯塔科维奇是个道德家——从这本书中可以明显看到他终于还成了一位严厉的道德家——但他从未有过任何政治纲领。[①]

此外，在他进入"晚年"时，他的作品里越来越多地渗透着自我反省。回首往事，自我分析的主题成了他的音乐的不变的特点，带有一种与过去不同的音调：过去，他的音乐是为他人写的，写的是他与他人的冲突和相互关系；如今，他是为自己写音乐，只写他自己。

作曲家的身体从来不是很好，这时更每况愈下。1966年他患了心脏病，次年摔断了腿；他的骨骼变得很脆弱，一不小心，动作过

---

① 晚年，他曾在给我的信里写道："音乐是善，不是恶。诗是善，不是恶。这样说来未免粗浅，然而多么真实啊！"

猛，就引起酸痛。他的病因从来没有得到确诊。治疗只能暂时减轻痛苦。

这时，肖斯塔科维奇每次到公共场合都必须由他的年轻的第三任妻子伊丽娜·苏宾斯卡娅陪着了。她必须搀扶着他起坐，帮他穿外衣。他的嘴不停地发颤，好像随时要哭的表情。公开露面在他说来极为困难。在家里，他好像平静得多，自信得多，但是他在钢琴上弹奏他的作品时非常痛苦；他在向客人伸出右手时要用左手托着。他认真地练习用左手写字，怕右手可能会完全失去能力。

死亡的意象支配着他的作品。他的《第十四交响乐》（1969年）深刻地反映了穆索尔斯基的《死亡的歌舞》的影响。这首乐曲渗透了无法安慰的痛苦；"死亡的权力无比，"这部交响乐中的独唱者宣布。索尔仁尼琴作为持不同政见者和虔诚的基督徒，不能接受这种论调。他和肖斯塔科维奇之间的关系一向是亲密的，但是到这时终于闹翻了。① 持不同政见者要求的是政治行动而不是自我反省。对他们说来，政府是比死亡更近得多的敌手。而且，肖斯塔科维奇拒绝在持不同政见者的政治性声明上签名，他们认为这无异于投降。作曲家第一次被认为是机会主义者而不是颠僧了。

他生命垂危了。漫长、孤独的旅程快走到尽头了，但是他认为这条路没有通到任何目的地。在这个意义上，像在其他许多意义上一样，他确实是陀思妥耶夫斯基笔下的人物——他以令人目眩的速度向前走着，但是你若仔细一看，原来他未移动分毫。他在这最后阶段写的音乐表达了在死亡面前的畏惧、麻痹，表达了企求在未来人们的记忆中找到最后的庇护所；表达了一阵阵无力的、悲痛的愤怒。有时候，肖斯塔科维奇似乎最怕人们以为他在悔过，在请求宽

---

① 肖斯塔科维奇对索尔仁尼琴的态度是矛盾的。对作为作家的索尔仁尼琴，他评价很高，并感到索尔仁尼琴对待生活极有勇气。但是他认为索尔仁尼琴是在为自己创造一个"发光的"形象，是想要当一个新的俄国圣徒。这种矛盾心理反映在他在1974年索尔仁尼琴被驱逐到西方后接连写成的两首作品中。在为米开朗琪罗的诗谱写的声乐组曲中，肖斯塔科维奇用激愤的音乐借这位诗人描写但丁被逐出佛罗伦萨的愤怒的诗句来比喻索尔仁尼琴。后来，他又写了讽刺性的乐曲《发光体》，套用了陀思妥耶夫斯基《魔鬼》里的几句话。

恕。他临死仍是一个"地下人物"。

1975年8月9日，肖斯塔科维奇逝世于克里姆林医院——专收高官名人的医院。据医生诊断是心力衰竭。西方在报道他的死讯时评价一致："20世纪最伟大的作曲家之一，共产主义和苏维埃政权的坚定信徒"（伦敦《泰晤士报》）；"他对本世纪的音乐历史献出了一份有意义的声明"（西德《世界报》）；"一位有时受到严厉的思想意识批判的坚定的共产主义者"（美《纽约时报》）。

我们生活在一个无情的世界。这个世界把这位艺术家看作角斗士，要求于他的，用鲍里斯·帕斯捷尔纳克的话来说，是"认真地彻底死去"。这位艺术家遵命了，以死亡作为他的成功的代价。肖斯塔科维奇在死去之前早就已经付出了这个代价。

# 见　　证

## ——肖斯塔科维奇回忆录

这不是关于我自己的回忆录。这是关于他人的回忆录。别人会写到我们，而且自然会撒谎——但那是他们的事。

关于往事，必须说真话，否则就什么也别说。追忆往事十分困难，只有说真话才值得追忆。

回头看，除了一片废墟，我什么也看不到，只有尸骨成山。我不想在这些废墟上建造新的波将金村。

我们要努力只讲真话。这是困难的。我是许多事件的目击者，而这些都是重要的事件。我认识很多名人显要。我要把我所知道的他们的事说出来。我要既不在任何事情上添加色彩，也不伪造。这将是一个见证人的证词。

当然，有句俗语说："他说谎说得像见证人一样。"梅耶霍尔德①从他在大学时代起就喜欢讲这样一个故事。你知道，他曾在莫斯科大学学法律。一位教授正在课堂上讲人证问题时，突然一个流氓冲了进来，教室里顿时大乱，接着便打起来了。他们叫来了警

① 弗谢沃洛德·叶米利耶维奇·梅耶霍尔德（Vsevolod Emilyevich Mayerhold，1874—1940），先锋派戏剧的导演、演员和理论家，肖斯塔科维奇的朋友和支持者。1928 年，肖斯塔科维奇在梅耶霍尔德剧院负责音乐工作，后来还为马雅可夫斯基的喜剧《臭虫》的首次演出写了音乐（但是后来肖斯塔利耶维奇一直拒绝同梅耶霍尔德合作）。梅耶霍尔德的作品不但很受观众欢迎，而且在苏联全国以及在西方知识分子的左翼中间都很出名。可是，在"大恐怖"年代中，梅耶霍尔德消失得无影无踪。此后 15 年，凡是有文章提到梅耶霍尔德，通常是这种语调："舞台剧形式主义的罪魁祸首梅耶霍尔德的所有作品都是背叛俄罗斯伟大文化的，是在西方资产阶级无道德的艺术前卑躬屈膝。"在"解冻"期间，肖斯塔科维奇是首先为给梅耶霍尔德"恢复名誉"而努力的人之一。

卫。警卫带走了捣乱者。教授要学生们从头讲讲刚才发生的事情。

结果，每个人说的都不一样。对格斗的情形，各有各的说法，对流氓的模样也各有各的描写，有人甚至坚持说来了几个流氓。

最后，教授揭穿说这件事是假戏，是为了说明，未来的律师应当知道目击者的证词究竟有多少价值。他们全都是目力很好的年轻人，然而对刚刚发生的事情却说得各不相同。见证人有时是老年人，说的是很久以前发生的事情，那又怎么能期望他们说得准确呢？

不过，尽管如此，人们到那里去寻求真理，人人在那里得到他应得的赏罚的法庭是有的。这就是说有这样的见证人，他们是凭着良心作证的。没有比这个更可怕的审判了。

我并不是像目瞪口呆的人那样生活着，而是像无产者那样生活着。我从幼年时代起就辛勤工作，不是辛勤寻求我自己的"潜力"，而确实是工作辛勤。我也想悠闲地到处看看，但是我不得不工作。

梅耶霍尔德常说："要是剧院有排练的时候我没到，要是我迟到了——那么附近哪里有人在吵架就到哪里找我。我喜欢看吵架。"梅耶霍尔德认为，对艺术家说来，看吵架等于是上课，因为人在打架的时候最暴露他的本性，你可以从中理解许多东西。

梅耶霍尔德大概是对的。我虽然没有花多少时间在街上，但也看够了吵架。有小吵架，也有大吵架。我不能说它丰富了我的生活，可是它让我知道了不少可讲的东西。

我在上音乐课之前，并没有表示过想学音乐的愿望，虽然我对音乐有些兴趣，当有人聚在邻居家里演奏四重奏的时候，我会把耳朵贴在墙上听。

我的母亲索菲亚·瓦西里耶夫娜看到了，就一定要我学钢琴，但是我躲开了。1915年春天，我第一次上剧院，看了《撒旦王的传说》。我喜欢这部歌剧，但还没有喜欢到情愿去学音乐。

我想，学弹钢琴太苦了，不值得这样做。但是，母亲自有办法，她在1915年夏天开始给我上课。进度很快，原来我有固定音高的听力，记忆力也强。我很快就学会了音符，背谱很容易，不用看第二遍——自然地就背出来了。我的视奏很流畅，当时还开始尝试作曲。

看到我学得很顺利，母亲便决定送我上伊·阿·格利亚谢尔（此人死于1925年）的音乐学校。我记得，在一次演奏会上，我几乎弹了半本柴可夫斯基《儿童曲集》。第二年，1916年，我升到格利亚谢尔的班上。这以前，我是跟他的妻子O·F·格利亚谢尔学的。在他的班上，我弹了莫扎特和海顿的奏鸣曲，次年弹了巴赫的赋格曲。

格利亚谢尔对我作曲的事抱怀疑态度，并不鼓励。虽然如此，我还是继续作曲，写了不少。到1917年2月，我完全没有兴趣再向格利亚谢尔学了。他为人自信，但是迟钝。我感到他的讲授简直有点可笑。

当时我在希德洛夫中学上学。家里还没有打定主意要我成为音乐家，他们打算让我当工程师。我各门课程都学得很好，但是音乐占的时间越来越多了。父亲曾经希望我成为一个科学家，但是我自己没有这种愿望。

我念书一向用功。我想要做个好学生，喜欢得到好分数，喜欢受到别人的尊敬。我从童年时代起就这样。

这可能是我离开格利亚谢尔学校的原因。母亲反对我这样做，但是我坚持。对这种事情，我是说做就做的。我决定不去——我就不去了，如此而已。

毫无疑问，我的双亲是知识分子，因此具有知识分子的那种细致的精神素质。他们喜爱艺术和美。附带说一句，他们对音乐有特殊的爱好。

父亲爱唱歌，唱吉普赛的抒情歌曲，像《啊，我热爱的不是你》和《园里的菊花已枯萎》。他们称之为魔术般的音乐，后来我在电影院里弹琴的那个时候，这种音乐帮了大忙。

我不否认我对吉普赛歌曲的兴趣。我认为它没有什么卑微的东西。但是有些人不这样看，如普罗科菲耶夫，他一听到这种音乐就摆出一副生气的样子。他受的音乐教育大概比我好。但是我至少不是一个自命不凡的人。

母亲曾在彼得堡音乐学院跟罗扎诺娃学习（后来她也把我交给了这位女教师）。她钢琴弹得相当好。这没有什么特别，因为在那个时候，业余音乐家比现在多得多。例如我邻居的四重奏。

我在一本老书里看到过，地方上的显贵——市长、警察长等等——聚在一起演奏门德尔松的八重奏，那还是在一些小城市里。今天，假若像梁赞这样的地方的市执委会主席、警察长和党委书记聚在一起，你想他们能演奏什么呢？

我很少回忆我的童年。大概因为独自回忆未免烦闷，而能和我一起谈我的童年的人越来越少了。

年轻人对我的童年是不感兴趣的。他们这样完全对。了解莫扎特的童年也许有意思，因为他的童年不寻常，也因为他的创作生活开始得很早。但是在我的一生中，可能引起一些兴趣的事情出现得晚得多了。我的童年没有任何非同一般的大事。一个作曲家的传记中最没有意思的部分是他的童年。前奏曲全都差不多，读者不耐烦地想看赋格。斯特拉文斯基是个例外。在他的回忆录中，最精彩的部分是童年。

有一件事使我很不高兴：为什么斯特拉文斯基要那样说他父母的坏话。给人的印象是他在为他的童年报仇。

一个人不能对自己的父母报复，即使你的童年不很愉快。你不能为你的子孙后代写痛斥父母的文章，说父亲和母亲怎么糟糕，而我，一个可怜的孩子，不得不忍受他们的专制。这有点卑鄙。我不想听人们谴责他们的父母。

有时候我想我已经忘了我的童年是什么样的了。我得使劲回想我幼小时候的一些小事，所以我觉得别人也不会有任何兴趣。

反正，我没有在列夫·托尔斯泰的膝上坐过，安东·巴甫洛维奇·契诃夫也没有给我讲过故事。我的童年非常平淡，没有任何异常，我几乎不记得有什么特殊的、惊天动地的事情。

他们说，我生活中的主要大事是1917年4月列宁到达彼得堡的时候我游行到了芬兰车站。这事是有的。希德洛夫中学的一些同班同学和我跟着一小群人走到了车站。但是，我什么也记不清了。要是事先有人告诉我说，要来的是一位怎么样的伟人，那我可能会比较注意些。但是，事实上，我记不得多少。

另一件事情我记得比较清楚，那事发生在同年 2 月。他们在街上驱散一群人。一个哥萨克用马刀杀了一个男孩。这事非常可怕。我跑回家去告诉了他们。

彼得堡到处是满载士兵的卡车，这些士兵不停地开枪。在那些日子里，最好不要出去。

我忘记不了那个男孩。永远忘记不了。我几次想用音乐把这件事写下来。我小时候写过一首钢琴曲叫做《悼念革命牺牲者的葬礼进行曲》。后来，我的《第二》和《第十二》交响乐也表达了同样的主题。还不止那两首交响乐。

我还记得彼得堡妓女很多。晚上，她们成群地走到涅瓦大街。这种情况是和战争一起开始的。她们应接士兵。我也害怕妓女。

我的家庭有民粹派①的倾向——自然也就有自由派的观点。我们有明确的是非观念。

在那个时候，我认为整个世界都是这样的。但是现在，同普罗科菲耶夫家的气氛比起来，我看我的家庭的思想是相当大胆、自由的，普罗科菲耶夫家的思想要反动得多；斯特拉文斯基家更不用说了，他家毕竟是靠帝国玛丽亚剧院支持的。

我家里经常谈到 1905 年的革命。我是在这次革命以后出生的，但是那些故事对我的想象力影响很深。我长大后读了很多描写这次革命的经过的书。我认为它是个转折点——人们不再相信沙皇了。俄罗斯人民总是这样——他们相信，相信，后来，突然一下子不相信了。已不复为人民所相信的人，都落得了坏下场。

但是为此必须流很多血。1905 年，他们用一辆雪橇把被杀害的

① народпицество，民粹派运动（源出 народ "人民"），是 19 世纪俄国激进的政治运动，各方面知识分子参加者很广。民粹派的中心思想是以农民民主作为"俄罗斯的"通向社会主义的道路。民粹派通过鼓动和恐怖活动与专制制度作斗争。在斯大林时期，民粹派的活动被贬低并歪曲了。

儿童尸体堆得高高地运走了。男孩子们坐在树上看大兵，大兵对他们射击——为了取乐，没什么别的。后来，他们把他们装在雪橇上运走了。一辆装满孩子尸体的雪橇，死孩子的脸上带着笑容。他们那么突然地被杀死了，还来不及感到害怕。

一个男孩子被刺刀捅死了。当他们把他拖走时，群众叫喊着要武器。谁也不知道怎样对付他们，但是忍耐已经超出了限度。

我想，在俄罗斯历史上许多事情是重复出现的。当然，一件事情不可能完全一样地重演，必然会有一些不同。尽管如此，许多事情是历史的重演。在许多事情上，人们所想所做都是相似的。举例说，假若你研究穆索尔斯基或者阅读《战争与和平》，这一点就很明显。

我要在《第十一交响乐》中表现这种重复。我在1957年把它写出来了。虽然它叫"1905"，但是表现的是当代的主题。它描写了人民，他们不再相信了，因为罪恶已经遍布。

这就是我童年时期和成年时期合在一起的印象。当然，我成年后遇到的事情意义更深。

由于某种原因，没有人写他童年时期所受的侮辱。他们温情地回忆：我在那么小的时候就独立生活了。实际上，当你还是一个孩子的时候，他们是不让你独立的。他们给你穿衣服、脱衣服，使劲地给你擦鼻子。童年就像老年。一个人老了以后也是无力的。但是没有人温情地谈到老年。童年何以比老年好呢？

童年时受的创伤会痛一辈子。因此，孩子受到伤害是最痛苦的——要痛苦一生。我至今还记得在希德洛夫中学里谁侮辱过我，甚至比这更早的也记得。

我小时候多病。生病总是难受的事，但是最糟的是在食品匮乏的时候生病。当年，有些时候吃饭实在难。我不很强壮。有轨电车很少，等到总算开来了一辆，车上已经挤满了，人们还是使劲地往上挤。

我难得能挤上车。我没有气力挤车。"有力挤车才能坐车"这句话就是当时兴出来的。因此，我到音乐学院去总是一大早就出门。对电车我连想都不想。我走着去。

结果总是这样。我总是走路，别人坐在电车上从我身边驶过。但我并不忌妒他们。我知道我没有办法挤进去，我太虚弱了。

我学习怎样去估量一个人。这是相当不愉快的消遣，因为结果总不免大失所望。

理应是奇妙的青年时期天生是通过玫瑰色的眼镜观看世界的。只看到欢乐的景象和美丽的万物：云彩、青草、鲜花。你不想去注意华美的现实的阴暗面。你想把这些阴暗面当作视力上的幻觉，就像一位讽刺作家①有一次提到的那样。

但是，不管愿意不愿意，你开始靠近一些看了。于是，你注意到了某些丑恶的现象，你开始看到，用左琴科②的话来说的：是什么在移动什么，什么在推动什么，这使你相当悲伤。

不错，这些还不足以使你陷入绝望和悲观，但是一些疑惑开始侵入你年轻的头脑。

我年轻时在明卷剧院——现称巴里卡达——做过钢琴演奏者的工作。列宁格勒人谁都知道这个地方。我对明卷的回忆不是很愉快的。当时我17岁，我的工作是为银幕上的人的喜怒哀乐配乐。

这工作又讨厌，又令人筋疲力尽。工作很累，工资低微。可是我干了，哪怕是那么微薄的钱也是我巴望着要的。当时，我们就是这么困难。

---

① 丹尼尔·伊凡诺维奇·哈姆斯（Daniil Ivanovich Kharms，即尤瓦切夫 Yuvachev，1906—1942），达达派作家。肖斯塔科维奇青年时期彼得格勒（列宁格勒）的最古怪的人物之一，靠写儿童诗歌过活。哈姆斯在斯大林恐怖时期失踪。20 世纪 60 年代，地下刊物普遍刊登了他的一些古怪的"轶事"。

② 米哈伊尔·米哈伊洛维奇·左琴科（Mikhail Mikhailovich Zoshchenko，1895—1958），讽刺作家和剧作家，肖斯塔科维奇的朋友。他富有才华，独具风格，在相当年轻的时候已享盛名。左琴科说得很平淡："我写作尽量简练，句子短，穷人可以看懂。大概这就是我有那么多读者的原因。"第二次世界大战后，左琴科受到党的恶意攻击："腐朽透顶的社会政治和文学星相术""卑鄙、好色的动物""无原则和无良知的文痞"。这些只是把官方对左琴科的描绘略举一二。党的一个领导人要求："让他滚出苏联文学界。"这个命令执行了。左琴科首创的文学风格对肖斯塔科维奇的表达方式起了决定性影响。

剧院的业主不是普通人。他是一位赫赫有名的米兰市荣誉市民。他这个荣誉身份是由于写了关于利奥那陀·达·芬奇的著作而获得的。

这位米兰的荣誉市民名叫阿基姆·利沃维奇·沃伦斯基，人们还叫他弗莱克塞。我说了，他是个名人，是各门艺术的评论家。革命前，沃伦斯基领导过一本很有名气的杂志，刊登了契诃夫的，甚至列夫·托尔斯泰的作品。革命后，沃伦斯基创办一所芭蕾舞学校，因为他对这一门里外精通。可以说，整个芭蕾舞界提心吊胆地等着他发表长篇大论的文章。他的文章多得数不清，写得转弯抹角，玄之又玄，芭蕾舞界的人哆嗦着看他的文章。

这位米兰荣誉市民每天都驾临芭蕾舞学校，以满意的眼光看着那些女孩子。这是沃伦斯基小小的后宫。那时候他大约60岁。他个子很矮，头很大，脸像梅子干。

顺便说一句，他为他的后宫大作宣传。他出版了一本书叫《喜悦的书》。书名用大写字母。在喜悦中，沃伦斯基预言他的女弟子们必将闻名于世界。结果什么也没有，原来，只靠沃伦斯基的捧场是不够的，还得有点才能才行。

我在明卷干活，好不容易满了一个月，就去找沃伦斯基要工资。这位米兰的荣誉市民像躲瘟疫似的见我就躲。但是我终于抓住了他，把他从对芭蕾舞女学生的凝视中拉走了。

沃伦斯基轻蔑地看着我。说实话，他穿着革命前的礼服，气派十足。这件礼服是他从前定做的，做得不坏。一个肮脏的领圈支撑着他的特大型的脑袋。沃伦斯基用俯视的姿态看着我，虽然这么做未免困难。

他问我："年轻人，你爱艺术吗？伟大、崇高、不朽的艺术？"我忸怩不安，回答说爱的。这下铸成了大错，因为沃伦斯基是这样说的："假若你爱艺术，那么，年轻人，现在你怎么能向我提起肮脏的金钱呢？"

他向我发表了一篇漂亮的演说，这篇演说的本身就是高级艺术的范例。这是一篇关于伟大、不朽的艺术的讲话，热情洋溢，生动有力，中心思想是我不该向沃伦斯基要工资。他解释说，我索取工资就是玷污了艺术，把艺术降低到了我的粗鄙和贪婪的水平。艺术受到了危害。如果我坚持这种蛮横的要求，艺术可能沦亡。

我告诉他，我需要这些钱。他回答说，他不能想象也不能理解一个从事艺术的人怎么能把生活中的这种区区小事放在口上。他想使我感到羞愧，但是我没有为他所动。

当时我憎恨艺术。它使我厌烦。我们迫切需要钱，我工作很辛苦，可是现在他们不想把我工作的酬劳给我。

当时我17岁，但是我知道他是在欺骗我。我感到厌恶。世界上所有的动听的语言都没有任何价值——我这么想。这个人有什么权利教训我？要他把我的钱给我，我就回家。我那样辛苦地工作难道是为了让沃伦斯基养他的后宫？绝对不是。

但是沃伦斯基没有把我的钱给我，我又去找了他几次，还是白跑。他给我一通说教，但是不给钱。到最后，他付了一部分工资。我不得不为其余部分去告他。

当然，我离开了明卷，而且，不用说，在这件事情之后，我对沃伦斯基没有任何好感。看到他那些评论芭蕾舞和其他高尚问题的自命不凡的文章，我就作呕。

后来，在我的《第一交响乐》演出后，我有了一些名声。结果，有一天，天气晴朗，我收到了一份请帖。最初我感到生气，因为请帖是邀我参加一次纪念沃伦斯基的晚会，他那时已经死了。他们打算举办一次文艺演出纪念他的创造活动，希望我出于对他的怀念去参加，因为我在明卷和他有过来往。

开始我很生气，但是后来想想，决定去。为什么我不能带着我的回忆去参加呢？我有个故事要讲，我去了。听众很多，主持仪式的是一位很有名的人——诗人和作家费奥多尔·库齐米奇·索洛古勃。当时索洛古勃是全俄罗斯作家协会主席。凡是对俄罗斯文学稍微有点兴趣的人都知道他。在那个时候，他是活着的文豪。当时已经没有人看他的书了，但是他的生活中出了一桩奇怪而神秘的事，人们传说纷纷。

索洛古勃有个妻子。不仅仅是个妻子，而且是索洛古勃第二。他妻子无疑是个杰出的妇女。人们说，有许多小说是她与他合作写的，她还为丈夫的著作写了许多富有见识的评论。不仅如此，她为他编了一整套选集。换句话说，她完全是理想的妻子。每个艺术家都应当有这样一位妻子。

索洛古勃常写有关死的文章。当然，即使是这个题材也是有报酬可得的。可以为自己安排舒服的生活，写写死亡，过着舒坦的日子。

先生和夫人生活得很舒服。但是，有一天，也许是他们家里的神秘的灵气加浓了，也许是他们吵架了，不论是其中的哪一个原因，反正，在一个天气不太好的秋天的傍晚，索洛古勃的妻子离开了家，再也没有回来。

这当然是个悲剧。而且，由于索洛古勃名声大，由于他的工作的神秘性，这个悲剧更添加了特殊意义。他的妻子究竟出了什么事，居然这样神秘地消失了，人们只能猜测而已。

在那个不祥的夜晚，有人看到一个妇女从一座桥上跳进了涅瓦河。她的尸体没有发现，可能她就是索洛古勃的妻子。

诗人伤心，痛苦。他苦苦想念他的妻子。人家说，他每天晚上都要在餐桌上给她设一个位置。城里许多知识界人士对索洛古勃的痛苦深感同情。冬天过去了，春天来了，涅瓦河上的冰解冻了。就在索洛古勃的家门前，图奇科夫桥旁，有一个淹死的妇人浮现在水面。

他们来找索洛古勃，要他去认认尸体。"是的，这是她。"诗人阴沉沉地说，说完转身就走了。

人们对这件事议论纷纷。这事有点儿神秘。尸体怎么会恰恰浮在索洛古勃家的门前？有一位作家认为："她是来告别的。"

左琴科听到了这件事，忍不住写了一首讽刺诗。诗里有一些类似的描写：超凡的爱情、淹死的女子等等。这首诗的脚注的大意是："也许她在和这个迟钝的人生活了许多年以后投河自尽了，也许是因为他在她头脑里装满了神秘主义。其实这是不大可能的。实际上，如果你想要一个心理学的解释的话，她是在木头上一失足淹死了。"

左琴科的讽刺诗里的主人公是个工程师，不是作家，但是当人们带他去看他淹死的妻子时，他的举止和索洛古勃完全一样。

所谓诗人的妻子漂到家门前从另一个世界向他告别的整个说法叫左琴科感到生气。他最后嘲笑说："这个不幸事件无可辩驳地证明，什么神秘主义，什么理想主义，什么超凡的爱情等等，全都是绝对的废话和胡言乱语。让我们起立向这位淹死的妇人以及对她的深切超凡的爱情致意，然后让我们转向现实，因为现在不是把大量的时间花在淹死的公民身上的时候。"左琴科把他的讽刺诗题名为《佩花的女子》。

就是这个有名的索洛古勃主持了纪念伟大的理想主义者和芭蕾舞爱好者沃伦斯基的晚会。我走上去开始讲我的那段经历。我听到人群中间有一片嗡嗡的私语声。

我的表演当然与其他演说者不合拍。他们主要想起阿基姆·利沃维奇是多么高尚的人。而我在这里抱着我的粗鄙的物质主义，讲钱。在纪念晚会上，没有人会提钱的事情，即使提的话，也只是向在场的人夸那位亲爱的死者在生前是多么的无私。

我大逆不道地触犯了礼法。公愤开始起来了。顺便说一说，左琴科发表讽刺诗以后也引起了公愤。跳起来为索洛古勃辩护的知识界人士认为对索洛古勃的嘲弄太刻毒了。可是左琴科根本不是想嘲弄索洛古勃。他是笑那些从一件不幸的、但是很普通的事件中编出种种无稽之谈的人。"当这位夫人淹死的时候怎么能笑呢？"左琴科这样说。是的，她淹死了。为什么要把索洛古勃和他的妻子切鲍塔列夫斯卡娅变成特丽丝坦和伊索尔德呢？

我继续讲我记得的往事。听众嚷嚷起来了，可是我想，即使你们把我从台上拉下去，我也要讲完我的事。我讲完了。

我在下来的时候听到索洛古勃大声地问他的邻座："这个年轻

混蛋是谁?"我有礼貌地向他一鞠躬。为了某种原因,他没有答理。

因此,那天晚上我们之间本来可能有的历史性会见没有实现。他没有把他的知识火炬传给我,所以我现在不能夸耀说我继承了索洛古勃对死亡的态度。

过了不久,索洛古勃就去世了。

左琴科试图对死的问题采取唯物主义的态度。他以为,只要他以讽刺的口气描写死亡,他就会不再害怕死亡。我有一阵子完全同意左琴科的看法,甚至还以罗伯特·彭斯的一首诗为主题写过一首曲子,叫《处决前的麦克弗森》。但是后来我断定左琴科显然没有摆脱对死亡的畏惧。他只是想使自己和别人都相信他是摆脱了的。总的说,我对这个问题的想法随着岁月而改变。以后再谈。

左琴科自己想出了一套心理分析法。他把这叫做自我治疗。他自己治疗自己的歇斯底里和忧郁症。左琴科不相信医生。

他以为一个人是可以自己解除忧郁和压抑的,只要理解你怕的是什么就行了。当一个人认识到自己害怕的原因的时候,压抑就会消失。你得解开你的畏惧的症结。

左琴科对很多事物的看法是对的。我看,他只有一件事是错的,就是他想从童年时期寻找害怕的原因。其实他自己也说,大灾难更可能发生在成年期,因为神经毛病总是到成年后才发作的。真正感到害怕是在成年以后。

当然,害怕总是跟着我们的,从孩子的时候起就跟着我们。可是,童年的时候你的害怕同成年以后不一样。

小时候,左琴科害怕乞丐。更确切地说,他是怕向他伸过来的手。他怕水,还怕女人。

我呢?显然也怕向我伸过来的手。手能把你给抓住。所以我是怕给抓住。而且,陌生人的手可能抢走你的食物。所以这种怕是怕挨饿。

我还怕火。我小时候读过一篇故事,印象很深。是小丑杜罗夫讲的。这件事发生在革命前的敖德萨。那里发生了瘟疫。他们断定是老鼠传染的，于是敖德萨市长号召消灭老鼠。

大家开始打老鼠。杜罗夫在敖德萨一条小街上走着走着，看到几个男孩在用火烧他们抓住的几只老鼠。老鼠像疯了似的乱蹦，孩子们在旁欢笑。杜罗夫骂了孩子，救出了一只老鼠。这只老鼠已经遍体是伤，但是总算活着。杜罗夫给它起了个名字叫芬卡。芬卡憎恨人。杜罗夫把芬卡带回家里，一直照料它，为它治伤。要赢得这只老鼠的信任可不容易，但是杜罗夫终于做到了。

杜罗夫认为老鼠这种动物又机灵又聪明，还举了些例子。他说，讨厌老鼠是人的许多迷信中的一种。图哈切夫斯基①的办公室里有一只老鼠。他很习惯和这只动物相处，还喂它吃。

用火烧动物是可怕的，不幸的是，这种事情今天还有。一个有才能的导演②，是个年轻人，他在拍一部影片的时候决定要有一个一头牛浑身着火的场面。但是，没有人愿意放火烧牛——助理导演不愿意，摄影师不愿意，谁都不愿意。于是这个导演自己把煤油泼在牛的身上，点着了火。牛吼叫着狂奔，像一把活的火把，他们把它拍下来了。他们是在一个村子里拍这一场的，农民在弄清楚是怎么回事的时候差点没杀了这个导演。

我在听到别人的痛苦时，自己也感到痛苦。不论是什么，我都会为他感到痛苦——不论是人还是动物。为一切活着的东西。

我也害怕痛苦，但是对死亡并不怎么感到寒栗。不过我知道我会活得很长，因为我已经学会比较冷静地对待死亡。在我小的时候，死亡使我感到恐怖。可能是由于战争，我不知道。

---

① 米哈依尔·尼古拉耶维奇·图哈切夫斯基（Mikhail Nikolayevich Tukhachevsky，1893—1937），苏联元帅，肖斯塔科维奇的赞助人。他早年就英俊有为，在战场上立下了一系列重大战功，包括击溃1921年的反布尔什维克的喀琅施塔得暴动。这次暴动对附近的彼得格勒影响很大，肖斯塔科维奇对它记忆犹新。斯大林认为图哈切夫斯基是他潜在的竞争者，把他枪决了，假借的罪名是盖世太保在一份捏造的文件中说图哈切夫斯基是德国间谍。

② 指安德烈·阿尔先尼耶维奇·塔尔科夫斯基（Andrei Arsenyevich Tarkovsky，生于1932年），苏联著名电影导演。这件事发生在1966年拍摄影片《安德烈·卢布廖夫》的时候。这部电影在西方很受欢迎。

小时候，我害怕死尸。我怕他们会从坟墓里跳出来抓我。现在我知道，很不幸，尸体是不会从坟墓里跳出来的。你不可能从那里跳出来。

当然，30年代末有一件事使我差点儿相信死者会从棺材里逃走。不知什么原因，有人掘开了果戈里的墓，可是果戈里不在棺里。棺盖开着，棺内是空的。一具伟大的尸体跑掉了。

不用说，不愉快的谣言开始在列宁格勒传开，大意是说这个年代太糟糕，连果戈里都受不了，走了。有关部门当然发生了兴趣：他怎么能跑了呢？究竟是怎么回事？

他们封锁了墓地，开始搜寻。结果是果戈里没走多远。他躺在附近，脑袋掉了。他的脑袋在他身旁。一切都清楚了。看来在果戈里的一次什么纪念日，他们决定竖一座纪念碑。碑是用砖砌的，结果砖头砸破了棺料，震开了棺盖。砖头很多，把尸体从坟墓里震了出来，而且把果戈里的脑袋也给打掉了。

于是，人们把他放了回去。教训是：在伟人的墓上，砖头不要垒得太多。死者不喜欢这样干。假如你要在墓上放砖，那么至少不要横挖竖挖。这样好一些。

不，我小时候不喜欢挖地。那事让别人去干吧。这是说，如果别人有这个时间，又有这种爱好的话。

有几次，我努力去回忆，不是为了娱乐，而是学左琴科的方法。结果什么好效果也没有，我的病更重了，加上夜里还睡不着觉。我感到浑身都散架了。谁要想知道我那时是什么模样，应该仔细地看看库斯托季耶夫①给我画的像。我认为这张像画得很好，像得很。我认为这是我最好的一张像，最真实，同时又不叫人讨厌。我非常喜欢它。

---

① 鲍里斯·米哈伊洛维奇·库斯托季耶夫（Boris Mikhailovich Kustodiev1878—1927），画家、插图家和舞台设计家，以善于用浓郁的色彩相当夸张地描绘俄罗斯生活而著名：大胡子的商人、肉感的大大的黑眼睛的妻子、精神抖擞的手艺人。他笔下的世界是集市、三驾马车和酒店的世界。他的画里既有痛苦，又有讽刺；这两者的结合在肖斯塔科维奇的歌剧《麦克白夫人》中也能找到。

这幅画是用木炭和红粉画的。我刚满 13 岁。这是库斯托季耶夫送的生日礼物。

我不想谈这幅画像。我觉得它本身已经能表达自己了。我，一个老人，坐在我的书桌前注视着它。它挂在旁边墙上，很容易看到。

这幅像不单单使我想起我 13 岁时的模样，还使我想起库斯托季耶夫，以及人的痛苦。

命运，更高的权力——这一切都毫无意义。有什么解释能说明库斯托季耶夫的命运？现在他大概是俄罗斯最出名的艺术家。即使是文化最少的人，只要看到他的任何素描或油画，也会说："啊，这是库斯托季耶夫。"那就是人们叫做"库斯托季耶夫风格"的。在倒运的日子里，他们惯于称之为"库斯托季耶夫主义"。

当一个人到了什么俄罗斯古城，或者看到了典型的俄罗斯农村时，他会说："就像库斯托季耶夫画的风景。"看到一个身材丰满的肉感的妇人走过时，他会说："瞧这典型的库斯托季耶夫风格。"造成这个风气的是一个患不治之症的病人，一个瘫痪的人。

如果我没记错的话，医生诊断他得的是脊椎肉瘤。这么一个人，医生可以随心所欲地折磨他。顺便说一句，他是由最好的大夫治疗。最后一次手术——第四次——是由一位给列宁治过病的外科大夫做的。他切除了库斯托季耶夫脊椎上的瘤。

库斯托季耶夫说，手术进行了 5 个小时，最后一段时间没有麻药。做的是局部麻醉，很快就失效了。那是一种折磨，简单明了的折磨。

我的朋友几乎没有一个逃脱折磨。他们折磨梅耶霍尔德，还有图哈切夫斯基，还有日拉耶夫①。结果怎样，你是知道的。

从我认识库斯托季耶夫以后，他从来没有健康过。我看到的他总是坐在轮椅里。我必须说，他使用这把轮椅十分得心应手。有时

---

① 尼古拉·谢尔盖耶维奇·日拉耶夫（Nikolai Sergeyevich Zhilayev，1881—1942），作曲家和音乐学家，肖斯塔科维奇的老师。他是一位怪僻的、神秘的人物，也是图哈切夫斯基的朋友，图哈切夫斯基被捕后，日拉耶夫也立即被秘密警察带走并杀害了。

候，他痛苦得咬着牙齿，接着，脸上分成两种颜色：一半脸变红了，一半还是苍白的。

就在这种可怜的状态下，库斯托季耶夫画了著名的比真人还要大的夏里亚宾像，画上画的是夏里亚宾和他的斗犬，以及他的两个女儿玛尔法和玛丽娜，还有马车夫牵着马。夏里亚宾在演完戏下场后到库斯托季耶夫这里来让他画。在画斗犬的时候，他们把一只猫放在衣柜顶上；猫一叫，狗就发呆了。

夏里亚宾认为这是一幅最能表现他的特点的画。他每次演出都要把库斯托季耶夫带去看。他来到他家里，把他从轮椅里扶出来，从五楼一直把他背下去，然后用车送到玛丽亚剧院，把他安置在他的包厢里。散场以后，夏里亚宾再把他送回家。

我认识库斯托季耶夫是由他的女儿伊丽娜带去的，我在108劳动学校跟她同学。我不大想到陌生人家里去，但是她告诉我，库斯托季耶夫病得很重，他热爱音乐，我应该去为他弹奏。

我把我会弹的乐曲的曲名全都写下来带去了。库斯托季耶夫靠在椅子上专心地听着。有几只小猫裹在他上衣里睡觉，舒服地打着呼噜。后来音乐弄得它们不爱听了，小猫就一只只叫着跳下了地。

库斯托季耶夫喜欢听我弹琴。他给我讲了许多关于艺术和俄罗斯画家的事情。他很高兴能告诉我一些我不知道的东西。他说着说着自己也会高兴起来，高兴的是我也知晓了。

库斯托季耶夫对肉感的女人的喜爱，给我的印象很深。他的画充满了情欲，这事如今是不议论的了。库斯托季耶夫不隐瞒这一点。他为扎米亚京①的一本书画了一些赤裸裸地表现情欲的插图。

你要是深探我的歌剧《鼻子》和《麦克白夫人》，就能发现库斯托季耶夫在这方面的影响。实际上，我从来没有想过这一点，但

---

① 叶夫根尼·伊凡诺维奇·扎米亚京（Yevgeny Ivanovich Zamyatin，1884—1937），作家，乌托邦小说《我们》的作者，《我们》在西方出版后被指为反革命。当批判他的运动达到高潮时，他写信给斯大林，斯大林终于允许他移居国外。他死于巴黎。《我们》在苏联仍然是禁书。

是最近在谈话中我想起了一些事情。譬如说，列斯科夫[1]的故事《姆岑斯克县的麦克白夫人》的插图是库斯托季耶夫画的，我在决定写这部歌剧的时候仔细地看了这些画。

《鼻子》是在列宁格勒由符拉吉米尔·季米特里耶夫设计的，他是出色的艺术家，似乎被库斯托季耶夫迷住了。他老是取笑库斯托季耶夫，但是离不开他。

抄袭和对风格的模仿归根结底是一回事。季米特里耶夫的作品无论是模仿库斯托季耶夫的风格也好，是抄袭库斯托季耶夫也好，但结果是一样的：舞台上的库斯托季耶夫。涅米洛维奇·丹钦科[2]的《卡捷琳娜·伊兹麦洛娃》，也是同样情况。设计师也是季米特里耶夫。

对我来说，这些名字是联系在一起的——库斯托季耶夫、扎米亚京、列斯科夫。扎米亚京根据列斯科夫的故事写了剧本《跳蚤》，在列宁格勒大剧院上演，布景、服装是库斯托季耶夫设计的。

这个戏的剧本和演出给我很深的印象。我在决定写歌剧《鼻子》以后，甚至去找了扎米亚京，请他在歌词上帮忙。扎米亚京是在库斯托季耶夫那里认识我的，所以他答应了。但是不行。扎米亚京不会，他不懂得需要些什么。不过我还是感激他提供了一些想法。

至于库斯托季耶夫，时间越长，我离他越远。有一阵，我喜欢上了动画片，其实是喜欢上了富有才能的导演米哈伊尔·采汉诺夫斯基。我认为他是我们最有才能的动画片导演。可惜，他被人遗

---

[1] 尼古拉·谢苗诺维奇·列斯科夫（Nikolai Semyonovich Leskov, 1831—1895），短篇小说作家，他的艺术天地在某些方式上与库斯托季耶夫有联系（库斯托季耶夫喜欢给列斯科夫的故事画插图）。他的标准散文用大胆的变化和明朗的色彩描写了俄罗斯。肖斯塔科维奇以列斯科夫的短篇小说《姆岑斯克县的麦克白夫人》为题材写了一部歌剧。

[2] 弗拉吉米尔·伊凡诺维奇·涅米洛维奇-丹钦科（Vladimir Ivanovich Nemirovich—Danchenko, 1858—1943），导演和剧作家，曾和斯坦尼斯拉夫斯基共同创立了著名的莫斯科艺术剧院。1934年，他领导的音乐剧院在莫斯科首次上演了肖斯塔科维奇的歌剧《麦克白夫人》。丹钦科在晚年坚持肖斯塔科维奇是个天才，后来一直没有改变这个看法。

忘了。

我为采汉诺夫斯基写了两部小歌剧。别人把它们列为动画片的配乐，但事实上影片是为我的音乐制作的。这两部是真正的歌剧，小型的——《神父和长工鲍尔达的故事》取材于普希金的诗；《傻耗子的故事》。片子里音乐很多。现在已不知遗失在哪里了，很可惜。

《神父的故事》完全是反对库斯托季耶夫的。它描写一个醉鬼在集市上卖春宫画片，画面是库斯托季耶夫的画，叫做《不穿衬衣的大屁股维纳斯》。很明显，这是指库斯托季耶夫的名作《俄罗斯的维纳斯》。

瘫痪的库斯托季耶夫在画肉感的裸体画的时候，为了画笔能够得着画布，用了一种特殊的装置，使画布能向他移过来。他一会儿把画布斜过去，一会儿把它立起来。

我以敬畏的心情看他挥笔。库斯托季耶夫喜欢我的姐姐玛露霞，在《蓝色的房屋》一画中画了她。这幅画上有几组景象：一个男孩在放鸽子，一对年轻的恋人，三个谈着话的朋友。画面上还有一个做棺材的人在看书。那就是生活——男孩在屋顶上，做棺材的人在地下室里。

库斯托季耶夫厌倦了生活。他不能再画了。肉感的女人不再给他带来愉快。"我活不下去了，我不想活了。"他常说。

于是他死了，不是由于疾病，而是因为他筋疲力尽了。他死于感冒，这当然只是个借口。那时库斯托季耶夫 49 岁。但是我觉得他像个老人。

库斯托季耶夫这个榜样对我影响很深，这一点我现在才意识到。因为我看到人是可以支配自己的躯体的。当然，如果你的腿不能动了，那你是支配不了的，它们就是不能动了，如果手不能动了，它就是不能动了。但是，你必须想办法继续工作，你必须锻炼，必须创造工作条件。

库斯托季耶夫虽然病得厉害，还是继续工作。现在，这对我是一个极其重要的问题。

不论在什么环境中，你必须始终想办法工作。有时候工作能拯救你。例如，我可以说工作救了格拉祖诺夫①，他忙得永远没有时间想到自己。

革命后，格拉祖诺夫周围的一切都变了，他生活在一个他所不了解的可怕的世界中。但是他想，假如他死了，重要的工作就完了。他对数百名音乐家的生命有一种责任感，所以他自己没有死。

有一次，格拉祖诺夫听我和一个朋友视奏勃拉姆斯的《第二交响乐》。我们弹得很糟，因为我们没有听过这首乐曲。格拉祖诺夫问我们过去听过没有，我老实回答说："没有，没听过。"他叹了口气说："你们真幸运，年轻人。有那么多美好的事物等着你们去发现。而我呢，什么都已经涉猎了。不幸啊。"

格拉祖诺夫像库斯托季耶夫一样，也喜欢看青年人学习。每天都有演奏者——小提琴家、大提琴家、钢琴家、竖琴家——到他家里来。当然，还有歌唱家。他们给他送来他们的演奏会的请帖和入场券，个个都说那是决定性的音乐会，对演出者说来是成败在此一场。格拉祖诺夫如果能发表意见，将是黑暗中的光芒……如此等等，老一套的废话。

实际上，格拉祖诺夫的意见并不是青年艺术工作者必须得到的东西。我说的是他对主要问题的意见，就是对音乐的意见。但还有其他方面的考虑——宣传——在起作用。

每个急于成名的艺术工作者都知道，一次音乐会如果有名人到场，身价就会大大提高。他们谁都想请格拉祖诺夫坐在第一排，有些特别会想办法的人甚至把他拉上台去。他们在台上设了特别贵宾席。

---

① 亚历山大·康斯坦丁诺维奇·格拉祖诺夫（Alexander Konstantinovich Glazunov, 1865—1936），作曲家，从1906年到1928年任彼得堡/彼得格勒/列宁格勒音乐学院院长，在这个位置上，得到人们普遍的尊敬。他是一位有保守倾向的音乐家（他写色彩丰富的交响乐和标准的舞剧），然而，他很同情肖斯塔科维奇。音乐学院激进师生对他施加强大的压力，要他放松音乐学院的学术传统，在这种情况下，格拉祖诺夫1928年因公出国后再也没有回俄国。他死于法国。

这种方式使听众格外高兴。出了同样的钱,既可以看到卖力的演奏,又可以看到名人。好像看马戏。

接下来又多么可爱:在演员休息室里,这位小提琴家(或者钢琴家、竖琴家)站在那儿,又高兴又激动,接受他的崇拜者的赞扬。然后,名人穿过激动的人群走过来,与演出者握手或者吻手——要看这位音乐家的性别而定。然后,说几句好听的话,这些话立即就传遍广大音乐界。正像他们说的,又便宜又使人满足。

我自己后来也不得不经历这一切,而且有过之无不及。次数不像格拉祖诺夫那么多,他肯定是最高纪录保持者。但是他们说格拉祖诺夫是用非法手段创造纪录的——用体育术语来说。

有人说,格拉祖诺夫去出席演奏会的时候,在耳朵里塞了棉花,坐在那儿自己想自己的心事。我必须承认,他想得极为出神,看到他的样子是令人难忘的。他的邻座都确信格拉祖诺夫是在专心聆听台上的演奏。

到了去后台演员休息室祝贺"喜庆日的主角"的时候,格拉祖诺夫偷偷地取出耳朵里的棉花,喃喃地说上几句不明确表态的、但是显然是赞扬的客气话。"好极了,第一部分指触很漂亮……"

当然,仍用体育比赛的术语来说,他应当算是犯规要罚出场的。但没有人去怀疑,或者是他们谁都假装不怀疑。人人都能从这出喜剧中得到一些好处。

最大的矛盾在于:格拉祖诺夫的音乐鉴赏力是最高水平的。实际上,他是非常严格的和要求很高的鉴定人。

这怎么解释呢?我认为,解释清楚这一点十分重要,因为,只要我能解释格拉祖诺夫在这个问题上的态度,我自己的评价和评论所引起的许多混乱就能澄清。

我知道有些同志对于我的评论和意见是抱怀疑态度的。这是一场复杂的比赛。一方面,人们想得到我的推荐或者评语;而另一方面……

而另一方面，有一次，有人把我们的一位杰出的指挥①的一些话告诉了我，他们认为他说的是我："噢，那个颠僧，他对任何演出都说'很好，很好'。"

　　首先，我觉得有时候这位大名鼎鼎的指挥（我非常尊敬他的才能）比我更有理由被称为颠僧。我是指他的宗教狂热。但是我现在不在这里谈他。十分清楚，有许多时候，用大炮去打麻雀毫无必要也毫无意义，是不是？

　　我们所有人的内心都有一个严厉的批判者。要严厉并不很难，但是值得在每个人面前说明你的听觉爱好吗？在必要的时候，不论对别人的音乐还是对我自己的音乐的演奏，我是可以很尖锐地表达自己的意见的——而且也已经这样做了。

　　我在年轻的时候很生硬，很没有涵养，听人演奏我的作品稍微有些不合原来的计划我就会大生其气。

　　这种情况持续了相当久，其间还有过一些正面冲突，使我的作品倒了霉。我看我的《第四交响乐》的问题一部分也出在这上面，我想起来也痛心。

　　凡此种种和其他一些情况，自然还有年龄关系，多少使我改变了态度。当然，我不是变得谦恭了，而是开始以一种不会使表演者感到很受屈辱的方式表达我的观点。

　　一个重要的因素是别人比较重视我的意见了。以前，为了让人家注意，我必须走极端。后来，我只要暗示一下，音乐家们就能懂了。我同音乐家谈起话来比较容易了，但同时也更困难了。为什么更困难呢？因为既然每一个字的分量增加了，它的打击力量也就加重了。

　　我听到过许多平凡的音乐家的音乐。很多。但是他们有权利生

---

① 指叶夫根尼·亚历山德罗维奇·莫拉文斯基（Yevgeny Alexandrovich Mravinsky，1903—1988）。从1938年到现在任列宁格勒交响乐团的首席指挥和音乐指导。在他领导下首次演出的肖斯塔科维奇作品有第五、第六、第八（这是献给莫拉文斯基的）、第九和第十交响乐。他是这位作曲家多年的亲密朋友。莫拉文斯基虽然信教，但仍然是党员。他和肖斯塔科维奇的关系在作曲家的晚年恶化了。

存。只有像红军合唱团那样的歌舞团叫我受不了。要是我突然成了文化部长，我会立即解散所有这类歌舞团，一上任首先就要下这样一道命令。当然，那是破坏，马上就会把我逮捕，但是那些歌舞团一散伙，他们是再也组织不起来的了。

以前，我说话别人不太注意，即使我谈的是我自己的作品。为了克服演奏者的抵制，我不愿意厉害也得厉害。本来用寻常的声气说说就行的事情，我也得拉直了嗓子说。

我多数时候遇到的是一种带有侮辱性的屈尊相就的态度，但是也有一些脾气很大的人，听到我的普普通通的要求也会不耐烦，对我采取粗暴态度。

如今，我不能容忍粗暴，哪怕他是所谓的伟大的艺术家。我最恨粗暴和残忍。我认为粗暴和残忍永远是联系在一起的。例子很多，斯大林便是其中之一。

你也知道，列宁在他的"政治遗嘱"① 里说斯大林只有一个缺点——粗暴。其他一切都好。

现在我们都知道得很清楚了，党领导之所以认为没有必要把斯大林从党的首脑的地位上撤下来，是因为，按他们的看法，粗暴算得了什么缺点？相反，粗暴简直等于勇猛。

我记得我看到过一篇对列宁的一些笔记的注释，其中说有些重要的党领导人（我记得是奥尔忠尼启泽②和其他几个格鲁吉亚人）互相侮辱，还互相打耳光。这不过是朋友之间开开小玩笑。

---

① 指所谓给代表大会的"信"，是 1922 年 12 月底到 1923 年 1 月初由重病中的列宁口授的。在列宁致党的领导人员的这封信中，列宁对可能继承他的地位的人，包括斯大林在内，作了比较式的评价。1926 年，西方发表了这份重要文件，现在这封信广泛地被称为列宁的"政治遗嘱"，可是当时的苏联领导人谴责它为伪品。直到 1956 年苏联将此信正式编入《列宁全集》时才公开发表它。

② 格里戈利·康斯坦丁诺维奇·奥尔忠尼启泽（Grigori/Sergo/Konstantinovich Ordzhoni-kidze, 1886—1937），共产党领导人之一。"大恐怖"开始时，他自杀了。官方把他的死因说成是心脏病。他的亲属和朋友受到了迫害，但是斯大林认为保持奥尔忠尼启泽的"忠实的斯大林分子"的形象是有利的。然而，斯大林对奥尔忠尼启泽的强烈憎恨甚至促使他痛斥穆拉杰利（Muradeli）的歌剧《伟大的友谊》，因为剧中的主人公是奥尔忠尼启泽。

这一切的结局是什么，我们是知道的。不，不要指望一个粗暴的人会干什么好事。

粗汉无论在什么领域都一样，无论是在政治方面还是在艺术方面。不论在哪里，他总是想当独裁者、暴君。他总是要压迫每一个人。结局总是很坏，这是规律。

使我感到难受的是，这些虐待狂总是有崇拜者和追随者——而且是真心诚意的。典型的例子是托斯卡尼尼。

我讨厌托斯卡尼尼。我从来没有到音乐会听过他指挥，但我听够了他的唱片。我认为他对音乐的处理是可怕的。他把音乐剁碎了，然后在上面浇上令人恶心的调味汁。托斯卡尼尼给我"面子"，指挥了我的交响乐。我也听过这些唱片，它们毫无价值。

我读到过描写托斯卡尼尼指挥风格和他指挥排练时的作风的资料。那些形容他的可厌的举止的人为了某些理由反而对其感到愉快。我简直不能理解有什么令人愉快的东西。

我认为那种举止令人生气，不是令人愉快。他对音乐家又叫又骂，并且以最不顾体面的态度大吵大闹。可怜的音乐家们必须忍受这一切胡闹，否则就会被解雇。可是他们甚至开始在其中看到了"某些东西"。

当然，你对此必须习惯。因为，如果你每天都遭到嘲骂，那你要么就是逐渐习惯它，要么就是发疯。只有坚强的人才能介乎这两个极端之间，可是在乐队演员中又有多少真正坚强的人呢？集体演奏的习惯培养了牧群的本能。当然不是每一个人，但是有许多人，而这些人都捧着托斯卡尼尼。

托斯卡尼尼把他指挥我的《第七交响乐》的唱片送来给我，我听过后非常生气。什么都不对头。精神、性格、速度都不对，拙劣的粗制滥造。

我写了一封信给他，说了我的看法。我不知道他究竟收到了没有，可能是收到了，但是假装没收到——这完全符合他的虚荣和妄自尊大的习性。

为什么我会认为托斯卡尼尼不让人家知道我给他写了信呢？因

为很久以后我收到了一封从美国来的信：我已被选入托斯卡尼尼学会！他们一定以为我是这位大师的热诚的崇拜者。

我开始定期收到唱片——全是托斯卡尼尼的新唱片。我唯一的安慰是至少我手边总有可以当生日礼物送的东西了。当然，我不会把这种东西送给朋友。但是送给泛泛之交有何不可呢？他们感到愉快。我则少了些麻烦，给一个你不特别喜欢的、并不熟识也并不尊重的人送些什么生日礼物或纪念品，这是生活中最难处理的问题之一。

乐队指挥往往是粗暴、自负的暴君。我年轻时常常不得不和他们狠狠地斗，为了我的音乐和我的尊严。

他们有些人想要做我的"赞助人"。多谢了！什么赞助，我想起就恶心。所谓赞助通常是赤裸裸地企图把他们的意志强加给我，所以，我不得不唐突地谢绝这些赞助人，就是说，请他们安分守己。

在有人对你粗暴的时候，要用一种一劳永逸的方式回答他使他再也不想对你粗暴了，这并非易事。这是一种艺术。这方面，我有些好老师，最好的当然是索列尔金斯基①，但是我也努力向其他人学习。每当我看到有一个粗汉败在我的手下，我总是感到高兴。

我有个演员朋友在一个叫做"畸形吉米"的小剧场登台（那是新经济政策时期，在莫斯科）。他走到台前，但是没法表演。一个胖子站在第一排前面训斥着观众中的什么人。等着，等着，最后我的朋友忍不住了，说："请允许我开始演出，同志……"只听到了一句令人厌恶的、但很熟悉的回答："鹅可不是猪的同志！"

我的朋友做出拍翅膀的样子扇动着两臂，说："那么，我飞走

---

① 伊凡·伊凡诺维奇·索列尔金斯基（Ivan Ivanovich Sollertinsky，1902—1944），音乐学家，从1927年起就是肖斯塔科维奇的最亲密的朋友。他对于肖斯塔科维奇的趣味的形成有巨大的影响，而且不仅仅在音乐方面。他为人乐观，不随俗，才华横溢。他在音乐会之前发表的评论常常像随后举行的音乐演奏一样受到赞赏。在1936年反形式主义运动中，他受到很大的压力，但是继续为肖斯塔科维奇作辩护。他唯一的让步是答应"开始学格鲁吉亚语"。索列尔金斯基会几十种语言和方言，包括梵文和古波斯文。

了……"他像《天鹅湖》中临死的天鹅那样踮着脚尖走下了舞台。

他随机应变,观众哄堂大笑,那个粗汉像子弹似的冲出去了。

有一次,我在场,索列尔金斯基制服了一个傲慢、讨厌的女人。她本人什么也不是,但她的丈夫是列宁格勒的大人物。那是在小剧院庆祝一部歌剧首演的宴会上,索列尔金斯基遇到了这个女人,为了恭维她,他用他通常那种兴奋、急促的语气说:"好漂亮,你今天简直令人陶醉!"

他正准备继续奉承几句,这位夫人却打断了他的话头:"不幸,我对你不能用同样的话。"(她是想挖苦索列尔金斯基的容貌和他那相当奢侈的衣着。)

但是,索列尔金斯基不失他的机智,回答说:"你为什么不跟我一样说说谎呢!"

真正说来,要粗暴很容易,要尖刻却难得多。我希望人们能明确区分这两种气质之间的差别。不过最难的是,又要说真话,又要既不粗暴也不尖刻。只有靠多年的经验才能有这种功夫。

但这是有另一种危险——你会开始在表达自己的看法上拐弯抹角。你会开始说谎。

最近这几年,没有人对我粗暴了。这是好事,又是坏事。为什么说是好事,那很明显。

第一,人们似乎是在"保护"我。他们一定是怕一句粗暴的话就会把我震碎了,就再也不能把我重新粘起来,哪怕送到最好的克里姆林医院里去也黏合不了了。他们可怜我。

但是重要的是:今天不粗暴,肯定并不意味着明天或后天他们就不会变本加厉地更粗暴,因为粗鲁仍然是今日的风尚,而且几乎什么事情都随时可能发生。

而你已经不是过去的你了,你变得柔弱了。你因为已经习惯于客气的对待,所以失去了免疫力。那时候,他们就会踩你,踩你这个可怜的没有防备的魔鬼,把你踩成尘土。

但是目前,从他们对我的态度中,我感到有一种克制的愿望,一种避免粗暴的愿望。这使我这个在圣彼得堡精神中长大的人的内心里激起了一种愿望，使自己的意见温和一些的愿望。于是我立即想起了格拉祖诺夫。

这个人听到的音乐比他需要听的音乐要多得多。至于我，我怎么也比不上他那么温和。格拉祖诺夫随时都能发表评论，而且不是过分严厉的评论。我为什么不能这么做呢？

普鲁塔克是个伟人，他的比较体传记文学是杰作。如今，通过各种各样的比较，我的生活看来是好一些了，比较有吸引力了。在这愉快的环境中，我好像泡在油里的沙丁鱼。很体面，但是没有什么用处。

格拉祖诺夫是在有意识地克制自己吗？还是说，要惹他生气确实很难呢？据我知道，格拉祖诺夫只有几次发怒到了引起大家注意的程度。有一次与我有关，另一次与普罗科菲耶夫有关。

普罗科菲耶夫那件事发生的时候我还很年轻，但是后来人们也还谈起这事，而且把这事说得好像是不祥之兆，几乎成了什么象征，虽然我个人认为根本没有任何特别有象征性的东西。格拉祖诺夫只是在听普罗科菲耶夫的《西蒂安组曲》演出时站起来离开了大厅。

众所周知，格拉祖诺夫讨厌普罗科菲耶夫的音乐。但我愿意跟人辩论，这件事情不是故意表示什么不满。因为，格拉祖诺夫听过千百首不合他口味的作品，可是从来没有离开过他的座位或者在他的平静的面容上流露过任何表情。那么，怎么解释呢？

解释很简单——格拉祖诺夫觉得《西蒂安组曲》奏得太响了，他怕他的听觉器官受不了。乐队过分卖力了。在演出结束后，打击乐手把一张打破了的定音鼓的皮送给了普罗科菲耶夫。

另外还有一个方面，一个很重要的方面。格拉祖诺夫决不会在演出的中途离开大厅，即使他生命有危险——除非是他拿准他这样做，那位作曲家一点儿也不会在乎。毫无疑问，格拉祖诺夫是看对了。

你也知道，普罗科菲耶夫对于他没有获得格拉祖诺夫的好感满不在乎。可以说，他甚至把这件事列为他的成绩之一。从这个意义上说，我和他对于音乐学院里的各位教师的意见的反应是完全不同的。

有一次，普罗科菲耶夫向里姆斯基－科萨科夫交他的配器作业。这向来是当着全班的面交的。里姆斯基－科萨科夫在普罗科菲耶夫的作业中发现了一些错误，生气了。普罗科菲耶夫得意洋洋地瞧着全班同学——瞧，老头儿疯了。他以为这样做多少会提高他的身价。但是后来他自己说，他的朋友们的脸都很严肃，在这次事情上他没有找到支持。顺便说，他始终没有学会怎么恰当地配器。

普罗科菲耶夫几乎从一开始就和音乐学院合不来。他进圣彼得堡音乐学院是 13 岁。我也是 13 岁，不过我进的是彼得格勒音乐学院，不在原来的地方了。总的说，这是纪律和性格的问题，是为过去和将来定方位的问题。

这也许能部分地说明格拉祖诺夫第二次发脾气的原因。这第二次脾气与我有关，不过他不是对我发脾气，而是为我辩护。

希望能理解我。我这样说不是吹嘘，因为，恰好相反，我在这件事情上不如说是处在喜剧角色的地位，格拉祖诺夫是正派角色；而在普罗科菲耶夫的那件事上，普罗科菲耶夫显得稳稳当当，格拉祖诺夫倒显得有点儿傻。

但是，好像我是命该如此。比起我来，普罗科菲耶夫总是更引人注目，而且看来更使人发生兴趣。打个比方，普罗科菲耶夫总能台风十足，而且能找合适的背景，尽可能使他的近于古典式的形象在背景衬托下显得富有魅力。

与我有关的那件事发生在"普罗科菲耶夫"案之后 5 年，是我的老师斯坦因伯格[1]告诉我的。有一次，他们研究音乐学院下一年度发奖学金的名单，斯坦因伯格也在场。这是大事，比考试还重要得多，因此全体校务人员都到会。

---

[1] 马克西米利安·奥谢耶维奇·斯坦因伯格（Maximilian Oseyevich stienberg, 1883—1946），作曲家和教师，里姆斯基－科萨科夫的女婿。他在彼得堡（后来改称彼得格勒和列宁格勒）音乐学院当了四十多年教授。肖斯塔科维奇从 1919 年到 1930 年随他学作曲。由于肖斯塔科维奇越来越不受斯坦因伯格的教学的约束，师生关系恶化了。

当时还正处在可怕的饥荒时期。得到奖学金，就能得到一些食品。一句话，它是一个生死问题。如果能上名单，你就能活，如果名字被划掉了，很可能就会死。

当然，他们尽量想把名单上的名字删掉些。名单越长，政府就越可能什么也不给音乐学院。

名单在格拉祖诺夫的负责行政和组织事务的助手的手中，我的名字也在上面。名单很长，他们不断地删。讨论是客气的。每个教授都为"他的"学生的候选资格作辩护，他们都很急躁，但也都努力克制着自己，气氛是紧张的。

轮到我的名字时，风暴爆发了。我在名单上是最后一名。那助手建议把我除名。"这个学生的名字对我不说明任何东西。"格拉祖诺夫发作了。他们说他气疯了，喊着说了一些这样的话："如果这个名字对你不说明什么，那你现在和我们一起坐在这里干什么？这里没有你的位置！"

我不想再提他对我的赞扬，那些话是他在火气头上说的。这一次他的怒火帮了他的忙，使我得到了奖学金。我得救了。

但是格拉祖诺夫像这样大发雷霆是少有的。太少了，也许反而不好了。那么多没有说出来的事情积在心里，那么多令人疲惫和烦恼的事像重担一样压在精神上。你必须，你"必须"卸下你精神世界的负担，否则就有崩溃的危险。有时候你只想尖声叫喊，但是还是控制了自己，只是说出了一些毫无意义的话。

想起这位主要的俄罗斯音乐家和伟大的俄罗斯人，我不免激动。我了解他，很了解他。而今天这一代人几乎根本不了解他。对今天的青年音乐家说来，格拉祖诺夫就像是祖父辈的家具中的一件斯拉夫式的旧衣柜。

我理解格拉祖诺夫的伟大，但是我怎么才能让别人懂得呢？尤其是年轻人。列宁格勒音乐学院的青年学生天天都从格拉祖诺夫的胸像前走过，可是他们连头都不回——我观察到了。

胸像立在那里，但是没有爱，也不理解。老话说，爱是勉强不了的。无论是胸像还是纪念碑，当你想到它的时候，它代表着什么呢？当他们在莫斯科为——用斯大林的话来说——"最优秀、最有才能的"马雅可夫斯基①建立纪念像的时候，一个爱说笑话的人说："你们把这个叫纪念像？假如让他骑在马上，那时候，你就会有话题了！"难道一定要让格拉祖诺夫骑在马上吗？为的是让学生们在马蹄上绊跟头？记忆就像沙子一样，很快就会从指缝里流掉。

一个人死了，别人就把他端上饭桌喂子孙后代。打个比方，就是把他收拾整齐送上亲爱的后代的饭桌，让他们胸前系着餐巾，手上拿起刀，又割死者的肉吃。

你知道，死人有个毛病，就是凉得太慢，他们太烫，所以就给他们浇上纪念的汤汁——最好的胶质，把他们变成肉冻。

可是死了的伟人体积太大，所以得把他们切开。比方说，鼻子另装一盘，或者舌头另装一盘。这样，需要的胶质就不必那么多了。这样，昨天的大师就成了烹制的舌头冻。小菜是一碟蹄子，是他惯骑的马的蹄子。

在回忆我所认识的人们的时候，我要努力回忆没有裹上胶质的他们。我不想往他们身上浇肉冻，不想把他们变成美味的菜肴。我知道，美味的菜容易下咽，也容易消化。它最后变成什么，你也知道。

我想到了普希金的一句话："湮灭是任何不复存在的人的自然命运。"这很可怕，但是确实如此。你得对它作斗争。怎么能这样呢？刚死就给忘了。

---

① 弗拉基米尔·弗拉基米罗维奇·马雅可夫斯基（Vladimir Vladimirovich Mayakovsky，1893—1930），未来派诗人，苏联"左派"艺术领导人和代表人物之一。他和梅耶霍尔德以及谢尔盖·爱森斯泰因（Sergei Eisenstein）从一开始就拥护苏维埃政权，而且写了富有才华的、有创造性的诗歌赞扬国营贸易、秘密警察和第一批审判。由于创作上的困难越来越大，他自杀了。死后，他的名望开始下降，但是斯大林个人的干预保全了马雅可夫斯基作为官方第一号诗人的地位。鲍里斯·帕斯捷尔纳克说："推广马雅可夫斯基，就像叶卡捷琳娜女皇统治时代推广土豆一样，是强制的。这是他第二次死亡，这次死亡不是他的过错。"

以米亚斯科夫斯基①为例。他写了一些交响乐，似乎到处都飘扬着他的交响乐。他教了一些学生，但是现在已经不再演奏他的作品了。他被忘却了。

我记得米亚斯科夫斯基常对他的学生说："这不是复调音乐，而是多调音乐。"当然，他对多调性音乐的态度是公正的，但他自己被不公正地忘掉了。

舍巴林②呢？他留下了大量卓越的音乐，例如有一首优美的小提琴协奏曲。他的许多四重奏很优美。但是，在今天的音乐会上还听得到舍巴林的作品吗？湮灭了，湮灭了。

索科洛夫斯基③怎么样了呢？他是一位好极了的导演，我要称他为天才。他创立了一个出色的剧院，他受人崇拜，并且偶像化了。所有的人都说，索科洛夫斯基是个天才导演。而现在，人们也忘却他了。

太不公道了。人们受苦、工作、思考。那么丰富的智慧，那么丰富的才华。可是他们一死就立即被遗忘了。我们必须尽一切可能使他们活在人们的记忆中，因为我们自己也会受到同样的对待。我们如何对待故去的人，后人也将如何对待我们。我们必须保持记忆，不管这有多么困难。

---

① 尼古拉·雅可夫列维奇·米亚斯科夫斯基（Nikolai Yakovlevich Miaskovsky，1881—1950），作曲家，在莫斯科音乐学院任教授达30年。他写了27首交响乐（在150年来的音乐家中他是交响乐作品最多的一个）。他作为"莫斯科"作曲学派的领袖，在现代俄罗斯音乐史上享有光荣的地位。1948年，他和肖斯塔科维奇、普罗科菲耶夫同被斥为"反人民的形式主义倾向"的作曲家。

② 维萨里昂·雅可夫列维奇·舍巴林（Vissarion〔Ronya〕Yakovlevich Shebalin，1902—1963），作曲家，米亚斯科夫斯基的学生，肖斯塔科维奇的朋友（肖斯塔科维奇把他的《第二四重奏》题献给舍巴林）。他曾任莫斯科音乐学院院长，但是1948年在斯大林指示下，也作为"反人民的形式主义倾向"的代表撤职。

③ 米哈伊尔·弗拉基米洛维奇·索科洛夫斯基（Mikhail Vladimirovich Sokolovsky，1901—1941），戏剧导演，列宁格勒青年工人剧院的创始人，这是先锋派的集体，接近早期布雷希特（Brecht）和毕斯卡特（Piscator）的美学主张，肖斯塔科维奇在20年代末到30年代初曾在那里工作。1935年，索科洛夫斯基被迫离开该剧院、不久后剧院即解散。第二次世界大战中，索科洛夫斯基参加人民志愿旅到前线，死于列宁格勒附近（和肖斯塔科维奇的学生弗莱施曼一样）。

斯特拉文斯基是当代最伟大的作曲家之一，我确实喜爱他的许多作品。使我对斯特拉文斯基的音乐产生最早的也是最鲜明的印象的，是舞剧《彼特鲁什卡》。这部舞剧，我多次观看过列宁格勒基洛夫剧院的表演，而且我尽量不错过一次演出。（不幸，我还没有听到为较小型的乐队新改编的《彼特鲁什卡》，不知道它是否比原来的更好。）从那时候起，这位卓越的作曲家一直处于我注意的中心，我不仅仅研究、聆听他的音乐，而且弹奏它，还曾加以改编。

我高兴地回想起我在列宁格勒参加《小婚礼》首演的情况，那是在杰出的合唱指挥克利莫夫指导下由列宁格勒合唱团演出的，演出非常出色。四架钢琴合奏，我担任第二钢琴的演奏。大量的排练对我来说不但愉快，而且有益。这部作品的创新、华美和抒情性使所有的人感到惊喜。

我还演奏过《A大调夜曲》。在音乐学院，我们常常弹奏为两架钢琴改编的钢琴协奏曲。想起学生时代，我就会想起斯特拉文斯基的另一部作品——优秀的歌剧《夜莺》。当然，我是在"要命"的情况下熟悉它的：在一次视谱考试的时候。因此，我对这部歌剧有点生气。那次考试像西班牙的宗教审判——残酷。但是我总算对付过去了，掌握了《夜莺》。

斯特拉文斯基使我学到很多东西。我不但听他的音乐感到有味，看他的乐谱也感到有味。我记得，我喜欢《马弗拉》，还有《大兵的故事》，特别是第一部分。这部作品要是一口气全部听完的话，过于沉闷。很可笑，现在时兴用蔑视的口气谈论斯特拉文斯基的歌剧《浪子的进步》。这部作品比你乍一听时所感到的更为深刻。但是现在的人变懒了，而且缺乏好奇心。

《圣诗交响乐》特别使我难忘。我一拿到总谱就把它改编成钢琴四手联弹，并且把它交给了学生们。我必须指出，它在结构上有它的问题。它粗糙，写得粗糙。衔接上有痕迹。在这一点上，《三个乐章的交响乐》比它强。总的说，斯特拉文斯基常常有这个问题：他的结构像施工架那样外露。缺乏交融，缺乏自然的过渡。我感到这一点令人遗憾，但是另一方面这种明显的分野使听者比较容易理解。这想必是斯特拉文斯基的作品受到普遍欢迎的秘密之一。

我喜欢他的小提琴协奏曲，更爱他的弥撒曲——那是奇妙的音乐。蠢虫们认为斯特拉文斯基晚年的作品更差了。说这种话是诬蔑，是忌妒。我的品定正好相反。我认为早期作品差一些——如《神圣的春天》。这部作品相当粗糙，其中有许多地方着眼于外在的效果，缺乏内容。我认为《火鸟》也有同样的问题，我的确不是太喜欢它。

虽然如此，在我们这个世纪的作曲家中，只有斯特拉文斯基，我愿意毫无怀疑地称之为伟大的。也许他并不是样样都擅长，也不是样样都干得一样好，但其中干得最好的却使我感到高兴。

至于斯特拉文斯基，作为一个作曲家，究竟俄罗斯化到什么程度，那是另外一个问题①。他不回俄国来大概是对的。他的道德观念是欧化的。我认为从他的回忆录中可以清楚地看到这一点——他谈论他的父母和他的同事，一切谈论都是用欧化的方式。这种方式对我来说是陌生的。

斯特拉文斯基对音乐的作用的想法也纯粹是欧化的，主要是法国式的。我对当代法国的印象有好有坏。我个人感到法国相当褊狭。

当斯特拉文斯基来访问我们时，他是作为外国人来的。想到他和我的出生地离得很近（我生在圣彼得堡，他的家离那儿不远），甚至使人感到奇怪。（我不知道有没有人注意到斯特拉文斯基和我都是波兰血统。里姆斯基－科萨科夫也是。我们还都属于同一学派，虽然我们的表现方法不同。索列尔金斯基的家也是俄罗斯化的波兰家庭。不过这是题外话，我认为没有任何重要的意义。）

---

① 伊戈尔·弗奥多罗维奇·斯特拉文斯基（Igor Fyodorovich Stravinsky, 1882—1971），1908年后大部分时间住在俄国国外，1914年到国外长期定居——先在瑞士，后到法国，最后到了美国。有许多年，苏联根本不演奏斯特拉文斯基的音乐。1962年，年迈的作曲家访问了列宁格勒和莫斯科。苏联官方为这次访问大张旗鼓，总理赫鲁晓夫接见了这位作曲家。斯特拉文斯基的苏联之行是他几十年遭官方批准的攻击之后"恢复名誉"的标志。斯特拉文斯基的"俄罗斯根子"常令苏联在批评他时感到棘手。

邀请斯特拉文斯基访苏是出于高度的政治考虑。最高当局决定要使他成为民族的头号作曲家，但是这个名次没有起作用。斯特拉文斯基什么也没有忘记，没有忘记当年把他叫做美帝国主义的奴才和天主教会的走卒，还是当年这样称呼他的人而今张开了双臂欢迎他。

斯特拉文斯基对这些伪君子中的一个人没有伸出手去让他握，而是向他伸出了手杖，这个伪君子只得去握手杖，证明他才是真正的奴才。另一个伪君子一直在周围转，却不敢走近这位作曲家。他知道自己上不了台面，所以始终留在门厅里，活像一个奴才①。正如普希金有一次说的："奴才，留在门厅里，我要见的是你的主人。"

我推测斯特拉文斯基对这一切感到十分厌恶，因此才比预定的日期提前离开了。他做得对。他没有犯普罗科菲耶夫的错误，普罗科菲耶夫的结局是投入了樊笼。

普罗科菲耶夫和我始终没有成为朋友，大概是因为他总的说来不喜欢交朋友。他这个人无情，除了他自己和他的音乐以外，好像对什么都不感兴趣。我厌恶勾肩搭背，普罗科菲耶夫也不喜欢，但对别人却俯首听命。

我认为现在不大可能对普罗科菲耶夫音乐作最后的结论。我看时间还不到。

很奇怪，我的趣味不时改变，而且变化相当大。前一阵子我所喜欢的东西，这一阵子就不那么喜欢了，而且相当不喜欢，有的甚至一点也不喜欢了。所以，我怎么谈几十年前我第一次听到的音乐呢？譬如说，我记得谢尔巴乔夫的钢琴组曲《创意曲》，那是很久以前写的，在 20 年代初期。那时我听着觉得相当好。最近我偶然从收音机里听到它，感到那里面毫无创意。

对普罗科菲耶夫也一样。从前我所喜欢的他的许多作品如今听起来比较沉闷了。

① 指鲍里斯·米哈伊洛维奇·亚鲁斯托夫斯基（Boris Mikhailovich Yarustovsky，1911—1978）和格里戈利·米哈伊洛维奇·施奈耶森（Grigori Mikhailovich Shneyerson，生于1900），两人都是音乐学家，苏联文化工作干部。

就在他去世之前，他的作品好像开始了一个新时期，好像他是在新的道路上摸索。也许这个时期的音乐本来会比我们所听到的更深刻，可惜这只是开始，继续下去会是什么样，我们不知道了。

普罗科菲耶夫有两句口头禅，一句是"好笑"，是他用来评价他周围的一切的。一切，包括人、物和音乐。他似乎觉得《沃采克》也包括在"好笑"的范围之内。第二句是"懂吗?"那是在他想知道自己是否把意思说清楚了的时候用的。

这两句口头禅惹我生气。为什么要用这种头脑简单的食人者的词汇? 伊尔夫和彼得罗夫合写的小说中①的食人者叶洛什卡在她的法宝里还有第三个词汇："同性恋"。普罗科菲耶夫只用两个词汇就够了。

普罗科菲耶夫从小就很幸运，他所要的都能得到。他从来没有我的那些忧愁，他始终有钱又有成就，结果是养成了被宠坏的神童的性格。

契诃夫说过："俄罗斯作家住的是排水管，吃的是土鳖，和洗衣妇睡觉。"从这种意义上说，普罗科菲耶夫决不是俄罗斯人，因此，生活一发生转折，他便不知所措了。

普罗科菲耶夫永远不能和我坦率地交谈，但是我感到我了解他，我很能想象为什么这个欧洲人宁愿回到俄国来。

普罗科菲耶夫是个积习很深的赌徒，而且从长远来看，他总是赢家。普罗科菲耶夫以为他盘算得十分周密，这次一定又是赢家。约有15年时间，普罗科菲耶夫脚踩两条船——在西方，他被看作是苏维埃作曲家，在俄国，人们把他当作西方的客人来欢迎。

后来，形势变了，负责文化事务的官吏们开始打量普罗科菲耶夫了。这个巴黎派头的家伙是谁? 于是，普罗科菲耶夫认为自己搬回俄国来更加有利可图。这样做只会抬高他在西方的身价，因为那

---

① 伊里亚·伊尔夫，即伊里亚·阿尔诺德维奇·法因齐利伯格（Ilya Arnoldovich Fainsilberg, 1897—1937）和叶夫根尼·彼德洛夫，即叶夫根尼·彼得罗维奇·卡达耶夫（Yevgeny Petrovich Kataev, 1903—1942），著名讽刺作家与合作者。他们的小说《十二把椅子》和《金牛》中的语言和笑话在苏维埃生活中经常为人引用。这两本小说中的几个角色几乎成了民间传说人物。

时候苏联的东西变得时髦了；在苏联呢，他们不会再把他看作外国人，因此，他一定能左右逢源。

顺便说，最后的动力是从牌桌上来的。普罗科菲耶夫在国外负债累累，得赶紧偿还，他希望能在苏联弄到钱还债。

于是他就进了樊笼。他到莫斯科来是想来教育他们的，而他们却开始教育他。他不得不和所有的人一样背诵《真理报》的历史性文件《混乱而非音乐》①。然而，他确实从头到尾看了《麦克白夫人》的总谱。他说："好笑。"

我看普罗科菲耶夫从来没有认真把我当作作曲家来对待。他认为只有斯特拉文斯基是他的对手，所以从来不放过一次机会向他开炮。我记得他有一次对我说起一件诋毁斯特拉文斯基的事情。我打断了他的话头。

有一段时期普罗科菲耶夫吓得魂不附体。他用列宁和斯大林的几句话作词，谱写了一首大合唱——被否定了。他为独唱、合唱和乐队写了一些歌曲，也是歌颂斯大林的——又失败了。梅耶霍尔德开始排演普罗科菲耶夫的歌剧《谢苗·科特珂》时被逮捕了。接着，祸上加祸，普罗科菲耶夫的福特汽车轧了一个女孩。这是一辆新的福特车，普罗科菲耶夫不会操纵它。莫斯科的行人是不在乎交通规则的，车子来了也往轮子底下钻。普罗科菲耶夫说他们不怕死。

普罗科菲耶夫笨得像只鹅，从来爱吵架。

普罗科菲耶夫不得不忍气吞声，但是他总算对付过去了。不允许他出国，不演出他的歌剧和舞剧，任何小干部都可以对他发号施令。他唯一能做的是在暗地里恨他们。

一个典型的例子是普罗科菲耶夫的舞剧配器——直到现在大剧院仍然不用他的配器。诚然，配器不是普罗科菲耶夫所长（我在很年轻的时候演奏他的第一钢琴协奏曲时就修改过他的配器），配器对他总是一件难事，他总想推给别人去做，但是，即使承认这个事

---

① 《真理报》可悲的著名社论《混乱而非音乐》（1936 年 1 月 28 日）在斯大林的授意下攻击肖斯塔科维奇的歌剧《麦克白夫人》，由此开始了政府在文学艺术各领域广泛批判形式主义的运动。（见引言）

实，大剧院对待他的舞剧也太粗暴了。应该说明，他们上演《罗密欧与朱丽叶》时，请了波格列包夫作为普罗科菲耶夫的作曲协作者。《宝石花》也是如此。这个波格列包夫是一位很突出的人物，在配器上犹如打击乐器手和轻骑兵。配器又快又恰当，速度惊人。

有一阵，普罗科菲耶夫想用列斯科夫的一个故事写一部歌剧，也就是想出一部普罗科菲耶夫的《麦克白夫人》。他想要压倒我，并且证明能写一部毫不粗放、毫无自然主义色彩的真正的苏联歌剧。但是他后来放弃了这个想法。

普罗科菲耶夫生怕被人忽视——生怕被人骗走他该得的奖金、奖章和头衔。他对这些东西非常重视，在第一次得到斯大林奖金时高兴得不亦乐乎。这自然并没有加深我们的关系或者增进友谊的气氛。

战时，敌意暴露了。普罗科菲耶夫写了几首拙劣的作品，如《1941 组曲》和《无名男儿谣》。我发表了意见，对这些作品作了恰如其分的评价。没过多久，普罗科菲耶夫便回敬了。

总的说，他没有仔细听过我的作品，但是在对我的作品发表意见时听起来相当有把握。普罗科菲耶夫在他给米亚斯科夫斯基写的冗长的信中，说了不少侮辱我的话。我有机会看到了这些信。这些信没有发表真是不应该。这一定是米拉·亚历山大罗夫娜·孟德尔逊①的意思。她大概不愿意公布普罗科菲耶夫的刻薄的判断。在他的信中，我不是唯一被批判的人，还有许多别的作曲家和音乐家。

我本人认为他的刻薄不应该成为发表这些信件的障碍。反正可以用省略法，譬如说，如果普罗科菲耶夫写的是"那个傻子高克"②，那他们可以印成"那个……高克"。

我现在听普罗科菲耶夫的音乐时感到相当平淡，没有任何特殊的快感。我想，在他的歌剧中，我最喜欢的是《赌徒》了。不过即

---

① 米拉·亚历山德罗夫娜·孟德尔逊 – 普罗科菲耶娃（Mira Alexandrovna Mendelson—Prokofieva，1915—1968），普罗科菲耶夫的第二个妻子。普罗科菲耶夫和米亚斯科夫斯基之间的信件在肖斯塔科维奇死后发表了，但是经过了删改，这是可以预料到的。

② 亚历山大·瓦西利耶维奇·高克（Alexander Vasilyevich Gauk，1893—1963），曾指挥肖斯塔科维奇的《第三交响乐》和两部舞剧的首次公演。他领导了苏联最优秀的乐队。

使是这部作品，肤浅的、无的放矢的效果也太多。普罗科菲耶夫往往为了华而不实的效果而牺牲基本的东西。你可以在《燃烧的天使》和《战争与和平》中看到这一点。我听了，不很感动。这是现在的情况。从前不是这样的，但那是很久以前了。后来，我对马勒的迷恋把斯特拉文斯基（普罗科菲耶夫更不在话下了）推到背后去了。伊凡·伊凡诺维奇·索列尔金斯基坚持说马勒和普罗科菲耶夫是水火不相容的。

现在人人都知道索列尔金斯基。连傻子也知道，但是这不是我为我的亡友所希望的名声。他们是把他变成了笑柄。这是安德罗尼科夫①的过错，他在电视上把索列尔金斯基形容得像傻瓜。

事实上，索列尔金斯基是位大学者，会二十多种语言和几十种方言。他用古葡萄牙文写日记，为的是躲过窥探的眼睛。当然，他的古希腊语和拉丁语都讲得很流利。

可是现在人们记得他的是什么呢？他的领带是歪在脖子上的，新衣服穿在他身上只要5分钟就同旧衣服一样了。安德罗尼科夫的胡说八道使他变成了可笑的人物。

别人把我们介绍了3次，但是直到第三次他才记住了我。这说来也奇怪，因为他的记忆力之强异于常人。索列尔金斯基对于他感兴趣的事物马上就能记住，而且永远不会忘记。一页梵文，他看上一遍就能背诵出来。显然，头两次我没有怎么引起他的兴趣。

这是可以理解的。我们第一次相遇是在街上，第二次见面则是在真正可笑的环境里——测验马列主义的考场上。我们两人都去参加考试。他先进去，出来时把我们大家吓了一跳，他说考题难得令人难以相信。我们差一点吓死。

我们一大群人等在那里，好比豚鼠。对于要考我们的这门科学，我们只有一点点模糊的概念，可是索列尔金斯基说他们要我们以索福克勒斯为例论述唯物主义倾向。当然，他是开玩笑，但是我

---

① 伊拉克利·洛萨鲍维奇·安德罗尼科夫（Irakli Luarsabovich Andronikov，生于1908）。文学史专家，他的"讲故事"在收音机和电视广播上非常受欢迎。在这种节目中，他惟妙惟肖地模仿他所认识的名人，包括索列尔金斯基。

们连索福克勒斯是哪个世纪的人都不知道。

顺便说一件关于马列主义的事。那是在 20 年代中期的什么时候，给指挥高克和他的妻子，一位芭蕾舞演员（叶丽扎维塔·格尔特）授予俄罗斯联邦[①]功勋艺术家称号，在当时这是一个荣誉称号，能得到的人很少。高克夫妇举行了一系列招待会表示庆祝。人们来了，边吃边喝边祝贺主人。

有一次晚会，索列尔金斯基和我都参加了。食物很丰盛，恭维话也不少。接着，索列尔金斯基站了起来，举着酒杯祝贺两位主人获得如此殊荣，并预祝他们通过测验，把他们的称号肯定下来。

高克慌了："什么测验？"这回是索列尔金斯基感到奇怪了。什么，难道亲爱的主人不知道先得要通过马列主义的测验？非得通过测验，才能得到称号。

索列尔金斯基说得那么严肃，高克一点儿也不怀疑。他们两个都惊慌不安，要知道马列主义测验可不是闹着玩的。

我们安静地吃完，喝完，走了，留下这对愁眉不展的夫妇待在空桌子旁边。

高克是少有的愚蠢典型，我们常常叫他"爸爸高克"，听起来与俄语的"鹦鹉"谐音。我的第四、第五和第六交响乐的手稿全丢了，也是高克干的好事。我向他略露怨意，他回答说："手稿？那有什么关系？我丢了一个装着我的新鞋的手提箱呢，可你还为手稿烦恼。"

索列尔金斯基说笑话都是灵机一动就来，从来用不着预先准备。他有许多次即兴发挥我都在场，因为我们常在一起。他去讲课的时候常带着我。我安静地坐着，等着他讲完课一起去散步。我们一路溜达到涅瓦大街或者到人民之家去喝啤酒，那里有些玩意儿很有趣，像游戏翻山车。

索列尔金斯基有一次讲课讲到斯克里亚宾，索列尔金斯基不太喜欢他。他同意我的看法，就是斯克里亚宾对配器的认识正如猪对

---

① 即俄罗斯苏维埃联邦社会主义共和国，苏联的十五个加盟共和国之一。

橘子的认识一样多。我个人认为斯克里亚宾的交响诗——《神诗曲》《狂欢诗》和《普罗米修斯》——全都不知所云。

索列尔金斯基决定开个玩笑逗我发笑。他用颤抖的声音在台上大声宣讲: "在俄罗斯作曲家辉煌的群星中——卡拉法蒂、科列辛科、斯米连斯基等等——斯克里亚宾即使不是坐在首席,也决不是叨陪末座。"等等,等等,我为了忍住笑,差一点没憋过气去,但是没有一个人注意到。索列尔金斯基在念这些名字的时候十分恭敬。

顺便说说卡拉法蒂、科列辛科等等(名叫斯米连斯基的作曲家是没有的)。有一次,格拉祖诺夫叫我为他把一份份乐谱分类,就是把贝多芬的全理在一起,勃拉姆斯的、巴赫的也都理在一起,然后把他们的乐谱按序首归入字母 "Б" 项下。把格林卡和格鲁克归入字母 "Г" 项下,等等。

我到了他家里,开始仔细地整理乐谱。我看到在 "И" 字母项下显然错放了一些作曲家的作品,因为他们姓氏的第一个字母不是 "И"。

除了伊凡诺夫,这一项里还有卡拉法蒂、科列辛科和阿基缅科。我问格拉祖诺夫,为什么把这些作曲家归到 "И" 项,他说: "因为他们都是微不足道的作曲家。"

有一次,在课堂上,我听到索列尔金斯基当场回答听课者的一个问题: 据说普希金的妻子是尼古拉二世的情妇,是真的吗?索列尔金斯基一秒钟也没想,就回答说: "假若普希金的妻子娜塔丽亚·尼古拉耶夫娜晚死 8 年,假若尼古拉二世 3 岁就能性交,那么,我尊敬的提问者所打听的事就有可能是真的了。"

我一回家就核对索列尔金斯基说的日期。一点也不错,完全正确。索列尔金斯基有惊人的记忆力,记得大量的数字。

但是听课者的愚蠢有时候可以把索列尔金斯基也难住了。他在音乐学院讲课,讲完课总是有一段提问的时间。索列尔金斯基总是才智横溢。有一次,一个大个子站起来问: "请问,卡拉佩欣是什么人?"索列尔金斯基思索着。堂上轰动——索列尔金斯基答不上来了。

索列尔金斯基说: "他很可能是 15 世纪的亚美尼亚哲学家。我查一下，在下一堂课回答，同志。"到了下一堂课，这个学生又站起来问："请问，卡拉佩欣是什么人？""我不知道。""我就是卡拉佩欣。"这个学生说。全班窃笑。索列尔金斯基说："噢，现在我知道卡拉佩欣是什么人了。他是个傻瓜。"

这个卡拉佩欣是个男高音，自有一些名气。歌剧排练厅演出《叶甫根尼·奥涅金》，他担任著名的特里奎特的唱段。演出进行着，一切顺利，谁知轮到卡拉佩欣唱的时候，他却不张嘴。指挥重新开始，台上的特里奎特还是不出声。

他们赶紧拉上幕，指挥到了后台就批评卡拉佩欣："怎么回事，你忘了歌词？""不，"卡拉佩欣说，"是忘了曲调。"

（很久以后，我在埃里温歌剧院参加一次演出，一个模样漂亮的人来到我面前："你认识我吗？卡拉佩欣。"）

讲课使索列尔金斯基的声带疲劳过度，他决定去找一位教师帮忙。照例，这位声乐教师的法术带来了灾难性的结果。索列尔金斯基的嗓子毁了，嘶哑了。

有一次，索列尔金斯基接到学生递的一张条子。他打开一看，笑了笑读道："呼哧得够了。"索列尔金斯基停讲，离开了讲台。

作曲家们非常怕善谑的索列尔金斯基。例如，鲍里斯·阿萨菲耶夫①，自从索列尔金斯基评论了他的一部布景豪华的舞剧以后，再也没有缓过气来。"我很高兴看，但是听，我可受不了。"

有一次，我在交响乐团，他们正要演奏斯特拉文斯基的《夜莺》。索列尔金斯基出来作简短的介绍。他列举了和中国有关的音

---

① 鲍里斯·弗拉基米罗维奇·阿萨菲耶夫（Boris Vladimirovich Asafiev，1884—1949），音乐学家，作曲家。可以毫不夸张地说，阿萨菲耶夫是俄国音乐史上俄罗斯音乐思想最重要的代表。（他的工作直到现在才为西方所熟悉。）不幸，这位杰出的学者和评论家的品质不包括高度的节操。应该强调阿萨菲耶夫的重要性，因为本书的读者很容易对他的卓出成就产生不正确的印象。关于肖斯塔科维奇的评论中最好的文章有一些是阿萨菲耶夫写的，虽然这两个人的关系在不同时期有所不同。肖斯塔科维奇不能原谅阿萨菲耶夫在1948年所采取的立场，当时，阿萨菲耶夫容许用他的名字去攻击"形式主义"作曲家。肖斯塔科维奇告诉我，他销毁了他与阿萨菲耶夫之间的信件。阿萨菲耶夫在批评他的文章中使用"伊戈尔·格列鲍夫"（Igor Glebov）的笔名，由此本书中提到"伊戈尔和鲍里斯们"（Igors and Borises）。

乐作品，接着又说，"对，还有格里埃尔的《红罂粟花》，请原谅我这么说。"格里埃尔坐在我旁边，脸色发紫了。休息时，他到后台去，说："为什么你要为提起《红罂粟花》表示歉意？要知道，我的作品又不是什么骂人的话。"

《红罂粟花》，在基辅剧院由洛普霍夫①搬上了舞台，非常走红。格里埃尔不是坏人，但是是个平庸的作曲家。然而他的这部舞剧几十年来不停上演，50年代改名为《红花》，因为他们发现罂粟花在中国是鸦片的原料而不是格里埃尔所设想的革命热情的象征。

格里埃尔另一首经久不衰的作品是《伟大的城市之歌》。我每次在列宁格勒车站走下红箭特别快车时就不寒而栗，因为个个喇叭都在高声播放格里埃尔的曲子。旅客们都低着头加快脚步。

索列尔金斯基对西方音乐的态度基本上是对的。他从来不像阿萨菲耶夫那样想要得风气之先，因此也不必像阿萨菲耶夫那样经常改变意见。索列尔金斯基对马勒的热爱是不言而喻的。在这个意义上说，是他打开了我的眼界。

研究马勒改变了我作为作曲家的许多趣味。马勒和贝尔格是我最喜爱的作曲家，至今还是如此。相反，对于兴德密特，或克任内克和米尧，我年轻时是喜欢的，但是很快就对他们冷淡下来了。

有人说，贝尔格的《沃采克》对我影响极大，我的两部歌剧都受其影响。因此，常有人向我问起贝尔格的事，特别是在我们见面以后。

令人惊奇的是，有些音乐学家怎么会这么懒。他们写的书使人读了觉得脑子里如有蟑螂在爬。至少，我从来没有机会读到一本关于我的好书，尽管我想我看书还是相当仔细的。

端给你的是咖啡，你就不要在杯子里面找啤酒。契诃夫常常喜欢这样说。他们在听《鼻子》和《卡捷琳娜·伊兹麦洛娃》的时候，想从里面找《沃采克》，可是《沃采克》与这两部歌剧毫无关

---

① 弗奥多尔·华西利耶维奇·洛普霍夫（Fyodor Vasilyevich Lopukhov, 1886—1973），先锋派舞蹈设计师，设计了肖斯塔科维奇的舞剧《闪电》与《清澈的溪水》。

系。我很喜欢《沃采克》，每次在列宁格勒上演时，我从不放过一场。在停演前，《沃采克》共演了八九场。停演的借口和他们用来停演我的《鼻子》的借口一样——它太难了，演唱者无法始终保持良好的演出状态，而且演唱者需要大量排练，不值得。再说，群众也并没有真的为它挤坏了门。

贝尔格来列宁格勒看《沃采克》。就音乐而论，列宁格勒当时是一个先锋派城市，我们是最先演出《沃采克》的城市之一，我记得是在柏林之后不久。

大家事先就知道贝尔格为人极好相处，因为评论家尼古拉·斯特列利尼科夫是这么告诉大家的。斯特列利尼科夫写了无数的小歌剧，而且自以为是一个不得志的伟大的歌剧作曲家。我想象得到他在维也纳如何麻烦贝尔格，因为他在列宁格勒差一点把他烦死。他拖着贝尔格去看他的小歌剧排练，然后见人就说贝尔格如何赞扬他。贝尔格的确极懂礼貌。大家都喜欢贝尔格，因为他举止得体，不像是一位大明星光临。他相当腼腆，不时往身后看。

后来我们明白了他腼腆的原因。贝尔格到列宁格勒来的时候感到很害怕。他不知道自己会遇到什么情况，生怕《沃采克》会遭到厄运。还有，就在首次公演前，他接到他妻子的一封电报，恳求他不要进入歌剧院，因为她听说有人要向他扔炸弹。

你可以想象他的心情。他不得不去看排练，然而一面看一面等着那颗炸弹。而且，那些接待他的官员又显得阴沉沉的。因此，他不断地四面张望。但是，他在知道大概不会有人扔炸弹以后胆子就大一些了，甚至要求让他自己来指挥他的歌剧。

作曲家在指挥自己的作品的时候往往显得可笑。有少数人例外，但是贝尔格不在其内。他一开始挥舞双臂，玛丽亚剧院的优秀乐队就四分五裂，各走各的道了。

这不是好兆头，亏得剧院首席指挥弗拉基米尔·德拉尼什尼科夫挽救了危局。他站在贝尔格后面向乐队示意。贝尔格一点也没有发觉，因为他正全神贯注于指挥。

《沃采克》的首次公演十分成功。作曲家本人的出席使气氛更加热烈。但是为什么对他的接待这样冷淡呢？我后来知道了原因，原来是因为准备演唱玛丽亚的演员得了喉炎。假如是在另一个国家的话，演出大概就要延期，但是在这里不一样。我们怎么能在外国人面前丢脸呢？

这只是显出我们鄙视外国人和一切外国东西。病态的藐视是病态的诌媚的另一面。在一个人的灵魂中，藐视与诌媚是并存的。马雅可夫斯基是典型的例子。在他的诗中，他蔑视巴黎和美国，但是他却喜欢去巴黎买衬衫，而且，如果爬到桌子底下去才能捡到一支美国钢笔的话，他也会愿意爬的。

音乐家也一样。我们都说要有我们自己的流派，但是在这里最受尊重的演奏家是已经在西方出了名的人。我至今仍然感到奇怪，钢琴家索弗罗尼茨基和尤金娜①几乎没有在西方登过台，可是怎么会如此享有盛名。

所以，对待贝尔格的态度是典型的。他们命令那位歌唱家尽管嗓子有毛病也要上台。她呢？尽管这样做可能给她的歌唱事业造成危险，也仍然上台演唱了。用发炎的嗓子唱歌可不是开玩笑。

贝尔格没有发觉这里面有什么不对头。首演完毕后，沙波林②为他举行了招待会，贝尔格话说得不多，主要是对演出表示赞赏，特别是对演唱者。

我坐着没说话，一方面是由于我年轻，不过主要是因为我的德

---

① 弗拉基米尔·弗拉基米罗维奇·索弗罗尼茨基（Vladimir Vladimirovich Sofronitsky, 1901—1961）和玛丽亚·维尼阿米诺夫娜·尤金娜（Maria Veniaminovna Yudina, 1899—1970），都是钢琴家，与肖斯塔科维奇同为列宁格勒音乐学院列昂尼德·弗拉基米罗维奇·尼古拉耶夫教授（Leonid Vladimirovich Nikolayev, 1878—1942）的学生。肖斯塔科维奇的《第二钢琴协奏曲》就是题献给尼古拉耶夫的。索弗罗尼茨基和尤金娜的创造性道路在许多方面不同凡俗。两人都有意识地反对苏联的音乐陈套，因此在苏联成为听众中的崇拜对象。索弗罗尼茨基娶了亚历山大·斯克里亚宾的女儿（他被认为是俄国音乐家中间对斯克里亚宾的作品解释得最好的人）。他一生中闹了无数风流案和不名誉的纠纷，还沉溺于毒品和酒精以致死亡。尤金娜一生笃信宗教，宗教信仰笼罩着她整个的演奏生涯。她在苏联积极地提倡先锋派音乐，当时这种音乐是官方所不赞同的。索弗罗尼茨基和尤金娜两个人的唱片如今在俄国大量发行，极为畅销。
② 尤里·亚历山德罗维奇·沙波林（Yuri Alexandrovich shaporin, 1887—1966），学院派传统的作曲家和教授，由于温厚，很受爱戴。

语不怎么行。

然而，后来的事情说明贝尔格记得我。我不久前知道他在维也纳听过我的《第一交响乐》，而且看来也喜欢它。贝尔格给我写了一封信，是谈这首交响乐的。

别人告诉我，他这封信是请阿萨菲耶夫转交的，但是我始终没有收到过这封信，也没听阿萨菲耶夫提起过一个字；这越发说明了他的为人。

依我看，贝尔格是带着松一口气的心情离开列宁格勒的。正如普希金写的："飞走吧……越快越好。"然而，贝尔格留下了两个传奇故事。一个故事来自一位评论家，此人是斯克里亚宾的崇拜者。据说贝尔格告诉他：作为一个作曲家，他的一切都应归功于斯克里亚宾。另一个传奇来自一位对斯克里亚宾并无好感的评论家。据说贝尔格告诉他说，斯克里亚宾的音乐，他连一个音符也没听过。

40年过去了，这两个人仍然激动地重复着贝尔格对他们说过的话，对所谓见证，就讲这些吧。

但是没有理由为他们在贝尔格的事上撒谎而感到不舒服。他是个陌生人，是个访问者，关于他的事撒谎也在情理之内，因为外国人在谈到我们的时候也撒谎（我不是指贝尔格本人）。令人痛心的是，他们在这里对自己的俄罗斯音乐家的事撒谎。

最近我在想我和格拉祖诺夫的关系。这是我认为非常重要的特殊的题目。我看到，这也是对鄙人感兴趣的人们中间津津乐道的话题。他们写到我和他的关系，写得很多，但是全都写错了。

因此，在这件事上花些时间恐怕是个好主意，因为格拉祖诺夫毕竟是我所遇到的俄罗斯音乐界的大人物之一。

格拉祖诺夫在我的生活中起了重要的作用。但是喜欢拿这个题目做文章的文人现在描绘的是过分美好的图画。如今这种东西多得很。人们常给我带来上面有格拉祖诺夫和我的一些新故事的杂志和书，它们已经到了不着边际的地步。

这就像格拉祖诺夫和著名的舞蹈设计师马留斯·佩蒂帕与格拉祖诺夫的舞剧《莱蒙达》。他们俩不断地为这部舞剧工作。舞剧上演了，很成功。有一天，这位作曲家和这位舞蹈设计师碰上了。格拉祖诺夫问佩蒂帕："请告诉我，你知道《莱蒙达》的情节吗？情节是什么？"佩蒂帕回答说："当然……"然后，他想了想说："不，我记不得了。你记得吗？"格拉祖诺夫说："不记得。"

这很简单，当他们工作的时候，他们创造了一幅幅美丽的景象。格拉祖诺夫想的是音乐，佩蒂帕想的是舞步，他们都忘了情节。

那种把格拉祖诺夫和我描绘得像流行小调里唱的那样"一支曲儿过一生"的图画，也毫无意义。大概，这种多情的故事的作者喜欢生活中的一切都美好，一切都能教化人、感动人——本世纪和上世纪都是这样。或者，像一个小学生写契诃夫那样："他一只脚在过去，另一只脚在迎接着未来。"

这种废话在俄罗斯有着光辉的传统——请看这里是怎么写文化史的。人人都相互拥抱，人人都相互祝福。他们在桂冠上写着甜蜜的题词："给我的令人折服的学生，他的深为折服的老师赠。"像茹科夫斯基写给普希金的一样。接下来总是："在走向坟墓之时给你以祝福。"我耳边回荡着从普希金的著名诗篇里摘用的词句。

当然，他们忘了加上一段：在"杰尔扎文老头"①注意到普希金之前，他问仆人："附近的厕所在哪儿？"

我想这厕所对这个历史性场面是不可缺少的。它能够补上失去的真实感，使人们有可能相信这件在所有初级读本和教科书中都可看到的事情确实曾经发生过。

另一方面，这厕所也不应该占据整个舞台。"新时代的曙光"等等多情的废话令人厌恶，但是在粪便里挖掘同样令人厌恶。何所适从呢？

我选择了真理。这也许是没有希望的，也许是个错误，因为真理永远会带来问题和不满足。感到受了轻侮的公民会咆哮着说你伤

---

① 在诗中，伟大诗人加夫里尔·罗蒙诺维奇·杰尔扎文（Gavriil Romonovich Derzhavin，1743—1816）访问了少年普希金的中学，预言普希金前程光辉。

了他们最高尚的感情，戏弄了他们崇高的灵魂中最纤巧的心弦。

但是怎么办呢？"我独自走上街头"，像一位诗人①所说的。你也知道，他独自出去可没有任何好处。整个意思只有一点：你出去的时候只不过看起来独自一个人。一位聪明人提醒我们："人不是孤独的。永远有人在看顾着他。"道路也是如此。你走着，有人已经躺在那里等着你了。

我喜爱格拉祖诺夫，所以，关于他，我要说实话。让所有不那么了解格拉祖诺夫的人去撒谎好了。他们可以把带着美好讯息的桂冠胡乱一塞。对他们来说，格拉祖诺夫是虚构的故事，是青铜骑士。他们看见的只是马蹄。

我和格拉祖诺夫的友好关系是在一个极好的基础上形成的——酒。

不要以为格拉祖诺夫和我常常一起坐下来又吃又喝。到底，在我们相遇时他已经年过50，而我才13岁，不太可能成为酒友。而且，我应当补充一句，格拉祖诺夫不是单纯地喜欢喝酒。他有不断感到口渴的毛病。有些人有这种倒霉的体质。当然，在正常情况下，这不成其为问题。喝上几口解解渴有何不可？只要在酒店前停下来买上几瓶就行了，特别是，我认为格拉祖诺夫一次不会超过两瓶，他的身体不容许他多喝。

但是他遇到了极其不正常的时期，就是人们叫做"难忘的1919年"或者"军事共产主义"的时期。

这两组字眼在现在的年青一代的心目中并没有什么特殊，但是它们意味着许多事情，其中包括完全没有吃喝的机会。是呀，没有，即使在你从前的守护圣徒的节日也没有机会吃喝，因为那时根本看不见食物，葡萄酒和白酒也不见影子，因为对酒禁得很严。

如今，在我回想从前的时候，我真不愿意相信有过那种年头。

---

① 这位诗人是米哈伊尔·尤里耶维奇·莱蒙托夫（Mikhail Yuryevich Lermontov, 1814—1841），他在一次决斗中被杀。这次决斗是包括他与沙皇尼古拉一世对抗在内的一系列事件的必然结果。肖斯塔科维奇故意借莱蒙托夫那首著名的抒情诗中的话进会讽刺。

想起它是不愉快的。一定是因为有那么多人不愿想起它，所以我没有看到有谁谈到我们当年生活的可悲环境。所有写回忆录的人准是由于营养不良都患了健忘症了。

行了，我们放开食物问题不谈，集中谈谈伏特加。对许多人来说，伏特加的失踪是个悲剧，对格拉祖诺夫来说，这个可悲的事实构成了大灾难。

别人对这个事实是怎样反应呢？生活的本身就是法律，你必须服从。坚持一下吧，同志们，等等。格拉祖诺夫大概也试图跟上时代的步伐。他大概想，行，喝不着，我就不喝了。他一个钟头没喝，两个钟头没喝。于是，他很可能出去呼吸一下新鲜空气。那时彼得格勒的空气干净得很，飘着松树和杉树的香味，因为大多数工厂都关闭了，空气污染也就轻多了。他感到这样的生活过不下去，因为他太难受了。

你也知道，不管什么病都必须找出原因，然后用木头把它打出去。这是不知多久以前所有俄罗斯巫医的劝告。他们现在从医生那里也听到这样的有价值的劝告。

格拉祖诺夫知道他的不幸的原因是缺乏这种宝贵的液体，所以，他必须搞到一些，即使没有木头也行，因为在那些难忘的、非常浪漫的日子里，木头也缺货。（木柴在那时是宝贝，人们甚至拿木柴当作生日礼物。你可以带上一捆木柴当礼物，事实上这样贵重的礼物是相当受欢迎的。）

玩笑归玩笑，这可的确是严肃的问题，他们失去了所谓生活中最后的安慰。像左琴科常说的，没有了它，说话困难、呼吸急促、神经疲惫。

既然没有伏特加，就只得找酒精，这是连孩子也清楚的事。但是酒精也没有。只有两种情况才给酒精：一种是治疗伤员时需要用它，一种是做实验时的防护需要。连花露水也早就消耗完了。

接下来就要讲到故事的要点了。格拉祖诺夫遇到了我的父母，他们谈东说西，到后来谈到我父亲原来还有门路可以弄到公家的

酒精 ①。

格拉祖诺夫那时候体重已经轻了好多，看上去很瘦弱。他脸色发黄，带着病容，眼窝下面全是皱纹。显然，这个人在受苦。因此，他们达成了协议。父亲愿意帮格拉祖诺夫解决酒精问题，为他从公家的库存里弄些酒精。

我在音乐学院学习时常为格拉祖诺夫当差，给他到各处送信——办公室、交响乐团。但是我特别记得他的另一些信件，就是叫我交给我父亲的信，因为我知道这些信通常是要酒精。"亲爱的季米特里·鲍列斯拉伏维奇，能否费心……"

我怎么会注意到这些事呢？因为那时我已经不是孩子了，我什么都已经懂得，最主要的是我知道这是件严肃的事情。

在那些日子里，人人都有些不足为外人道的事情。你总得活下去，而且谁都挨着边缘在走。不过在这件事情上父亲是可能出大毛病的。那时候酒精和黄金一个价钱，甚至更贵。因为黄金算什么？只是金属而已。像列宁答应的，他们打算用黄金造厕所，但是没有人真正打算取消酒精。酒精像生命一样重要，所以如果在酒精的事情上出了毛病——给抓住了，是要丢命的。

那时叫做判以"极刑"，意思是"枪毙"。人们常常开玩笑说："只要不是极刑，什么都行。极刑我可受不了。"在那个英勇的时代，"枪决"这个词有许多同义词，如"报废""往左边送""往杜霍宁参谋部送""干掉"和"撂倒"。还有许多。很奇怪，一个丑恶的、不自然的行为竟然有那么多种的表达方式。人们为什么怕直接说这个词呢？

因为，不论你用什么说法，它仍然是枪决。所以，父亲是冒着生命危险的。爱冒险一定是家里的遗传。

我为父亲担心，真的为他担心。总算还好，没有叫我去给格拉祖诺夫送酒精，因为我可能把瓶子摔了或者干出别的许多傻事。再

---

① 肖斯塔科维奇的父亲在度量衡研究所工作，该所的工作之一是在俄国推行米制。他是所长的助理，权力不小，所以有办法弄到"稀有"物资和产品。

说，假如我给抓住了，怎么办？

酒精总是由格拉祖诺夫自己到我们家来取。取的时候气氛诡秘得不得了，我到现在想起来还心惊肉跳，好像看惊险影片一样。有时候我还梦见格拉祖诺夫到我家来。

后来，很久以后，那时我父亲已经去世，格拉祖诺夫已经移居国外，列宁格勒开始传说这件事情。准是我不小心告诉了什么人，而我从来不缺乏对我好心眼的人。人们开始了这样的议论："本来嘛，他当然没什么才能。他给格拉祖诺夫买酒。他在音乐学院的那些优异成绩全都是酒精换来的。简直是骗子，什么作曲家！"

他们主张没收我的文凭，但是没有下文。当时我想，好，来吧，踢吧，我没有任何话要说。但如今，我要为自己说几句话了。我老老实实地学习，也老老实实地工作。开头我比较懒，后来就不那么懒了。关于我，没有任何像传奇式的阿纳托利·利亚多夫那样的故事。

利亚多夫年轻时拉小提琴，后来放下小提琴去弹钢琴，可是后来又不弹了。他对作曲课漫不经心，比方说，给他的作业是写一首赋格，他事先就知道自己写不成。他会告诉和他住在一起的姐姐："我没写完赋格就别给我饭吃。"吃饭时间过了，赋格还没写。利亚多夫的姐姐——一个善良的妇女——说："你没完成作业，我不给你饭吃。你自己叫我这样做的。""随你便，"我们这位不凡的年轻人回答说，"我去和阿姨一起吃饭。"说完就走了。

我在音乐学院老老实实地写赋格：对于作曲系的学生，格拉祖诺夫在考试时是不轻易放他们过关的，虽然他对演奏者宽一些，总是给他们高分数。只要有才能，用不着下大功夫就能得到5$^+$。

但是作曲是另一回事。他会挑剔个没完，为了一个学生究竟应该得3分还是得3$^-$，或者2$^+$，他可以认真地争论上很久。一个教师若能为自己的学生多争得半分，那就会喜出望外。我愿意说明，尽管有那桩出名的酒精事，我在他那里也遇到过麻烦。

有一次考赋格。格拉祖诺夫给主题，要我写一首带叠句的赋格。我埋头苦干，可是汗流浃背还是做不出叠句来。杀了我也做不出来，我想这是故意试试我，也许根本用不着叠句。于是，我交了一首没有叠句的赋格，得了5⁻，我很难过。我是不是应该去找格拉祖诺夫谈谈？这不行。但是另一方面，好像我考得不够好。我去见他了。

格拉祖诺夫和我把卷子看了一遍，结果发现我把主题抄错了，错了一个音符。这就是我写不出叠句的原因。这个不幸的音符把什么都变了。如果抄对了的话，无论哪种叠句我都能写。在四度、五度上，或者八度上。我能写增值或减值卡农，甚至写反向的卡农。但是必须有一个条件，就是主题得抄对，而我偏偏把它抄错了。

谁知格拉祖诺夫没有改变我的分数，而是骂了我一顿。

他的训斥我至今还字字在耳："即使是你抄错了那个音符，年轻人，你也应当知道这是个错误，把它纠正过来。"

我在音乐学院老老实实地学习，比许多人用功。我不想以天才自居，每一堂课我都去。

在那些日子里要做一个用功的学生并不容易。日子过得很困难，连教师也不太下功夫。例如我的教授尼古拉耶夫，他文质彬彬，十分文雅，而且很讲究审美，因此他不好意思裹着破大衣出现在音乐学院。但是，音乐学院很冷，没有取暖设备，所以尼古拉耶夫找到了一个解决方法——迟到。学生等得不耐烦，就走了。但是，我坐着等着。

有时候，另一个固执的学生——尤金娜，和我从图书馆借来改编的四手联弹的乐谱，消磨时间。

尤金娜是个奇怪的人，非常孤独。她非常出名，先是在列宁格勒，后来在莫斯科。这主要是因为她是个杰出的钢琴家。

尼古拉耶夫常对我说："去听听玛露霞是怎么弹的。"（他叫她玛露霞，叫我米佳）。"去听听。四个声部的赋格，她弹奏时每个声部都有它自己的音色。"

这听起来令人惊讶——可能吗？我愿意去听听，心里当然是希望证明教授错了，证明他说的只是他的主观愿望。最惊人的是，当尤金娜弹奏时，四声部中的每一个声部的确各有自己的音色，虽然这简直难以想象。

尤金娜弹李斯特和任何人都不同。李斯特是个很啰嗦的作曲家。我年轻时弹过许多李斯特的作品，但是后来我对他完全冷淡下来了，即令是纯粹从钢琴技巧的观点来说。我的第一次独奏会的曲目是多样化的，但是第二次演奏会全是李斯特。此后，我对李斯特就开始厌倦了——音符太多。

尤金娜弹奏李斯特的音符不太多的乐曲弹得好极了，如《日内瓦的钟》，我认为这是他最好的钢琴作品。

有一次，尤金娜着实刺痛了我的自尊心。我学了贝多芬的《月光》和《热情》奏鸣曲，而且常常演奏这两首乐曲，特别是《热情》奏鸣曲。可是尤金娜对我说："为什么你老弹这两首？弹《汉马克拉维》奏鸣曲吧。"

我被她的嘲笑刺伤了，就去找尼古拉耶夫，他同意我学《汉马克拉维》。在让尼古拉耶夫听我弹奏之前，我给尤金娜弹了几次，因为她对贝多芬的理解极为深刻。我印象特别深刻的是听她演奏贝多芬的最后一首奏鸣曲（作品111），第二乐章特别长，特别沉闷，但是听尤金娜弹奏的时候我似乎感觉不到这一点。

有人认为尤金娜对她所弹的乐曲有一种特殊的、深刻的哲学的理解。不知是不是这样。我从来没有注意到这一点。相反，我总认为她的弹奏在很大程度上取决于她的情绪——每一个妇女都是这样。

从外表看，尤金娜的弹奏没有多少女性的特征。她通常弹得很有气势，很有力量，像男人一样。她的手很有力，颇像男人的，手指长长的，很强健。她抬手时有一种独特的手势，用一个陈腐的比喻：像鹰爪。但是，当然，尤金娜还是一个妇女，在她的生活中，一切纯女性的感情起了重要的作用。

她在年轻时穿的是长裙子的黑衣服。尼古拉耶夫常常预言她老年时一定会披着透明的长衫在台上出现。她的听众总算幸运，尤金娜没有实现他的预言，她还是穿没有样式的黑衣服。

在我的印象中，尤金娜在她整个一生中总穿着同一件黑衣服，又旧又脏。但是她在最后几年还加上了一双运动鞋，不论冬夏。当1962年斯特拉文斯基来到苏联时，她穿着运动鞋去参加招待会。"让他看：俄罗斯先锋派是怎样生活的。"

我不知道斯特拉文斯基看到了没有，但是我看她的运动鞋不见得对他起了预期的效果。

尤金娜不论弹什么都"与众不同"。她的无数崇拜者着了迷，但是有些演绎我不理解，而当我问到这些时，得到的答复常常是："我是这么感觉的。"你瞧，这算什么哲学？

我拿我的作品给尤金娜看，我总是急于知道她的意见。但是，在那些日子里，我觉得她对我的作品不特别热心，她主要是对西方的新的钢琴作品感兴趣。毕竟，是尤金娜向我们介绍了克任内克、兴德密特和巴尔托克的钢琴曲。她学了克任内克的《F小调钢琴协奏曲》，通过她的弹奏，这首乐曲给我留下了很深的印象。我老年时再去看这首乐谱，它没有对我产生同样的作用。

在那些日子里，我记得我喜欢为尤金娜弹第二钢琴，然后去听乐队排练。如果我没有记错的话，那是1927年左右，当时还许可演奏新音乐。指挥尼古拉·马尔科①对尤金娜很粗暴，他大模大样地嘲笑她和她的怪脾气，常说："你需要的是个好男人，玛露霞，一个男人。"我记得我感到惊讶，因为对一点点小事都要发脾气的尤金娜似乎对马尔科并不生气。要是我的话，是不会罢休的。

后来，想必是尤金娜对我的作品改变了看法，因为她弹我的作品相当多，特别是《第二钢琴奏鸣曲》。有一张她弹奏这首乐曲的唱片，看来人人都认为这是这首奏鸣曲的最好的演绎。我认为尤金娜弹我的奏鸣曲弹得很坏。速度全跑了，而且，可以说对原曲的处理很随意。但是也许是我错了，我有一段时间没有听这张唱片了。

---

① 尼古拉·安德列耶维奇·马尔科（Nikolai Andreyevich Malko，1883—1961），乐队指挥，曾指挥肖斯塔科维奇的第一、第二交响乐和其他一些作品的首演。1929年移居国外，在国外为肖斯塔科维奇的交响乐做了很多赞助工作。肖斯塔科维奇有一次因为与马尔科打赌而改编了文森特·尤曼斯（Vincent Youmans）的狐步舞曲《二人茶》，俄国人称"塔希吉狐步"。

总的说，我不喜欢看见尤金娜——每当见到她时，我总会惹上一点不愉快的和尴尬的事情。她不断出一些怪事。有一次，我在列宁格勒的莫斯科车站。"啊，喂，喂，上哪儿去?""上莫斯科。"我说。"啊，太好了，太巧了。我在莫斯科有一个音乐会，但是我去不了了，劳你驾代替我去开这次音乐会吧。"

这个料想不到的建议当然使我吓了一跳。我说："我怎么能代替你? 我不知道你的节目，而且这么做也太出奇。干吗要由我去代替你演奏? 不过，你的曲目是什么?"

尤金娜把她的曲目告诉了我。"不，我不行。怎么行呢? 这会叫人奇怪的。"说着，我赶紧上了车。

从火车窗口，我看到尤金娜在月台上来回地走，大概还想找一个去莫斯科的钢琴家能接受她那个怪建议。

就我所知，尤金娜一上台总是人满为患。她作为名钢琴家完全名副其实，但是人们还常说她是个圣徒。

我从来不是一个粗暴的反宗教者。你要信教，就信吧。但是尤金娜显然相信她自己是个圣徒，或者说是个先知。尤金娜演奏的时候一向像是在宣教。那没关系。我知道尤金娜对音乐有一种神秘的看法。举例说，她把巴赫的《戈尔德伯格变奏曲》看成是一系列圣经的插图。这也可以谅解，虽然有时候很令人恼火。

尤金娜把穆索尔斯基视为纯宗教作曲家。但是穆索尔斯基到底不是巴赫，我认为像她那样理解很值得争论。还有在她的音乐会上朗诵诗歌的事。你要么弹琴，要么朗诵，总不能把两件事一起干。我知道她读帕斯捷尔纳克的作品，而且是在他被查禁的时候。但是这整个事情使我想起口技表演。当然，她那出名的朗诵（我记得是插在弹巴赫和贝多芬的作品之间）是尤金娜一连串遭到非难的怪事中的一大怪事。

在尤金娜的行为中，有意识的歇斯底里确实太多了。真的太多了。有一次她来找我，对我说她住的房间小得可怜，既不能工作，也不能休息。于是，我签了一份申请书，还去找了一些当官的，我找了许多人要求帮忙，花了别人许多时间。我们费了好大的劲才为尤金娜弄到了一套房间。你以为一切顺当,生活能过下去了吧。过了不久,她又来找我,要我帮她再弄一套房子。

"什么?我们已经给你弄了一套了。你还要一套干什么用?"

"我把那套给了一个可怜的老太婆了。"

行了,还有哪个会干这种事?

对钱也一样,她向谁都借钱。她还钱是相当守信的,首先她有当教授的工资收入,还有教授的津贴,而且灌了不少唱片,上电台演奏次数也多。但是她一拿到钱就花完,连电话费都交不出,给掐断了电线。

有人告诉我尤金娜的一件事。她向人借五个卢布。"我房里一扇窗子的玻璃给我打破了,风直往里灌,冷得我没法住。"他们当然把钱给她了。那是冬天。

没过多久,他们去看她。她的房间像户外一样冷,破了的窗户用破布塞着。"怎么搞的,玛丽亚·维尼阿米诺夫娜?我们给你钱配玻璃了。"她回答说:"教会穷,我把钱给教会了。"

这何苦呢?教会可能有各种需要,但是教士毕竟并没有坐在破了窗户的冷房间里。

自我刻苦应当有一个合理的限度。她这种行为有点像颠僧。尤金娜教授是颠僧吗?不,她不是。那么行为怎么会像颠僧呢?

我不能完全同意这种行为。当然,尤金娜一生有许多不愉快的遭遇,值得同情。打个比方来说,她的宗教信仰不断遭到炮火打击,甚至轻骑兵的冲击。举一件事为例,她甚至在我之前就被踢出列宁格勒音乐学院。

事情的经过是这样的。当时的院长谢列勃里亚科夫①有一种发动所谓"轻装旅袭击"的习惯。他年轻,30 岁还不到,在音乐学院里到处转悠,毫不费劲。他要检查这所委托给他的学府是否一切

---

① 帕维尔·阿列克谢耶维奇·谢列勃里亚科夫(Pavel Alexeyevich Serebriakov, 1909—1977),钢琴家,当了许多年列宁格勒音乐学院院长。他用警察手段控制学校。谢列勃里亚科夫被称为"钢琴家中最出色的契卡分子,契卡分子中最出色的钢琴家"。1948 年,他撤除肖斯塔科维奇在音乐学院的教授职。

正常。

这位院长收到许多告尤金娜的状的信，这种信他自己也一定写过一些。他知道尤金娜是第一流的钢琴家。但是他显然不愿意拿他自己的地位去冒险。有一次"轻装旅"的冲击就是专门对她而发的。

轻骑兵冲进尤金娜的教室，质问她："你信上帝吗？"她作了肯定的答复。"你在学生中间作宗教宣传吗？"她回答说，宪法并不禁止宗教宣传。

几天之后，一个"无名氏"把这次谈话记录发表在列宁格勒一家报纸上，还附加一张漫画：尤金娜穿着修女服，周围跪着一圈学生。标题是所谓音乐学院有传道者之类。轻骑兵虽然是"轻装旅"，踩人可不轻。当然，在这事件之后尤金娜被撤职了。

为了某种原因，我们的报纸喜欢刊登描写教士、寺院等等的漫画，经常画得没有说服力，无的放矢。例如战后，日丹诺夫①在列宁格勒漫骂诗人阿赫玛托娃②时不知什么原因把她形容为："不是修女，就是荡妇。"接着又加上一句："不如说既是荡妇，又是修女，她把私通和祈祷混在一起。"这种句子很醒目，但是不知所云。我始终未能使日丹诺夫确切地告诉我他这么说是什么意思。是阿赫玛托娃有什么不正经行为？他有一次在列宁格勒讲话时倒是作了一些暗示。他说，阿赫玛托娃"在妇女的作用和使命上有一些可耻的想法"。这是什么意思？我还是不懂。

但是，在那些日子里，讽刺阿赫玛托娃的漫画真够多的，企图

---

① 安德列·亚历山德罗维奇·日丹诺夫（Andrei Alexandrovich Zhdanov，1896—1948），共产党领导人。"日丹诺夫主义"一词在西方出名，指的是战后俄国对文学艺术的生硬的军营式控制。日丹诺夫的那些"美学"言论是不是只不过执行斯大林的指示，这一点还不清楚，但是日丹诺夫因这些言论而大出其名，以致开始为斯大林所忌。现在，人们认为是斯大林把日丹诺夫杀了了，然后把他的死归咎于犹太医生。

② 安娜·安德列耶夫娜·阿赫玛托娃（Anna Andreyevna Akhmatova，1889—1966），女诗人。从革命前到逝世，一直享有盛名，尽管她生前遭到的压力极大。他们对阿赫玛托娃用尽了种种手段（只除了逮捕和肉体消灭）：文学上排斥，官方报纸恶意攻击和侮辱，将亲近她的人流放和暗杀。阿赫玛托娃的大部分作品，包括描写"大恐怖"的诗《安魂曲》在内，在苏联至今没有出版。肖斯塔科维奇和阿赫玛托娃有许多创作上的联系，这种联系到晚年尤为密切。

把她描绘成既是妓女，同时又是修女。我记得有一次他们把我画成了僧侣，在《苏联音乐》上。试问，我要是当僧侣的话会是什么样的出家人？我又喝酒又抽烟，别的罪也不是没有，即使是念准备好的有关作曲家的天才作品的讲话稿，我都不能站着，等等。可是作曲家协会还是把我也画成了出家人。然而，虽然尤金娜和我在漫画里穿上了同样的大袍，我俩却不是始终都能找到共同语言。

我记得我年轻时问题不少——我的创作源泉枯竭了，我既贫又病。总而言之，我感到前途黯淡渺茫。于是，尤金娜劝我："去找主教吧，他会帮助你的，一定会。他肯帮助每一个人。"我想，好吧，让她带我去见主教，也许他能帮助我。

我们到了那里。只看见一个营养相当好、长得漂亮的人坐在那里，令我瞠目的是一群妇女跪在他面前吻他的手。他的身前拥挤不堪，那些妇女个个都想第一个吻到他的手。我看着，看见尤金娜在狂喜中。于是我想，不，不论给我什么，我也不愿去吻他的手。我没有吻。

这个主教向我投来一个相当同情的眼光，但是我对他的同情毫不领情。他也根本没有给我什么帮助。

尼古拉耶夫的另一个得意门生是弗拉基米尔·索弗罗尼茨基，尼古拉耶夫叫他沃沃奇卡。尼古拉耶夫对他特别欣赏。他们是这样上课的。沃沃奇卡在课堂上弹舒曼的交响练习曲。尼古拉耶夫说："好极了，沃沃奇卡！下次请你准备李斯特的奏鸣曲。"

在索弗罗尼茨基周围几乎立即掀起了一阵崇拜。梅耶霍尔德把他最好的作品之一《黑桃皇后》题献给他。索弗罗尼茨基的声誉不断上升，他去世过早，在去世前不久，他的盛名达到了顶峰。但是，我认为索弗罗尼茨基的生活并非很愉快。他的生活里什么都有——酒、毒品、错综复杂的牵连和关系。他会在演出前喝上一瓶法国白兰地，醉得不省人事，于是乎音乐会只好取消。索弗罗尼茨基从来没有出国演奏过，虽然我记得他去过一次华沙，一次法国。1945年开波茨坦会议，斯大林命令索弗罗尼茨基去波茨坦。他们给他穿上军装，带他到了那儿。他回来后对经过情况只字不提。我看，知道这次旅行情况的人也并不多。但是，有一次，索弗罗尼茨基把杜鲁门总统弹钢琴的样子给我学了一番。

索弗罗尼茨基有一点和尤金娜一样，就是你永远也不能预料他会干些什么。1921年，他们从音乐学院毕业，两个人都弹李斯特的《B小调奏鸣曲》。他们的毕业演奏会是轰动全城的大事，彼得格勒的人全到了。突然，尼古拉耶夫走到台上说："学生索弗罗尼茨基病了。请大家包涵。"我感到很奇怪，因为索弗罗尼茨基弹得正如所期望的那样出色。考试后，我去看尼古拉耶夫，问他是怎么回事。假如是病了，就别弹。假如弹了，那为什么要宣布病了呢？为了博得同情？

我记得，尼古拉耶夫告诉我说，索弗罗尼茨基是发着高烧弹奏的。老实说，对这话我不很相信。

索弗罗尼茨基和我一起演奏过几次，演奏尼古拉耶夫的《两架钢琴演奏的变奏曲》。尼古拉耶夫认为自己是作曲家，其实他这么想没有多少根据。我们一边弹着变奏曲，一边暗自好笑。我们笑了，但我们也弹了。

索弗罗尼茨基喜欢讲格拉祖诺夫的一段轶事。一个人急急忙忙带了一个口信给他：快到格拉祖诺夫那里去，他急着要见你。索弗罗尼茨基放下手上的事，往格拉祖诺夫家里跑。到了那儿，人家把他带进去见格拉祖诺夫，格拉祖诺夫在扶手椅上打瞌睡，头挨在他的大肚皮上。

室内一片寂静。格拉祖诺夫睁开了一只眼睛，瞪着索弗罗尼茨基瞧了好半天，然后，慢吞吞地问道："请告诉我，你喜欢《汉马克拉维奏鸣曲》吗？"索弗罗尼茨基毫不犹豫地回答说，当然，非常喜欢。格拉祖诺夫很长时间不说话，索弗罗尼茨基站在那儿等着。终于，格拉祖诺夫轻声地咕噜说："你知道，我受不了那首奏鸣曲。"说完，又睡了。

这样的事情我也遇到过。可以说，我是格拉祖诺夫的学生。我在音乐学院时，格拉祖诺夫只教室内乐，自然我跟他学。他的教学方式独具一格，在陌生人看来未免古怪。

我们到他在一楼的办公室去。胖胖的格拉祖诺夫坐在书桌旁，我们演奏。他从来不打断我们。我们奏完一曲（也许是舒伯特的三重奏），他便低声和简短地嗫嗫自语，也不从书桌边站起来，很难说得出他究竟讲了些什么，多数时候我们不知道。

麻烦就麻烦在我坐在钢琴旁，而我的朋友是挨我坐着。格拉祖诺夫依然在他的书桌旁，就是说，离我们有相当一段距离。他从来不站起来或者走近一点，说话的声音又轻。请他重复一遍，好像不合适；走到他近旁去，好像也不妥当。局面很尴尬。

因此，我们把曲子从头再来一遍，琢磨着哪里可以有些变动。他对我们的主动性从来没有任何异议。第二遍奏完后，格拉祖诺夫又说上几句话，甚至比上一次的更轻、更简短。然后，我们就离开了。

起先，我被这种教授法弄得狼狈不堪，尤其奇怪格拉祖诺夫为什么从不离开书桌走近我们，甚至对乐谱也一眼不瞧。后来，我慢慢地摸清了他的奇怪举止的秘密。

我注意到的情况是这样的：上课时，格拉祖诺夫有时哼一声向那巨大的院长的长桌弯下身子，而且保持着这种姿态不动，过一阵子困难地伸直身子。

我感到有趣，所以越来越注意我们爱戴的院长的举止，最后得出了结论：格拉祖诺夫的确像个大娃娃，就像许多人爱说的那样。娃娃总想找奶头，格拉祖诺夫也是如此。但是有本质的区别。首先，格拉祖诺夫用的是一根特殊的管子而不是奶头——一根橡皮管，如果我的观察是对的话。第二，他吮的是酒精而不是奶。

这不是我的推测，而是我通过反复观察所确定和证实了的事实。没有酒精支撑，格拉祖诺夫就上不了课。这就是他从来不从长桌旁站起来的原因，也是他在指点学生时说话越来越含糊、越来越短的原因。

你也许会以为从格拉祖诺夫那里什么也学不到，那你就错了。他是一位卓越的教师，但是首先你必须学会怎样向他学习。我认为我是掌握了这门艺术的，我摸清了其中的秘密。因此，我完全有权利称格拉祖诺夫为我的老师。为了真正向格拉祖诺夫学习，你必须尽量争取多同他见面，去一切可能的地方找他——在音乐会上，在人们的家里，当然，还有在音乐学院。

首先是在音乐学院，因为格拉祖诺夫的业余时间差不多都花在那里。这种情况在现在很难使人相信，但是他确实毫无例外地出席音乐学院的每一次考试。他连打击乐的考试也出席了，而且常常是那里唯一的外人。

我从格拉祖诺夫那里学到了什么呢？许多东西，许多基本的东西。当然，我本可以向他更多地学一些东西，但是我当时还只是个孩子，尽管勤奋，毕竟还是个孩子。我现在感到后悔的事情很多。

格拉祖诺夫对音乐史的博学在当时是杰出的。很少有人像他那样了解佛兰芒和意大利学派的卓越对位学家所作的奇妙音乐。只是时至今日，人人都这么聪明，谁也不会怀疑 15、16 世纪音乐的天才和生命力了。但在那些日子里，坦率地说，情况完全不同。15、16 世纪的音乐还是层层封闭在深渊，甚至里姆斯基 – 科萨科夫也认为音乐开始于莫扎特，连海顿的价值也是可疑的，认为巴赫的作品枯燥无味。那么，巴赫以前的时期又怎么样呢？我当时的同志们认为那是一片荒漠，什么也没有。

格拉祖诺夫喜欢约堪·德普雷、奥尔兰多·第拉索、帕勒斯特里那和加布里埃里的音乐，我不知不觉也开始喜欢它们了，虽然起先我认为他们的音乐又难又枯燥。听格拉祖诺夫评价这些音乐也很有趣味，因为他决不仅仅笼统地喜欢他们的作品，而是真正了解并且热爱这些作曲家。在我们看来，他始终能够区别什么是总的"时代风格"，什么是作曲家个人的内心世界——音乐天才的真正的不同凡响的特征。

今天，凡是古老的音乐，不论凡俗，一概受到赞扬。过去，他们对从前的作曲家一个也不了解，一个也记不得。现在，全都记起来了，全都加以赞扬。他们写了"遗忘了的古代作曲家"——他们会不会是一位应该遗忘、没有必要再想到的古代作曲家呢？

想到有多少可怕的现代音乐总有一天也会归入"古代音乐"项

下，不免令人心惊。伊万·捷尔任斯基的歌剧《静静的顿河》（取材于诺贝尔奖金获得者肖洛霍夫的那部被人遗忘的小说——这个事实太令人难堪，还是不再记得的好）的选曲也会以"一度被遗忘"的副题重新演出。他们还是只演奏没有被人遗忘过的东西为好，我认为那更合乎逻辑。饶了无辜的听众吧。事实上，是听众自己的过错，人们不应该冒充专家。第一个上钩的总是假内行。

但是，格拉祖诺夫在谈到古代音乐的时候，没有一点假冒内行的气味。他从来不是泛泛地谈，而是像他评价其他音乐一样地评价古代音乐，对自己说的话十分负责，非常认真。

这种态度影响了他周围的人。所以我们学会了使每一句看来简单的评语都包含确切的意义。

例如，如果格拉祖诺夫把一位作曲家称为"大师"的话，我们是一辈子都记得的，因为这个简单的字眼是大量思考的结果。我们是这种思考的见证人，我们也试图尽我们的最大能力这样地去做，就是像格拉祖诺夫那样，经过内心反复思考后才作出结论。

当格拉祖诺夫听完一首乐曲之后，比方说听了一首舒曼的交响乐之后说，"技术上并非无懈可击"。我们也懂得这是什么意思，不需要更多的解释。

当时是个啰嗦的时代，说起话来滔滔不绝。说话越来越不值钱，格拉祖诺夫使简单的字眼重新恢复了价值。结果证明，如果一位专家，一位大师用简洁的语言谈到音乐，没有不着边际的夸夸其谈，那他给人的印象十分强烈，比伊戈尔·格列鲍夫——在现实世界中是鲍里斯·阿萨菲耶夫——的冒充音乐内行的高谈阔论要有力得多。

这对我是很好的教育，因为我那时才开始领会音乐评价上言简意赅的力量，简单扼要而又富有表现力的意见的力量，以及在专业环境中这样的意见对专业人员的重要性。我记得格拉祖诺夫使"没有价值"这个词赋有非常明确的表现力。

由于格拉祖诺夫，简洁的表达方式在音乐学院颇得其用。以前，教授们模仿里姆斯基–科萨科夫，对拙劣的作品使用的评语是

"不太动听"。在格拉祖诺夫领导期间，他们改用了"没有价值"这个更为简洁的形容词。这个词不仅用于音乐，天气也可以没有价值，一晚上串门访友，甚至一双挤脚的新鞋也可以用"没有价值"这几个字来表达。

格拉祖诺夫把全部时间都花在对音乐的思考上，因此，当他谈论音乐时，你一辈子都记得。以斯克里亚宾为例。我对他的态度深受格拉祖诺夫所喜欢的想法的影响：斯克里亚宾在写交响乐时用的方法与他写钢琴小品一样。这对斯克里亚宾的交响乐是很公平的估价。格拉祖诺夫还认为斯克里亚宾有宗教的和异国的固定色彩，这一点我完全同意。

我记得不少格拉祖诺夫对音乐的各方面的意见，例如，"莫扎特的《朱比特》交响乐的终曲犹如科伦的大教堂。"老实说，对这首奇妙的音乐，至今我还想不出比这更好的形容。

格拉祖诺夫随口说出来的许多其他评语都是有用的，例如关于配器"过分"的问题，这是一个重要的问题，对之必须有自己的肯定的见解。格拉祖诺夫是第一个使我相信作曲者必须使演奏者服从他的意志，而不是相反。格拉祖诺夫说，假若作曲者认为不需要三管制或四管制的配器来表达他的艺术形象，那是一回事。但是如果他从一开始就考虑具体问题，考虑经济方面的问题，那就糟了。作曲者必须按他对作品的设想来配器，而不是为了讨好演奏者而简化配器。举例说，我至今认为斯特拉文斯基为《火鸟》和《彼特鲁什卡》写新的总谱是错误的，因为那是出于财务、经济和实际方面的考虑。

格拉祖诺夫一直认为谱写舞剧是有益的，因为这可以提高技术。后来，我理解到他这个意见也是正确的。

格拉祖诺夫有一次在如何写交响乐中的交响谐谑曲方面给了我很好的忠告。他认为谐谑曲的主要目的是引起听者的兴趣，所以一切都必须为这个目的服务——旋律、节奏和结构。在谐谑曲中，一切都应当有吸引力，而且最重要的是，都应当出人意料。这是个很好的忠告，我也把类似的意见告诉了我自己的学生。

自然，也有许多看法我当时不同意，现在仍然不同意。有一次，我也在场，格拉祖诺夫说音乐是作曲家为自己以及"少数几个人"写的。我绝对反对这个说法。他对"矫揉造作的不和谐音制造者"——他这样称呼从德彪西开始的新的西方作曲家——的攻击，我也不能同意。

有一次，在看德彪西的一份总谱的时候（那是《牧神之午后序曲》），格拉祖诺夫沉思着说："配器趣味极高……他理解他的作品……会不会是里姆斯基和我影响了这帮现代颓废者的配器？"

在列宁格勒上演希莱克的歌剧《远处的钟声》时，格拉祖诺夫的评语是："希莱克式的音乐！"

但是，我必须为他说公道话：即使他已经把一首作品列入讨厌的"不和谐音调类"，格拉祖诺夫也不会听过之后永不再听。他总是努力理解一切音乐，因为他是作曲家，不是官僚。

格拉祖诺夫喜欢叙述他是怎样"渗透"瓦格纳的。"我第一次听《女武神》的时候一点也不理解，所以也一点不喜欢。我第二次再去，还是什么也没有。第三次也是一样。你猜我对这部歌剧听了多少次以后才理解？9次。终于，在第10次，我完全理解了，而且我非常喜欢它。"

我在第一次听格拉祖诺夫讲这件事的时候，心里暗自好笑，虽然脸上仍显得一本正经。但是，如今我为这件事深深地尊敬他。生活教会了我许多事情。

在我们那时候，格拉祖诺夫对理查德·斯特劳斯也经历了同样的过程。他看了好几遍《莎乐美》，习惯它、了解它、研究它。然后，他对斯特劳斯的看法开始改变了——在此之前，斯特劳斯是列在"该死的不谐和音制造者"名单上的。顺便说一句，格拉祖诺夫始终崇拜约翰·斯特劳斯，这正是他不是音乐假内行的又一个证据。我认为我从他那儿也学到了这一点——不要冒充内行，这一点很重要。

总的说，不管听起来多么矛盾，但是格拉祖诺夫在音乐上并不教条，他的教条主义主要是反映在美学上。他的性格里没有灵活性这一条，这可能并不是很坏的事情。我们都看到了艺术问题上的"灵活性"是什么，它带来的结果又是什么。

当然，格拉祖诺夫的惰性过大，但他是个诚实的人，不在他的美学敌人身上贴政治标签，可叹的是那些人却经常使用这种不光明的手段。

这里最好顺便说一说涅米罗维奇－丹钦科和梅耶霍尔德之间的争论。丹钦科并不理解，或者说并不喜欢梅耶霍尔德，从梅耶霍尔德做他学生的时候起就不喜欢他。艺术剧院创立后上演的第一个节目是《沙皇费奥多尔·伊凡诺维奇》，斯坦尼斯拉夫斯基要梅耶霍尔德扮演费奥多尔，丹钦科却坚持要莫斯克文扮演。

梅耶霍尔德后来笑着告诉我，当时他对莫斯克文忌妒得要死，对丹钦科恨得要命。是的，他是笑着说的，但是他始终不喜欢丹钦科。

但是，这一切并没有什么了不得。我是说：在多年的争论中，梅耶霍尔德始终用各种各样的、通常是不光明的手段攻击艺术剧院和丹钦科。梅耶霍尔德总是企图往这个老人身上贴"流行的"政治标签。但是，丹钦科从未屈服，甚至在和我交谈时提起梅耶霍尔德来也总是满腔怒火。

丹钦科认为梅耶霍尔德是个玩杂耍的，是个哗众取宠的人物。他深信梅耶霍尔德正在把戏剧领上邪路，但是他从来不使用报纸标题上的那些语言或者政治术语。

可是，要做到这一点，对丹钦科说来，要比对梅耶霍尔德容易得多，因为在我遇到丹钦科的时候，梅耶霍尔德剧院的前途显然岌岌可危，而同时人人都知道艺术剧院得到斯大林的有力的支持。在这种情况下，你势必以为丹钦科会极力想法子彻底摆脱这个冒失的对手。有什么比公开谴责梅耶霍尔德犯了某种政治罪更容易呢？很简单。在那些日子里，所有的人都这样做——或者说几乎是所有的人。

但是，丹钦科对这样的行为甚至连想也不屑一想。这位老人不能想象怎么能这样做。

有一件事很典型。1938年，梅耶霍尔德的剧院在斯大林亲自命令下关闭了，于是报上连篇累牍对梅耶霍尔德展开攻击。这类攻击不是第一次，但是这一次特别凶猛。他们刊登了苏联文化界人物的无数文章和谈话，这些人对于关闭剧院这样的文化界大事一致幸灾乐祸。

他们打电话给丹钦科，要求访问他。这些讨厌的报纸记者认定老人不会放过在他对手的新坟上跳舞的机会。谁知丹钦科拒绝了，还说："问我对关闭梅耶霍尔德剧院有些什么看法是愚蠢的，就像问沙皇对十月革命是怎么想的一样。"

再回过来谈格拉祖诺夫。他不喜欢我的音乐，特别是后期的音乐。他在生前已看到了《真理报》和其他报纸上发表的文章《混乱而非音乐》。那时候他在巴黎，《真理报》的人不可能去找他访问，但是我肯定年老病衰的格拉祖诺夫不可能说任何会使他们高兴的话。在他心里没有一点卑鄙的念头。

在我当年的生活环境中，有一点对我很重要，这就是格拉祖诺夫从来不用行政命令的方式表达他的想法和说话，他所说的话听上去从来不像"音乐学院院长的指示"。很不幸，他是最后一个这样的院长，更别提音乐学院以外的情况了——我指的是文化领域和其他方面。

总的说，我对音乐学院是感激的。我从那里得到了我想要得到的东西。我并不是勉强自己去学习的。我不能说一切都顺利，因为我生活在很困难的物质条件下，而且有病。此外，我不得不作出困难的决定：当钢琴家，还是作曲家？我选择了作曲家。

里姆斯基－科萨科夫常说，他拒绝听作曲家说他们的生活如何如何艰难的怨言。他这样解释他的态度：要是你和一个簿记员聊起来，他会开始对生活和工作发牢骚。工作是那么枯燥无味，简直毁了他。要知道，这位簿记员原想当个作家，但是生活逼得他当上了簿记员。里姆斯基－科萨科夫说，作曲家就不一样了，他们谁也不会说自己本来想当个簿记员，而生活迫使他当了作曲家。

这是一种你不能抱怨的职业。如果认为太苦：那就去当簿记员或者建筑业经理人。没关系，没人强迫你坚持干作曲这门苦差事。

我在年轻时曾有过一段怀疑和失望的时候。我认为我不会作曲，我再也不写一个音符了。那是困难的时刻，我不愿意再去想它。确实，除了一件事以外，我不愿意想。当时，我烧掉了许多手稿。我这是模仿果戈里，是年轻的傻瓜。好吧，不管果戈里不果戈里，当时我烧了一部歌剧，以普希金的诗为题材的《茨岗》。

可能是由于这件事，我在回想起我的作曲教师斯坦因伯格时并不感到特别高兴。他是个枯燥而又爱说教的人。我记得他的，主要有两件事。其一是，斯坦因伯格是里姆斯基-科萨科夫的女婿；另一件事是他痛恨柴可夫斯基。我应当说，里姆斯基-科萨科夫一家并不十分尊重柴可夫斯基，他们对别人对他的褒贬十分敏感。当然，尼古拉·安德列耶维奇本人更为敏感。你用不着去翻资料，只要看一看里姆斯基-科萨科夫所作的乐曲便一切都明白了。

柴可夫斯基使科萨科夫无法作曲——说来简单，仅仅是因为有柴可夫斯基这个人存于世上。这听起来好像渎神，但是却是事实。里姆斯基-科萨科夫由于有柴可夫斯基这个人在他旁边创作而感到紧张，一个音符也写不出来。就像老话说的，天灾救了他——柴可夫斯基死了，科萨科夫的厄运这才随之而结束。

有10年工夫，里姆斯基-科萨科夫一部歌剧也写不出来，可是在柴可夫斯基逝世后，他15年便写了11部歌剧。很有意思，这大批作品开始于《圣诞夜》。柴可夫斯基一死，科萨科夫就拿起柴可夫斯基已经用过的主题，用他自己的方式重写了一部。他一有了信心，写作便源源不断，很顺利了。

但是，他仍然耿耿于怀。普罗科菲耶夫说，他在柴可夫斯基的《第一交响乐》总谱中发现了一个错误——长笛不得不吹一个降B。他把它拿给里姆斯基-科萨科夫看，后者对这个错误感到高兴，嘴角浮着冷笑说："是的，彼得·伊里奇在这里的确把事情搞乱了，的确搞乱了。"

我从来没有见过像科萨科夫那样的家庭，语言无法形容他们对他的崇敬。斯坦因伯格自然也不例外。他和他的妻子娜杰日达·尼古拉耶夫娜言必称安德列耶维奇，开口闭口都只提他。

我记得，1941 年 11 月，那是战时，我有一天正坐着写《第七交响乐》，有人敲门，原来是叫我立即到斯坦因伯格那里去。好吧，我放下工作去了。我一到那儿便感到这个家庭发生了悲剧。人人都垂头丧气，眼眶里含着泪水。斯坦因伯格自己也是愁容满面，比乌云还要阴暗。我想他大概是要问我关于疏散的事。这是那时候最重要的事情了。我确实问了，但是我可以说这不是叫我去的原因。接着，斯坦因伯格开始谈他的作品。哪个作曲家不喜欢谈自己的音乐？但是，我一面听一面想：不是为了这个，显然不是。

斯坦因伯格终于忍不住了。他把我带到书房，锁上房门，看了看周围，从他的书桌抽屉里抽出一份《真理报》，对我说："为什么斯大林同志在讲话中提到格林卡和柴可夫斯基？而不提尼古拉·安德列耶维奇？安德列耶维奇对俄罗斯音乐的意义比柴可夫斯基更重要。这事我要写信向斯大林同志说说。"

原来如此。所有的报纸刚刚刊登了斯大林的讲话。这是自从战争开始以来他的第一次重要讲话，其中有一部分谈到了伟大的俄罗斯民族——普希金和托尔斯泰的民族，高尔基和契诃夫，列宾和苏里科夫等等的民族。每一方面提两位人物。对作曲家，斯大林只提出了格林卡和柴可夫斯基来赞扬。这件不平之事使斯坦因伯格痛不欲生。他是认真地要和我商量怎样给斯大林写信最为恰当，好像写信真会有什么意义似的。

多少年过去了，时代变了，上帝知道世事是怎么演进的，但是什么东西都动摇不了科萨科夫一家对柴可夫斯基的神圣的敌意。

当然，这无关紧要，不过是小小的弱点。问题主要在于斯坦因伯格是个才能有限的作曲家。他的光是反射光，因此他的话和意见并不使人特别信服，而格拉祖诺夫无论说什么，都使人信服，这主要是因为他是一位伟大的音乐家。可以说是一位活着的大师。（在我在校的日子里，他是音乐学院唯一的这样一位艺术家。）

总之，格拉祖诺夫的成就在当时——现在也一样——可以从各方面来看，有些东西对我们说来重要得多，这就是每一个学生（他们当年是叫学童）都能自己看到音乐家格拉祖诺夫的出众的甚至是独特的能力。

首先是他对音高的听觉。格拉祖诺夫有完善的固定音高的听力。他的耳朵灵得使学生吃惊。举例说，有一次考和声，其中有一项是在钢琴上弹转调。斯坦因伯格在和声上对我们训练很到家。我们能用难以置信的速度弹指定的转调，速度相当于一首技巧高超的肖邦练习曲。

你去参加考试，格拉祖诺夫在那儿。你弹了，弹得妙极了，甚至自己也感到得意。过了一会儿，只听到格拉祖诺夫喃喃地说："你为什么在Ⅱ六五和弦和Ⅰ六四和弦之间允许平行五度？"你哑口无言。

只要有错意，不管错在哪儿，格拉祖诺夫都能抓出来，从无失误。然而，就在他离国前，他抱怨说自己听到的音比实际的音要高半个音。他认为是硬化症所致。其实未必。可能是乐器调音调高了。你也知道，调音常常偏高，凡是在音乐中生活了50年以上的人都注意到这点。一部分是录音上的原因。想起这个就令人不快。你把录音带转得快些，音就高些，转得慢些，就低些。我们现在都习惯了，但是这确实是对人的耳朵的愚弄。

格拉祖诺夫使我们吃惊的另一个方面是他的记忆力。当然这是指音乐的记忆力。这方面的故事很多。我记得格拉祖诺夫的把戏，甚至还试图在一定程度上模仿他。

他比较出名的一件趣事是这样的。坦涅耶夫从莫斯科到彼得堡来表演他的新的交响乐，主人把格拉祖诺夫藏在隔壁房间里。坦涅耶夫弹奏他的作品，弹完后从钢琴旁站起来时，客人们围住了他，自然是为了向他祝贺。在照例必说的恭维话说了以后，主人突然说："我请你见一位有才能的青年人。他最近也写了一首交响乐。"写了什么？

他们把格拉祖诺夫从隔壁房间叫了过来。"萨沙，把你的交响乐弹给我们亲爱的客人听听。"主人说。格拉祖诺夫便在钢琴前面坐下，把坦涅耶夫的交响乐从头到尾重弹了一遍。他只听了一次——而且是隔着门听的。我不知道斯特拉文斯基干不干得了格拉祖诺夫的这种把戏，不过我肯定普罗科菲耶夫是干不了的。

我记得人们说斯特拉文斯基在跟里姆斯基－科萨科夫学的时候在听音高方面不行，但是也许这只是恶意贬低他，可能他们对这个不驯服的学生有气。在这种把戏上，一个音乐家最需要的是好耳朵，还要大胆。这种事通常是为了打赌。索列尔金斯基常常激我用这种方式再创造马勒的交响乐，结果不错。

我干过一些小小的不法行当。我二十多岁时，有一次到指挥家里做客。他们开了唱机，放的是一首流行的狐步舞曲。我喜欢这首狐步舞曲，但是不喜欢演奏它的方法。

我对主人讲了我的意见，他突然说："噢，那么你是不喜欢它的演奏方式？好吧，如果你愿意，你把调子记住，配好器，我来演奏它。当然，你得要在规定的时间内完成，我给你一个小时。假如你真的是天才，应该能在一小时内完成。"

我在 45 分钟内完成了。

格拉祖诺夫当然记得所有音乐学院学生的姓。这不奇怪，记得相貌和名字不是很稀罕的事，军人也有这种本事。对我们说来更重要的是格拉祖诺夫记住了我们在音乐方面的特点。他记得什么时候哪个学生弹了什么，曲目是什么，弹错了多少音符。

这不是夸张。格拉祖诺夫的确记得住某某学生在某次考试中错了多少次，错在什么地方，而这次考试可能是三四年前的事。

对作曲者也一样。格拉祖诺夫记得他们所有的人——有才能的，中等的，没有价值的和没有希望的。还有他们所有的作品——过去的，现在的，和将来的，即便他们在那里学了 20 年。

附带说说，有些人的确在音乐学院学了二十多年。我们把他们叫做"永恒的学生"。但是在我那个时候已经没留下几个了，他们逐渐被处理出去了。

但是，你如果想证明自己并非低能而申请入音乐学院的话，那么你愿意申请多少次都可以。有一个顽固的家伙咬紧了牙关要进作曲系，可是格拉祖诺夫把他吓呆了。他弹了一首钢琴奏鸣曲。格拉祖诺夫听完以后慢吞吞地说："如果我没有记错的话，你几年前也曾申请过。那时你弹的是另一首奏鸣曲，有个相当不错的第二主题。"说着，格拉祖诺夫坐下来弹奏了一大段这位不幸的作曲家以前那首奏鸣曲。当然其中的第二主题毫无价值，不过效果很大。

我得要补充一句：格拉祖诺夫钢琴弹得很好。别具一格，但是弹得很好。他没有真正的钢琴技巧，而且弹的时候右手还常常夹着他那著名的雪茄。格拉祖诺夫用中指和无名指夹着雪茄。我亲眼看到过。然而他每一个音符都弹到，丝毫不爽，包括最难的段落。看上去好像他的胖胖的手指在键盘中溶化了，淹没了。

格拉祖诺夫还能视谱弹奏最复杂的总谱，听起来像一个卓越的乐队在演奏。他的起居室里有两架很好的"科奇"牌大三角琴，但是他不用这两架琴。他弹的是一架竖式钢琴，在一间又小又窄的房间里。革命前这是一间侍女住的房间，革命后成了这套公寓房子中唯一可以住人的房间。在这间屋子里烧火取暖，木柴足够用的，其余的房间是冷的。

到他的家里，你会看到他穿着皮大衣和长统靴。他的母亲，可敬的伊丽娜·巴甫洛夫娜忙碌着，用毯子裹住这个"娃娃"。不管用，格拉祖诺夫冻得可怜地发抖。

伊丽娜·巴甫洛夫娜当时已80岁左右，有时候我碰到她在给她的"娃娃"补袜子。当然，这种新的生活条件格拉祖诺夫难以忍受。

他感到惊奇，那些歌唱家不管天多冷却不再感冒了。这是奇迹，他为之感到安慰。

就这样，在多少有点暖意的侍女室里，格拉祖诺夫穿着皮大衣坐在钢琴前为来访的名人弹奏他自己的作品。对他们来说，这是一种奇异的叫人发冷的情景；对他来说，这是安全阀门。此外，格拉祖诺夫显然认为与外国著名音乐家保持友好关系是聪明的，因为，我估计，即使在那时，他对移居西方已不是偶尔想想而已了。格拉祖诺夫希望在西方可以满足他的越来越少的需要和欲望而不必冒生命的危险，这种希望并非毫无根据。

奇异的情景——格拉祖诺夫穿着皮大衣在弹琴，一位著名的客人，也穿着皮大衣，在倾听。然后是一些应酬性的交谈，从他们嘴里吐出一团团水气。菲列克斯·威因加特纳（奥地利指挥）、赫尔曼·阿本德罗特（德国指挥）、阿图尔·施纳贝尔（奥地利钢琴家）和约瑟夫·席格蒂（匈牙利小提琴家）嘴中吐着气。这些著名人士回到西方后，深记着对一个冰冻的国家的印象——又黑又冷。

这些名人对格拉祖诺夫感到惊奇，同样也使他感到惊奇。例如，格拉祖诺夫对伊贡·彼得里的体力感到惊奇，在很长一段时间内谈论这一点。怎么不令人惊奇？彼得里举行了一场音乐会，弹的全部是李斯特的作品。请注意，一次就弹了《唐璜》和两首奏鸣曲（《B小调》和《但丁》）。这是第一流的演奏。这是良好的营养和三代人的和平生活的结果。

格拉祖诺夫赞美李斯特，我记得他在魏玛见过李斯特。李斯特为他弹了贝多芬。格拉祖诺夫喜欢谈李斯特的演绎并且把李斯特的弹奏与安东·罗宾斯坦的弹奏并列。格拉祖诺夫在谈到钢琴的音色时常常提到罗宾斯坦，并引用他的话说："你以为钢琴是一件乐器，其实它是一百件乐器。"但是总的来说，他不喜欢罗宾斯坦的弹奏方式，他比较喜欢李斯特的方式。

从格拉祖诺夫的谈话中看，李斯特的方式与我们通常想象的很不一样。我们在听到这个名字的时候，往往联想到猛烈的敲击，手套扔到空中，等等。但是，格拉祖诺夫说，李斯特弹得质朴、精确、清澈。当然，可以说，这是晚年的李斯特，况且他不是在台上而是在家里演奏，在家里他用不着博取各种妇人闺秀的青睐。

我记得李斯特给格拉祖诺夫弹的是贝多芬的《升C小调奏鸣曲》。格拉祖诺夫说，李斯特弹得平稳、有控制，速度极为适度。李斯特表现了所有"内"声部，格拉祖诺夫非常喜欢。他常常提醒我们，作曲中最重要的因素是复调。当格拉祖诺夫坐下来在钢琴上向我们作什么示范演奏时，他总是强调伴奏声部和上行及下行的半音阶，这使他的弹奏听起来丰满、富有生命。

我个人认为这是钢琴艺术几大秘密之一，钢琴家如果理解了这一点，就已经踏上了伟大的成功的门槛。

一位有名的演奏家有一次向我抱怨说，弹奏众所周知的乐曲实在困难。他说："要找到新的处理方式太难了。"我当时就对这个说法有一种不同意的反应。首先，我想在我旁边坐着的是位多么不平凡的人物，因为绝大多数演奏者在弹《悲怆》和《月光》或者《匈牙利狂想曲》的时候是什么都不想的。（不论弹奏这一类作品的多寡，这一点是不变的。）这些演奏家既不是按照作曲者的意图弹奏，也不是表现他们自己对作品的理解，因为根本就不存在这种理解。那么他们弹的是什么呢？只是音符。基本上是用耳朵弹的。只要动手弹就够了，下面的都会顺着来的。如今，用耳朵弹的作品已经扩大到普罗科菲耶夫的奏鸣曲和兴德密特的作品，但是那些名家对音乐的基本处理方式并没有因此改变。

因此，虽然我的第一个反应是单纯地为他的自我批评感到高兴，但是接下来我的想法就冷静多了。我大致是这么想的：怎么能埋怨"新的处理方式"难找呢？"新方式"是什么？是装满了钱的皮夹子？你能在街上走着走着找到一个"新方式"吗？有人掉了，你去捡起来？这位钢琴家想必是把肖洛姆·阿列赫姆说的笑话当真了。你知道吗，阿列赫姆说："天资像钱，有就是有，没有就是没有。"我看这位伟大的幽默家在这一点上错了。因为钱有来有去，今天你一文不名，明天却又有了。没有天资，那就严重了，老是没有下去。

所以你是找不到新的方式的，得要它来找你。我一次又一次地看到，对于一首音乐作品的新的处理方式通常被那些对生活的其他方面，对总的人生有新的态度的人所得到——例如尤金娜或者索弗罗尼茨基。

回过来再谈我的那位钢琴家朋友。他天真地想要既不改变他自己的生活，又能找到一种新的方式。我不想用我的想法来扰乱他。何必扰乱他呢？我应该帮助他，于是我想起了格拉祖诺夫关于演奏中的复调的忠告。

我对他说："你不妨在你弹的每一首乐曲中表现复调的动向，表现这些声部是如何进展的。找出次要的声部，内部的动向。那很有趣，能带来欣喜。你把它们找到以后就呈给听众，让他们也感到高兴。你会看到这会帮很大的忙，作品立即就活了。"

我记得我以此类推谈到了戏剧。多数钢琴家在台前只有一个角色——旋律，其他一切都只是模糊的背景，只是一片沼泽。但是戏剧通常是写几个角色，如果只有主角说话，别人不回答，这出戏就不知所云，令人厌烦了。所有的角色都必须说话，让我们听到问也听到答，于是这出戏演下去就引人入胜了。

这就是我对这位已经出名的钢琴家的忠告。使我极为惊奇的是他接受了而且实践了。正如人们说的，离成功不远了。他的演奏曾经被认为只是技巧好，缺乏任何独特的深度。可是现在所有人都赞他智慧、有深度。于是他声名鹊起，他甚至打电话给我说："感谢你，幸亏得到了你的忠告。"我回答说："别谢我，谢格拉祖诺夫吧。"

格拉祖诺夫自己也喜欢弹钢琴，一开始弹，就很难使他停下来，事实上几乎不可能使他停下来。他通常弹他自己的作品，能连续弹二三首交响乐。有时我感到他不停地弹奏是因为他站不起身来。格拉祖诺夫就是这样惯于久坐——坐着继续弹奏更容易些。

当格拉祖诺夫终于站起来的时候，他总要提到列昂波德·果多夫斯基。果多夫斯基总是拒绝在人前弹奏，说是在起居室里他的手指就不会动了。但是一坐下来，他就忘了自己的预告，别人别想再把他从钢琴上拉开。我不知道果多夫斯基的事，但是格拉祖诺夫对弹奏的天真欲望使我感到惊奇——而且是弹他自己的作品。在钢琴上即兴创作的作曲家都有这种爱好。这种创作方式对他们来说包含着愉快的回忆和联想，所以他们欣然在键盘上移动他们的手指。客人们在打呼噜也好，女主人坐立不安也好，可敬的作曲家在钢琴前什么也看不到，什么也听不到。

然而，你知道，格拉祖诺夫并不在钢琴上创作。为了变变花样，在这一点上我们对创作取得完全一致的意见。格拉祖诺夫也为在没完没了的会议中间乐思涌上脑际而感到苦恼。事实上，我所认识的许多所谓"创作工作者"阶层的人都抱怨说灵感和构思多数是在开会的时候在他们脑海里闪现的。作为一个在会议上花了成千甚至成万个小时的人，我欣然相信他们的话。一定有一个特殊的缪斯——会议的缪斯。

格拉祖诺夫通常要等到乐曲已经在他心里形成以后才动笔写，写下来就是定稿。但是他不排除修改或者写新版的可能。奇怪，在一写就应该是定稿这一点上我和他意见相同，但在修改问题上意见不同。我之所以说奇怪，是因为假若你根据这些特点来确定对我们的看法，你就会得出错误的印象，以为格拉祖诺夫辛苦得很而我却自由得像一只飞鸟。其实正相反。格拉祖诺夫在创作上一向是个地主老爷，我倒是个典型的无产阶级。

要获得年轻而又自负的人的尊敬是难事，事实上几乎不可能。但是，格拉祖诺夫赢得了我们的尊敬。他在乐器这个重要领域里的实践知识无比可贵。对许许多多作曲家来说，这仍然是未知的领域。他们有得自教科书的理论知识和理解，但是没有实践知识。举例说，格拉祖诺夫在写他的小提琴协奏曲时，学习拉小提琴。你必须承认这是英雄的行为。我知道格拉祖诺夫会吹许多管乐器，如黑管。

有一件事我总要说给学生听。有一次，格拉祖诺夫到英国指挥他自己的作品。英国乐队的成员嘲笑他，认为他是个野蛮人。大概毫无知识等等。于是，他们开始跟他捣乱。我想不出有什么事情比排练时控制不了乐队更可怕了。哪怕是敌人，我也不希望他遇到这种事。圆号手站起来说，有一个音他吹不出来，因为这个音是不可能吹的。乐队的其余人帮着他起哄。假若我是格拉祖诺夫，我会怎么办呢？我不知道，也许会走出排练场。但是请听格拉祖诺夫是怎么做的。他安静地走到圆号手边上，拿起他的乐器，那个发了傻的圆号手没有表示异议。格拉祖诺夫对准了一会儿，吹出规定的音符，就是那位英国音乐家坚持说不可能吹出来的那个音符。

乐队鼓掌欢呼，叛乱被粉碎了，他们继续排练。

我想，对于我，在指挥的道路上最大的障碍就是这个——乐队的反抗。我总是等着出现这种反抗。从我迈出第一步的时候起，从我的《第一交响乐》开始，我就习惯于乐队的反抗了。克服它，是天生的独裁者的事，我不喜欢感到别人不信任我。那种讨厌的以内行自居的狂妄，那种自信，那种自以为是和不断想评判别人、贬斥人的欲望，不断的疑忌和蔑视。顺便说一句，乐队的工资越高，就越是难以穿透、顽固……是职业特点？不，我说是职业性的势利眼。

　　格拉祖诺夫喜欢说业余爱好者能成为最好的音乐家，但是，在想了一阵以后又补充说："只要他们知道怎样演奏就好了。"

　　你知道丘科夫斯基的童话里那个描写把一头河马从沼泽地拉出来有多难的故事吗？是呀，我正在从我的记忆沼泽中把一头河马拉出来，这头河马的名字是格拉祖诺夫。他是一头善良、仁慈、有益于人的河马。

　　回忆的工作在继续，我常常想这个工作究竟有何意义。有时候，我肯定没有任何人会理解它的意义。有时候我比较乐观些，我想至少肯定有一个读者会理解它的意义——这个读者就是我自己。我是在向我自己剖析各种各样的人，各种各样我从不同方面了解的人——不好的、好的和很好的人。其中，有一个人也许比世界上任何人要好。

　　我谈到这些人，是我在一生中以不同的机缘认识的人。偶尔，我自相矛盾——但我不为此而感到惭愧。我对这些人的想法改变了，这也没有什么可耻的。如果我是由于受到外界的压力或者为使自己的生活过得舒坦些而改变了对他们的想法，那才应该感到内疚。但是事实并非如此。这些人变了，所以我的想法也变了。我听了新的音乐，才对老的音乐更加理解。我读到、听到了许多事情，我患了失眠症，一夜夜冥思苦想。这一切都对我产生了影响。

　　所以，我今天对人的想法已经不同于30年、40年或者50年以前了。

　　在我还比较年轻的时候，我与朋友们交谈，常用赌神罚咒的语言，随着年月的增长，这种语言越来越少了。我老了，死亡临近了，可以说我已经看到了死神的眼睛。所以，现在我认为我对自己的过去更理解了。我的过去也和我更接近了，我同样能看到它的眼睛了。

当我们还是朋友的时候，尤里·奥列沙①，曾用教导的口吻对我讲了一个寓言。一只甲虫爱上了一只毛虫，毛虫也向他报以爱情，但是她死了，躺着不动了，卷在茧里，甲虫悲伤地扑在他爱人的身上。突然，茧裂开了，飞出来一只蝴蝶。甲虫决心杀死这只蝴蝶，因为她扰乱了他对死者的哀思。他向她冲去，看到蝴蝶的眼睛是他所熟悉的——这是毛虫的眼睛。他差一点杀了她，因为除了眼睛以外毕竟一切都是新的。蝴蝶和甲虫从此永远快乐地生活在一起。

但是，要达到这个境界，你需要正视事物的眼睛。这不是每个人都能做到的。要做到这一点，有时候用一生的时间都嫌不够。

我经常想起梅耶霍尔德，超过我按理说应该想起他的程度，这是因为我们现在可以算是邻居了。我常常走过或者驱车经过一块刻着一个令人厌恶的怪物的纪念碑，一看到它我心里就发紧。牌上镌着几个字："梅耶霍尔德曾在此居住。"他们应该再加上一句："他的妻子在此惨遭杀害。"

1928 年我在列宁格勒初遇梅耶霍尔德。弗谢沃洛德·叶米利耶维奇打电话给我说："我是梅耶霍尔德。我想见见你。如果可以的话，请到我这儿来吧。某某旅馆某某号房间。"

我不记得我们谈过了什么，只记得弗谢沃洛德·叶米利耶维奇

---

① 尤里·奥列沙（Yuri Karlovich Olesha, 1899—1960），作家和剧作家。他的出众的风格类似纳鲍科夫（Nabokov）。奥列沙在他 1927 年的长篇小说《忌妒》出版后有很长时间停止写作，这是社会政治形势所致，因为那时的形势不利于创作。他敬重肖斯塔科维奇，但是在《混乱而非音乐》一文发表后，他公开批判肖斯塔科维奇的作品，说"列夫·托尔斯泰如果在世的话也会在《真理报》文章上签名"，还说肖斯塔科维奇的音乐使他（奥列沙）感到"丢脸"。后来，评论家阿尔卡季·别林科夫（Arkady Belinkov）评道："他的讲话是 1934～1953 年式的背叛行为中最早、最出色的范例之一。"

问我是否愿意加入他的剧院。我立即同意，不久便到了莫斯科，开始在梅耶霍尔德剧院做音乐工作。

但是当年我就离开了，因为那里技术性工作太多，我不能为自己找到可以使我们双方都满意的工作，虽然作为这个剧院的一分子是很有趣的。最引人入胜的是梅耶霍尔德的排练。看他准备他的新剧本令人着迷、兴奋。

我在剧院中的工作基本上是弹钢琴。比如说，如果《钦差大臣》里的一个女演员要唱格林卡的一首浪漫曲，我就穿上燕尾服，扮作一个客人走上台，在钢琴前坐下。此外，我也在乐队里演奏。

我住在诺文斯基大街弗谢沃洛德·叶米利耶维奇的公寓里。晚上，我们常常谈论创作音乐剧的事情。当时我正在努力写我的歌剧《鼻子》，有一次弗谢沃洛德·叶米利耶维奇的公寓里起了大火，我不在家，但是梅耶霍尔德抢出了我的乐谱，完整无缺地交给了我。我的总谱能保全下来全亏得他——这是高尚的行为，因为他有许多东西远比我的手稿有价值。

最后，总算上上大吉。我想他的财产损失也不大，否则他的妻子齐娜伊达·尼古拉耶夫娜·赖赫是饶不了他的。

我对赖赫的看法是主观的，这大概是因为梅耶霍尔德自己想掩饰我们二人在地位和年龄上的差别，他从来不敢提高嗓子对我说话，可是他的妻子却常常对我大声嚷嚷。

赖赫是个精力充沛的女人，很像《钦差大臣》里那个军士的寡妇。她自以为是社交界的红人。这使我想起萨沙·乔尔内[①]的一首诗，诗中说出了生活里的一条定理。乔尔内说，一个名人会心不在焉地向你伸出手来，但是他的妻子最多伸出两个手指头。可以说这就是齐娜伊达·尼古拉耶夫娜的写照。

梅耶霍尔德发痴似的爱她。我从来没有见过这样的爱。很难想

---

① 萨沙·乔尔内（Sasha Cherny，即亚·米·格利克伯格〔Alexander Mikhailovich Glikberg〕，1880—1932），讽刺诗人，死于法国。肖斯塔科维奇喜爱乔尔内的讽刺诗，于1960年以他的诗写了一首声乐组曲。他革命前的诗在四十多年后仍切中时弊，所以这首组曲首次演出后使文化部的官僚们大为恐慌。

象在我们这个时代居然还有这种爱情。这里面有种不祥的东西——结局的确很惨。

他们俩的事情使人想到：若要保住某件东西，最好的办法就是不去理它。爱得太过的东西容易毁灭。要冷眼对待一切，特别是你心爱的事物。那样，它们生存的机会反而会多一些。

这大概是我们生活中最大的秘密之一。老人们不懂得这个秘密，因此他们失去了一切。我但愿年轻人能幸运一些。

梅耶霍尔德讲究衣着，喜欢在自己周围布置些美的东西：绘画、瓷器、水晶制品等等。但是这同齐娜伊达·尼古拉耶夫娜的奢侈爱好比起来根本算不上什么。赖赫长得很美，但也许太胖了一些，这在舞台上尤其明显。她在台上的动作笨拙得令人吃惊。

赖赫珍惜自己的美貌，也懂得怎样打扮自己和衬托自己的美貌。梅耶霍尔德家里的一切——家具、装饰品等等，当然，还有珠宝——都是为了这个目的。

在梅耶霍尔德失踪①后，匪徒几乎立刻就到赖赫家里，把她杀了。她身上有 17 处刀伤，双眼被刺穿。赖赫哀叫了很久，但是没有一个邻居来救她。没有人敢进梅耶霍尔德的房子。谁知道那里出了什么事？对赖赫行凶的也许是官方刺客的铁拳头。是非之地，最好躲远一点。所以，他们杀了她，拿走所有的珠宝。

赖赫出身于"信义会"的家庭，也算是望族，但是我看到她时永远不会这样想。她看来像个典型的敖德萨渔妇。听到说她生于敖德萨，我并不感到很奇怪，敖德萨人的特征在她身上很明显。齐娜伊达·尼古拉耶夫娜经常光顾一家旧货商店，靠近诺文斯基大街的那一家，落魄的夫人们把她们过去剩下的东西卖给这家寄售店。赖赫是讨价还价的能手。

我看，赖赫对我的态度是我离开梅耶霍尔德剧院的原因之一。

---

① 这里所说的"失踪"，是指 1939 年 6 月 20 日梅耶霍尔德的被捕。在那些日子里，人们往往突然失踪，官方对于他们的命运不会作任何说明。当这种事发生时，亲属们很明白，不会去向秘密警察探询。人被捕以后的命运，往往许多年不得而知，多数人的死亡日期，也只能知道个大概。

因为她使我感到我像食客似的在靠梅耶霍尔德的施舍过日子。自然，没有明说，但是从她对我的态度上看得很清楚。我不喜欢受到这种待遇。

梅耶霍尔德是我的恩人。他是从阿尔施塔姆<sup>①</sup>那里听到我的。在梅耶霍尔德上演的《教师巴巴斯》剧中，阿尔施塔姆在台上坐在贝壳里，穿着燕尾服，弹奏肖邦和李斯特的乐曲，包括剧终时的《但丁》奏鸣曲（"在阅读但丁之后"）。《教师巴巴斯》这出戏相当不经，也相当啰嗦。可怜的阿尔施塔姆所坐的贝壳是镀金的。三角琴上点燃着蜡烛，肉感的赖赫随着肖邦的音乐笨重地走着台步。

阿尔施塔姆由于要应征，打算离开梅耶霍尔德。梅耶霍尔德听到过我的《第一交响乐》，不太喜欢它，但是他知道了我的名字。阿尔施塔姆推荐我做钢琴师。这对梅耶霍尔德来说，是做一件好事。他这么想：这个青年没饭吃，我收他进我的剧院吧。于是他就收留了。但是他由于为人高尚，所以没有凭着对我有恩而凌辱我，像齐娜伊达·尼古拉耶夫娜那样。

正是赖赫毁了梅耶霍尔德。我绝对相信这一点。是她使丈夫靠拢统治者，靠拢托洛茨基、季诺维也夫<sup>②</sup>等人。梅耶霍尔德把他的一部剧本题献给托洛茨基（托洛茨基称他的剧本为著作）。这件事招来了祸殃。

赞扬梅耶霍尔德的人们中间，有布哈林和卡尔·拉狄克<sup>③</sup>，但

---

① 列夫·奥斯卡罗维奇·阿尔施塔姆（Lev Oskarovich Arnshtam，生于1905年），电影导演，肖斯塔科维奇的朋友，年轻时曾在梅耶霍尔德剧院担任钢琴师。肖斯塔科维奇曾为阿尔施塔姆的5部电影谱曲，包括《女友》（1936），这部片子在美国获得成功。

② 格里戈里·叶夫谢耶维奇·季诺维也夫（Grigori Evseyevich Zinoviev，真姓拉多梅斯尔斯基〔Radomylsky〕，1883—1936），共产党和共产国际领导人。他在任彼得格勒市苏维埃主席期间以残忍出名（包括处死人质）。一个认识他的艺术家，回想起季诺维也夫曾告诉他："革命，《国际歌》——这些确实是主要大事。但是，如果他们碰一下巴黎的话，我要为之大哭！"在斯大林命令下，他以"恐怖分子"的罪名被枪决了。

③ 尼古拉·伊凡诺维奇·布哈林（Nikolai Ivanovich Bukharin，1888—1938），共产党领导人。列宁在"政治遗嘱"里说，布哈林"不仅是党的最难能可贵、最重要的理论家，而且不愧为党的骄子"。他被斯大林枪决了。同样的命运等候着党的重要工作者、记者卡尔·伯恩哈多维奇·拉狄克（Karl Berngardovich Radek，真姓索别尔松〔Sobelson〕，1885—1939），他生前被赞为最善于编造反苏维埃笑话的人。

是应该为梅耶霍尔德说句公道话：他对权势人物从来没有亲近感。一有要人来做客，他便感到十分难受，这一点我可以作证。而且，梅耶霍尔德自然决不会把自己贬低到充当斯大林的奴才。斯大林恨梅耶霍尔德。可以说这是一种没来由的恨，因为斯大林从来没有看过梅耶霍尔德的戏，一出也没有。斯大林对梅耶霍尔德的看法完全是根据别人的指责。

在梅耶霍尔德剧院被关闭之前不久，卡冈诺维奇①到剧院来看演出。他这个人权势极大。剧院的前途，和梅耶霍尔德的前途一样，取决于他的意见。

可以预料，卡冈诺维奇不喜欢这出戏。斯大林的这位忠实战友几乎只看了一半就离开了。当时已六十多岁的梅耶霍尔德奔到街上去追卡冈诺维奇。但是，卡冈诺维奇和随从上了汽车便开走了。梅耶霍尔德跟着车子跑，一直跑到摔倒在地上。我真不愿意看到梅耶霍尔德这种模样。

梅耶霍尔德有些特别。他本不善于教人，事实上对教人还有反感。如果有个极为好奇的人盯着他向他提问的话，就会引起一场大闹。梅耶霍尔德会骂这个无辜的人，嚷嚷说别人刺探他，他最好的创造性发现被偷窃了等等，简直像精神错乱。

但是，一个人即使是只和梅耶霍尔德相处很短时间，也能学到一些东西；即使梅耶霍尔德揪着耳朵把他们赶出去，他们离去时也会有所得。当然，除非他们是十足的白痴。

当我和梅耶霍尔德一起住在诺文斯基大街时，他有时也向我谈他的看法。我看过许多次排练，也看过他的许多戏剧，略略一想就有《塔列尔金之死》《教师巴巴斯》《信任 D．E．》《森林》《使命》《第二军司令》《钦差大臣》《最后的决定》《三十三次晕厥》《洗澡》《茶花女》。我在小剧院看过梅耶霍尔德导演的柴可夫斯基的《黑桃皇后》，看过《假面舞会》的重新上演。我为《臭虫》谱

--------

① 拉扎尔·莫伊谢耶维奇·卡冈诺维奇（Iazar Moiseyevich Kaganovich，生于1893年），共产党领导人。斯大林娶了卡冈诺维奇的妹妹罗莎，在斯大林时代，许多处决证上有卡冈诺维奇的签名。1957年赫鲁晓夫把他作为"反党集团"成员撤了职。

曲。我负责《苦恼的机智》①的音乐。我认为我从梅耶霍尔德那里学到了一些东西。

那时候，他的有些看法在我心中留下了根，从后来看，这些看法是重要的、有用的。例如：你必须在每一部作品中力求有所创新，这样，每部新作都能惊人；每一部作品都要在技巧上定一个新的目标。梅耶霍尔德以疯狂似的顽强遵循他自己定下的这条规则。今天看来，这种规则可能很平凡，但在那些日子里，在那个时候，对我说来却是一个重要的发现。这种事从来没有老师教过我们。在音乐学院里，你要作曲？那好，写吧，随你怎么写。当然，要照某些规则去写，但是仅此而已。

接下来就是第二条规则，梅耶霍尔德的第二课。每作一首新曲，你都必须先有准备。看大量的乐谱，从中搜索——可能在经典作品中有些类似的东西。那么，你一定要试图写得更好些，至少是用你自己的方法去写。

在那个时期，这几点考虑对我帮助很大。我很快就忘掉了我生怕永远成不了作曲家的忧惧。我开始从头到尾思考每一首作品，于是对自己所写的乐曲有了较大的信心，从此要把我推出这条道路就难了。

梅耶霍尔德的另一条规则，帮助我比较平静地对待别人对我的作品的批评。这是梅耶霍尔德的第三课，不仅仅对我，对于别人也一样有用。梅耶霍尔德不止一次指出：假若一个作品使所有人都感到满意，那就应该认为它完全失败了。另一方面，如果所有人都批评你的作品，那么这个作品里也许还有些有价值的东西。要是人们对你的作品展开争论，有一半观众拍手称好，另一半想把你撕成两半，那么，你就是真正成功了。

总的说，我在想起梅耶霍尔德的时候感到悲哀。这不仅仅是由于他的悲惨命运。我在想到他的结局时，所感到的只是痛苦。我悲

---

① 梅耶霍尔德导演亚历山大·格里包耶多夫（Alexander Griboyedov，1795—1829）的著名喜剧《智慧的苦恼》（亦译《聪明误》，Woe from Wit）时，故意把剧名改为《苦恼的智慧》（Woe to wit）〔作者本人在初稿中用的名称〕。这个小小的花样说明，梅耶霍尔德总想使观众感到莫名其妙和吃惊。

哀的是，他和我没有任何共同的作品。我们有过宏大的协作计划，但是没有任何结果。梅耶霍尔德想把我的歌剧《鼻子》搬上舞台，行不通；又想上演《麦克白夫人》，也没有实现。我为他上演马雅可夫斯基的《臭虫》谱曲，但是我总的来说很讨厌这个剧本。我只是被梅耶霍尔德迷住了。

我拒绝了梅耶霍尔德的另外一些建议，因为我为《臭虫》生他的气。我没有在马雅可夫斯基的写得极坏的《洗澡》一剧上和他合作。这个戏是失败的。我甚至拒绝为他根据契诃夫的小说改编的《三十三次晕厥》谱曲。自然，我也没有为梅耶霍尔德上演的《一个生命》谱曲。这出戏是根据奥斯特洛夫斯基的讨厌的小说《钢铁是怎样炼成的》改编的，这是一部可怕的作品。梅耶霍尔德想要用这个剧使自己摆脱形式主义①。他下令要用现实主义的布景，使一切看上去都像是真的。但是，要摆脱，已经来不及了。他在意识形态上的罪行太多了。官方在看了现实主义的布景后作了判决："这是故意的，是为了更好地嘲笑现实主义。"

这部戏剧被禁演了，他们关闭了梅耶霍尔德剧院。

这像伊尔夫和彼得罗夫的故事：过来吧，彼得罗夫一家不会在这儿。伊凡诺夫一家也不会在。过来吧，来。西多罗夫一家也不会在这儿。不管我怎么想，反正一样，因为没有实现，我们没有时间做，我们没有这样做是因为害怕，我们根本没有做。一生就这样过去了。

梅耶霍尔德想和我一起根据莱蒙托夫的《当代英雄》创作一部歌剧。他计划由他自己写剧本。后来我们又想根据莱蒙托夫的《假面舞会》写一部歌剧。再后来，他建议我根据《哈姆莱特》写一

---

① 从1920年以来，"形式主义"成了苏联文学艺术中的"行话"。历史已经证明，这个词几乎没有任何真正的美学含义，而是一个根据特定时期苏联领导人的政治路线和个人趣味而强加于各行文艺工作者和创作倾向的性质形容词。这里不妨引一下苏联关于"形式主义"的典型定义："艺术中的形式主义是资产阶级意识形态的表现，是敌视苏联人民的。党一刻不停地对任何即使是形式主义的最细微的表现保持警惕并进行斗争。"因此，对那些被扣上"形式主义者"帽子的人给予各种惩罚直至人身消灭也就不足为奇了。

部歌剧，他也打算上演。很可哀。不过我能想象，如果我们真的搬演《哈姆莱特》的话会是什么遭遇，因为梅耶霍尔德对它的设想，在那个时代说来，要多错有多错。我们会被斥为形式主义。

没有和梅耶霍尔德一起实现这个计划是可惭愧的。我终于为一出《哈姆莱特》写了音乐，这是最形式主义的一部。为了那个形式主义，我不幸之至。一部艺术作品计划好了，要我去作曲，结果总是倒霉。一定是命该如此，像布尔加科夫的故事里的"倒霉的蛋"。

最"倒霉的蛋"中有一只就是我参加过的三次《哈姆莱特》演出中的第一次。他们说这部作品缺德，是莎士比亚历史中最缺德的一部。可能是这样，我不知道。总之，大叫大嚷了一阵。当然，还是老问题：形式主义。

阿基莫夫①在瓦赫坦戈夫剧院上演了《哈姆莱特》。他比我大5岁，这个差别很大，特别是在年轻的时候。这是在30年代初，而《哈姆莱特》又是阿基莫夫第一次独立负责的作品。大胆，你会这样说吧？如果你还记得他要让观众看的是什么样的《哈姆莱特》，你更会这样说。

直到今天，对莎士比亚专家说来，这个倒霉的作品仍是个噩梦，一提起它，他们就脸色苍白，好像看见了鬼魂。顺便说一句：阿基莫夫在戏里去掉了鬼魂。我看，没有鬼魂的《哈姆莱特》再也找不出第二个来。这个作品可谓有唯物主义的基础。

要知道，梅耶霍尔德推崇《哈姆莱特》，认为它是古往今来天下最好的剧本。他说，如果世间所有的剧本都突然不见，只要《哈姆莱特》还奇迹般地幸存下来，那么世界上所有的剧团也都会得救。它们可以全都上演《哈姆莱特》，一定成功，也一定能吸引观众。

梅耶霍尔德可能说得过分了一点，但是，我也确实喜爱《哈姆莱特》。我从专业立场三次"研究"了《哈姆莱特》，但是我读这

---

① 尼古拉·巴甫洛维奇·阿基莫夫（Nikolai Pavlovich Akimv, 1901—1968），戏剧导演和艺术家，一贯被斥为"形式主义者"。他在1932年导演的《哈姆莱特》颇受当时美国文学报刊的好评。

个剧本的次数要多得多，多得多。我现在还读。

使我感触特别深的是哈姆莱特与罗森克朗兹和盖尔顿斯特恩的对话。哈姆莱特说，他不是一支笛子，不会让人玩弄他。这段话妙极了。这对他来说很容易，因为他毕竟是个王子。假若他不是王子，别人就会狠狠地玩弄他，而他却不知道是什么东西击中了他。

我喜爱的另一部莎士比亚戏剧是《李尔王》。我和"王子"相逢了三次，和"王"相逢了三次，有一次我让他们用了我的同样的音乐，《李尔王》用了《哈姆莱特》的音乐①。我想，戴王冠的人物是能在他们之间对这问题取得谅解的。

我认为《李尔王》中的重要问题是可怜的李尔的幻想的破灭。不，不是破灭。破灭总是突如其来的，然后就过去了，那不能形成悲剧，也引不起兴趣。但是，眼看着幻想慢慢地、逐渐地破碎——这就是另一回事了。这是痛苦的、令人心惊的过程。

幻想是逐渐灭亡的——即使看起来似乎是一下子破灭的，似乎你在一个晴朗的日子里一觉醒来突然不再有幻想了。完全不是这样。幻想的枯萎、消失，是个漫长、沉闷的过程，就像牙痛。但是，牙齿呢，你可以拔掉；幻想呢，灭绝了，继续在我们内心腐烂，而且发臭，因此你逃避不了它。我的破灭了的幻想始终跟在我身边。

我想起梅耶霍尔德。他一生中有过许多悲剧。他的一生是可悲的一生，其中一个悲剧就是他从未导演《哈姆莱特》。梅耶霍尔德喜欢谈论他要如何导演《哈姆莱特》的这一场或者那一场。他的想法和阿基莫夫的构思有许多共同之处。这些想法，梅耶霍尔德想到得更早，而且一直在脑海中盘旋。所以，他到处嚷嚷说阿基莫夫盗窃了他。当然，阿基莫夫没有盗窃他。阿基莫夫的想法全是他自己的。但是，出现把《哈姆莱特》作为喜剧搬上舞台的想法是意味深长的。

---

① 导演葛里戈利·米哈伊洛维奇·科辛采夫（Grigori Mikhailovich Kozintsev，1905—1973）把肖斯塔科维奇以前为他导演的《李尔王》写的音乐用于《哈姆莱特》。后来，肖斯塔科维奇为科辛采夫的著名影片《哈姆莱特》和《李尔王》写了音乐。

梅耶霍尔德想让两个演员同时扮演哈姆莱特，大概是一男一女，一个哈姆莱特念悲剧的独白，另一个打扰他。第二个哈姆莱特将是喜剧角色。我看，如果上演的话是由赖赫念悲剧独白。梅耶霍尔德曾经训练她演哈姆莱特。

梅耶霍尔德为剧中的鬼魂发愁。他不信鬼神，更重要的是审查当局不信鬼神，因此他得考虑这个鬼魂应该如何处理。他表演了鬼魂如何从一根大大的老树干里爬出来，发出叽嘎声、呻吟声。鬼魂还要戴眼镜，穿橡皮套鞋，而且不断地打喷嚏。老树干里很潮湿，他感冒了。梅耶霍尔德谈起鬼魂来很滑稽。后来，阿基莫夫导演了一出没有鬼魂的《哈姆莱特》。那也很有趣。

但是，当时，我境遇极为困难①。我的境况十分窘迫，一切都行将崩溃。我才思已尽。当时我在写我的第二部歌剧，第二部完成的歌剧。关于我那些不成功的歌剧计划，我们以后再谈。这种计划够多的。它们扰得我心神不宁、筋疲力尽。不过这一部看来写得是顺利的，我想完成它。然而，四面八方都是压力，教我不得安宁。

总的来说，那是一个恶劣的时期。而阿基莫夫还追着我不放。我曾同意谱曲，而且，应该说明，剧院已经给我预支了稿费。阿基莫夫这个人很厉害，也很固执，他不断地说他的《哈姆莱特》会如何如何缺德，拿这个来引诱我。

问题在于那些日子里审查当局是禁演《哈姆莱特》的。信不信由你。总之，我们的剧院一遇到莎士比亚就有麻烦，特别是《哈姆莱特》和《麦克白》。斯大林受不了这两出戏。为什么？看来相当

---

① 1931年，当肖斯塔科维奇正在写《麦克白夫人》时，痛苦的失败接二连三地落在他身上：他的舞剧《闪电》从保留剧目中剔除了，为几部戏剧和电影谱写的音乐也无助于提高他的声望（用肖斯塔科维奇的音乐配乐的一部作品里既有马戏团的马，又有乖狗阿尔玛）。他想要创作"高级艺术"，因此对一切使他不能专心于他真正的工作的压力感到生气。也是在这个时期，他对他未来的妻子尼娜·瓦西利耶夫娜·瓦尔扎尔的追求遇到了困难和挫折。

明显。一个犯罪的统治者——那样的主题怎能吸引领袖和导师呢①？莎士比亚是个预言家——在没膝的血泊中行走着窃取权力的人。他非常天真——我是说莎士比亚。良心的谴责、犯罪后的内疚等等。什么叫内疚？

这一切都在常情之内，都是又天真又美。有时候，莎士比亚像孩子似的向我们说话。当你和孩子说话的时候，语言并不重要，重要的是语言后面的东西：情绪、音乐。

我在和小孩子说话的时候，常常不去揣度他们咿咿呀呀讲的是些什么。我只听音色。对莎士比亚也是这样。在读莎士比亚的时候，我的情绪跟着他浮沉。这样的时候不很多，但是这是最美好的时刻。我读着——倾听着他的音乐。

莎士比亚的悲剧充满了音乐。正是莎士比亚说的，不喜爱音乐的人是不可信任的。这种人能干出卑鄙的勾当或者谋害人命。显然，莎士比亚自己是喜爱音乐的。我始终欣赏《李尔王》一剧中患病的李尔为音乐所唤醒的那一场。

斯大林当然把这种优美的情操视若草芥。他就是不愿意让人看里面有使他不高兴的情节的戏；你永远不知道某些狂人的心里会蹦出什么念头来。当然，所有的人都知道而且永远忘不了斯大林是伟人之中最伟大的，聪明人之中最聪明的，不过，他还是禁演莎士比亚，以防万一。要是有人扮演哈姆莱特或者麦克白夫，怎么办？

我记得他们怎样制止了莫斯科艺术剧院排演《哈姆莱特》。可以说，这个剧院是斯大林"宠爱"的剧院。不过，更确切地说，它是领袖完全首肯的唯一剧院。对于那位扮演哈姆莱特的演员来说，此剧的禁演成了真正的悲剧。哈姆莱特是他梦寐以求的角色，周围的人都相信他能把哈姆莱特演得非常出色。但是斯大林出口就是法律，领袖和导师连书面指示也用不着下。没有下命令，只要表示一下愿望就够了，干吗要禁止？那样的话在历史上留下的形象可能就

---

① 在斯大林生前，"领袖和导师"是不变地附加在他名字前面的传统公式之一。其他形容词还有"伟大的铁路工程师""儿童之友""伟大的园丁"。这些字眼至今仍然是苏联知识分子的讽刺性词汇的一部分。

不那么高贵了。最好是像斯大林那样，仅仅问一下："在艺术剧院上演《哈姆莱特》有必要吗？嗯？"这就够了。这出戏取消了，而那位演员却酗酒致死。

苏联舞台上有许多年看不到《哈姆莱特》了。斯大林对艺术剧院的提问谁都知道，没有人想冒这个风险。人人都害怕。

那么《李尔王》呢？人人都知道我们最优秀的李尔是犹太剧院的米霍埃尔斯[①]，人人也都知道他的命运。可怕的命运。我们最优秀的莎士比亚翻译家帕斯捷尔纳克的命运又怎么样呢？

几乎每个名字都附随着一部悲剧，比莎士比亚的任何悲剧都悲惨。别，最好别同莎士比亚发生关系。只有粗心的人才会起这种注定要失败的念头。莎士比亚太危险了。

但是我当时还年轻，所以被阿基莫夫说服了。他是个少有的导演，嘴巴巧、脑袋笨。阿基莫夫总是衣冠楚楚，极有礼貌，但是最好不要成为他取笑的对象和笔下的人物。阿基莫夫是个庸俗的艺术界人物。他的漫画很伤人。我认为我是轻松地逃过去了。

阿基莫夫得到了上演《哈姆莱特》的临时许可。这是个重大的胜利。问题是，这部戏以前在莫斯科上演时的处理方式，在审查当局看来，是绝对不能允许的。那时是传奇式的米哈伊尔·切霍夫扮演哈姆莱特。你知道，他是个灵学家，他使他的剧院充满了"降灵术"的气氛，哈姆莱特就以这种方式登上舞台。切霍夫把炼狱作为这部戏的背景。真的是炼狱。切霍夫认为莎士比亚把这部戏纯粹是作为象征性的戏来写的，每一个人物实际上都是死人。廷臣们是死了的人的灵魂，而主角是降灵的象征。

也许切霍夫真的相信莎士比亚的确是灵学家，所以他才这样演哈姆莱特。全戏是阴间气氛。但是演员们的演技精湛，切霍夫简直

---

① 所罗门·米哈伊洛维奇·米霍埃尔斯（Solomon Mikhailovich Mikhoels，真名沃弗西〔Vovsi〕1890—1948），犹太演员和导演。在斯大林的指示下，他被残酷地杀害了，而这谋杀被说成是流氓所为。1943 年，当米霍埃尔斯担任犹太人反法西斯委员会（后来被斯大林解散）的主席时，他应爱因斯坦（Albert Einstein）的邀请到了美国。在纽约，他与市长拉·瓜迪亚在马球场一起出席了一次 5 万人的集会。

是天才。观众看完这出奇怪的哈姆莱特以后，有一种刚从阴间走出来的感觉。你看艺术工作者的想法可以玄妙到什么程度。你可以说他们是精神错乱。做官的看了这个戏吓坏了，立即禁演《哈姆莱特》，说它是一出反动、悲观、宣传神秘的戏。

我说过，阿基莫夫为人庸俗，但却是个快活的人。他看了切霍夫对哈姆莱特的表演以后生了气。他对我说："我一面看着台上一面想，这些乖僻的呓语的作者真的是莎士比亚吗？"阿基莫夫产生了一种热烈的欲望，要演出他自己的《哈姆莱特》。可以说，从反面得到灵感是常有的事。举例说，梅耶霍尔德便是在看了一次处理得非常低劣的《黑桃皇后》以后产生他自己对《黑桃皇后》的构思的。他后来告诉我，假若他在黑暗的胡同里碰上那个唱男高音的格尔曼的话，他一定会勒死他。

在切霍夫演出《哈姆莱特》期间，阿基莫夫苦恼极了，这是终于促成他对这个剧本的构思的最后一根稻草。我必须说，他的设想是一种革命。阿基莫夫决定把它作为喜剧来搬演，一个争权斗争的喜剧。阿基莫夫挑了一个相当著名的喜剧演员当主角。这演员又矮又胖，爱吃又爱喝。我可以说，这是符合原剧本的，因为原剧本里提到哈姆莱特长得很胖。但观众对他完全不习惯。我要说，观众习惯于高贵的哈姆莱特，无性的哈姆莱特。或者不如说，习惯于穿着紧包臀部的黑衣服的带有男性特征的哈姆莱特。也有女的扮演过哈姆莱特——我记得是阿斯塔·尼尔森。齐娜伊达·赖赫也打算演他——用她的那副身材演。我看，在世界文学中，女人想尝试的男角色也只有哈姆莱特了。现在突然又来了一个胖哈姆莱特，嗓音宏亮，精神十足。

当阿基莫夫把他的计划告诉剧院领导的时候，院方也感到惊讶，这里似乎没有什么犯禁的。而且，这种设想反正也没有反动的神秘主义气味，反而还散发出健康的酒精气味，因为据阿基莫夫描写，哈姆莱特是个爱说爱笑、干活勤劳、喜欢喝酒的人。实际上，在这出独特的戏里没有一个人不喜欢喝酒。格特鲁德、克劳迪斯、波洛涅斯，甚至奥菲莉亚，都喝酒。在阿基莫夫改编的剧本中，奥菲莉亚是因为喝了酒才淹死的。解剖医生的报告上说："尸体检验显示大量酒精中毒的迹象。"掘墓人的台词是："喝还是不喝——就是这个问题。"这个怀疑者被纠正了："还用问？当然喝。"这些对白是专门为这一场写的。

接下来是权力斗争问题。照阿基莫夫的处理，这种斗争成了《哈姆莱特》的中心主题。争夺王冠的斗争。传统的那些犯罪后的内疚、怀疑等等都一扫而空。我已经对作为艺术的永恒主题的权力斗争感到厌烦。你摆脱不了它，特别是在我们这个时代。所以，哈姆莱特是为了更成功地捉弄克劳迪斯而装疯的。阿基莫夫算了算，剧本中哈姆莱特装疯装了17次。阿基莫夫的哈姆莱特坚定不移地、聪明地为夺取王位进行斗争。我说过，鬼魂没有了。哈姆莱特自己扮了鬼去吓唬朝臣。他想从阴间为自己找一个重要的人证，让他证明克劳迪斯坐王位是非法的。因此，鬼魂出现的那一场是纯粹作为喜剧来演的。

至于"生存还是毁灭"，哈姆莱特在念这些台词时手里掂着王冠的分量。他把王冠戴在头上试试，还东转西旋的。他和奥菲莉亚——一个荡妇和侦探——的关系毫不含糊。哈姆莱特不断逼她。而奥菲莉亚已经怀孕，她喝醉了酒，投河自尽了。

波洛涅斯妙极了。这也许是阿基莫夫的这部戏在演技上的胜利（这是他的又一个矛盾）。著名的鲍里斯·休金扮演这个角色。后来，休金因为在电影里第一个扮演列宁，名气更大了。或者，不如说他是演员中第一个被赋予这样一种具有历史意义的任务。

休金像阿基莫夫一样，是个肆无忌惮的人。他试了好几种路子扮演波洛涅斯。但是起初好像怎么也不行。我对休金比较了解是在后来他要在他的剧院上演一部巴尔扎克的剧本的时候，因为他要我写音乐。那时候，休金透露了他在《哈姆莱特》中之所以取得成功的一个小小的秘密。

我认为这个故事很有趣，而且对演员相当有教育意义，是表演艺术中的一小堂课。当初我听到的时候畅怀大笑。休金想要避开陈腔滥调。波洛涅斯这个角色不很明确。他似乎很聪明，但又相当笨。他可能是一个"高贵的父亲"，这表现在他对儿子的举止上。但是，对他的女儿而言，他却是个拉皮条的。通常，波洛涅斯的出现，总使观众感到厌烦，但是观众对他已经习惯了，所以也忍受了。人们感到，只要是名著，有些东西你就得忍受。你必须尊重名著。

休金一向爱从朋友们身上寻找有助于他创造角色的气质和特点。他在创造波洛涅斯时也用了这个方法，从这个朋友身上取来一些，从那个朋友身上取来一些。后来，在一次排练中，休金学斯坦尼斯拉夫斯基的样子念波洛涅斯的独白。

突然间，角色成形了，一切都妥帖了。即使这个角色的最难演的部分，用斯坦尼斯拉夫斯基的形象和姿态一念台词，也突然令人感到可信了。休金把斯坦尼斯拉夫斯基学得活灵活现，能使你笑出眼泪来。效果是气派很足，但是有点蠢。这个人生活得很舒服，很好，然而还是把废话唠叨个没完。这就是休金刻画的斯坦尼斯拉夫斯基。

当时，关于斯坦尼斯拉夫斯基的笑话多得很。他根本不懂人们所谓的"环境的真实性"。他到艺术剧院看排练时（在当时也越来越少了），演员往往对他的愚蠢的问题感到吃惊，如果排练的是有关苏联生活的戏的话，更是如此。

比方说，有一部喜剧叫《把圆变成方》，情节是围绕着两家人合住一间房展开的。是呀，想当年两家合住还不算挤。如果房间大，可以隔成3块甚至4块。像独门独户的公寓套房这种阔气的东西，当时是没有这一说的。一套公寓房子能住上10家，甚至15家人。房荒嘛，你有什么法子？

名称很好听："公共公寓"。这种现象应该载入史册，让我们的子孙后代知道什么叫公共公寓。在这方面，谁也不如左琴科。他歌颂说："当然，单门独户住公寓无非是小资产阶级梦想。我们必须同起同坐，生活在和睦的集体里，决不把自己锁在自己的堡垒里。我们必须住在公共公寓里。周围都是人，你就可以有人聊天，可以出主意，可以打架。"

既然邻居的生活可以一览无遗，那么品头论足——说得直率些就是告发——也就比较容易了。什么事都看得见：谁来了，什么时候走的，谁访问了谁，他有哪些朋友。谁家做了什么饭菜吃也看得见，因为厨房显然也是公用的，邻居前脚走，你就可以偷看一下锅里是什么。你可以再倒些盐进去。他那么伶俐，就让他吃点咸的。你也可以加些别的，让他更合胃口，味道更好些。

公用厨房里有许多消遣方式。有人喜欢往邻居锅里吐痰，有人只往茶壶里吐，那可要有一定的技巧。必须等主人离开厨房，然后冲向茶壶，揭开盖子，咳出痰来。重要的是不要烫了自己。需要冒点险，因为那个人随时可能回来。如果给他抓住了，难免要在脸上挨一拳。

正如左琴科说的：有学问的书记要和有学问的书记住在一起，牙医生和牙医生住在一起，等等。吹长笛的人应该住到城外去。这样，公共公寓中的生活就会充分放出光辉来。

是的，我们需要，我们的确需要一些描写公共公寓这个不朽主题的划时代的不朽作品。对于公共公寓，一定要注意，要描绘，要颂扬，宣传。这是我们文学艺术的责任。

我现在要承认，我也尝试过参加这个共同事业，想用音乐来描绘这种痛苦。我试图用这个不朽的主题作一首曲子。我想说明杀人的方式很多，不一定是从肉体上杀死。比如说，不一定要枪毙或者罚苦役。你可以通过简单的事情，通过生活方式杀害一个人的内心，例如通过地狱般的公共公寓。愿它万劫不复。

这不是喜剧的主题。我意思是说，不是可以开怀欢笑的事情。这是讽刺剧的主题。然而艺术剧院却把这个主题作为喜剧搬上了舞台。我说过，他们在应该哭泣的时候却决定高兴地对它大笑一场。斯坦尼斯拉夫斯基呢，使大家吃了一惊：他甚至不理解这个情节的结构。他问道："这是什么意思？为什么这么些人全住在一个房间里！"因为斯坦尼斯拉夫斯基自己住在市内的住宅里。

人们告诉斯坦尼斯拉夫斯基："这些人没有单独的公寓房子。"斯坦尼斯拉夫斯基不信。斯坦尼斯拉夫斯基的名言："我不信。"尘世的演员一听就开始发抖了。斯坦尼斯拉夫斯基说："这不可能！人们不可能没有自己的公寓房子，你们这是愚弄我。"

他们试图说服斯坦尼斯拉夫斯基，使他相信这是事实，假不了，有些公民就是生活在这种不正常的条件下。老人感到不安了，于是他们使他安静下来，于是斯坦尼斯拉夫斯基作了英明的决定："好吧，那我们得要在海报上注明这是一部关于没有自己的公寓房子的人的喜剧，否则观众不会相信的。"

这是我们时代的一位伟大的导师的一件真事。如今很清楚，斯坦尼斯拉夫斯基生活在他自己的世界里。他是个高尚的人，有一个艺术的心灵。他日常吃的是从特种商店里买来的，就像所有对国家有杰出贡献的天才人物和党内干部一样。

但是，这位老人天真地把这个售货店叫做他的"秘密供应者"。剧院的人提起这个就要冷笑。斯坦尼斯拉夫斯基确实以为这是个大秘密。其实，根本不是。人人都知道"特种商店"的事，都知道要人们的食品来源与其他公民不同，取自专为他们设立的地方，大家对我们生活中的这个事实，已经司空见惯，好像理该如此。所以谁都不作声，让他去保守这个"极大的秘密"吧。

列宁格勒有一个骗子由此骗了好大一笔钱。他估计到了并且利用了两种情况：一是人人都知道专门配给的事，二是人人都对此闭口不谈。得不到那种食品的人闭口不谈，以免因造谣罪而进监狱；得到那种食品的人为什么也闭口不谈，那就用不着说了。

骗子是这么干的。他看报纸，特别注意讣告。看到有什么工厂或者机关的党组织"对死者家属表示慰问"的消息就剪下来，打听到电话号码，过些时候就打电话去。骗子自称是某个特种配给商店的领导人，说接到"上面的指示"要为死者家属供应"一切必要的东西"。骗子还说，"因为死者生前为他们作了很大贡献"。他请他们提出要订购的东西——鸡蛋、黄油、肉、糖，甚至可可和巧克力。价钱都便宜得出奇。怎么能不便宜——是"特种商店"，专为有功劳的同志办的。

过了几天，骗子又打电话说货已经备好，要光荣的死者家属到某某地方去取货。当深信不疑的人来到指定地点时，他便收下钱，答应立即交货，然后就不见了。

这个无赖这样干了很长时间，这种骗局用了几十次，甚至几百次，也没有败露，因为他算计得很好——这种计划很简单，然而是天才的创作。如果这个诈骗者向一个工人家庭这么说，他们根本不会相信。但是当官的人的家庭——他们相信。为什么会信呢？因为他们知道得很清楚，确实有这种专门的配给，办是公开办的，干是暗中干的，因此不足为外人道。

新的生活方式带来了许多新的矛盾：特种商店、公共公寓。从前，一个人可以拿着一把剑在城堡周围徘徊，寻找鬼魂。在我们这时代，一个人会拿着斧子在公共公寓周围徘徊，监视哪个居民没有关上厕所的灯。试想有那么一本描写新时代的秘密和恐怖的小说：主人公们手里握着斧子，等着有哪个住户粗心大意就当场把他砍掉。我感到我对他的歌颂不够，就是说，没有把他刻画够。

我并不是一心讽刺挖苦。由于某种原因，人们认为音乐只能向我们述说人的最高尚的精神，或者至少是十分浪漫的恶棍。但是，无论英雄还是恶棍，都是极少数。绝大多数人是普通人，不黑也不白，是灰色的，模模糊糊的灰色。

我们时代的基本冲突就发生在这模糊的灰色的中间地带。我们全都爬在一个大的蚁冢上。在多数情况下，我们的命运是坏的。我们受到的待遇是粗暴的、残酷的。谁稍微爬得高一点，就马上想折磨别人，侮辱别人。

我认为这是需要注意的方面。必须写人民的多数，为人民的多数而写。而且，必须写真实——然后才能称之为现实主义艺术。谁需要悲剧？伊尔夫和彼得罗夫有个故事，说有个病人在去找大夫治脚之前洗了脚，到了那儿才发现自己洗错了一只脚。是呀，那才是真正的悲剧。

我试图在我的能力范围内写这些人，写他们的非常普通、平凡的理想和希望，写他们可疑的谋杀倾向。

我遗憾的是我在这点上也许恒心不够。我没有左琴科那样的决心和意志。左琴科明确拒绝红色列夫·托尔斯泰或者红色泰戈尔的提法，也反对一定要用华丽的散文描写日落和黎明。

但是我有一个很可自诩的地方。我从来不想用音乐去奉承官方，也从来没有和他们"调情"。我从来不是受宠的，虽然我知道有人讥我是宠儿，说我站得离权势太近。这是一种错觉。不对，并非如此。

最简单不过的就是看事实。很容易猜度到列宁从来没听过我的音乐。即使听过，我想他也未必喜欢。据我所知，列宁对音乐有他特殊的趣味。他对音乐的态度与众不同，比通常想象的更独特。

卢那察尔斯基①经常谈到一件事。卢那察尔斯基多次邀请列宁到他家去听音乐，但是列宁总是说很忙，加以拒绝。有一次，他厌烦了卢那察尔斯基的邀请，便直接了当地说："当然，听听音乐很不错。但是你能想象吗，音乐使我感到烦闷，我觉得难以忍受。"你看，音乐使可怜的列宁感到郁郁不乐。想一想这件事，很说明问题。

彼得格勒的首长季诺维也夫并没有成为我的音乐的爱好者。后来基洛夫②接替了季诺维也夫，我和他也没缘。

季诺维也夫当政时，下令关闭了列宁格勒所有的歌剧院。他的理由大致是：无产阶级不需要歌剧院，歌剧院对无产阶级是沉重的负担，我们布尔什维克不能再背这个沉重的包袱了。（如果你还记得的话，列宁也说过歌剧是"纯粹上层阶级的文化"。）

基洛夫则不同，他常常去看歌剧。他喜欢当艺术赞助人。但是

---

① 阿纳托利·瓦西利耶维奇·卢那察尔斯基（Anatoly Vasilyevich Lunacharsky，1875—1933），共产党领导人，教育人民委员。他是第一个也是最后一个受过高等教育的苏联"文化首脑"。他写了许多关于音乐的生动的文章，决不会像后来的那个文化部部长那样下令组织一个"十人四重奏"。1921年，在卢那察尔斯基亲自指示下，当局向年轻的肖斯塔科维奇发了配给食品。

② 谢尔盖·米朗诺维奇·基洛夫（Sergei Mironovich Kirov，真姓科斯特里科夫〔Kostrikov〕，1886—1934），共产党领导人，列宁格勒"首脑"。他被一个恐怖分子所杀害（现在多数历史学家认为杀害他是斯大林布置的），斯大林利用这个恐怖行动开始了一场列宁格勒人长期忘不了的大规模镇压。1935年，著名的玛丽亚歌舞剧院改以基洛夫命名。

我的歌剧《鼻子》并未由此得到好处。基洛夫对《鼻子》很不满意，于是这部歌剧就从剧目单中抽掉了。他们的理由是，它（《鼻子》）所需要的排练太多了。他们说，演员们太累。至少他们没有关闭剧院。他们曾经打算在克任内克的歌剧上做文章，把歌剧院彻底挤垮。

我不必在这里谈斯大林、日丹诺夫和赫鲁晓夫了。谁都知道，他们对我的音乐不满意。这有没有使我感到不安？这似乎是个奇怪的问题。当然没有！这是最简单的答复。但是简单的答复是不够的。这些人不是一般的熟人，不是平民百姓。他们是权力无边的人。

这些领袖同志在使用那样的权力时是不多加思索的，尤其是在他们感到他们的高雅趣味受到触犯的时候，一个美术家画领袖画得不像，就会永远失踪。那个"语言粗鄙"的作家也是如此。没有任何人来和他们讨论美学或者请他们为自己作解释。夜里来人把他们找去，仅此而已。

这并不是个别事件，不是例外，这一点你必须懂得。观众对你的作品反应如何，评论家是否喜欢，都无关紧要。归根结底，这些都无足轻重。唯一的生死问题是：领袖喜不喜欢你的作品。我要强调生死问题，因为我们在这里谈的是实在的生死问题，不是比喻。这个你必须理解。

现在你知道为什么我不可能回答我是否感到不安的问题了。当然我是感到不安的。

用"不安"这个词不恰当，但是姑且用它吧。事后看来，悲剧似乎像笑剧。你向别人形容你的畏惧的时候，常常显得可笑。这是人的天性。在掌握最高权势的人中间，只有一个人真正喜爱我的音乐，这对我来说非常重要。为什么重要是不言而喻的。这便是图哈切夫斯基元帅，人们喜欢称他为"红色拿破仑"。

我们相识时，我18岁，图哈切夫斯基已经三十多岁了。但是我们的主要差别当然不在年龄上。主要差别是当时图哈切夫斯基已在红军里身居要职，而我只是初入音乐界的后生。

然而我表现得很有主见。我固执自负，图哈切夫斯基却喜欢这样的人。我们成了朋友。这是我第一次，也是最后一次和国家的一位领导人交朋友，可是这友谊悲惨地被拆散了。

图哈切夫斯基大概是我所认识的最有趣的人之一。当然，他的赫赫战功使人倾倒。人人知道他25岁就担任司令员。他好像是命运的宠儿。盛名、荣誉、高官，他都有，直到1937年。

图哈切夫斯基为自己具有吸引力而感到高兴。他仪表出众，他自己也知道。他总是穿得很漂亮。我喜欢他这一点。我年轻时也喜欢穿着。我很羡慕他的另一个特点——垮不了的体质，我望尘莫及。我是个多病的青年，而图哈切夫斯基能让一个人坐在椅子上而把椅子举起来。真的，抓住一条椅子腿，连人一直举起来，手臂伸得直直的。他在莫斯科的办公处有一间健身房，里面有双杠、单杠和各式各样的设备。

图哈切夫斯基是一位具有杰出才能的人物，这一点毫无疑问。他的军事才能不应由我来评判，我也并不是永远为他的某些著名的战役（例如镇压喀琅施塔得暴动）欣喜若狂。

可是我常常看到人们歌颂他的战功。在他的周围，谄媚奉承的人多得很。我则保持沉默。

图哈切夫斯基雄心勃勃、倔强自信——一个典型的军人。这些脾气与梅耶霍尔德相像。梅耶霍尔德崇拜戎装，穿一套红军服装，为"光荣的红军战士"这个可笑的称号感到自豪。他特别喜欢大炮、勋章、战鼓以及一切军人装束。

可以说，那是梅耶霍尔德的弱点。图哈切夫斯基的弱点是喜欢艺术。梅耶霍尔德穿上军服显得傻气，但给很多人留下深刻的印象。图哈切夫斯基拿起小提琴时同样显得傻气，但使很多人倾倒。不过，这里说的是他们两个人的天真的虚荣心。

说也奇怪，梅耶霍尔德拉小提琴，图哈切夫斯基也拉小提琴（他还非常起劲地自己制作小提琴）。他们两个人，在惨死前不久，都想起拉小提琴。当然，这不过是巧合，生活中的一个残酷的恶作剧。

梅耶霍尔德在等待逮捕时后悔自己没有成为小提琴家。他带着辛酸和恐惧说："我不如现在坐在乐队里，拉我的小提琴，那我就没有什么可担心的了。"当时他65岁。44岁的图哈切夫斯基，在被捕前说的话几乎相同："我小时候多么想学小提琴！爸爸没给我买过小提琴。他一直没有这个钱。我要是成了小提琴手就好了。"

这种巧合使我感到惊讶和可怕。一位是名导演，一位是著名的将领——突然都希望做一个渺小的、不受人注意的人，只想坐在乐队里拉拉小提琴。元帅和大师几乎愿意和任何人交换自己的一生，甚至和电影院门厅里遭人耍笑的醉汉交换。但是太晚了。

图哈切夫斯基喜欢当艺术赞助人，他喜欢发现和帮助"年轻的英才"。这也许是因为他自己在年少时是个军事奇才，也许是因为他喜欢显示自己的巨大权力。

从我们相识的第一天起，图哈切夫斯基就要我为他弹奏我的作品。他称赞我的作品，但对有些作品提出批评。他常常要我重复弹奏，这对欣赏不了音乐的人来说是个折磨，可见，图哈切夫斯基大概是真喜欢我的作品。

我有时想，假如图哈切夫斯基没被斯大林下令枪杀的话，我的一生会变得怎么样？会不会一切都改一个样子？会不会好些，愉快些？不过，还是把梦想丢开的好。反正斯大林是不会去请教图哈切夫斯基的。当英明的领袖和导师让人们为《姆岑斯克县的麦克白夫人》来跟我找麻烦的时候，图哈切夫斯基事先一无所知。他像其他人一样，是从《真理报》上的一篇出名的文章中知道的。即使事先知道，他又能做些什么呢？能劝阻斯大林吗？

当时，图哈切夫斯基似乎前途灿烂。就在几个月前，他还晋升为苏联元帅。听起来很显赫吧？可是一年半以后，他被枪决了。我倒活下来。我们两人谁更幸运呢？

1936年，我被召到莫斯科去挨鞭子示众。就像那军士的寡妇一样，我不得不自己向全世界宣告我挨了鞭笞。我彻底完蛋了。这个打击抹杀了我的过去，也抹杀了我的未来。

我能向谁去请教呢？能找谁呢？我去找了图哈切夫斯基元帅。

他刚刚气派十足地访问了巴黎和伦敦回来。《真理报》每天都有关于他的报道。而我犹如麻风病人，谁都不敢挨近我，对我避之唯恐不及。图哈切夫斯基同意见我。我们坐在他的办公室里，锁上门，他关上了话机。我们默默地坐着，过了一阵才开始低声交谈。我说得很轻是因为我痛苦、失望，无法用正常的声音说话。图哈切夫斯基说得很轻是因为他担心隔墙有耳。

早在那个时候，为了说个笑话，你就得把客人带到浴室里去。你得把水龙头开得大大的，然后把这个笑话低声告诉他。甚至笑也得轻轻地笑，用手捂住嘴。这个优良传统并没有消失，到今天还在继续。

然而当时我们没有情绪说笑话。图哈切夫斯基了解斯大林远胜于我。他知道斯大林追人就穷追到底。在当时看来，这要落在我的身上了。《真理报》上的第二篇文章（这次是摧毁我的舞剧）证实了我的最可怕的畏惧。

图哈切夫斯基答应尽力而为。他话说得很谨慎。我看出来，他在谈到斯大林时克制着自己。当时他能说什么呢？

图哈切夫斯基的计划至今是个谜。他想过要当个独裁者吗？干吗不想呢？现在我这么认为。不过我看，在那种环境里，他即使想也不可能实现。现在大家都知道，图哈切夫斯基是被斯大林和希特勒的联合行动消灭的。但是，在这件事情上，决不应夸大德国间谍的作用。即使没有那些"揭露"图哈切夫斯基的假文件，斯大林无论如何也是要把他干掉的。德国人不过是被斯大林所利用罢了。它是伴奏。有理由也好，没有理由也好——有什么关系？图哈切夫斯基的命运是注定了的。

图哈切夫斯基在军事方面提出的建议总是激起斯大林的妒恨，然而，决定哪些建议可以采纳的还是斯大林。我知道图哈切夫斯基不得不玩弄手段。他和他的副手常常这样安排：他俩一起到斯大林那里去，图哈切夫斯基提出建议，然后由他的副手"纠正"他。这样做总是使斯大林很高兴。斯大林会补充、完善这种"纠正"。他喜欢图哈切夫斯基"错了"这样一个事实。建议终于被采纳了，但是不再是图哈切夫斯基的主意，而是斯大林的了。这又是一个极好的例证，说明斯大林的主意是从哪里来的。

他们有时说图哈切夫斯基在斯大林面前无能，因为斯大林比他更聪明。那是胡说。斯大林像盗匪一样从角落里行凶打劫。这种行为不需要聪明，只需要卑鄙。

图哈切夫斯基是孤独的。他没有朋友，只有拍马屁的和陪他猎艳的酒肉之交。图哈切夫斯基受到"老骑兵"布琼尼元帅和伏罗希洛夫元帅①的攻击。总之，图哈切夫斯基元帅认为下一次战争要靠坦克和空军才能取胜。我们都知道，他的主张是对的。但是那两个老骑兵不愿意听，认为他们骑着马到巴黎、伦敦很容易。

爱谈爱因斯坦的相对论在作战中的实用意义的图哈切夫斯基，成了他们的眼中钉。斯大林和这些骑兵比较谈得拢，他们敬仰他。所以，伏罗希洛夫安然通过了一次次风浪。当然，斯大林在死前也开始说伏罗希洛夫是个英国间谍了，但是他已记不得自己说了什么。伏罗希洛夫幸免了。

伏罗希洛夫喜欢合唱。他自己也唱，是个男高音。也许他因此而自以为和日丹诺夫一样，对音乐是行家。他总是想给作曲家和演奏家提些宝贵意见。他最喜欢乌克兰民歌，常用他那中气不足的男高音唱那些歌。一个演员朋友告诉我，在一次招待会以后他如何与斯大林、伏罗希洛夫和日丹诺夫一起唱歌。大剧院的独唱演员谦恭地跟着领袖们一起唱。空中飘荡着可怕的不谐和音。斯大林当指挥——即使在这个场合他也要发号施令。当然，他们全都醉得相当可以了。

大家都清楚我对军事问题毫无评判资格。在军事方面我完全是门外汉，我也很高兴自己是门外汉。但是我从图哈切夫斯基那里听到过许多军事方面的事。他当然知道和我谈军事是傻事，但是他情

---

① 谢明·米哈伊洛维奇·布琼尼（Semyon Mikhailovich Budyonny, 1883—1973）和克里门特·叶弗列莫维奇·伏罗希洛夫（Kliment Efremovich Voroshilov, 1883—1969），苏联元帅，两人都是骑兵出身。布琼尼以他的大胡子和突出的愚蠢闻名，早在第二次大战前就成了挂名的人物，但是伏罗希洛夫几乎一直到死都处在上层领导地位。

不自禁。

我们经常见面，也常常一道出去。他喜欢开车到乡下去，常带我一起去。到了乡间，我们下车走到树林深处。在那里比较可以无拘无束地谈天。

在任何地方、任何情况下，图哈切夫斯基总忘不了他的本行。他要当艺术赞助人，但是他头脑里转着的是军事。有时候他会告诉我一两件事。

在那种时刻，我喜欢他，又不喜欢他。喜欢他是因为他谈的是他精通的题目，我对外行充内行不感兴趣。我觉得内行谈专业更富于吸引力。但是图哈切夫斯基是一门可怕的专业的专家。他的专业是踩着尸体走的。图哈切夫斯基竭力要取得成功，他对军事的热情使我反感。

图哈切夫斯基喜欢模仿哈伦·阿尔－拉西德。实际上，图哈切夫斯基适合穿军装，这一点他自己也知道。但是一穿军装别人立刻就能认出他来，所以他常穿便服进城。他的便服也总是裁制讲究的。图哈切夫斯基喜欢看电影。他可以在高级军官专用的电影室里看电影。但是他宁愿穿上便服，不带警卫，独自去低级影院。他觉得这样更有趣。

有一次图哈切夫斯基到一家剧院去，发现那里的钢琴手是原先的士官学校的音乐教师，教过图哈切夫斯基。他姓埃尔坚科，是著名小提琴家米哈伊尔·埃尔坚科的本家。老人的境况很可怜。图哈切夫斯基决定帮他一把，便走过去自我介绍，说他想再跟他学习，因为年轻时向他学音乐受益匪浅，他，图哈切夫斯基元帅，至今还忘不了。

当然，图哈切夫斯基没有再跟他旧日的老师上课，不过老人确实得到了一笔相当多的钱。图哈切夫斯基给他钱的时候装作是预付一年的学费。他要用一种亲切的而不是瞧不起的方式帮助老人。他喜欢显得对人亲切。

有一次我们去埃尔米塔日博物馆看画。事实上，这是他的主意。他当然穿的是便服。起先我们自己在博物馆里随意走着看看。

后来跟着一批人一起参观。这批人有一个向导，是个年轻人，显然知识不多。图哈切夫斯基开始纠正他。向导说一句，他补充两句；而且，我必须承认，补充得都很中肯。于是人们便不再听向导的而只听图哈切夫斯基的了。最后向导生了气，甚至不理睬图哈切夫斯基。他走到我跟前问："那是谁？"意思是他干吗要多管闲事。

我眼睛也没眨就回答说："图哈切夫斯基。"这几个字像晴天霹雳。起初向导不信，接着，仔细一看，当然认出是他了，因为图哈切夫斯基的相貌很有特点。博物馆的这位水平不太高的工作人员自然吓坏了。他担心会失去工作，他的孩子们要挨饿。

假如图哈切夫斯基下那么个指示，甚至只要埋怨一声，博物馆肯定会把他解雇。作为军区司令，图哈切夫斯基在列宁格勒权力极大。

向导的怒意变成了恐惧。他开始感谢图哈切夫斯基的无比宝贵的指教。图哈切夫斯基和气地回答说："学习，青年人，学习。学习永远不会太晚。"说完，我们就出来了。图哈切夫斯基对这次出游感到很高兴。

有一次，图哈切夫斯基的警卫员发现他的车子里坐着一个人，完全喝醉了。这个人不知什么原因正在拆门把。门把是镀镍的，很亮，大概是他看了喜欢。于是，警卫员打算把这位公民带到"他该去的地方"。我可以补充一句，那是个好地方，不过后果将不堪设想。

图哈切夫斯基干预了这件事。他命令他们放走醉汉，让他去睡到酒醒就算了。后来知道，原来此人是作曲家阿尔先尼·格拉德科夫斯基，当时相当著名的一位作曲家。他有一部歌剧相当成功，在停演很久以后正在重演。由于它是军事题材（1919年的彼得格勒防御战），格拉德科夫斯基认为图哈切夫斯基可能有兴趣听听。他在邀请时，感谢图哈切夫斯基没有送他去"他该去的地方"。

图哈切夫斯基看了这部歌剧，但是不太喜欢。后来他沉思地对我说："我把他放走也许是错了吧？"当然，这是说笑话。

人们称图哈切夫斯基元帅为"最伟大的苏联军事理论家"，这教斯大林受不了。斯大林对图哈切夫斯基与奥尔忠尼启泽的友谊也是满腹狐疑。当人民军事委员伏龙芝突然去世的时候（人们现在怀疑他的死亡也是斯大林玩了花样），图哈切夫斯基推荐奥尔忠尼启泽补缺。斯大林一点也不喜欢这个推荐。这对后来发生的事件也起了作用。

在斯大林亲自指示下，图哈切夫斯基被派到了列宁格勒。这对图哈切夫斯基说来是一种流放，不过我见到他的次数却多得多了。图哈切夫斯基在列宁格勒狂热地投入了工作，其结果，后来在战时（图哈切夫斯基被处决以后）是显而易见的。

战争时期，我常想起图哈切夫斯基。当然，我们严重地缺少他那样头脑清晰的人。现在我们知道，希特勒没有立即签署"巴巴罗萨"计划[①]。他犹豫不决，后来决定签署完全是因为他认为没有了图哈切夫斯基，红军便是无能的。

1941年7月，我在列宁格勒郊外挖壕沟的时候，常常想起图哈切夫斯基。他们派我们到福列里医院后面，把我们分成若干小组，每人发了一把铁铲。我们是音乐学院小组。音乐家们样子很可怜，而且，我可以加一句，劳动起来也很不行。那是个炎热的7月。有一个弹钢琴的，穿着一身新衣服，他仔细地把裤腿卷到膝盖，露出细长的腿，很快就溅满了泥浆。还有一个，是位很受尊敬的音乐史专家，每隔一分钟就要停一下铁铲。他带了一只装满书的提包，每当向阴凉的灌木丛走去的时候就从皮包里取出一本厚厚的书来。

当然，大家都很卖力气，我也是。但是，用我们来挖沟行吗？这一切早都该做好了。早就应该派更内行的人来把它挖好，那效率就高了。在防御方面，早些时候做了一点准备，那是在图哈切夫斯基领导下做的。

当初图哈切夫斯基坚持要增加飞机和坦克，斯大林说他浮躁。但是，到了战时，在初期的惨败后，斯大林才理解。火箭问题也是这样。图哈切夫斯基在列宁格勒的时候便开始研究火箭技术了。后来斯大林把列宁格勒所有的火箭专家都枪决了，到了战时人们不得

---

[①] 希特勒对苏联的进攻计划，以曾在1190年东进的神圣罗马帝国皇帝"巴巴罗萨（红胡子）"腓特列一世的名字为代号。

不从零开始。

战争对所有的人都是可怕的悲剧。我久经沧桑，但战争大概是最严酷的磨练了。不是对我个人，而是对民族而言。对作曲家，还有诗人，战争也许不是那么艰苦，但民族遭了难。想想死了多少人，千百万。

当然，战争是不可避免的，是可怕、肮脏、血腥的事业。要是没有战争，没有军人就好了。但是既然战争发生了，那就应该让内行人去对付。图哈切夫斯基是精通战争的专家，要是由他处理，当然会比那些没有经验或者不合格的军事领导人强，但是在那么多次清洗之后，领导我们部队的却正是这些人。

图哈切夫斯基对我说过他在第一次世界大战中是怎样打仗的。他对沙皇很不相信，然而还是参加了战斗，而且热烈勇敢地战斗。图哈切夫斯基感到他打德国人是为了保卫人民，而不是为了保卫沙皇。人民要是受德国人的统治，会比在沙皇的统治下更悲惨。

我时常想起图哈切夫斯基的这些话，在战争中，我感到了这些话的真切。我恨战争，但在敌人入侵时，我们必须保卫自己的国家。祖国只有一个。

图哈切夫斯基曾经当过德国的战俘。同现在比起来，那时的战俘营简直像疗养院。战俘可以在营里走来走去，没有人监视；只要签个同意不逃跑的保证就够了。是呀，军官言出如山。图哈切夫斯基请另一个军官替他签了字，然后便逃了出来。他笑着告诉我这件事。可是图哈切夫斯基没有逃出斯大林的手。

在别人向列宁引见图哈切夫斯基的时候，列宁的第一个问题就是：图哈切夫斯基是怎样从德国战俘营逃出来的？显然，他认为是德国人"帮助"图哈切夫斯基逃跑的，正如他们曾经"帮助"列宁在革命后立即出现在俄国一样。

列宁体会到图哈切夫斯基的精神和他同气。他把一些责任极为重大的任务交给这个无名的中尉。你也知道，图哈切夫斯基曾领兵到华沙，但是失败了，不得不退却。列宁原谅了图哈切夫斯基的失败。这件事是图哈切夫斯基在我去华沙参加比赛前向我提起的。图哈切夫斯基在1920年进攻华沙，我们是1927年1月去华沙的，只隔了6年左右。我们一共是3个人。我们为图哈切夫斯基演奏了准备参加比赛的曲子，他表示可以，而且说了一些要我们勇敢些的话。即使我们输了，也没有什么可怕的。他打了败仗不是也没有砍头吗？我们也不会砍头的。

我在想，图哈切夫斯基制作的小提琴现在不知是谁在拉，如果琴还在的话。我总感到他的小提琴在发出哀婉的声音。我在生活中很不幸，但是他人比我更不幸。每当我想起梅耶霍尔德或者图哈切夫斯基，我也想起讽刺作家伊尔夫和彼得罗夫的话："光是爱苏维埃政权是不够的。它也应该爱你。"

我创作《麦克白夫人》差不多花了3年时间。我宣布过要写一部三幕悲剧献给俄国不同时代的妇女。《姆岑斯克县的麦克白夫人》的情节取自作家尼古拉·列斯科夫的同名小说。这个短篇小说以它的异于寻常的生动和深度，使读者为之惊叹。它以最真实、凄惨的笔法描绘了一个有才华的、聪明的、不凡的妇女的命运——像有人说的，一个"在革命前俄国的噩梦似的环境中垂死"的妇女的命运。我认为它是最优秀的小说之一。

高尔基说过："我们必须学习。我们必须了解我们的国家，她的过去、现在和未来。"列斯科夫的小说正具有这样的作用。《麦克白夫人》里的一个个生动的人物和戏剧性的冲突，对作曲家来说是个真正的宝库，我被它吸引了。列宁格勒青年剧作家亚历山大·格尔曼诺维奇·普列斯和我一起写了剧本。剧本几乎完全遵循列斯科夫的原著，只有第三幕，为了取得更大的社会效果，稍微不同于原著。我们加了一场在警察局里的戏，省略了叶卡捷琳娜·利沃夫娜的侄子被杀的情节。

我让这部歌剧在悲剧气氛中展开。我说《麦克白夫人》可以称为一部讽刺悲剧。尽管叶卡捷琳娜·利沃夫娜是杀人犯，但是她并没有迷失人性。她受着良心的折磨，想念着被她杀害的人。我对她感到同情。

这很难解释，因此我听到对这个问题的大量的不同意见，但是我想要表现一个比她周围的人高大得多的妇女。她被群魔所包围，最后 5 年对她犹如监狱。

责骂她的人认为：既然她是罪犯，那么她当然是犯了罪的。但是，这是一概而论，我更有兴趣的是个别性。我认为，列斯科夫小说的全部意义就在于个别性。书里没有一般的、标准的行为准则。一切都取决于环境，取决于个人。形势出现某种变化，使谋杀不成其为一种罪行，这是可能的。你不能用同样的尺子来衡量一切。

叶卡捷琳娜·利沃夫娜是个才能出众、感情丰富的女人，但是她的生活郁闷、单调。谁知道，强烈的爱情进入了她的生活，结果，为了爱情她不惜犯罪，因为除此之外生活毫无意义。

《麦克白夫人》触及许多问题。我不想花太多的时间谈论一切可能的解释。我毕竟不是在这几页中谈论我自己，当然也不是谈论我的音乐。从长远说，你可以去看看这部歌剧。最近几年它经常上演，甚至在国外也演。当然，所有的演出都不好，很不好。在最近这几年，我能指出的好的演出只有一次——在基辅，是康斯坦丁·西苗诺夫导演的，他是个音乐感极强的指挥。他从音乐出发，不从情节出发。每当他的歌唱家过分渲染角色的心理状态，西苗诺夫马上就叫道："你想干什么？在这里建立莫斯科艺术剧院？我要的是歌唱。不是心理学，给我唱！"

在这里，人们不太懂得这一点：在歌剧里，歌唱比心理学更重要。导演们把歌剧里的音乐当作次要的东西来对待。他们就这样毁了《卡捷琳娜·伊兹麦洛娃》的电影。演员是出色的，特别是加琳娜·维什涅夫斯卡娅①，但是你根本听不见乐队。那还有什么意思？

---

① 加琳娜·巴甫洛夫娜·维什涅夫斯卡娅（Galina Pavlovna Vishnevskaya，生于 1926 年），女高音歌唱家。肖斯塔科维奇的声乐组曲《讽刺作品》和他给穆索尔斯基的《死亡的歌舞》写的配器是献给她的。她第一个演唱了这些作品，并且在《第十四交响乐》的首次演出中登场演唱。1978 年，她和丈夫大提琴家和指挥姆斯基斯拉夫·罗斯特罗波维奇（Mstislav Rostropovich）因"有计划地破坏苏联威信的行为"被剥夺了苏联公民的身份。此后，维什涅夫斯卡娅的名字便从苏联一切资料中抹掉了。

我把《麦克白夫人》献给我的未婚妻，所以这部歌剧自然也是描写爱情的，但是不仅仅是爱情。它还说到，要不是这个世界充满着恶的东西，爱情会怎么样。是恶毁了爱情。还有法律、礼节、经济上的烦恼和警察局。如果情况不同，爱情也会不同。

爱情是索列尔金斯基喜爱的主题。他可以一连几个小时谈各式各样的爱情。从最高雅的到最低级的。索列尔金斯基非常支持我尝试在《麦克白夫人》中表达我的想法。他谈到两部卓越的歌剧——《卡门》和《伏采克》——里的两性关系，对俄国歌剧没有一部能比得上表示遗憾。例如，柴可夫斯基就没有创作出这类作品——这并非偶然。

索列尔金斯基认为爱情是最伟大的天赋，知道如何爱的人就像知道如何造船或写小说的人一样有才能，从这种意义上说，叶卡捷琳娜·利沃夫娜是个天才。她在热情方面是个天才，为了爱情，她什么都愿意去做，甚至谋杀人。

索列尔金斯基感到当代的条件不利于发挥这一领域里的才能。人们好像都在担心爱情要出什么问题了。我看事情始终都会像这样，总好像已经到了爱情的末日。至少，总像今天的一切都和昨天的不一样了，而明天又会完全不一样了。谁也不知道怎么回事，但是反正会不一样。

《三人恋》在电影院很卖座，剧院上演《妇女国有化》之类的话剧，人们在辩论自由恋爱问题。当时辩论很流行，他们辩论"一杯水主义"。常有人说，性交应当像喝一杯水那样简单。在列宁格勒青年工人剧院，有一出戏里，女主人公说唯一重要的是满足性欲，可是老从同一只杯子喝水却令人厌烦。

还有对谢尔盖·马拉什金的流行小说《右边升起的月亮》的辩论。这本书写得很糟，但读者不在乎。问题是它描绘了与年轻的女共青团员们的狂欢。所以他们审判了这本书里的男子们——指定了辩护律师和法官来审判。他们热烈辩论的问题是：一个年轻妇女能有 22 个丈夫吗？

每一个人都议论这个问题，甚至梅耶霍尔德这个趣味很高的人也参与了。这只是进一步证明当时的气氛怎么样。梅耶霍尔德打算上演特列季亚科夫①的剧本《我要个孩子》，甚至开始排练，但是这出戏禁演了。他为争取批准奔走了两年，还是失败了。审查员认为这出戏太露骨。梅耶霍尔德辩解说，若想在舞台上肃清一切粗话，那就应当把所有莎士比亚的剧本都烧掉，只剩下《罗斯坦德》。

梅耶霍尔德想上演特列季亚科夫的剧本也是作为一种讨论。事实上，事物好像在朝向废除爱情的方向发展。有一出戏，剧中的一个正经女人说："我只爱党的工作。"爱情可以扔在路旁。我们将不停地生下健康的、自然从阶级观点来看是纯粹的雅利安优秀血统（我是说无产阶级血统）的孩子。

这件事并不愉快。特列季亚科夫幻想人们能够根据计划来生育，谁知他们毁了他。梅耶霍尔德的档案上是这样写的："他顽固地要上演人民敌人特列季亚科夫的戏剧《我要个孩子》，这出戏是对苏联人民的恶意污蔑。"

由此可见，虽然我的歌剧的情节并不是我们的光明灿烂的现实，可是实际上只要找一找就能发现许多联系，总的说，像叶卡捷琳娜·利沃夫娜这样的女主人公在俄国歌剧中不很典型，但是《麦克白夫人》中有些传统的东西我认为很重要。例如有个瘦小的小人物，有点像库捷尔玛②，还有整个第四幕，就是有罪犯的那一幕。我的一些朋友反对说，第四幕太拘泥于传统了。可是这是我心里想的结局，因为我们谈的是罪犯。

从前，人们把罪犯叫做"不幸的人"，也就是"可怜的人"，人们总想帮助他们，给他们一些东西。但是在我那个时候，人们对被捕者的态度变了。只要一进监狱，你这个人就不再存在了。

---

① 谢尔盖·米哈伊洛维奇·特列季亚科夫（Sergei Mikhailovich Tretyakov，1862—1939），先锋派剧作家，曾同梅耶霍尔德、艾森斯泰因和马雅可夫斯基合作。贝尔托尔特·布雷希特认为特列季亚科夫在马克思主义知识方面是他的老师。特列季亚科夫在"大恐怖"时期被枪决。

② 格里什卡·库捷尔玛（Grishka Kuterma）是里姆斯基-科萨科夫的歌剧《隐城基捷日的传说》中的人物，象征背叛与悔恨。卢那察尔斯基写道："罪人库捷尔玛似乎是瓦格纳式的，然而却是斯拉夫的、俄罗斯东正教的力量。"

契诃夫曾到库页岛去改善罪犯的处境。至于政治犯，在有文化的人眼里都是英雄。陀思妥耶夫斯基说过，当他是个罪犯时，有一个小女孩给了他一个戈比。在她眼里，他是个可怜的人。

因此，我想提醒观众，罪犯是可怜的人，对已经落井的人不要再下石。今天是你蹲监狱，明天可能轮到我。我认为这是《麦克白夫人》中很重要的关头，再说也很合俄罗斯音乐的传统。举《霍万希纳》为例，戈利岑王是个极其不值得同情的角色，但当他被流放时，穆索尔斯基却同情他。应该这样。

我认为找到《麦克白夫人》这个故事是我很大的运气，虽然也是由许多因素促成的：一是我喜欢列斯科夫，二是库斯托季耶夫给《麦克白夫人》画了很好的插图，而我买到了这本书。还有，我喜欢切斯拉夫·萨宾斯基用这个故事拍成的电影。有人严厉批评这部电影不道德，但是它是生动的，引人入胜的。

我写这部歌剧非常专注，我个人的处境更促使我这样做。

我在写声乐的时候喜欢找一个具体的人作为写照。某某人是我认识的——他会怎样唱这首或那首独白？这大概是我能说出我的任何一个角色的原因，"那是怎么怎么的，她又是怎么怎么的"。当然，这只是我个人的感觉，不过确实能帮助我创作。

我自然也想到应用音域等等，但是首先想到的是个性，这可能是我的歌剧没有专演的角色的原因，有时候演员很难找到自己的角色。我的声乐组曲也是如此。

例如，我对《麦克白夫人》中的谢尔盖的感情相当复杂。他当然是个混蛋，然而他漂亮，而且更重要的是对女人有吸引力，而叶卡捷琳娜·利沃夫娜的丈夫是个道德堕落的人。我必须通过音乐表现谢尔盖的灼热的性感。我不能只用漫画手法，因为那不符合心理状态。要使观众理解一个女人确实拒绝不了这样一个男子。所以，我把我的一个亲密的朋友的一些特点给了谢尔盖，这个朋友当然根本不是谢尔盖这种人，而是个很聪明的人，不过他在夫人小姐们的事情上是周到极了的，而且坚持不懈。他能说会道，善于奉承，女人一听心肠就软了。我把这个特点给了谢尔盖。当谢尔盖引诱叶卡捷琳娜·利沃夫娜时，说话的腔调就像我那位朋友，但是处理得就连他，一个敏锐的音乐家，也一点没有觉察出来。

我认为在情节中应该用真实的情况和真实的人。普列斯和我在写《麦克白夫人》的初稿时就用了从我们的朋友们的个性中提取的各种莫名其妙的东西，很有趣，结果证明对我们的作品很有帮助。

这部歌剧获得很大的成功。我本来不想再提它，但后来的情况把一切都颠倒了。所有的人都忘了《麦克白夫人》此前在列宁格勒演了两年，在莫斯科丹钦科剧院用《卡捷琳娜·伊兹麦洛娃》的名字演了两年。斯莫利奇①在大剧院也上演了它。对《鼻子》，一些工人通讯员曾写信怒骂。舞剧《黄金时代》和《闪电》也在各方面遭到痛斥。但是《麦克白夫人》不一样。在列宁格勒和莫斯科，这部歌剧都是一星期演出几场。在两个戏剧季节里，《卡捷琳娜·伊兹麦洛娃》在丹钦科剧院里差不多演了100场，在列宁格勒也一样。对一部新歌剧说来这个成绩是好的了。

请理解，我这样说并不是一味想自我吹嘘。关键不仅在音乐和演出本身，因为不论在列宁格勒还是在莫斯科，演出都是高水平的、下了功夫的。总的气氛也重要。对这个歌剧说来，总的气氛是好的。

这也许是我音乐生涯中最愉快的时期了，在我是空前绝后的。在这部歌剧之前，我是个可能被打屁股的孩子；在这部歌剧之后，我是个大罪人，无时不受监视，无时不受怀疑。但是在那个时候，一切都比较美好。或者，说得更确切些，一切似乎都是美好的。

产生这种并无多少根据的感觉是在俄罗斯无产阶级作家协会和俄罗斯无产阶级音乐家协会②解散之后。这两个协会左右着每一个

---

① 尼古拉·华西利耶维奇·斯莫利奇（Nikolai Vasilyevich Smolich，1888—1968），歌剧导演，先锋派，导演了《鼻子》和《姆岑斯克县的麦克白夫人》的首次公演。

② 俄罗斯无产阶级作家协会（RAPW，1920—1932）和它的"音乐"分会，俄罗斯无产阶级音乐家协会（RAPM，1923—1932）是作为执行党的文化政策的工具建立的。从20年代后期到30年代初期，这些协会几乎具有不可抗拒的权势，往往表现为比帝王更保皇的保皇派。后来，在斯大林认为它们已经完成使命时被解散。

人。协会一控制音乐，马上，达维坚科的《他们要打我们》① 似乎行将取代一切音乐。这首毫无价值的歌曲，独唱演员唱，合唱团唱，小提琴、钢琴甚至弦乐四重奏也无一不予演奏。这支歌总算还没有由管弦乐队演奏，不过这仅仅是因为对某些乐器（如拉管）有怀疑。

可以想见，当时有许多原因使人灰心失望。无论管弦乐还是歌剧，看来都毫无前途。大多数音乐家情绪极坏。他们一个接着一个低着头参加了俄罗斯无产阶级音乐家协会的行列。例如，我的朋友舍巴林突然开始唱达维坚科的赞歌，我通过在列宁格勒青年工人剧院工作来保护自己。

俄罗斯无产阶级音乐家协会把螺丝拧得那么紧，情况似乎坏到极点（后来的事实证明还可以坏得多）。在俄罗斯无产阶级音乐家协会解散时，人人都松了口气。有一个时期，一些工作由专家负责了。我的意思是，他们当然没有权，但是他们的建议得到了考虑。这已经难能可贵了。

我作为一个半官方的文化代表团的成员到了土耳其。他们想同土耳其和凯末尔总统改善关系。凯末尔总统为我们安排了没完没了的招待会。男的都得到刻字的金烟盒作为礼品，女的是手镯。他们对我们非常殷勤。土耳其的音乐生活那时还在胚胎阶段。达维德·奥伊斯特拉赫和列夫·奥伯林也是代表团的成员，他们需要些单篇的乐谱（我记得是贝多芬的），然而找遍了安卡拉都找不到。他们只能演奏他们背得出来的作品。

我在土耳其学会了穿无尾常礼服，因为每晚都得穿。回国以后我曾拿它给朋友们欣赏。无尾常礼服叫我受了罪，不过我从一场维也纳对土耳其的足球赛中得到了补偿。每当奥地利队进球的时候，场内鸦雀无声。比赛是在大吵大闹中结束的。

---

① 这首歌是俄罗斯无产阶级音乐家协会领导人之一亚力山大·达维坚科（Alexander Davidenko）在苏中远东战争之后，在 1929 年底写的，是苏联第一批成功的流行宣传歌曲的代表作。《他们要打我们》在第二次大战前一直很流行，但是大战爆发后它的雄赳赳的曲调似乎就不再合时宜了。

这次旅行很有趣。我们喝了咖啡后睡不着——不是由于咖啡，而是由于它的价钱。我到一家商店去买眼镜。店主为了证明镜片结实，把它们往地上摔，两次都没破。他要再摔第三次。我说："别费心了，挺好。"他不听我的话，第三次又摔下去，结果摔碎了。

这次对土耳其的访问，苏联报纸上报道很多。回国后，有人用十分优越的条件请我去作巡回演出。我去了一次，是和大提琴家维克多·库巴兹基一起到了阿尔汉格尔斯克。他演奏我的大提琴奏鸣曲。1936 年 1 月 28 日，我们到火车站去买刚出的《真理报》。我打开报纸翻了翻，一下看到了《混乱而非音乐》这篇文章。这一天我永远忘不了，它大概是我一生中最值得记忆的一天。

登在《真理报》第三版上的这篇文章改变了我的一生。它没有署名，像一篇社论，就是说表达了党的意见。其实它表达的是斯大林的意见，那就更重要了。

有一种看法，认为那篇文章是出名的混蛋扎斯拉夫斯基①写的。它可能是有名的混蛋扎斯拉夫斯基的手笔，那完全是另一个问题。这篇文章里面斯大林的东西太多了，有些词句是连扎斯拉夫斯基也不会使用的，语法太不通了。这篇文章出现时，"大清洗"还没有开始，《真理报》社毕竟还有些文人学士，他们决不会在评论我的音乐那著名的一篇中说我的音乐与"交响乐的发声"毫无共同之处。这玄之又玄的"交响乐的发声"是什么意思？显然这是我们的领袖和导师的真笔。文章里这类话很多。哪些是扎斯拉夫斯基的润色，哪些是斯大林的原话，我完全有把握区分清楚。

标题《混乱而非音乐》也是斯大林的。前一天的《真理报》刊登了领袖和导师对新编历史教科书大纲的光辉评论，他在那里也谈到了混乱。

---

① 达维德·约瑟福维奇·扎斯拉夫斯基（David Iosifovich Zaslavsky，1880—1965），记者，革命前被列宁称为"臭名远扬的诽谤者"和"惯于敲诈勒索的雇佣文人"，后来受到斯大林赏识，死时是《真理报》的要员。扎斯拉夫斯基最后一篇出名的文章是《毒草用围的鼓噪》，1958 年在《真理报》上发表，标志着批判帕斯捷尔纳克运动的开始。

各族人民的领袖和儿童的朋友的这篇文章是用他自己的名字发表的。显然，"混乱"这个字眼在他脑子里粘住了；精神病患者经常有这种情况。所以他到处用这个字眼。真的，为什么把这叫做混乱呢？

行了，《麦克白夫人》从舞台上取消了。为了把"混乱"灌进每个人的脑袋，便举行了各种会议。人人都避开我。文章里有一句话，说这一切"结果可能很坏"。他们全都等着这个坏结果的来临。

后来的情况犹如一场噩梦。我的一位朋友，斯大林认识的，认为他也许能帮一点忙，就不顾一切给领袖写了一封信。他在信中说，肖斯塔科维奇终究还不是不可救药，光荣的机关报，《真理报》对《姆岑斯克县的麦克白夫人》这部恶劣的歌剧的批判完全应该，不过除了这部歌剧外，肖斯塔科维奇也写过几首赞美我们社会主义祖国的音乐。

斯大林看了由我谱曲的舞剧《清澈的溪水》在大剧院的演出。洛普霍夫在列宁格勒上演了这部舞剧，颇受欢迎，所以大剧院邀他把它搬上莫斯科的舞台。上演这部舞剧之后，他被任命为大剧院的舞剧导演。领袖和导师参加文化活动的后果揭晓了：《真理报》的第一篇文章发表了还不到10天，又出现了第二篇。第二篇的句法好了一些，警句少了一些，但是我同样没有什么可高兴的。

10天之内两次遭到《真理报》社论的攻击，谁也受不了。这时，人人都确信我完了。等候着那个重大的时刻（至少对我而言是重大的）的心情始终没有离开过我。

此后，我被贴上了"人民的敌人"的标签，这在当时意味着什么，不用我来解释了，每个人都还记得。

我被称为人民的敌人，有人悄悄地叫，有人大声地叫，有人在讲台上叫。有一张报纸这样提到我的音乐会："今天人民的敌人肖斯塔科维奇举行音乐会。"再举个例子：在那些年里，我的名字在报刊上是不大受欢迎的，当然，除非是在关于反形式主义斗争的报道中。有一次，我被指定为列宁格勒上演的《奥赛罗》写评论，我在评论中对男高音尼古拉·彼奇科夫斯基没说什么拜倒的话。匿名信朝我涌来，大意都是说我这个人民的敌人在苏联国土上活不长了，要剁掉我的驴耳朵——连同我的脑袋。

列宁格勒确实喜欢彼奇科夫斯基。有些男高音在歌唱时只知道做3种手势：抱胸、挥臂和把手摊在两边。彼奇科夫斯基就是这样。梅耶霍尔德听了彼奇科夫斯基在《黑桃皇后》中演唱格尔曼的角色以后见人就说："我要是在黑胡同里碰到他，一定要杀了他。"

战前，一个德国音乐学家来到列宁格勒。他对什么都不感兴趣，不论音乐还是音乐会，他都不感兴趣。作曲家协会里的人都对他感到厌烦。拿这个人怎么办呢？最后有人向他建议，愿不愿意去看彼奇科夫斯基？这个德国人高兴了。"噢！著名的行为反常者！"马上起身就走，所有人都松了口气，彼奇科夫斯基为这一天解了围。

事实上，彼奇科夫斯基倒了霉，在集中营里过了相当长一段时间。我若是事先知道这一点的话，决不会允许自己说任何否定他的话，但是在那些日子里，我到集中营去度我余生的可能性比他更大。

因为在那两篇文章之后，发生了"图哈切夫斯基事件"。图哈切夫斯基被枪决对我是个极大的打击。我在报上看到这个消息时一阵晕眩。我感到他们是在杀我，当时的感觉就是这么痛苦。但是我不愿意多强调这一点。只有在文学作品中，一个人才会由于过度紧张而不吃不睡。在现实中，生活就简单得多，正如左琴科说的，生活给小说家提供的素材很少。

在这个问题上，左琴科有一个他深信不疑的理论：——乞丐一成为乞丐就马上不发愁了，蟑螂并不因为自己是蟑螂而感到极为苦恼。我完全同意。日子总还要过下去，我不得不活下去赡养我的家庭。我有个幼小的女儿，哭着要吃的，我必须尽我所能让她有吃的。

"作家在宏伟的大自然面前的感觉是无法形容的。"当然，我可以不吝惜颜料用粗重的笔法描写我的生活的困顿、精神的痛苦和长年缠在心头的强烈的怕，不仅为了我自己的生命担惊受怕，也为了我的母亲、姐妹、妻子、女儿以及后来还有儿子的生命等等担惊受怕。我不想否认我经历了一段苦恼的时期。也许读者中间的有心人会理解，不过也许他会跳过这一类废话，并且一面嚼着糖一面想："我何苦看这本书呢？在睡觉前它只能使我心烦。"

当我想象到这样一个白痴，我甚至不想继续回忆。我只是怀着一种有罪的感觉坐着，而事实上我没有犯任何罪。

在我一生中所遇到的人中间，最懂得愁闷、失望、忧伤等等的人，是左琴科。我看我谈自己谈得太多了，这些记录并不是为了记我的事，而是为了回忆别人。我要先谈别人，只是略微涉及我自己。

所以先谈谈左琴科。补鞋匠没鞋穿，这是真的，而且没有什么比左琴科本人更能证明这条定理的了。我年轻时，他已是最受欢迎的幽默家，到今天，尽管遭受了种种禁止和迫害，他还是一样受欢迎。千百万人看了他的故事哈哈大笑。也许他们的理解力并不很强，文化程度并不高，也许他们在应该哭的时候反而笑了。他们看了发笑的那些左琴科的作品我个人认为是应该为之一哭的。但是我的意见在这里并不重要。左琴科被认为是个幽默大家，但是事实上他满怀愁闷和忧伤。

我这里不是指他写作生活的可悲命运，也不是指他在被迫之下越写越糟，以致我在读到他最后的一些作品时不免感到辛酸和失望。

不，左琴科在尚无任何事情预示他悲惨的命运的时候，在他既有名又有钱的时候就已经愁闷不堪。左琴科的厌倦情绪不是受文学的感染。他确实烦闷得近乎死去——出不了家门，吃不下东西。他又吃药又打针，但是没效果。那时左琴科还年轻，刚 27 岁。他决定不要医生帮助，自己和疾病作斗争，因为他相信医生并不理解他那种可怕的、异乎寻常的烦闷的原因。

左琴科曾苦笑着告诉我，他有一次去找一位精神病学家看病。左琴科说他常常梦见老虎和一只手向他扑来。这医生是个心理分析专家，立即回答说他认为这些梦的意义明白得很。他认为，大人在左琴科年龄还太小的时候就把他带去逛动物园，有一只大象的长鼻子使孩子受了惊，梦里那只手是象鼻子，而象鼻子是男性生殖器的象征，因此左琴科有性欲上的病。

左琴科肯定这个医生搞错了。他认为自己对生活的畏惧来自其他原因，因为不能把我们所有的冲动都简单化为性的吸引。畏惧也可以由于社会原因而在一个人的内心生根。

左琴科认为，社会原因引起的畏惧可能更强，而且可能压倒潜意识。我完全同意。确实，性在这个世界上起着重要的作用，而且没有人能免于它的影响。但疾病可以由其他原因引起，畏惧也可以由其他力量产生。

畏惧产生于更原始、更实质的原因：怕失去食物，怕死亡，或者在可怕的惩罚前感到畏惧。左琴科说，得了这类惧怕症的人基本上能保持正常，只有少数古怪动作会流露出他有病，就是说稍微有些反常行为。他认为，要探索疾病的起因，这种反常行为比起梦来是更好的线索，因为古怪的举止几乎总是稚气。明明是成年人，举止却像孩子，或者不如说想要当孩子。好像装扮成孩子便能帮助他避免危险，帮他避免接触危险的物体和危险的力量。

病人会开始从一切方面使用策略。当疾病起了这种变化的时候，一切都取决于病人的精神力量与疾病的力量谁强谁弱了，因为假若畏惧增长了，他的意志就可能完全崩溃。

这个人为了躲避危险的现象，可能起自杀的念头。自杀是什么？左琴科向我作了解释。他解释说，死亡看起来可能像得救。关键是孩子并不懂什么是死亡，他只看到死亡就是不再存在了。他认为这能逃避危险，能逃开去躲避危险。这种逃避，孩子叫做死，因为死对他说来并不可怕。

当一个人病了的时候，他的感觉是孩子的感觉。这是他精神的最低水平，而孩子对危险比对死怕得多。自杀是慌忙地逃避危险。这是一个被生活吓坏了的孩子的行为。

我在不愉快的一生中饱经忧患，但是有些时期凶险四伏，使我特别觉得大祸临头，于是我更加感到畏惧。在我们刚才谈到的这个时期里，我险些自杀。危险使我毛骨悚然，我看不到任何其他出路。

我完全被畏惧束缚住了。我不再是自己生活的主人，我的过去已被一笔勾销，我的工作和才能对任何人都没有价值了。看来未来的凄凉不会稍逊于现在。那时，我走投无路，只希望自己能消失，这是唯一可能脱身的出路。我津津有味地想到这种可能性。

在那个生死关头，我所熟悉的左琴科的思想给了我很大帮助。他不说自杀是兴之所至，而说自杀纯粹是稚气的行为。它是低级精神对较高级精神的反叛。其实也不是叛逆，而是低级精神的胜利，完全的、最后的胜利。

当然在这绝望的时刻不完全是左琴科的思想帮助了我，但是诸如此类的思想使我没有作出走极端的决定。我度过这个危机之后，比原先坚强了，对我自己的力量也有了较大的信心。敌对力量看来已不再那样全能，甚至朋友和相识者的可耻出卖也不像以前那样使我痛苦了。

集体的背信弃义已与我个人不相干。我尽量避开别人。在那个时期，离群独处对我是解脱。

如果你愿意，你能在我的《第四交响乐》中找到一些这种思想。在最后几页里相当精确地表达了这些想法。后来，在我写《第六交响乐》第一乐章时，这些想法也存在我的脑海里。但是从某种意义上说，《第六交响乐》比《第四交响乐》幸运得多。它写成后立即就演奏了，受到的批评也还温和。《第四交响乐》是写成后25年才演奏的。是不是这样反而更好，我不知道。我不大相信音乐作品应该搁在地上等待时机的理论。要知道，交响乐不是中国的腌蛋。

总的说，音乐作品应当立即演奏，这样听众能及时得到愉快，作曲家也比较容易告诉大家自己要说的是什么。如果错了，他就可以试图在下一首作品中加以纠正。否则，就是胡闹，像《第四交响乐》的遭遇。

如今有人说这件事都怪我自己，是我自己停止了那首交响乐的演奏，自作自受，像那军士的寡妇一样，所以我没有权利责怪别人。站在老远的地方作判断是容易的。你如果处在我的地位上，唱的调子就不一样了。

当时，似乎演出我的任何作品都只会招来麻烦。小剧院把《麦克白夫人》搬到莫斯科，于是出现了《混乱而非音乐》。大剧院上演我的舞剧，结果又来了一篇《真理报》社论：《舞剧的谬误》。如果当时也演奏了《第四交响乐》的话，又会出什么事呢？谁知道，也许没有人说话，于是我的歌能永远唱下去。

当时的情况是严重的、令人绝望的。想它没有意义。再则，史蒂德里①的排练不仅逊色，简直令人不能容忍。首先，他吓得要死，因为谁也不会饶了他。一般地说，指挥不是世上最勇敢的人。我有许多机会证实这个看法。他们在向乐队叫嚷的时候是勇敢的；但是当有人向他们叫嚷的时候，他们的两膝就发抖了。

第二，史蒂德里不熟悉也不理解这份乐谱，也没有任何想要掌握它的表示。他对这一点是直说的。有什么不好意思的？作曲的人是一个已被揭露的形式主义者。何必费什么心去领会他的乐谱？

史蒂德里不只是这一次有这种行为，也不只是对我的作品马马虎虎。想当年史蒂德里也曾使格拉祖诺夫心慌意乱。按照预定，他要指挥格拉祖诺夫的《第八交响乐》。他到了列宁格勒以后才发现他把格拉祖诺夫的《第四》和《第八》搞混了；确实弄错了，也许因为这两首交响乐都是降 E 调。

史蒂德里一点也没感到不好意思。他毫不在乎。只要格拉祖诺夫还坐在厅里，他也作些排练。但是格拉祖诺夫不得不离开，因为法院叫他出庭。他因为和他所住楼房的房客委员会有争论，不付房租。格拉祖诺夫一离开大厅，史蒂德里就神气十足地结束排练，说："这样就行了。"

有人会问我：你何必埋怨别人呢？你自己怎么样？你不是也害

---

① 弗里茨·史蒂德里（Fritz Stiedry, 1883—1968），指挥，曾在维也纳歌剧院任马勒的助手，1933 年移居苏联，任列宁格勒交响乐队首席指挥，曾领导肖斯塔科维奇《第一钢琴协奏曲》的首次公演。战后，他是纽约大都会歌剧院的主要指挥之一。

怕吗？我老实回答：是害怕。畏惧是当时所有人的共同感觉，我也摊上了一份。

他可能说：你怕什么？他们又不触动音乐家。我要回答：事实并非如此，他们的确触动了音乐家，还要说明是怎么触动的。所谓没有触动音乐家的说法是赫连尼科夫[1]和他的喽啰散布的，可是艺术界的人记性不好，相信了他的话。他们已经忘了尼古拉·谢尔盖耶维奇·日拉耶夫，他是我尊为老师的人。

日拉耶夫是我在图哈切夫斯基家里认识的，他们两个人是朋友。当时日拉耶夫在莫斯科音乐学院任教，但是多数课程是在他家里教的。我每次到莫斯科都要去拜访他，并且把我最新的作品拿去给他看。日拉耶夫从来不是为了敷衍而说上几句。在那时候，把我的作品拿去给我在音乐学院时的老师斯坦因伯格看是没有意义的，因为他简直不理解我当时写的那种音乐，日拉耶夫尽可能地代替了我的老师。

他房间里挂了图哈切夫斯基一张很大的照片，在图哈切夫斯基作为祖国叛徒处决的消息宣布以后，日拉耶夫并没有把照片拿下来。我不知道我能否说清楚这是多么英勇的行为。当时一般人的举止是怎样的呢？只要又有一个可怜的人被宣布为人民的敌人，马上，所有的人都慌忙把一切和这个人有关的东西销毁掉。如果这个人民的敌人是写书的，就扔掉他的书；如果家里有他的信，就把信烧了。在这个时期烧掉的书信文件究竟有多少，谁也无法想象。任何战争都不可能把家家户户的书信图书清除得这么干净。首先扔进火里的是照片，因为要是有人告发，说你有人民敌人的照片，那你肯定活不了。

---

[1] 季洪·尼古拉耶维奇·赫连尼科夫（Tikhon Nikolayevich Khrennikov，生于1913年），作曲家，从作曲家协会第一次代表大会（1948）开始接连任该协会的领导。他这个职位是斯大林指定的（其他类似作家协会、艺术家协会等等的领导人也一样）。在斯大林时期，这种领导人的职责之一是审批受压制的会员名单。在这些"创作"协会的最早的领导人中间，赫连尼科夫是唯一至今还保留着这个位置的人。有许多年，他恶意攻击肖斯塔科维奇和普罗科菲耶夫。苏联所有的最高奖章和奖金，他一应俱全。

日拉耶夫却不怕。当他们来抓他的时候，墙上赫然挂着的图哈切夫斯基的照片使刽子手也感到吃惊。他们问道："怎么，还挂着它？"日拉耶夫回答说："总有一天后人会为他竖立纪念碑。"

我们把日拉耶夫忘记得太快了。还有别人。谢尔盖·波波夫死了。他是一位很有才能的人。是舍巴林介绍我和他认识的。波波夫重新创作了柴可夫斯基在一时失望中烧掉的歌剧《沃耶沃达》。他们抓走波波夫时，这份乐谱第二次被毁。后来拉姆[①]又一次把它重新写了出来。

还有尼古拉·维戈茨基，一位有才华的风琴家。情况差不多。人们把莫斯科音乐学院院长鲍列斯拉夫·普希贝舍夫斯基也忘了。他是那位著名作家的儿子。还有他们忘了季马·加舍夫。

加舍夫是优秀的音乐学家。他在完成了一项困难的工作以后，决定休息一阵，到了一个疗养院，他在那里和几个人合住在一间屋里。有人发现一张旧法文报纸。不幸的是，加舍夫懂法文。他打开报纸放声念了起来，只念了几句，就停下了——原来是对斯大林的贬词。"噢，胡说八道！"但是来不及了。他在早晨便被逮捕了。房间里有人告发了他，也许是那几个人一起干的。

被捕前，加舍夫曾和罗曼·罗兰通信。罗曼·罗兰喜欢加舍夫所写的有关他的文章。罗兰赞扬加舍夫。不知这位伟大的法国人道主义者有没有探询过这个钦佩他、研究他的人出了什么事？他突然消失到哪儿去了？

我记得加舍夫判了 5 年。他是个坚强的人，熬过了 5 年苦役，天真地巴望刑满那一天释放出狱。刑满前几天，加舍夫得到通知：给他加判 10 年徒刑。这一下把他压垮了，没过多久他就死了。

当时，人人写检举信。作曲家也许用五线谱纸写，音乐学家用

---

① 巴维尔·亚历山德罗维奇·拉姆（Pavel Alexandrovich Lamm, 1882—1951），音乐学家，因对穆索尔斯基（与阿萨菲耶夫合作）和鲍罗丁的歌剧的学术性研究而著名。拉姆曾为普罗科菲耶夫的许多重要作品写了配器，包括《修道院中的婚约》《战争与和平》。他还为电影《亚历山大·涅夫斯基》和《伊凡雷帝》配乐。见 1977 年莫斯科出版的苏联参考书《普罗科菲耶夫手稿》。

白纸写。就我所知，从来没有一个告密者有所悔悟。50年代中期，有些被捕的人，总算运气好活了下来的人，开始回来了。其中有些人看到他们的所谓档案，包括检举信在内。如今，检举者和过去的囚犯在音乐会上相遇了。有时候他们互相鞠一个躬。

当然，有一个受害者不那么有礼貌。他当众给了检举者一个耳光。但是一切都不了了之了。那个告密者原来是个正派人，没有去向警察诉苦。那个以前的囚犯作为自由人死了，因为集中营生活严重摧残了他的健康。检举者今天还活着，而且活得很得意①。他是我的传记作者，可以说是个肖斯塔科维奇专家。

当时，我倒幸运，没有进集中营。但是进集中营永远不会太晚。归根结底这取决于新的领袖和导师对你的作品的看法，就我而言，就是对我的音乐的看法。他们全都是爱护文艺美术的人，这是普遍的看法，是人民的意见，很难与这种意见争论。

暴君喜欢把自己扮成艺术的赞助人，这是众所周知的事实。但是暴君对艺术毫不理解。为什么？因为暴虐是倒行逆施的，暴君是专门倒行逆施的人。原因很多。暴君企求权力，他踩着尸体去攫取权力。在权欲的驱使下，他一有机会就忍不住要毁掉人、侮弄人。对权力的贪欲难道不是倒行逆施？如果你是心口一致的，你对这个问题的答复必然是肯定的。你内心一升起对权力的欲望，你就成了迷路的人。我对每一个想当领导的人都持怀疑态度。我在懵懂的青年时期，幻想是够多的。

所以这个人在他反常的欲望得到满足以后就成了领导人，可是在此之后他仍然倒行逆施，因为权力需要保护，必须提防像他自己一样的疯子。

即使没有这种敌人，也要造一些出来，否则就不能完全显示出自己的威武，就不能彻底压制人民，使鲜血飞溅。没有这些，权力

---

① 此处指的是维克多·尤里耶维奇·杰尔逊（Viktor Yulyevich Delson, 1907—1970）和列夫·华西利耶维奇·丹尼列维奇（Lev Vasilyevich Danilyevich, 生于1912年）之间的事。前者是钢琴家和音乐学家，在斯大林的集中营里度过了将近20年，后者著有几部论述肖斯塔科维奇音乐的书。

又有多少乐趣可言呢？很少。

有一次，我和一个熟人一起喝酒，那天晚上他向我倾吐了肺腑之言。他在我这里过了一夜，但是我们都睡不着觉。他向我承认，有一种欲望折磨着他。是一场噩梦，这就是我所发现的。你看，他从小就喜欢读描写严刑拷打和死刑的书，这是他的怪癖。有关这类残酷行为的书他无所不读，他把书名数给我听，相当多。我想，奇怪，因为在俄国施用酷刑是避免留下任何痕迹的。我不是指肉体上的痕迹——肉体上的痕迹总是要留下来的，虽然现在有一种科学可以使严刑拷打在肉体上不留什么伤痕。我是指文字的痕迹。但是结果证明，在俄国也有有关这个题材的文字记录。

还有。这个人承认他对酷刑的描述感兴趣只是为了掩盖他的真正欲望：他自己想虐待人。我本来认为这个人是个正直的音乐家，但是越听他说下去，我越不相信过去这种看法了。他不断地讲着，喘着气，全身哆嗦着。

我的这个熟人在他一生中也许连一只苍蝇也没打死过，但是从他所说的话来判断，这并不是因为他厌恶死刑和死亡。相反，血和一切能造成流血的事情都使他兴奋，对他有吸引力。那天晚上他告诉我许多事情，例如伊凡雷帝的那个有名的刽子手斯库拉托夫是如何对待落在他手里的人和他们的妻子的。他叫这些女人骑在一根绳索上，然后用这绳索把她们锯成两半。拉着她们的两腿一来一去，一来一去，直到锯成两半。

据他描写，在那些日子里使用的另一种令人毛骨悚然的方法是这样的：御林军①在场地上找两棵相距不远的茁壮的树，爬上去把树压弯下来，使两棵树的顶部几乎碰在一起。然后，把人绑在两棵树的树顶之间，使他成了一个人结。他们把树一松开，受害者就撕成两半。他们也用马来这样取乐：把人绑在两匹马之间，然后驱马

① "御林军"是伊凡雷帝（1530—1584）为了对付有势力的封建贵族而建立的禁卫队。在俄国的史料和文学作品中，"御林军"象征着无法无天和恐怖，然而他们在斯大林时期"恢复名誉"了。艾森斯泰因所摄的影片《伊凡雷帝》的第二集激怒了斯大林，部分原因是对"御林军"的描写暧昧不明。

朝相反的方向奔驰。

这是我第一次听到斯库拉托夫的虐待狂行为，尽管我知道他的其他许多事情。我还第一次听到审判动物的事。人们还干这种事，因为他们觉得光是虐待人还意犹未尽。当然，虐待动物是一向都有的，谁有这份精力谁就能这么干。但审判动物看来特别恶毒。不仅折磨动物，而且还借口遵守法律，我认为这里面有种要把动物拉低到人的水平的欲望，这样他们就可以把动物当人对待。事实上，他们是企图使动物变为人，所以，其实是人变成了野兽。

这种种虐杀都发生在不很久以前，只有几个世纪。他们开庭审判牛、马、狗、猴子，甚至还有老鼠和毛虫。他们认为它们是魔鬼，是人民的敌人。他们虐杀这些动物，河水被血染红了，牛哞哞地叫，狗嗷叫呜咽，马嘶声长鸣。它们受到审讯，而学会哞哞叫的牛专家担任翻译。我能想象这是怎么进行的。"人民的敌人是否承认这个这个，那个那个？"牛默不作声。于是他们用矛刺进它的一侧。牛哞哞地叫，那位专家翻译为："它完全承认对人民犯下的种种罪行。"

沉默是有罪的标志，哞哞叫也一样是有罪的标志。火刑、血、过分兴奋的刀斧手。时间？17世纪。地点？俄国，莫斯科。也许是昨天吧？我不知道。这里，谁是野兽谁是人？我也不知道。在这个世界上，一切都混淆了。后来我又不止一次听到审判动物的事。但是在那个难忘的夜晚，我毛骨悚然地望着这个人，我的这个客人。他像变了一个人，脸上通红。他平常是个沉着、理智的人，但是现在在我面前的是另外一个人。我清楚地看到他和那些行刑者是同类，是卑鄙的渣滓，他晃着手臂，声音发抖，语言断断续续，但是并非由于愤慨，而是由于兴奋。

后来他安静下来，突然泄了气。我满怀厌恶地望着他，毫无怜悯。没有，丝毫没有怜悯。我想：你无可救药了，你渴望权力。梦想折磨别人，你所以没有成为刽子手只有一个原因：你是个懦夫。

我当面对他这样说了。这是我的原则，有话就说，而且全都说出来。他哭了，后悔了，但是从那以后，他在我心目中便不再是音乐家了。我意识到自己过去把他看错了，因为这种嗜血的欲望是一种倒行逆施的心理，而倒行逆施的人不能理解艺术，特别是音乐。

有时候，人们说到或写到德国死亡营的头子喜爱并理解巴赫和莫扎特，等等。还说他们听舒伯特音乐时流下泪来。这些话我不相信。这是谎话，是记者撒谎。从我个人来说，我从来没有遇见过一个真正理解艺术的刽子手。

但是这些不断传说的故事是从哪里来的？为什么人们这么希望暴君成为艺术的"赞助人"和"爱好者"呢？我想有几个原因。首先，暴君是又卑鄙又聪明又狡猾的人。他们知道，对他们的肮脏勾当说来，如果他们装出一副风雅饱学的模样，那要比露出无知、粗野的腔调有利得多。让那些动手干这种事的人，那些爪牙去当粗汉好了。爪牙是以粗鲁为荣的，但是大元帅必须始终在任何事情上都是智者。这样的智者有一套庞大的机器为他服务，写书做文章赞扬他，还代他写演讲稿，代他写书。任何事情，任何问题，都有一大批研究人员为他准备书面材料。

所以，你想做建筑学专家吗？当然行。只要下一道命令就是了。亲爱的领袖和导师，你想做绘画艺术的专家吗？当然行。配器专家吗？有什么不行？或者语言学家？你只要开口就是了。

至于那个所谓崇拜莫扎特的死亡营主管，他有一个负责思想的助手，助手又有自己的助手。一般地说，只要找一个受害者就行了。这个受害者说，莫扎特是个优秀的作曲家，那个刽子手在场，听到了，于是把他绞死，而把关于莫扎特的话放在自己嘴边，好像是出自他自己的思想。他是两次抢劫了这个受害者，抢走了他的生命，还谋到了一份遗产。而他周围的所有人都说："瞧他多么有教养，多么聪明，多么文雅。"

所有的走卒爪牙、诌媚之徒和卑鄙小人也无不拼命想要他们的领袖和导师成为无可争议的、绝对的思想巨人和大文豪。这就是这些肮脏的谎言得以继续存在的第二个原因。

这一切都简单之至。假若领袖没有写过书，光会宰割人民，那他成了什么人呢？这用不着到百科全书里去找答案，也不需要等待着从下一期杂志上寻字谜的答案。答案很简单：他是一个屠夫，强盗。那么，谄媚之徒也就成了屠夫和强盗的走卒。谁肯承认自己是这种东西？人人都愿意自己清白，既然新的黎明已经到来。

（所有的暴君全都说人们渴望已久的黎明来到了，而且总是在他这个暴君的统治下来到的。在最昏暗的黑夜里，人们表演已经到来的白天的喜剧。有些人遵循斯坦尼斯拉夫斯基的原则进入了角色，这的确能打动未入门的人。）

可是，如果领袖喜爱贝多芬，那就完全不一样了，是不是？那就会使景色有所改变。我遇到的音乐家中间，有许多人认真地坚持说：斯大林喜爱贝多芬。

"当然，他不懂现代音乐，"他们说，"不过懂得的人本来也不多。即使是专业音乐家也不懂。许多作曲家，包括优秀的作曲家，写曲子是用比较传统的风格的，连他们也认为他们的先锋派同行的作品神志不清、混乱，充满噪音。瞧，在这个复杂的问题上连音乐家之间也有争论，何况约瑟夫·维萨里昂诺维奇，你也知道他除了音乐以外还有许多其他的事情要关心。然而他确实喜爱古典艺术，比方说，舞剧。他还喜爱古典音乐，比方说，贝多芬。他喜爱一切崇高的东西，像高山。贝多芬是崇高的，因此他也喜爱他。"

这类话我听得太多了，拉倒吧。这些话使我的耳朵都会作呕。他们从上下左右、四面八方向我们证明斯大林热爱古典作品。

例如，我听到过这样一个故事，据说是在某次党代表大会结束的时候，决定要开一次大型音乐会，让工作那么劳累的代表们好好休息一下。演出的节目对这种场合来说是典型的。"歌舞团"加上合唱团——为了让音量大到可以震破窗子上的玻璃，还有各种各样的天鹅。小天鹅和大天鹅的舞，临死的天鹅和恢复健康的天鹅的舞，天鹅的舞、鹰的歌。反正，节目里的主题不外飞禽走兽。

他们把这个节目单拿去给斯大林批。批准节目单和人名单是他的嗜好。党的纲领、该死的人的名单。他也喜欢批准菜单，列有各种高加索葡萄酒的菜单。

接下去的故事妙得有如插上翅膀飞到九重天——奴才的理想实

现了。说是斯大林拒绝了这盘大杂烩和高加索酒，这张菜单使他不高兴。他的口味不同，喜欢一些更崇高的东西；他要的不是高加索葡萄酒而是高加索的高山。斯大林划掉了天鹅和老鹰，用笔添上了一首曲子：贝多芬《第九交响乐》。亿万人民，拥抱吧！他亲自写的！他亲手写的！奴才们气都喘不过来了！他使我们多么高兴呀，我们的恩人！他使我们高兴！他使贝多芬高兴！

这套话我根本不相信。完全是撒谎。

首先，没有一个人确切告诉过我，究竟在哪一次大会结束时演奏了贝多芬。每一个人对我说的次数都不一样。

第二，为什么贝多芬只在这次大会上得到这样的荣耀呀？为什么他们在别的几次大会上唱歌、跳舞呢？他们也没有唱"亿万人民拥抱吧"。他们歌唱的是雄鹰斯大林，因为以这永远清新、永远迷人的主题谱写的歌一向多得很，我看一定有两万首，可能还要多些。如果能算出我们的领袖为歌唱我们的领袖的歌花了多少钱，一定很有意思。

总之，即使这件说不清楚的关于《第九交响乐》的事的确是真的，还是证明不了任何东西，尤其不能证实斯大林喜爱贝多芬。我们是否应该把战前大剧院在斯大林直接命令下上演《女武神》这件事当作他喜爱瓦格纳的证据呢？其实这是宣告他喜爱希特勒。

《女武神》的故事太可耻了，值得一讲。"莫洛托夫－里宾特洛甫协定"生效了。我们应该爱法西斯主义者了。我们爱得太晚，但是正因为如此，才爱得更热烈，就像一个半老的寡妇爱上了隔壁的魁梧的小伙子。

他们把犹太人从比较重要的职位上赶了下来，以免德国人看了刺眼。例如李维诺夫，被解除了外交人民委员的职务。但是，这些来说还只是消极的行动。还需要积极的行动。行，他们把几百个在苏联避难的德国反法西斯战士和德国犹太人交给了希特勒。但这太少了，太不堂皇了，没有公开，也没有张扬。只能算是利市。需要的是鼓乐喧天和热烈的高加索式的爱。要大动感情，"绝妙的茶，绝妙的糖果"，像那诗人说的①。于是他们想起了瓦格纳。

瓦格纳在俄国的遭遇很可笑。起先，俄国音乐家为了他而打起架来，后来不打了，向他学了。但是这只是一小群专业音乐家范围之内的事。突然，瓦格纳名气大振。这是第一次世界大战以前的事。原来沙皇命令帝国玛丽亚剧院上演《尼贝龙的指环》。朝臣、官吏、小职员全都爱上了瓦格纳。然后，战争突然爆发了！可以说，是个亲戚寻衅打架。这叫人生气，的确生气。野人在这种情况下通常是要鞭打他们的雕像的。在俄国，他们决定鞭打瓦格纳。于是，帝国玛丽亚剧院的剧目单上把他踢出去了。

革命后，人们又想起了瓦格纳，因为他们需要一张与时代相称的歌剧剧目单。革命歌剧毕竟为数有限，舞台上又不允许演沙皇、贵族或者"花枝招展的贵妇人"（那时候他们也这样称呼《叶甫根尼·奥涅金》里的塔吉雅娜）。他们认为西方歌剧对革命的危害性小一些，于是排练了《威廉·退尔》《费奥里拉》和《先知》。他们还找出了瓦格纳的《黎恩济》。

梅耶霍尔德开始排练《黎恩济》。他告诉我，为了一个纯属剧场内部的原因，他对上演这部歌剧没有全始全终。他一直为此感到遗憾。我想问题出在钱上。梅耶霍尔德把他的构思告诉过我，很有意思，与音乐无关。

终于，另一个导演上演了《黎恩济》。我很不喜欢这部歌剧，觉得它浮华、夸张。主题思想不能单独成立，音乐也平平。情节对革命戏来说是好的，但是对一部歌剧来说不是首要的先决条件。

我在我一生的不同阶段对瓦格纳的看法前后不同。他写了一些天才的作品，写了大量很好的音乐，也写了大量平淡的音乐。但是瓦格纳知道怎样兜售他的货品。那种作曲家兼宣传家的人于我是陌生的，那肯定与俄罗斯音乐的传统不同。可能这也是俄罗斯音乐在西方不像应有的那样受欢迎的原因。格林卡是我们的第一位专业作

① 肖斯塔利维奇此处引用了尼古拉·玛卡罗维奇·奥列尼科夫（Nikolai Makarovich Oleinikov, 1898—1942）的讽刺诗中的一个名句。奥列尼科夫死于斯大林恐怖时期。他是肖斯塔科维奇最喜爱的诗人之一。苏联至今未出版他的作品集。

曲家，也是第一个人在回答迈耶贝尔的时候说："我不叫卖自己的作品。"确实如此。与迈耶贝尔不一样。

后来又有穆索尔斯基，尽管受到李斯特的多次邀请，却始终拒绝去拜访他。李斯特打算大大地介绍他出名，但是穆索尔斯基宁愿留在俄国作曲。他不是个讲实际的人。

还有一个例子，便是里姆斯基－科萨科夫。季亚格希列夫拉他去巴黎参加他最早的一次俄罗斯音乐会。他们谈到了《萨特阔》。季亚格希列夫要求里姆斯基－科萨科夫作些删节。他坚持说，法国人听歌剧没人能从8点钟一直听到午夜。季亚格希列夫说，法国人连《佩莱亚》（Pelléas）也不能听完，11点以后就大群大群地退场，使人产生"要命的印象"（季亚格希列夫的话）。

科萨科夫是这样回答的："我对法国人的欣赏力完全不在乎。"他还补充说："如果意志薄弱的穿燕尾服的法国听众听歌剧，不过是顺便听着，而且相信报上的用钱买来的文章和雇用捧场者的话。如果他们认为没法把《萨特阔》整部听完，那么，这部歌剧就不应该为他们演出。"说得不错。

在耍了一些巧妙的花招之后，季亚格希列夫终于把科萨科夫勉强拉到巴黎。科萨科夫给季亚格希列夫寄了一张明信片表示同意。明信片上说："如果我们要去，那就去吧，就像鹦鹉对拉着它的尾巴下楼的猫说的那样。"

在俄国的重要作曲家中间，只有斯特拉文斯基和普罗科菲耶夫两个人知道怎样推销自己的东西。这倒并非偶然，因为他们两人都是新时代的作曲家，而且在某种意义上说是西方文化的儿子，虽然是过继的儿子。我感到，他们好名爱出风头，所以不能成为十足的俄罗斯作曲家。他们的个性中有些瑕疵，缺少某些很重要的道德原则。

他们都把从西方学到的几点经验记得太牢，也许这些经验根本就不该学。他们赢得了声誉，但是失去了某种同样有价值的东西。

对这一点，我很难谈，我必须很小心地避免冤枉一个人。因为，举例说，斯特拉文斯基可能是20世纪最有才华的作曲家。但是他总是只为他自己说话，而穆索尔斯基既为自己说话，也为自己的国家说话。但是穆索尔斯基却没有好的宣传机器，根本没有。

现在我想你能理解我对瓦格纳的看法为什么是矛盾的了。俄罗斯作曲家从他那里学到了一种新的配器方法，然而没有学他如何大规模地为自己谋名，如何钩心斗角用心计。《齐格菲》第一幕中的锻剑是天才之作，但是为什么要动员自己的支持者大张旗鼓地反对勃拉姆斯呢？欺侮自己的一个同行并不是出于一时之气，而是出于灵魂中的一种根本的品性。卑下的灵魂必然会反映在音乐里。瓦格纳是个有力的例证，但是远不是唯一的例证。

战前，瓦格纳的歌剧在俄国一直是演出的，但不知怎么显得疲弱无力、苍白。形形色色的障碍很多。人们在他的作品中发现了唯心主义、神秘主义、反动的浪漫主义和小资产阶级的无政府主义，于是他们写文章对他百般侮辱。然后，突然间情况又变了。（"突然间"这个词在这里出现有如一出低劣的戏文中的信使。每当情节需要加强些味道的时候，信使就跑来宣布："你所爱的人死了！"或者"敌人攻进城里来了！"全是突然间。这种写法太蹩脚，只有蹩脚剧作家才这么写。我口才太差。自然，任何事情都不会是"突然间"发生的。）原来是斯大林想更紧地拥抱希特勒，要配上响亮的音乐。什么都必须像一家人似的和和美美，像老早那样。威廉和罗曼诺夫是血统上的亲戚，斯大林和希特勒是精神上的亲戚。

最适合为俄德友谊配乐的作曲家是瓦格纳。人们便打电话叫艾森斯泰因赶快在大剧院上演《女武神》。为什么找艾森斯泰因这个电影导演？他们需要一个名气响亮的人。瓦格纳的歌剧必须大吹大擂，像音乐一样响亮。最重要的是，导演必须是不信犹太教的人。艾森斯泰因的父亲还是个德国人，一个改了教的犹太人。

艾森斯泰因没有立刻领会请他办这件事的用意。他打电话给犹太人画家蒂什列尔①，请他当这次演出的舞台设计。

---

① 亚历山大·葛里戈尔耶维奇·蒂什列尔（Alexander Grigoryevich Tyshler，生于1908年），美术家，苏联有几部最著名的戏剧的舞台设计是他的作品，如莫斯科犹太剧院上演的《李尔王》（1935）。蒂什列尔是诗人奥西普·曼杰尔施塔姆最欣赏的画家之一。

蒂什列尔是个聪明人。他说："你疯了吗？难道你不知道这次演出是怎么回事？他们不会让你在海报上写我的名字的。这次演出必须与犹太人毫无牵连。"

艾森斯泰因笑了，他仍然不想去弄懂别人都已明白了的道理。也许他是假装不懂，但是不管怎样，他说："我管保你能为这次演出工作。"没过几天，他又来了电话，这次不笑了。他表示歉意。"你那天说得对。"艾森斯泰因对蒂什列尔说，接着挂上了电话。

艾森斯泰因既然明白了这个计划的真正用意，为什么不拒绝为它工作？我们常说谁谁不是为了害怕而工作，而是为了良知。那好，他根本没有良知，但是他确实害怕，非常害怕。后来知道，艾森斯泰因有掉脑袋的危险。有人说他非常苦恼、痛苦，只是以在大剧院工作是有趣的、《女武神》是天才的歌剧这些想法来安慰自己。

最近，我和一位音乐学家交谈，他是我的朋友。我们谈到了这次可耻的瓦格纳歌剧的演出。这个音乐学家为艾森斯泰因辩护，说他早就想搞歌剧，他"对综合艺术有很多想法"，而且终于把他的一些想法（当然不是全部）介绍到大剧院的舞台上了。

但是我提醒这位音乐学家说，艾森斯泰因曾经有机会在另一部歌剧上实现他那些卓越的想法，而且也是在莫斯科。这部歌剧是他的好友普罗科菲耶夫写的。我指的是普罗科菲耶夫的《谢苗·科特珂》。这部歌剧描写1918年德国人占领乌克兰的事。剧中的德国人是残忍的屠夫。在普罗科菲耶夫写这部歌剧的时候，这是符合当时的政治气氛的。

实际上，普罗科菲耶夫的这个情节思想性非常完整。里面有布尔什维克，有可恶的富农，有红军游击队在一个政委的墓前宣誓，甚至还有一次人民起义。

《谢苗·科特珂》是由梅耶霍尔德在斯坦尼斯拉夫斯基歌剧院导演的。这是他在这个剧院的最后一部作品。事实上他永远没有完成这部作品，因为排练到一半他就被捕了，从此他不再是梅耶霍尔德，而成了"谢苗尼奇"了。据讹传，这是他从事地下破坏活动时的化名。很可笑。大概是审问者在报上看到了一些有关《谢苗·科特珂》的事情，于是就发明了这个名字。

虽然导演被捕，但是工作照样进行着，好像什么事也没发生似的。这是那个时代的可怕的特征之一：一个人不见了，但是人人都假装什么也没有发生。有个人在负责这部作品，这部作品的灵魂是他，是他导演的；如今他不在了，化为泡影了，但是谁都不说一个字。

梅耶霍尔德的名字立即从人们的谈话中消失。就这样完了。

最初人人都胆战心惊。各自都想：下一个就轮到我了。于是，他们祈祷——我不知道他们向谁祈祷。他们祈求下一个是别人。既然没有命令这个戏停下来，那就是可以继续干下去。这意味着上级认为这项工作是必要的，所以，也许工作者就可以保全性命。

普罗科菲耶夫去找他的朋友艾森斯泰因。我在这里用"朋友"这个词是出于习惯，尤其是用它来指艾森斯泰因和普罗科菲耶夫这两个人的时候。我不大相信他们两人中有哪一个是需要朋友的。他们两人都落落寡合，对人冷淡，但是至少他们彼此还尊重。艾森斯泰因过去也是梅耶霍尔德的学生，因此普罗科菲耶夫请这位电影导演来完成《谢苗·科特珂》的上演。

艾森斯泰因拒绝了。当时政治气候已经变了，在那个美妙的时代，即令是在一部歌剧中攻击德国人，也是不许可的。这部歌剧的前途看来值得怀疑。何苦卷入一场政治上可疑的冒险事业呢？因此艾森斯泰因说："我没时间。"我们知道，他导演《女武神》是有时间的。

这两部作品后来的经历是有趣的，非常非常有趣。《女武神》首次公演时十分隆重，党和国家领导人以及法西斯的大使全到了。评论文章一片赞美声。一句话，是艺术战线上的又一次胜利。《谢苗·科特珂》呢，险乎夭折，它的问世是侥幸。戏里的德国人当然没有了，换了一支无名无姓的占领军。尽管如此，当权者还是感到不愉快。斯大林一想到触怒德国人就感到惊慌。外交人民委员会的官员们每逢排练必到，每次都皱着眉头，一言不发就走了。这是很不吉利的兆头。

最后，维辛斯基①亲自到场。他是斯大林的亲信。一个混蛋兼屠夫。显然是领袖和导师派他来查查，在这个以斯大林所尊敬的人（我是指斯坦尼斯拉夫斯基）命名的剧院的舞台上究竟在宣传些什么煽动性的思想。在苏联总检察官维辛斯基的英明指导下，这部歌剧安排妥帖了。他相信这部歌剧的情节是合适的，只要把德国人，就是说只要把占领者——不论他是谁——的戏减少分量就行了。让白匪军当敌人。"敌人在哪里？"正如他们在歌剧《为沙皇献身》中唱的，这部歌剧现在改名为《伊万·苏萨宁》。只要有敌人就行。任何敌人都行。只要有可以交手的人，就不必过分明确他是谁。

就这样，这部半死的作品又活了，但是没有人喜欢它。大家都喜欢瓦格纳，因为，很明显，瓦格纳是斯大林喜欢的，接着，突然间又来了战争！国家社会主义党的瓦格纳再一次从剧目单上划掉。他又同坏人为伍了。而我们所有的教授和副教授，大音乐评论家和小音乐评论家，全都开始指指点点地教训起瓦格纳来了，好比对教养所里的少年罪犯似的。他们说瓦格纳交错了朋友，到错了地方，做错了事。至于他们对他的喜爱，从来没有过这么回事。

所以，这是一部二幕悲剧，带序幕和尾声，正如我们看到的，历史在重演。一个人在一生中能看到同一出闹剧重演两次、三次，如果你运气好，能在我们这个多事的时代活上六十多年，跳过几个可怕的障碍物的话，你还能看到第四次。

每一次跳跃都要你使尽最后一分力气，都使你认为这是你最后一次跳跃了。但是结果是生命还没有完，你可以休息一下，放松一下。接着，他们让你把这出老闹剧再看一次。你不再觉得它滑稽了。但是你周围的人在笑，这种粗俗的表演，年轻人是第一次看到。向他们解释是没有意义的，因为他们无论如何也不会懂。你想在看客里找些和你同样岁数的人，他们知道，懂得，你可以和他们

---

① 安德列·亚努阿列维奇·维辛斯基（Andrei Yanuaryevich Vishinsky, 1883—1954），30年代政治审判的主要组织者之一。丘吉尔在回忆录中形容，维辛斯基作为国家检察官在这些审讯中的成绩是"卓越的"。

聊聊。但是一个也找不到，已经死光了。而幸存的人都蠢透了，也许这正是他们所以能幸存的原因。也许是他们装傻，这样也有用。

我永远不相信到处都只有傻子。他们一定是戴了假面具——这是一种求生的策略，可以使你保持最低限度的体面的策略。如今所有的人都说："我们不知道，我们不了解。我们相信了斯大林。我们中了诡计，上当受骗了。哎，多么可恨的骗局。"

这种人使我感到生气。是谁不了解？谁中计上当？是不识字的挤奶老太婆？利戈夫斯基大街那个擦皮鞋的聋哑人？不，他们似乎都是非常富有学识的人——作家、作曲家、演员。他们是为《第五交响乐》鼓掌的人。我决不相信一个完全无知的人听《第五交响乐》会有什么感受。他们当然是理解的，理解周围发生的事，也理解《第五交响乐》表达了什么[①]。

这种情况使我更难于创作。听来一定很奇怪：听众理解你的音乐，反倒难于创作。在多数情况下也许正好相反：当听众能够理解的时候，写起来比较容易。但是这里的一切都是颠倒的，因为听众越多，告发者就越多。理解你要说的是什么的人越多，他们去告发的可能性也就越大。

环境非常困难，而且随着时日的推移，越来越困难。说起来可哀、不愉快，但是既然我要说真相，我就一定要谈起它。事实是，战争帮了忙。战争带来了巨大的悲伤，使生活非常非常艰难。无限悲伤，无数眼泪。但是战前的日子更加艰难，因为人人都是暗自悲伤。

甚至在战前，列宁格勒也几乎没有一个家庭没有失去亲人，或是父亲，或是兄弟，即使不是失去亲人，也是失去亲密的朋友。人人都有为之一哭的人，但是只能无声地哭，蒙着被子哭，不让任何人看见。人人彼此戒备，悲痛压在心里，窒息着我们。

---

① 《第五交响乐》的创作和上演是在 1937 年，即大恐怖的高潮时期。首次公演于列宁格勒这个遭受到特别无情的镇压的城市，演奏时，许多听众潜然泪下。

悲痛也窒息着我。我应该把它写出来，我感到这是我的责任，我的义务。我应该为所有死去的人、曾经受苦的人写一首安魂曲。我应该叙述那可怖的杀人机器，表示出我对它的抗议。但是怎样才能做到呢？我那时已经不断受到怀疑，评论家们已经在数我的交响乐大调的占百分之几，小调的占百分之几。这压抑着我，夺去了我的创作意志。

战争来了，这成了大家共同的悲哀。我们可以诉说悲哀了，可以当着人哭泣，为失去的亲人哭泣了。人们不再怕眼泪流下来，终于，习惯于流泪了。时间是够大家养成这种习惯的：整整4年。正因为这样，战后的日子十分难熬，因为眼泪突然间又完全堵住了。那个时候，我把我的许多重要作品放进书桌的抽屉，搁了很久。

能够悲伤也是一种权利，但是这种权利并非每个人都有，至少不是每个人始终都有。我自己对这一点的感触很强烈。由于战争才有机会表达自己的感情的人不止我一个。每个人都感觉到这一点。精神生活在战前几乎被压制得毫无生机，而这时却饱满了、热烈了，一切都变得鲜明，有了意义。大概许多人认为我在写了《第五交响乐》之后恢复了生命。不是的。我是在《第七交响乐》之后恢复生命的。终于可以和人们交谈了。虽然仍然困难，但是可以喘口气了。因此，我认为战争年代对艺术来说是富饶的年代。不是到处都这样。在别的国家，战争很可能要干扰艺术。但是在俄国——由于一些可悲的原因——艺术却繁荣了。

《第七交响乐》成了我最受欢迎的作品①。但是，我感到悲哀

---

① 作家阿列克谢·托尔斯泰（Alexei Tolstoy）说："《第七交响乐》是从俄罗斯人民的良心中呈现出来的，他们毫不动摇地接受了对邪恶势力的拼死搏斗。"这是对这首交响乐首次公演的典型反应。由于许多原因。这首在第二次大战中创作并演奏的交响乐成了世界舆论的题目。在苏联，它上升为一种象征，其选曲可以在许多描写这次战争的电影和戏剧中听到。美国的电台在1942年7月19日第一次广播这首交响乐，由托斯卡尼尼指挥，为千百万美国人所收听。在音乐史上，一首交响乐起这样大的政治作用也许还是第一次。肖斯塔科维奇对此没有责任，但时至今日，《第七交响乐》的政治共鸣仍然干扰着对它的音乐价值的客观评价。

的是人们并非都理解它所表达的是什么，然而在这乐曲里一切都是明确的。阿赫玛托娃写了她的《安魂曲》，《第七交响乐》和《第八交响乐》是我的安魂曲。我不想多说与这两首作品有关的喧嚷。评论它的文章不少，从表面看，这是我生活中最出名的时期。可是归根结底，这喧嚷对我来说有致命的影响。这是可以预料到的。差不多从一开始我就料到会这样。

最初，好像名声大一些对我能有帮助，但是后来我想起了梅耶霍尔德和图哈切夫斯基。他们比我名气大得多，可是这对他们一点也没有帮助，而且正相反。

起先，一切都正常。但是，接着，我意识到文章太多了，嚷嚷声也太大了。他们要把我变成一个象征。不管是需要它的地方，还是不需要它的地方，"肖斯塔科维奇的交响乐"都往那里塞。这不仅令我很不愉快，而且令我害怕。我越来越感到害怕，特别是当西方也喧闹起来的时候。我相信这种喧闹有特别的目的，其中有种不自然的东西，一种歇斯底里的色彩。

大家认为，一个人听到自己的音乐取得成功的消息只会高兴，不会有别的。但是我并没有完全满意。西方演奏我的音乐，我当然高兴，但是我宁愿他们多谈音乐，少谈离题的事。

当时我还不是一切都清楚，只是感到不安而已。后来我才看到完全想对了。同盟国欣赏我的音乐，好像是想说：瞧我们多么喜欢肖斯塔科维奇的交响乐，可是你们还想从我们这里要东西，要什么第二战场等等。

斯大林发怒了。温德尔·威尔基来到了莫斯科，当时他是总统候选人。他被认为是个神通广大的大亨。向他问起了第二战场的问题，他回答说，肖斯塔科维奇是个伟大的作曲家。威尔基先生当然自以为是个极为精明的政治家：你看他把这个问题打发得多妙。但是他没有想到对我这个活生生的人会带来什么后果。

我记得事情就是这样开始的。他们不应该对我的交响乐这样小题大做，但是同盟国小题大做了，而且是故意的。他们是要转移目标，至少俄国是这样理解的。宣传越来越热闹，这肯定激怒了斯大林。只要把旁人谈得太多，他就不能容忍。阿赫玛托娃有一次说："这里的人不喜欢这个。"人人都必须不断地歌颂斯大林一个人：只有他才能照亮生活的一切领域，创作的领域，科学的领域。斯大林高踞于权力的顶峰，没有人敢于违拗他，可是这还不够。

我这些话是冷静的分析，不是发泄怒火。斯大林忌妒别人出名，这话听起来似乎荒谬，但确实如此。这种忌妒心使许多人的生命和活动遭了殃。有时候，一件无足轻重的小事，一句无意的话，就能触怒斯大林。只要一个人说得太多，或者在斯大林看来教育受得太多，或者把斯大林的命令执行得太好，那就够了：他就会被消灭。

斯大林是一只蜘蛛，凡是走到他网上的人非死不可。有些人丝毫不值得怜悯，因为他们想挨近他，讨取他的宠爱。他们身上沾着无辜者的血，他们谄媚奉承，但还是被消灭了。

一个人在向斯大林汇报的时候可能在他的眼神里看到"太聪明了"，这人就知道自己完了。有时候，这个热忱的仆人在家里只来得及说一声"主人"不高兴了。人们把他称为"主人"。

斯大林对同盟国又恨又怕。他对美国没有一点办法。但是战争一结束，他几乎立即残忍地处理了与同盟国有关系的苏联公民；斯大林把他的怕和恨完全转移到他们身上了。这是成千上万人的悲剧。一个人收到一封美国来信，就被枪决了。可是天真的过去的盟友继续写信来，每一封信都是一纸死亡判决。每一件礼品，每一件纪念品——完了。注定完了。

最忠诚的狼狗同斯大林一样憎恨盟国。他们闻到了气味。那时他们还未得到扑过来咬喉咙的许可，只是嗥叫而已，但是事情是清楚的。赫连尼科夫就是一条狼狗，他的鼻子和脑子都是顶呱呱的，他摸得准"主人"想要什么。

莫斯科的一位音乐家告诉我这样一件事：有一次他讲课讲到苏联作曲家，附带地称赞了我的《第八交响乐》。讲完课以后，赫连尼科夫去找他，大发雷霆。他简直是大声嚷嚷了："你知道你在称赞谁？你知道吗？一等到甩掉同盟国，我们就要把你的肖斯塔科维奇摁在大拇指下！"

战争还在继续，用官方的称呼，同盟国还是战友。但是狼狗们已经知道这一文不值，所以他们准备报复。

赫连尼科夫非常下功夫。他恨我。现在谈起来很好笑，但是在我听赫连尼科夫的歌剧《冲向暴风雨》之前，确实有一个时期，赫连尼科夫的书桌上摆着我的照片。那部歌剧很糟糕。我认为赫连尼科夫是有才能的，可是这部歌剧却是伊凡·捷尔任斯基的可怕的歌剧《静静的顿河》的拙劣模仿。他显然在投机。这部歌剧的一切都适合当时的政治形势，剧本取材于一部斯大林很喜欢的小说，音乐是模仿一部斯大林已往首肯的歌剧。

音乐平淡无味，和声是原始的，配器也无力。赫连尼科夫显然是想讨好领袖和导师。我就这部歌剧写了一封信给赫连尼科夫，说他正在走上一条危险的道路。我想警告他。我仔细地分析了他的歌剧，信写得很长。寄出之前，我把它拿给几个朋友看了，我想最好能征求一些意见。也许我不该写这样一封信，也许我是多管闲事。但是他们都赞同这封信，说这封信有必要写、有益，他们从中得到了益处，所以对赫连尼科夫当然大有好处。

但是赫连尼科夫不这么看。一看完信，他就大发雷霆，把信撕成碎片，扔在地上用脚踩。我的照片也给踩碎了。他气得不得了。我以为我此举是符合俄罗斯学派的精神的——俄罗斯作曲家总是互相切磋，互相批评，不会有人生气。谁知赫连尼科夫不这么认为。他觉得我是在挡他的路，不让他获得奖赏，是别有用心，要把他从正确的道路上引向形式主义的邪路。所以问题不在于音乐，比方说，不在于乐思。他认为要紧的是斯大林不会赞成他搞形式主义，所以只要他沿着原始派的正确道路走下去，就能获得领袖和导师的赞许以及一切随之而来的庇佑。

《第七交响乐》和《第八交响乐》的成功对赫连尼科夫一伙好像利刃割了喉咙。他们认为我挡住他们的光芒，把名气全都抢走了，一点也没留给他们。事情令人恶心。领袖和导师要教训我，作曲家同行要毁灭我。所以，《第七交响乐》或《第八交响乐》演出成功的消息每次都使我感到烦恼。多一次成功，意味着棺材上多加一枚钉子。

报复行动是提前准备好的。准备工作是从《第七交响乐》开始的。他们说只有它的第一部分是有效果的，而这个部分，据评论家们说，是描写敌人的。其他乐章应该表现苏联军队的强大和力量，但是肖斯塔科维奇缺乏完成这个任务所需要的感情。他们要求我写出像柴可夫斯基的《1812 序曲》那样的作品，所以后来把我的音乐和这首序曲作比较就成了热门的议论题目，我当然不是被支持的一方。

《第八交响乐》一上演就被公开宣传为反革命的和反苏维埃的①。他们说，肖斯塔科维奇在战争开始的时候写了一首乐观主义的交响乐，现在却写了一首悲哀的交响乐，这是为什么？战争开始时，我们是退却的，如今我们在进攻，在消灭法西斯，可是肖斯塔科维奇悲悲戚戚，这意味着他站在法西斯一边。

不满意见越来越多。他们要我写一首热闹的曲子、一支颂歌，要我写一首雄壮的《第九交响乐》。《第九交响乐》的事很不幸。我的意思是说，我知道打击是不可避免的，但是要不是《第九交响乐》，打击也许会来得晚一些，轻一些。

我相信，斯大林从来没有怀疑过他自己的天才和伟大。但是在对希特勒的战争取得胜利时，斯大林走到了极端。他就像那只把自己吹得像牛那么大的青蛙，所不同的只是他周围的人早就个个把他看作牛，把他当牛一样尊重了。

人人都颂扬斯大林，现在我也应该参加这种不体面的合唱。机会正好合适：我们已胜利地结束了战争；不管代价有多大，重要的是我们胜利了，帝国扩大了。所以他们要求肖斯塔科维奇用四倍的管乐、合唱和独唱来赞美领袖。特别是，斯大林认为"九"这个数

---

① 《第八交响乐》（1943 年）使文化官僚们生气，但是肖斯塔科维奇的世界性声誉，特别是《第七交响乐》的政治影响阻止了一次公开的攻击。后来，在 1948 年，从《第一交响乐》开始，差不多肖斯塔科维奇的所有作品都受到官方的指责，甚至获得斯大林奖金的作品也受到批判——这是前所未闻的事情。

字是吉祥的:《第九交响乐》。

斯大林一向很注意倾听专家的意见。专家们告诉他说,我精通自己的本行,因此斯大林认为,为他写的交响乐一定是音乐的上品,他可以对人说,听吧,这是我们国家的《第九交响乐》。

我承认我给领袖和导师的美梦添加了希望。我说了我在写一首颂歌。我想摆脱他们,但是事与愿违。《第九交响乐》上演后,斯大林发怒了。他非常生气,因为里面没有合唱,没有独唱,也没有颂歌,甚至连小小的献辞也没有。只有音乐,只有斯大林不太懂的音乐,内容含糊的音乐。

人们会说这种事难以相信,说回忆录作者在歪曲真相,领袖和导师在战后的困难日子里肯定没有时间为交响乐和献辞去操心。但是荒唐的是斯大林对献辞要比对国家大事更留神得多。因为这种事不光发生在我一个人身上。亚历山大·多夫任科对我讲过一件类似的事情。战时他制作了一部纪录影片,不知怎么有点忽略了斯大林。斯大林气得脸都发青了。他把多夫任科叫了去,贝利亚当着斯大林的面对多夫任科大声斥责:"难道你对我们的领袖连十米胶片都不舍得用?好吧,你会像狗一样地去死!"由于某种奇迹,多夫任科才得以幸免。

为斯大林写颂歌我做不到,根本做不到。我在写《第九交响乐》的时候知道自己会有什么遭遇。不过我确实在下一首交响乐里,在《第十交响乐》里描绘了斯大林。斯大林一死,我就写了《第十交响乐》,这首交响乐表现的是什么至今还没有人猜到。它表现的是斯大林和斯大林时代。第二乐章的谐谑曲大体说来是一幅斯大林的音乐肖像,当然还有许多别的东西,但这是主要的。

我必须说,用音乐描绘人类的恩人,通过音乐来评价他们,是件困难的工作。贝多芬做到了,但是这是从音乐观点说的;从历史观点来说,他错了。

我知道,从这意义上说,我的《第十二交响乐》并不是完全成功的作品。我在开始写的时候怀着一个创造性的目标,但是结果是以一个完全不同的构思写完了全曲①。我无法实现自己的想法，因为素材跟我作对。由此可见，用音乐描绘领袖的形象有多难。但是我确实把斯大林应得的给了他，像他们说的，鞋子很合脚。我没有回避我们现实中的这个丑恶现象。

不过，我写《第九交响乐》的时候离领袖的死亡还远，所以我由于固执而付出了昂贵的代价。为什么斯大林不马上对我下手呢？为什么不在1945年下手呢？答案很简单：他首先要对付同盟国。而这个时候有了一个方便的机会。狼狗长大了，正在磨牙齿，想吃到它们那份肉。国外没有人提出要赫连尼科夫的作品或者科瓦尔②、米哈伊尔·丘拉基的作品，人家来要的是其他作曲家的作品。太不公平了。他们以为形式主义早已摧毁，谁知它那丑恶的脑袋又抬起来了。

这群心怀不满的人争先恐后向斯大林陈情进表，有的是个人署名，有的集体署名。就像伊尔夫和彼得罗夫写的，"作曲家在乐谱上相互谴责"。他们对作曲家过奖了，那些人是用白纸黑字攻讦他人的。

穆拉杰利③是发牢骚的人中间的一个，如今人们已经忘了这个事实了。在历史性的决议《论歌剧〈伟大的友谊〉》发表以后，穆拉杰利似乎也进了受害者的行列，其实他从来不是受害者，他当时正打算靠这部《伟大的友谊》走运。

何况他想要的不仅是个人的荣誉，他还希望把音乐中的形式主义连根铲除。此后，在1947年，他的那部后来大丢其丑的歌剧被

---

① 按肖斯塔科维奇的计划，《第十二交响乐》（1961年）要包含列宁的音乐肖像。

② 马利安·维克多罗维奇·科瓦尔（Marian Viktorovich Koval，真姓科瓦廖夫〔Kovalev〕1907—1971），作曲家，为1948年"反形式主义者"运动开路的音乐界"狼狗"中的一个。1948年，他在《苏联音乐》杂志上发表了一篇对肖斯塔科维奇无比敌视的文章。这份政治性斥责即使今天读起来还令人感到惊愕。

③ 瓦诺·伊里奇·穆拉杰利（Vano Ilyich Muradeli，1908—1970），作曲家，他在俄国音乐史上的地位已经肯定，因为他和肖斯塔科维奇及普罗科菲耶夫一起被列为"形式主义者"。当然，穆拉杰利有他自己的音乐"记录"：在他的歌剧《十月》（1964年）中，第一次出现唱歌的列宁。〔在赫连尼科夫的歌剧《冲向暴风雨》（1939年）中第一次出现讲话的列宁。〕

差不多20家歌剧公司接受上演，最重要的是大剧院也在排演，打算把它放在一个重要的节日上演——十月革命30周年。他们准备11月7日在大剧院上演，斯大林要出席。

穆拉杰利蹀着大步气急呼吁地说："他会亲自请我到他的包厢里去！我要把一切都告诉他！我要告诉他形式主义者堵了我的路。非采取行动不可！"一切都好像预示穆拉杰利一定会成功。情节富有思想内容，是从格鲁吉亚人和奥塞梯人的生活中来的。格鲁吉亚的委员奥尔忠尼启泽是这部歌剧中的一个人物，在肃清高加索。作曲家本人也是高加索血统。你还能有更多的要求吗？

然而穆拉杰利的算盘完全打错了。斯大林不喜欢这部歌剧。首先是不喜欢剧中的情节，他发现其中有一个重大的政治错误。按照剧情，奥尔忠尼启泽要说服格鲁吉亚人和奥塞梯人不要与俄罗斯人打仗。你也知道，斯大林自己是奥塞梯人（而不是大家以为的格鲁吉亚人）。他代奥塞梯人生了气。斯大林对这件事有自己的看法。他鄙视车臣人和印古什人。那时这两个种族正被迫从高加索迁出。在斯大林时代，这种事做起来是很简单的：把这两个民族装上车子，叫他们去见鬼就得了。所以穆拉杰利本应该把所有的坏事都归罪于车臣人和印古什人，但是他的头脑没有表现出足够的机灵。

再加上戏里还有奥尔忠尼启泽。穆拉杰利又一次表现出他太幼稚。他以为让奥尔忠尼启泽在剧中出现是个好主意，没想到斯大林想起这个人就好比踩了鸡眼。当时，全国人只知道奥尔忠尼启泽是患心脏病去世的，实际上他是用手枪自杀的。是斯大林逼他走了这一步。

歌剧的主要问题出在"列任卡"舞曲上[1]。这部歌剧以高加索的生活为背景，因此穆拉杰利在剧中塞满了高加索的歌舞。斯大林以为能听到他家乡的歌曲，不料听到的是穆拉杰利自己写的列任卡

---

[1] 在斯大林的年代里，"列任卡"（Lezghinka）和"苏利科"（Suliko）的旋律是千百万苏联人民所熟悉的。"列任卡"是格鲁吉亚的一种民间舞蹈，"苏利科"是斯大林喜爱的格鲁吉亚民歌。

舞曲，是他一时忘情写的。最使斯大林生气的就是这新创作的列任卡。

当时正满天乌云，暴风雨在酝酿。只欠一个借口，闪电需要有一棵橡树，至少要有一段树墩给它劈打。穆拉杰利便充当了这个树墩。

不过到最后，穆拉杰利并没有被历史性决议《论歌剧〈伟大的友谊〉》①烧焦。他是个聪明人，所以从这个历史性决议中也捞到了好处。

你也知道，这个决议在劳苦大众中引起了强烈的兴趣。各处都是大会小会，工厂、集体农庄、工业卡特尔，甚至公众吃饭的地方。工人们讨论这个文件很热烈，原来这个文件反映了千百万公民的精神需要。千百万人团结一致拒绝肖斯塔科维奇和其他形式主义者。所以，穆拉杰利为了满足工人们精神上的兴趣而加油添醋……当然，是为了钱。

穆拉杰利开始到各种团体出席会议，在人民面前表示悔过。我是如此这般的一个人，一个形式主义者兼世界主义者。我写的列任卡不对头，多亏党及时向我指明道路。现在我，这个过去的形式主义者和世界主义者穆拉杰利，已经走上正确的进步的现实主义创作道路，今后决心写无愧于我们伟大时代的列任卡。

这些话穆拉杰利是以高加索人的热情说的，态度激动，只差跳列任卡舞了。然后，他在钢琴前坐下来弹奏他未来的、尚未写出来的无愧于我们时代的作品中的片断。这些片断音调优美、和谐，很像音乐学院教材上的和声习题。

所有的人都满意了，工人看到一个活的形式主义者，有话可以告诉朋友和邻居了。穆拉杰利赚了不少钱，也完成了作曲家协会为自我批评规定的计划。

---

① "1948 年在苏联和世界音乐文化史上是具有历史意义的分水岭。1948 年 2 月 10 日苏共（布）中央关于穆拉杰利《伟大的友谊》的决议严厉谴责了苏联音乐中的反人民的形式主义倾向，打破了多年来束缚许多苏联作曲家的颓废的枷锁，决定了此后许多年苏联音乐艺术发展的唯一正确道路。"（摘自作曲家协会 1948 年出版的集体创作）

为什么我要花这么多时间谈穆拉杰利呢？从音乐上说，他是个相当可怜的人物；作为一个人，他卑鄙之极。在一时冲动之下，穆拉杰利可能会干上一件好事，但是那仅仅是偶然的。例如，有一次他忽然心血来潮要在普罗科菲耶夫和我之间说和。他认定，只要普罗科菲耶夫和我能坐在一张桌子上，一起喝格鲁吉亚酒，吃烧羊肉，我们就能成为刎颈之交。一定如此，因为谁能顶得住格鲁吉亚酒和烤羊肉呢？当然，这个主意结果一事无成。

　　不管怎么样，穆拉杰利在形式主义的事情上是起了重要的作用的，虽然是极其可叹的作用。当时的情况是这样的。有一个肖斯塔科维奇，必须叫他安分些；有一个穆拉杰利，他的歌剧《伟大的友谊》使斯大林不大高兴。但是音乐中的形式主义还不存在，形式主义阴谋的可怕情景还没有形成。本来他们打击一下肖斯塔科维奇和穆拉杰利，事情就可了结。斯大林可能根本没想把苏联音乐作靶子①。大动干戈毁灭苏联音乐的行动是从穆拉杰利引起的，是他一个人引起的。

　　在《伟大的友谊》那次倒霉的演出之后，大剧院召开了一次会议，穆拉杰利在会上表示悔过并且提出了这样的理论：他爱曲调，也理解曲调，如果光想曲调，包括调子优美、和谐的列任卡舞曲，那他就太高兴了，但是看来别人不让他写音调优美的列任卡，因为到处都是形式主义阴谋家——音乐学院里有，出版社里有，报馆里也有，到处都有。他们强迫可怜的穆拉杰利写了一首形式主义的，而不是音调优美、和谐的列任卡。穆拉杰利的列任卡是人民的敌人、形式主义者和崇拜西方的人的阴谋直接造成的结果。

　　穆拉杰利的这一套理由引起了斯大林的兴趣。斯大林一向对阴谋感兴趣，这种不健康的兴趣又总是造成不愉快的后果，这一次不愉快的后果也很快就随之而来了。煽动分子——穆拉杰利——已经

---

①　为了体会肖斯塔科维奇的这几句评语，必须想象 1948 年发动的关于音乐中的形式主义的"讨论"是如何广泛。1936 年的"反形式主义"运动虽然打击了许多人，但与后来的群众性镇压相比却是黯然失色的；1948 年"形式主义"问题成了社会生活中最重要的话题，在所有谈话中占主要地位。

找到了。但是这还不够。他们把作曲家集拢在一起，一个个你吊死我，我吊死你。景象之悲惨我连想都不愿去想。当然，我几乎一点也不感到意外，但是这件事想起来太令人厌恶了。斯大林派日丹诺夫整理了一份"主犯"名单。这件事日丹诺夫干起来很像一个有经验的拷问能手，他逼着作曲家们彼此诬告。

当然，日丹诺夫用不着过分费力，作曲家们便起劲地互相咬啮。没有人愿意上那张名单，因为那不是发奖名单，而可能是送终的名单。一切都非同小可，例如你在名单上的位置。如果排在第一个，那肯定完了；排在最末一个，那还有希望。于是作曲家先生们为了使自己躲开这张名单便大打出手，千方百计让同志的名字上名单①。他们是真正的罪犯，他们的哲学是：今天你死，我明天再死。

这样，他们为这张名单忙来忙去。写上了几个名字，又划掉几个名字。只有两个人名列前茅。我是第一号，普罗科菲耶夫第二。会议开完了，"历史性决议"发表了。然后……

小会接着小会，大会接着大会。全国一片狂热，作曲家的热度比别人更高。就像大坝决口，混浊的洪水奔腾而来。人人都像疯了似的，每个像要疯了的人都对音乐发表意见。

日丹诺夫宣布："布尔什维克中央委员会要求音乐优美、细致。"他还说，音乐的目的是使人愉快，可是我们的音乐是粗糙的、低级的，听这种音乐无疑会使人（例如日丹诺夫）心理上和生理上失去平衡。

斯大林已不再被认为是人，他是神，所以这一切与他无关。他超越一切。领袖和导师洗手不管了，我想他这样做是有意识的。他变得聪明了，不过这是我后来才明白的。当时好像我的末日已经到了。乐谱制成再生纸。为什么要烧？烧掉是浪费。把所有不和谐的

---

① 此处提到的现象有一部分是指季米特里·鲍里索维奇·卡巴列夫斯基（Dmitri Borisovich Kebalevsky，生于1904）拼命想以加夫里尔·尼古拉耶维奇·波波夫（Gavriil Nikolayevich Popov，1904—1972）取代他自己在黑名单上的位置。这份黑名单是日丹诺夫收集的"具有形式主义、反人民倾向"的作曲家名单。卡巴列夫斯基的企图成功了，党的"历史性决议"的最后定稿中没有提他，可是有才华的波波夫却终于酗酒致死。

交响乐和四重奏制成再生纸，可以节约纸张。电台把录音带毁了。赫连尼科夫说："行了，它们永远完了。形式主义的毒蛇再也抬不起头来了。"

所有的报纸都发表了工人来信，感谢党使他们不必再受罪去听肖斯塔科维奇的交响乐。新闻检查员满足工人的愿望，提出了一份黑目录，开列了肖斯塔科维奇的不得再演播的交响乐的名字。这样，我个人也就不再冒犯音乐界的巨子阿萨菲耶夫了，因为他曾经抱怨说："我认为《第九交响乐》是人身侮辱。"

从今以后，音乐必须永远是优美的、和谐的、悦耳的。他们要求特别重视歌唱，因为没有歌词的音乐只能满足少数唯美主义者和个人主义者的反常的趣味。

总而言之，这叫做：党把音乐从毁灭中拯救出来了。原来是肖斯塔科维奇和普罗科菲耶夫企图毁灭音乐，而斯大林和日丹诺夫不让他们这样做。斯大林可以满意了。整个国家不再去想自己的贫困生活，而是参加与形式主义作曲家的生死搏斗。何必再多说呢？我有一首以这个为主题的乐曲，那里全都说了①。

后来还有一些下文：西方对"历史性决议"的反应教斯大林有点泄气。不知什么原因，他以为他们也会把帽子扔到天上去，至少也该保持沉默。不料西方的人没有沉默。战争时期，他们对我们的音乐了解得多了些，因此看出这个"决议"是一个神圣不可侵犯的人物说的胡话。

斯大林自然根本不在乎西方怎么看，尤其不在乎知识界怎么看。他常说："没关系。他们会忍下去的。"但是西方的存在是事实，他总得与西方打些交道。那时已经开始搞起一场和平运动，这事要有人来做，于是斯大林想到了我。这完全符合他的作风。斯大林喜欢把人逼到死亡的面前，然后叫这个人按着他的调子跳舞。

我接到指示，叫我准备到美国去一次。我必须到纽约去参加文

---

① 此处指肖斯塔科维奇的一首至今未发表的讽刺性声乐作品，是嘲笑1948年反形式主义运动及其主要组织者的。这首作品的存在，说明即将出版的分成许多册的肖斯塔科维奇作品集并不是完整的全集。

化与科学界保卫世界和平大会。这是一件有价值的事业。和平显然
比战争好，因此，保卫和平的斗争是高尚的行动。但是我拒绝了。
由我去参加这样的大场面是一种侮辱。我是形式主义者，是音乐界
反民族倾向的代表。我的音乐已被禁止。而现在却叫我去说一切
都好。

不去，我说。我不愿去。我病了，不能乘飞机，我晕机。莫洛
托夫①找我谈话。我还是拒绝。

于是，斯大林打来了电话。领袖和导师以他唠叨的方式问我为
什么不愿去美国。我回答说我不能去。我的同志们的音乐现在不演
奏了，我的音乐也不演奏了。在美国，他们会问起这件事，我能说
什么呢？

斯大林假装感到意外。"你是什么意思？不演奏了？为什么？"

我告诉他，检查人有规定，有一张黑名单。斯大林问："谁下
的命令？"自然，我回答说："想必是哪位领导同志。"

接下来就是那个有趣的部分了。斯大林说："没有，我们没有
下这个命令。"他提到自己时总是用帝王惯用的复数："我们，尼古
拉二世"。他又讲了一遍他的想法，说检查人是小题大做，主动采
取了不正确的做法，我们没有下过这种命令，我们要在审查机关中
整顿这些同志，等等。

这是另一回事，这是真正的让步。所以我想，去美国也许有好
处，如果因此他们能开禁，允许演奏普罗科菲耶夫、舍巴林、米亚
斯科夫斯基、哈恰图良、波波夫和肖斯塔科维奇的音乐的话。

就在这时候，斯大林不再讲命令的事了。他说："这个问题我
们会处理的，肖斯塔科维奇同志。你身体怎么样？"

我向斯大林说的纯粹是实话："我感到恶心。"

---

① 维亚切斯拉夫·米哈伊洛维奇·莫洛托夫（Vyacheslav Mikhailovich Molotov，真姓斯克
里亚宾〔Skryabin〕，生于 1890 年），苏联政府领导人。1949 年，斯大林把莫洛托夫的
妻子波林娜·热姆丘任娜（Polina Zhemchuzhina）送进专门关押"犹太复国主义分子"
的集中营。莫洛托夫的政治生涯结束于 1957 年，赫鲁晓夫把他作为"反党集团"的
成员撤了职。

斯大林吃了一惊，开始捉摸这个没预料到的病情报告。"为什么会恶心？什么原因？我们派个医生去看你，看看你恶心是什么原因"等等。

就这样，最后我同意了。去了美国。这次出国好苦，我不得不回答愚蠢的问题，还不能说得太多。他们对这种情况也大做文章。我只想一件事：我还必须活多久？

当我在钢琴上演奏我《第五交响乐》中的《谐谑曲》的时候，麦迪逊广场公园里挤满了3万人。我想，只这一次，以后再也不在这么多听众前演奏了。

直到现在，我有时候还问自己，我是怎么活下来的？我认为这与那次去美国没有任何关系，原因不在这里。我想原因是那些电影。有些人问我："你如此这般一个人，怎么会参与像《攻克柏林》和《难忘的1919》之类的电影？① 甚至还为这些不像样的东西接受奖赏？"

我的答复是，这类由我配乐的不体面的作品不只是电影，还有的是，例如在列宁格勒音乐厅上演的活报剧《战争游戏〈伤亡者〉》。他们用歌舞鼓动防空。我写了一些歌曲、狐步舞等等。契诃夫常说，除了揭发信以外，他什么都写。我和他的看法一样。我的观点是很非贵族化。

但是在电影配乐的问题上自然还有一个细微的差别，差别虽小，关系却相当重大。关键在于，电影对我们来说是最重要的艺术形式。你知道，这是列宁说的，而斯大林证实了这个既深刻又正确的思想，并且将它付诸行动。

斯大林亲自负责电影业。结果如何，众所周知。这不是我要钻

---

① 这些受到报刊赞扬和光荣获奖的电影把斯大林描绘成英明、勇敢的领袖。这些片子，斯大林看了好几遍，很欣赏对他的描绘。肖斯塔科维奇在他的创作生活中不断为电影谱曲，最初是在1928年（为著名的《新巴比伦》配乐）。他先后为40部电影配乐，这是不小的成绩。但是，要弄清这个数字的真正意义，必须记得：多年来苏联只有少量的电影上映，而且每一部电影都是在斯大林个人控制之下制作的。肖斯塔科维奇由于为电影配乐而得到了一些钱和奖金，但是，在晚年，他对这一艺术形式以及他本人之参与的想法至少是自相矛盾的。

研的问题。我个人坚信电影是一种行业，不是艺术，然而正是我参加了这个国家重要行业的工作，才救了我。不止一两次救了我。

斯大林要求我们的电影业制作出来的影片必须是杰作。他确信，电影业在他的光辉领导和亲自指引下能做到这一点。但是不要忘记"干部决定一切"①。因此领袖和导师很为干部操心。关于谁能干些什么，他有他的混乱概念，所以他决定肖斯塔科维奇能写电影乐曲。而且他始终没有改变他的主意。想想这种形势，如果我拒绝为电影工作，岂不荒唐。

赫连尼科夫在"历史性决议"发表后满心欢喜，断定我的歌已经唱完了，我的时运已经过去了。我的歌剧和舞剧不再上演，交响乐和舞剧业已禁演。如今，只要他把我挤出电影工作，我的末日就近了。

因此，赫连尼科夫和他的朋友们积极张罗，要使我的末日早些到来。我要不是偶然知道了这件事，是不会把话说得这样肯定的。我不喜欢闲言闲语，在有人想要告诉我谁说了我什么话的时候，我通常总想法打断这种谈话。有人告诉过我，赫连尼科夫为了消灭我，他干了些什么。这些传说我不相信。但是，有一次，我亲自听到了一段相当有趣的谈话。

事情是这样的。赫连尼科夫为了某件事叫我到作曲家协会去。我去了。在我们闲聊的当儿，突然电话响了。赫连尼科夫用内线电话对他的秘书说："我告诉过你，不要打扰我们！"但是秘书的答复使我们这位世袭店员发抖了。他激动得跳了起来，等候着打来的电话，话筒拿得毕恭毕敬。

给赫连尼科夫同志的电话终于接通了，是斯大林打来的。这种巧事在现实生活中的确是有的。原来斯大林打电话是为了我的事，可是赫连尼科夫慌得忘了把我送出办公室，因此全部谈话我都听到了。

出于礼貌，我转过身去仔细端详墙上的柴可夫斯基像。我细瞧

---

① "干部决定一切"是斯大林的名言。

着柴可夫斯基，柴可夫斯基也瞪眼瞧着我。大师和我彼此打量着，但是说实话，我也仔细地听着赫连尼科夫的谈话。

是这么一件事。赫连尼科夫在知道派我为几部重要的电影写音乐以后，就写了一封告状信给党中央委员会，殊不知他是在向斯大林告斯大林的状。斯大林打电话来，就是叫他知道这一点。赫连尼科夫气都噎住了，想要说些什么为自己辩护。但是有什么好辩护的呢？显然，他承认他错了。从那天起，我能把彼得·伊里奇的胡子一点不差地画出来。

话又说回来，从我的第一部配乐的影片《新巴比伦》开始，总的来说这些影片给我带来的，只是烦恼。我这里指的不是所谓艺术方面，我指的是另一回事，而且是可悲的事。我在政治方面的麻烦是从《新巴比伦》开始的。这件事没人记得了，而且这部影片被认为是苏联的杰作，在国外非常有名。但是从第一次放映时，青年共产国际①便出来干预了。青年共产国际的领导人认为《新巴比伦》是一部反革命影片。事情的结局本有可能很糟糕，而我当时刚过20岁。别的电影也是部部都有麻烦。在我们制作《女友们》的时候，《真理报》发表了据说是谋害基洛夫的14个人的名单。拉雅·瓦西利耶娃也在名单上。她是《女友们》的电影剧本作者。是呀，你可能问：剧本作者和作曲者有什么关系？那么我要反问：瓦西利耶娃和基洛夫的谋杀案又有什么关系？毫无关系。尽管如此，她还是被枪决了。

《女友们》还遇到了更糟糕的事情。这部影片是写当时的著名人物维塔尔·卡尔梅科夫的。他们宣布卡尔梅科夫是人民的敌人，于是，所有参加拍片的人都吓得发抖。就是这样。

这超过了我所能理解的，特别是当我不得不和像米·叶·恰乌列利这样的天才们一起工作以后。每当超过预算，恰乌列利就打电话给贝利亚②，向他诉说财政情况，"你知道，我们还需要钱。电

---

① KIM——青年共产国际，共产国际的青年支部。
② 拉甫连季·巴甫洛维奇·贝利亚（Lavrenti Pavlovich Beria，1899—1953），多年任苏联秘密警察头子。斯大林一死，他几乎立即被枪决了。

影是复杂的。要拍外景，一来一去，一百万就完了。我们还需要钱。"于是贝利亚就会处理这个问题。他和恰乌列利相互了解。

恰乌列利也去过美国，以便使美国进步团体有机会认识这位杰出的文化领导。他的精心作品使我度过了最艰难的年代。

是啊，一切都还在前面。普希金在残酷的沙皇统治时期说："我无畏地展望前途。"我不能自信地重复他的这句话。有时候，有人会委婉地暗示。毕竟，对《伟大的友谊》的"历史性决议"已经撤销了。

首先，一个人是凭行动而不是凭语言来作判断的。至于行动，可哀的例子很不少。如今我不想谈其他作曲家的事，让他们自己去说吧。但是《第十三交响乐》① 本身已能说明问题，它的遭遇是不幸的。它是我深为喜爱的作品，一想起那些要禁止这首交响乐的卑鄙企图，我就感到痛心。

在这件事情上，赫鲁晓夫对音乐根本不在乎，他生气的是叶夫图申科的诗。但是音乐战线上的某些战士的确精神抖擞起来了。看，肖斯塔科维奇又一次自己证明他这个人是不值得信任的。抓住他！于是开始了一个令人作呕的毒化运动。他们想把所有人都从叶夫图申科和我这里吓跑。为了找唱男低音的歌手，我们遇到了好些麻烦。不幸的是，《第十三交响乐》的独唱是由男低音担任的。他们一个接一个退出排练，都为自己的地位、声誉担忧。他们的行为是可耻的，可耻的，差一点毁了首次公演，这次之所以能演成纯粹是偶然的。

《第十三交响乐》不是例外。我在《斯捷潘·拉辛的死刑》和《第十四交响乐》上也碰到同样的问题。不过何必一一列举；这样的作品有多少，无关紧要，重要的是当时的形势。

---

① 《第十三交响乐》是为独唱、合唱和乐队写的（1962）。这是肖斯塔科维奇最后一部招致当局公开不满的作品，被禁止公开演奏。之所以会遭到这种命运，主要是由于他为第一乐章选用了叶夫图申科的诗《娘子谷》。这首诗是针对反犹太主义的，而这是自斯大林时期以来在苏联一直不流行的主题。娘子谷是 1943 年对犹太人进行大屠杀的地点。《第十三交响乐》在莫斯科的首次公演成了一种反政府情绪的表露。

还有一件事情。在他们告诉我"历史性决议"已经撤消的时候，我问：什么时候撤消的？得到的答复却很奇怪，说那个"历史性决议"是在十年前，就是在 1958 年，由另一个历史意义不亚于它的"决议"撤消的[1]。

是我聋了，或者瞎了吗？我已经难于用右手弹琴或者写字[2]，但是感谢上帝，我仍然眼明耳聪，那个新的"历史性决议"我看了一遍又一遍，上面白纸黑字写着以前那个"决议"在我们的文化发展中起了积极的作用，当时谴责形式主义是正确的。文内还加了一些对于讲究美食的唯美主义者的小圈子的评论。可见，连风格也保留下来了，简直和以前一模一样，一切都秩序井然。

为什么要发表这个新的"历史性决议"呢？很简单。1951 年斯大林申斥亚历山大·科尔涅丘克为歌剧《鲍格丹·赫麦尔尼茨基》写的剧本低劣。这位作曲家也在倒霉。这部歌剧自然大遭挞伐。

但是科尔涅丘克是赫鲁晓夫的朋友，因此赫鲁晓夫当上我们的领袖以后便决定为他一平这个大冤案。他决定为科尔涅丘克恢复名誉，顺便加上了普罗科菲耶夫和肖斯塔科维奇的名字。这就是事情的始末。

赫连尼科夫起先惊得目瞪口呆，不过他随机应变得很快。事情没有什么可怕的，但是为了以防万一，他以修正主义的罪名把《苏联音乐》的主编[3]撤了职。

修正主义代替形式主义成了新的罪过。修正主义的意思，就是这位编辑试图在文章里用比较礼貌的态度评论我和普罗科菲耶夫的

---

[1] 指 1958 年 5 月 28 日党的决议《纠正在对歌剧〈伟大的友谊〉〈鲍格丹·赫麦尔尼茨基〉和〈出自我内心〉的评价中的错误》。正如赫鲁晓夫的几乎所有的行动一样，这个决议是自相矛盾的。决议中说，斯大林对这些音乐作品及其作曲者的评价是"不公正的"，然而 1948 年对形式主义的批判却是"正当的和及时的"。实际上，党在战后的其他决议（如攻击阿赫玛托娃、左琴科和艾森斯泰因的决议）至今还没有被撤消，因而仍然有效。

[2] 肖斯塔科维奇晚年患有心脏病、骨骼脆化，右手也有病。

[3] 指音乐学家格奥尔基·尼基季奇·库鲍夫（Georgi Nikitich Khubov，生于 1902）。

作品。赫连尼科夫迅速地重整旗鼓，开始反击。党再一次毫无疑问地说，关于歌剧《伟大的友谊》的"历史性决议"是怎么怎么的一回事。

一切都重演了。有一次科瓦尔在《苏联音乐》上写了一篇文章，大意是说人民对我们的领袖斯大林同志的天才钦佩得五体投地，肖斯塔科维奇则已经自己证明自己是个侏儒。肖斯塔科维奇在《第九交响乐》中创造了一个逍遥自在的美国佬的形象而没有创造胜利的苏联人的形象，他想证明的是什么呢？

十年过去了，我们的英明领袖不再被人提到了。他们简单地、颇有鉴赏力地写道：苏联人民对《第九交响乐》表示了不满，建议我向中华人民共和国的同志们学习。

"我党已经一劳永逸地摧毁了修正主义者的基础。"赫连尼科夫兴高采烈地宣布，把他们的基础完全摧毁了。

所以最好不要谈什么纠正错误了，因为只会越纠正越糟。更重要的是，我喜欢"恢复名誉"这个词。当我听到"为死者恢复名誉"时，我更受感动。但是这也没有什么新鲜。有一个将军向尼古拉一世诉苦说，有个轻骑兵诱拐了他的女儿，甚至结了婚，但那将军反对这门亲事。皇帝想了一会儿，说："我命令，这次婚姻无效，大家要认为她是处女。"

不知怎么的，我还是不觉得自己像个处女。

乐思是有意识产生的还是无意识产生的？很难说清楚。一首新作品的写作过程又长又复杂。有时候你开始写了，后来又改变了主意。写作并不总能如你的原意得心应手。如果不如意，那就由它按原样留着，然后在下一首作品中注意避免以前的错误。这是我个人的观点，我的工作方式。这也许是出于一种想尽量多写些的欲望。听到有一位作曲家的一首交响乐曾改写 11 次的时候，我禁不住想：用这些时间他可以创作多少新作品？

当然，有时候我也回到老作品上去。例如，我对歌剧《卡捷琳娜·伊兹麦洛娃》的总谱曾作过许多修改。

我的第七交响乐《列宁格勒》写得很快。我不能不写它。因为战火在周围燃烧，我必须和人民在一起，我要创造我们国家在战争时期的形象，用音乐来突出它。战争初起，我就坐在钢琴前开始工作。我专注地工作。我要写我们的时代，写我同时代的人，他们为了战胜敌人不惜力量，不惜生命。

关于《第七交响乐》和《第八交响乐》，我听到过许多无稽之谈。那些蠢话能流传这么久，令人惊奇。我有时候很奇怪人们怎么会这样懒得用头脑思考。开头那些天的文章里对这两首交响乐的种种议论，直到今天仍毫无变动地在重复，尽管有足够的时间作一番思考。战争毕竟早已结束，差不多有30年了。

30年前你可以说它们是军事交响乐，但是交响乐很少是为定货而写的，这是说，如果它们不愧为交响乐的话。

我的确写得很快，这是事实，但是我对自己的乐曲要先想个相当长的时间，直到它在我头脑中完成，我才动笔写下来。当然，我也会出错。比方说，我想象一首作品是一个乐章的，可是后来我感到必须继续写下去。事实上《第七交响乐》就是这样。《第十三交响乐》也是。有时候正相反，我想我开始写一首新的交响乐了，但事实上写完一个乐章就停住了。《斯捷潘·拉辛的死刑》就是这样。如今它是作为一首交响诗演奏的。

《第七交响乐》是战前设计的，所以，完全不能视为在希特勒进攻下有感而发。"侵犯的主题"与希特勒的进攻无关。我在创作这个主题时，想到的是人类的另一些敌人。

自然，我厌恶法西斯主义，不过不仅是德国法西斯，任何法西斯都令人厌恶。如今人们喜欢把战前回忆成田园诗式的时期，说什么在希特勒打扰我们之前，一切都美好。希特勒是个罪犯，这一点很清楚，但是斯大林也是。

我对被希特勒杀害的人们感到悲痛难消，但是我同样为在斯大林命令下被杀害的人感到悲痛。我为每一个被折磨、被枪决或者饿死的人感到痛苦。在抗击希特勒的战争开始之前，在我们的国家里，这样的人数以百万计。

战争带来许多新的苦难和破坏，但是战前的可怕年代我也没有忘掉。我的交响乐，从《第四交响乐》开始，全是说这些年代的，包括《第七交响乐》和《第八交响乐》在内。

其实，我毫不反对把《第七交响乐》称为《列宁格勒交响乐》，但是它描写的不是被围困的列宁格勒，而是描写被斯大林所破坏、希特勒只是把它最后毁掉的列宁格勒。

我的交响乐多数是墓碑。我国人民死在和葬在不知何处（即使是他们的亲属也不知道）的人太多了。我有许多朋友就是这种遭遇。到哪里去为梅耶霍尔德或者图哈切夫斯基建立墓碑？只有音乐能为他们做这件事。我愿意为每一个受害者写一首乐曲，但是这不可能，因此我把我的音乐献给他们全体。

我经常想到这些人，而且差不多在每首主要作品中，都试图向人们提起他们。战争年代的条件有利于我这样做，因为当局对音乐管得不那么严了，也不在乎音乐是否太忧郁了。后来，一切不幸都归咎于战争，好像人们在战争时期才遭受折磨和杀害。于是，《第七交响乐》和《第八交响乐》成了"战争的交响乐"。

这成了难改的积习。我写完《第八四重奏》以后，它也被列入"揭露法西斯主义"的范畴。除非又聋又瞎否则是不会这样做的，因为在这首四重奏中一切都像初级读物那样一清二楚。我用了《麦克白夫人》以及《第一交响乐》和《第五交响乐》的片断。法西斯主义与这些有什么关系？《第八四重奏》是自传式的四重奏，其中用了一首俄国人谁都知道的歌曲：《狱中之苦苦难熬》。

这首四重奏中还有选自《钢琴三重奏》的犹太主题。我想，如果谈到音乐的印象的话，那么，犹太民间音乐给我留下的印象最深刻。我喜爱它，从不厌倦。它是多面的，能够以喜来表达悲，几乎总是含着眼泪在笑。

犹太民间音乐的这一特性接近于我对"什么是音乐"的想法。音乐始终应该有两层。犹太人受折磨受得太久了，所以学会了隐藏自己的失望。他们在舞曲中表现失望。

一切民间音乐都是可爱的，但是我可以说犹太民间音乐是独特的。许多作曲家听它，包括俄国作曲家在内，如穆索尔斯基。他仔细地记录犹太民歌。我的许多作品反映了我对犹太音乐的印象。

这不单纯是音乐问题，也是道德问题。我常以一个人对犹太人的态度来检验他。在我们这个时代，任何自认为正派的人都不可能是反犹太的。这似乎是不言而喻的，但是我为这个论点至少争论了30年。战后有一次我在一家书店里看到一本书里有犹太歌词。我始终对犹太民间传说感兴趣，我想这本书里大概有旋律，谁知里面只有歌词。我觉得如果我从中挑出几首歌词来谱上乐曲的话，就能诉说些犹太人的命运。看来这是件重要的工作，因为我发现反犹太主义正在我周围滋长。但是当时这套组歌我没法演奏，直到很久以后才第一次上演，又过了一段时间我才把它改编为管弦乐曲。

我的父母认为反犹太主义是一种可耻的迷信，从这个意义上说，我受的教育是卓越的。到了少年时代，我在同辈中间感到了反犹太情绪，他们认为犹太人受到的待遇越来越优渥了。对犹太人的屠杀、犹太区、移民控制等，他们都忘了。在那些日子里，以嘲笑的口吻谈论犹太人几乎成了一种富有风度的标志。这是对官方的一种反抗。

即使在当时，我也从不原谅反犹太论调，也不愿重复当时流行的嘲弄犹太的笑话。但是我当时对这种卑鄙的品性的态度要比现在温和得多。后来，哪怕是好朋友，只要我看到他有反犹太的倾向，我也和他绝交。

但是即使在战前，对犹太人的态度也已发生很大变化。原来，我们离实现兄弟关系还远着呢。犹太人成了欧洲受迫害最残酷和最无依靠的民族。这是向中世纪倒退。对我来说，犹太人成了一种象征，人类的无自卫能力的特点全都集中在他们身上。战后，我试图在音乐中表达这种感觉。当时，对犹太人来说是个艰难时期。其实他们的日子从来就是艰难的。

不管在集中营死了多少犹太人，我只听到人们说"犹太佬到塔什干去打仗了"。看见一个犹太人佩戴奖章，他们就在后面喊："犹太佬，这些奖章是哪儿买来的？"那是我写《小提琴协奏曲》《犹太组歌》和《第四四重奏》的时候。

当时这些作品没有一首能演出，直到斯大林死后，才为人们听到。我还不能习惯于这种情况。《第四交响乐》是在我写完25年之后才上演的。还有些作品至今尚未演出，而且谁也不知道什么时候能听到它们。

青年人对我在犹太问题上的感想的反应给了我很大的鼓励。我也看到，俄国知识界仍然倔强地反对反犹太主义，多年来试图从上而下强制实行反犹太主义的行径也看不到明显的效果。普通百姓也是如此。最近我到列宾诺车站去买柠檬水。那里有个小铺，其实只能算是货摊，什么都卖。人们排着长队。有个妇女很像犹太人，说话也有口音，排着排着就开始大声抱怨起来：为什么要排队，为什么罐头豌豆非得和别的东西搭着卖不可，等等。

年轻的售货员回答说："女公民，如果你在这里不称心，为什么不去以色列呢？那里不用排队，而且大概是要买豌豆就给豌豆。"

可见，以色列被说得很好，是个不排队又有罐头豌豆的国家。这是苏联消费者梦寐以求的生活，于是排队的人好奇地注视着这位能到一个不用排队而且豌豆要多少有多少的国家去的女公民。

我过去到美国时看了电影《屋顶上的提琴手》。使我感到震惊的是戏里主要的情感是思乡，从音乐、舞蹈、色彩上都能感到这种思乡之情。即使祖国是这样一个国家，一个糟糕的、不可爱的国家，不像亲生母亲，倒像后娘，然而人们还是想念她，寂寞之情溢于言表。我觉得那种寂寞感是最重要的方面。如果犹太人能够在俄国，在这个他们出生的地方平静、愉快地生活，那就好了。但是我们一定不能忘记反犹太主义的危险，并且一定要不断地提醒别人，因为这种病毒是活的，谁知道它会不会永远消失。

因为这个缘故，我在读到叶夫图申科的《娘子谷》的时候非常高兴，这首诗震撼了我。它震撼了成千成万的人。许多人听说过娘子谷大惨案，但是叶夫图申科的诗使他们理解了这个事件。先是德国人，后来是乌克兰政府，企图抹掉人们对娘子谷惨案的记忆，但是在叶夫图申科的诗出现后，这个事件显然永远也不会被忘却了。这就是艺术的力量。

人们在叶夫图申科写诗之前就知道娘子谷事件，但是他们沉默不语，在读了这首诗以后，打破了沉默。艺术摧毁了沉默。

我知道许多人会不同意我的看法，说艺术还有更崇高的目的。他们会谈到美、雅等等高尚的特性。但是用这种诱饵是抓不住我的。我像《死魂灵》中的索巴凯维奇：就是你把青蛙裹上一层糖，我也不会把它放进嘴里。音乐艺术方面的大专家日丹诺夫也力主音乐的美和雅。周围不论发生什么事都由它去，只要把高尚的艺术端上餐桌就行了，别的什么也不要。

看看那些自认为处在对立阵营里的人在艺术见解上是多么一致，倒也有趣。如："如果音乐成了笨拙的、丑恶的、粗鲁的，它就不能达到使音乐有理由存在的那些要求，就不再成其为音乐了。"

哪一个为艺术崇高而呐喊的唯美主义者不愿意签名支持这段话？然而说这段话的是出色的音乐评论家日丹诺夫。他和唯美主义者同样反对让音乐去使人想起生活，想起悲剧，想起受害的人，想起死者。音乐应该是优美的，作曲家应该只想纯音乐的问题。这样就会安静些。

我始终断然反对这种观点，而且朝相反的方向努力。我始终要音乐成为积极的力量，这是俄罗斯的传统。

另外，还有一种突出的现象也具有俄罗斯的特点。因为它非常突出，所以我愿意谈得多些，说得详细些才能易于理解。我在里姆斯基－科萨科夫的一封信里，看到一段后来我曾多次想起的话。这些话发人深思，说的是："许多事物在我们眼前老去了，消逝了，可是，我想，许多似乎已经时过境迁的事物最后会显得新鲜、强有力和永恒（如果真有什么永恒的事物的话）。"

我又一次为这个人的明哲和智慧感到高兴。当然，在头脑仍然健全的时候，我们全都对永恒有所怀疑。坦率地说，我不怎么相信永恒。

有一次，一张广告宣传一种捅煤油炉用的所谓永远不坏的针。伊尔夫说："我要永远不坏的针干什么？我不想永远活下去，即使我永远活下去，这煤油炉能永远存在吗？那太可悲了。"这就是我们著名的幽默家对永恒的看法。我由衷地同意。

里姆斯基－科萨科夫说到永恒的时候是否想到了他自己的音乐？为什么他的音乐或者什么别的音乐应该是永恒的？那些音乐为他们而写的人，那些与音乐一起出生的人，都不打算永远活下去。想想看，如果一代又一代老听同样的音乐，那有多么沉闷！

我要说的是，也许能保持"新鲜和强有力"的根本不是音乐，甚至不是创造力，而是某种别的，更料想不到的平凡的东西，例如对人的关怀，关怀他们的充满不愉快和意外事件的单调生活，关怀他们的琐碎事情和烦恼，关怀他们的普遍的不安全感。人们创造了许多稀奇的东西：显微镜、吉列特牌剃须刀、照相机等等。但是至今还没有创造出一种使每个人的生活都过得去的方法。

创作清唱剧、舞剧和小歌剧来解决世界上的问题，自然是高尚的事业。当然，这是以这些崇高的文艺类型的爱好者为对象，但是我们也必须考虑其他人的想法，就是普通人的想法，这些人所关心的事情可能根本不同于建设伏尔加河—顿河运河，也不同于用大合唱、清唱剧、舞剧等等形式再现这类重大的事件。比方说，这些可怜的人物愁的是厕所漏水，工人不来修理，或者是儿子入学考试虽然及格，可是学校因不收他这种民族的人而没录取他，以及诸如此类的问题。这不是什么大人大事，因此不适合拿来作清唱剧和舞剧的题材。也许里姆斯基－科萨科夫所说的"新鲜和强有力"在某些情况下正在于关心普通人的这些问题。

有人会说这全是空话，空话说得太多了，所做的那么一点点事情未免显得傻气。但是我感到俄罗斯音乐的历史是站在我这边的。举鲍罗廷为例，他的音乐总的说来我十分推崇，虽然我并不始终同意他的音乐后面的思想。不过现在不是谈思想。鲍罗廷是一位天赋很高的作曲家。西方作曲家谁要是有这样的天赋，会写出一首又一首的交响乐，一部又一部的歌剧，过着舒适的生活。

但是鲍罗廷呢？在外人看来，有关他的传说所描绘的图像似乎不可思议，但是对我们说来完全正常，很习惯。对，谁都知道，除了音乐以外，鲍罗廷还是个化学家，他在催化剂和沉淀方面的发现是很出名的。我遇到过一些化学家，说这些发现的确有价值。（不过有一个化学家对我说这全是瞎说，他宁愿以鲍罗廷的全部科学发现换取第二套《波洛维茨舞曲》。当时我曾想，鲍罗廷对化学有兴趣，没有写第二套《波洛维茨舞曲》，这也许是好事。）

但是除了化学以外，他还对妇女运动有兴趣。俄国现在没有女权运动，只有精力充沛的妇女。她们工作，挣钱，挣了钱就买食品，然后为丈夫做饭，洗碗，还要带孩子。所以说，我们只有一个个精力充沛的妇女，没有女权运动。但是假若现在有女权运动的话，那么肯定要给鲍罗廷立一块纪念碑。我记得，在我早年，争取女权和鼓吹妇女参政的妇女是蔑视异性的，但是想必她们也会愿意花钱为鲍罗廷立一块纪念碑。毕竟，巴甫洛夫的狗也立了纪念碑，那是为了人道，就是说，这只狗是以人道主义的名义被宰了的。鲍罗廷也能得到这样一块纪念碑，因为他一头钻进了妇女教育运动，而且年纪越老，花在慈善事业上的时间越多，主要是妇女的慈善事业。这些事业把作曲家鲍罗廷给宰掉了。

对朋友的怀念常能构成一幅富有教育意义的图画。鲍罗廷的家简直像个火车站。随时有老的、少的妇女来找他，把他从早餐、午餐、晚餐的桌旁拉走。鲍罗廷总是站起来——不等吃完饭——就去解决她们的一切要求和委屈。这幅图画太熟悉了。

要在家里或者实验室找到他是不可能的。鲍罗廷总是在参加什么争取女权的会议。开完这个会，又上那个会，讨论一些本来也许可以由一位没有他出色的作曲家去过问的妇女问题。的确，一个没有受过任何音乐教育的人也能很好地理解那些迫切的妇女问题。（把鲍罗廷拖到这种事情里去的正是那些爱好音乐的、崇拜他的女士，这是怎么回事？为什么总是这样？这些女士最爱的是谁？是什么？是音乐、慈善事业，还是她们自己？）

鲍罗廷的家是个疯人院。这不是夸张，不是我们那时候流行的诗意比喻，例如什么"我们的公共公寓是个疯人院"。不，说鲍罗廷的住所是个疯人院不是打什么比喻。总有一群亲戚住在他那里，要不就是一群穷人或者生病的客人，甚至是患疯癫病的客人（这样的客人不止一个）。鲍罗廷为他们忙个不停，款待他们，带他们去医院，然后到医院去看望他们。

这就是一个俄国作曲家的生活和工作的方式。鲍罗廷作曲是写写停停。当然，每个房间都有人睡，每一张长椅甚至地板上都有人睡。他不愿让钢琴声打扰他们。里姆斯基－科萨科夫有时去拜访鲍罗廷，问他："你写了什么没有？"鲍罗廷回答："写了。"原来写的是又一封为妇女权利辩护的信。在《伊戈尔王》的配器上也出过同样的笑话。"你把这一段移调了没有？""移了。从钢琴上移到了桌上。"于是，人们不明白俄罗斯作曲家的作品为什么那么少。

如实讲，《伊戈尔王》是鲍罗廷的作品，同样也是里姆斯基－科萨科夫和格拉祖诺夫的作品。这个事实后两位不愿强调，他们说这一段是格拉祖诺夫"根据记忆"写的，那一段也是。序曲是"根据记忆"写的，整个第三幕也是。但是，格拉祖诺夫在醉醺醺的时候（他一喝酒很快就醉，一入醉乡便忘了留神）会承认那不是"根据记忆"写的，干脆就是他替鲍罗廷写的。这说明格拉祖诺夫的许多优点。他的为人我下面就谈。替另一个作曲家谱写卓越的音乐而不予宣扬，这种事不常有（酒后失言是另一回事）。通常正相反：剽窃其他作曲家的一个乐思甚至相当大的篇章，把它算作自己的。

格拉祖诺夫是纯俄罗斯现象的一个极好的例证：作为一个作曲家，他可以当之无愧地在俄罗斯音乐史上占有一个不仅是突出的而且是独特的地位，而且这不是由于他的作品。我们现在热爱他是为了他的音乐吗？他的交响乐或者四重奏，是否像里姆斯基－科萨科夫说的那样保持了"新鲜和强有力"？

我最近听了（无数次后的又一次）《中世纪组曲》。这和中世纪无关，中世纪会瞧不起它的。我认为当时的大师们胜他一筹，虽然在格拉祖诺夫的许多作品中，我比较喜欢这首组曲，我认为他的《第八交响乐》比其他交响乐更有价值，特别是慢乐章。其他交响乐比较松散，说实话，比较枯燥。我听他的交响乐时，听着听着便会感到枯燥。我老在想，让我们听再现部吧——噢，不，还是发展部。

格拉祖诺夫写终曲有许多困难，力量和强度不够。事实上，他的全部作品差不多都有这个特点。我认为这个问题的决定因素是一次不幸的遭遇：格拉祖诺夫年轻时得过性病。是帝国玛丽亚剧院的某芭蕾舞女演员传染给他的。他在和那个舞蹈演员的关系上极为不幸。据说，他为此消沉颓丧，到亚琛去求医治疗。那是著名的德国疗养地，梅毒患者都到那里去。他在亚琛写了一些悲哀的信。人们说他的悲哀反映在《第四四重奏》上。当然，我知道《第四四重奏》，但是我在那里面没听出这种情感。总的来说，要说是反映悲痛，我对《第五四重奏》更喜欢得多，即使没有性病的痛苦。噢，对了，我忘了，我也喜欢《雷蒙达》的某些部分。

除了音乐以外，格拉祖诺夫的私生活也受到这件事的影响。他始终没有结婚，始终和他母亲一起生活。格拉祖诺夫已经五十多岁时，他母亲还会对洗衣店说："请好好洗一下这孩子的内衣。"而格拉祖诺夫是全国闻名的人物，"俄罗斯的勃拉姆斯"，俄国最好的音乐学院的院长。他相貌漂亮、强壮、魁梧，至少在困苦的革命年代以前是如此。

我在音乐学院时，那里还流传着另一个故事，说有一次格拉祖诺夫准备出去，叫了一辆出租马车，他母亲怕这匹马不驯服，会脱缰，不让他去。据说，这一次连好脾气的格拉祖诺夫也生了气，问道："母亲，你是不是想在马车上装个护栏？"

但是这种种故事不影响我们对格拉祖诺夫怀有最高的敬意，甚至恭维。他的作品现在才显得沉闷，当年在我们所有的课上，在每一次学生演奏会上、特别是在格拉祖诺夫一定出席的考试中，都能听到他的作品。我自己不认为这种做法是恭维格拉祖诺夫。你要恭维格拉祖诺夫，不一定要对他说他是出色的作曲家，但是得说他是个出色的指挥。人们所以演奏他的作品，是因为这些作品又容易掌握又动听，如《D大调钢琴变奏曲》《B小调奏鸣曲》和《F小调协奏曲》。歌唱者崇拜格拉祖诺夫的浪漫曲，而莱蒙托夫的《假面舞会》中尼娜的浪漫曲有点像陈腔老调。这首浪漫曲现在很流行，我们常听到，但是我不太喜欢它。

人人都知道格拉祖诺夫是怎样初登乐坛的。他的《第一交响乐》上演时获得了巨大的成功，听众请作曲家上台。作曲家穿着运动服出台时，听众目瞪口呆，因为当时格拉祖诺夫才17岁。这在俄罗斯音乐史上是创纪录的，我也不如他，虽然我出道也够早的。

顺便说一句，关于我和他有个相同的谣传："这么一个年轻人"不可能写出这样一首交响乐。人们说，格拉祖诺夫的交响乐是他有钱的父母出钱请人写的。至于我，则说我的交响乐是集体的成果。不对，那是我们自己写的。我更是单枪匹马。巴拉基列夫为格拉祖诺夫的《第一交响乐》重写了若干页配器。格拉祖诺夫容忍了，不敢反驳他，后来还替巴拉基列夫辩护。格拉祖诺夫要修改我的《第一交响乐》。当然他说要改动的不是若干页，我记得他只是指一些他认为不悦耳的和声。他坚持要我改动这些和声，甚至提出了他自己的变奏。

我最初改了一处，在引子里，在减弱的小号的第一乐句之后。我不愿意伤老人家的感情，但是当时我想，且慢，这是我的乐曲，不是格拉祖诺夫的。我为什么要感到不安呢？他的音乐里也有许多我不喜欢的地方，可是我并没有建议他为了合我的心意而作改动。在首次上演前，我恢复了引子的原状。格拉祖诺夫很生气，但是来不及了。所以说，我不像格拉祖诺夫年轻时那样顺从。当然，他那时候比我整整小两岁。

在一鸣惊人之后，格拉祖诺夫有了美好的、完全是他应得的前途。他生活得很舒适、平静，不像我。他从来不为钱发愁，而我的脑子里总要惦念着钱。你也知道，有钱的别利亚耶夫①认为格拉祖诺夫是音乐的新救世主，不管格拉祖诺夫写什么，他都给出版。他出版得很快，付酬劳很慷慨。赞助人总是比国家慷慨，至少我觉得是这样。因此，格拉祖诺夫能够专心于音乐创作，特别是专心于表

---

① 米特罗凡·彼得罗维奇·别利亚耶夫（Mitrofan Petrovich Beliayev，1836—1903），商人，百万富翁，他热心于传播俄罗斯音乐，出资建立了一个由专家管理的音乐会组织和一个音乐出版社。

达他的感情。他很有理由动感情，正如我已经告诉你的。

他就这样安静地、平静地生活，这是我们谁也没有过的。格拉祖诺夫对当时的社会动乱完全不关心，他完全是通过音乐来观看世界，不仅通过自己的音乐，还有别人的音乐。他听的音乐极广。

有一次米哈伊尔·格涅辛①和我谈起格拉祖诺夫。格涅辛对这位他很了解的人有一句很透彻的评论：他说格拉祖诺夫的基本感情是，处于安排得很精致的宇宙中的欣喜。我从来没有感受过这种欣喜。

当然，格拉祖诺夫有许多稚气的特点：虽然有数百人服从他，他却服从他母亲，尊敬的伊丽娜·巴甫洛夫娜；他那像石斑鱼一样安静的声音；他家里的那口大鱼缸（格拉祖诺夫喜欢喂鱼）。还有，他对指挥有一种孩子气的热爱。我看，他总是把乐队当作一个亮晶晶的大玩具，但是你总不能拿乐队做游戏。我试了几次，放弃了。干吗操这份儿心。

在格拉祖诺夫身上发生了奇迹，一个只有在俄国才能发生的奇迹。这是一种发人深思的神秘的演变。这个个子很大的老孩子逐渐地（是逐渐地，而不是突然地）成了在社会上极为重要的名人。格拉祖诺夫从当上彼得堡音乐学院院长的那一刻起，就开始变了，终于完全变成另一个人。

这个格拉祖诺夫既是旧人，又是新人。旧的他就是我们从故事里知道的那个格拉祖诺夫。但是我已经说过，他的个性不是突然出现了鲜明的变化，所以即使在我们那个时候也常常有可能看到和听到旧的格拉祖诺夫。然而，他又是新的格拉祖诺夫——一位名扬全球的人物，一位历史性的人物——这样说毫不夸张。

在我们那时候，格拉祖诺夫是个活着的传奇人物。在他领导彼得堡音乐学院（后称列宁格勒音乐学院）的二十余年里，毕业出来的学生不下数千，我敢说，很难找出一个没有在某方面受惠于格拉

---

① 米哈伊尔·法比亚诺维奇·格涅辛（Mikhail Fabianovich Gnessin, 1883—1957），作曲家，列宁格勒音乐学院教授，20世纪犹太音乐的著名代表人物之一。他在"反形式主义运动"期间的表现是态度顽强和信仰坚定的楷模。

祖诺夫的人。

我知道这在现在很难相信，然而事实如此。在我的回忆中没有虚幻的伤感。我讨厌伤感，受不了那个，而且我回忆往事并不是为了让脆弱的女士们用喷香的手绢擦眼泪。我回忆是为了把真相——我看到和记得的真相记录下来，使我所目击的我们的文化生活中的现象不至于被忘却。格拉祖诺夫是这些现象中的一部分。

他习惯于受人恭维，而且由于做了许多好事，成了国内每个工作着的音乐家都祝福的人。他是为了个人的乐趣，在自己真想创作的时候才创作的，根本不考虑什么"思想内容"。他为音乐学院牺牲了一切——他的时间、他的安宁，最后还牺牲了他的创造力。格拉祖诺夫永远是忙碌的。他对想要看他的朋友们说，他们只能在梦中见到他。的确如此。人家说他年轻时极为柔弱被动。其实，格拉祖诺夫在我那时候也没有变得过于自信，但是他的确已养成了必要的坚定性格——不仅是对他的下属和学生。

上司对下属的坚定是毫无价值的。那种可恶的坚定性只能叫我生气。格拉祖诺夫在对待大人物方面变得坚定、沉着了，这才真正了不起。

格涅辛告诉我，革命前，斯托雷平总理大臣送信问音乐学院：院里有多少犹太学生？格涅辛是个犹太人，他激动地告诉我，格拉祖诺夫是怎么回答的。格拉祖诺夫泰然回答说："我们没有数过。"

那是正对犹太人进行有组织杀戮的年代，犹太人被视为煽动分子，权利受到严格的限制。他们是不能进入高等学府的。这样一个不买账的甚至是挑战性的答复，可能给格拉祖诺夫带来麻烦。但是他不怕。反犹太主义与他的性情格格不入。在这一点上，他是遵循里姆斯基－科萨科夫的传统，因为里姆斯基－科萨科夫也不能容忍反犹太主义。当巴拉基列夫晚年浓厚地染上这种可鄙的毛病时，里姆斯基－科萨科夫厌恶地指责了他。这里不必提穆索尔斯基，他的情况很复杂。但是在"科萨科夫的学校"里根本没有反犹太主义。

还有一件事也很说明问题。1922年，为了表彰格拉祖诺夫，在莫斯科开了一次纪念性的音乐会。格拉祖诺夫到了。盛会结束时，教育人民委员卢那察尔斯基讲了话。他宣布：政府决定给予格拉祖诺夫便于他的创作活动并与他的成就相称的生活条件。假如换一个人，处于这种贵宾地位会怎么做呢？肯定会表示感谢。当时的生活艰难、贫困。魁梧漂亮的格拉祖诺夫的体重这时已经大大减轻，旧衣服穿在他身上显得肥大了，好像挂在衣架上似的。脸变得憔悴、瘦削。我们知道他连写下乐思的谱纸都没有。但是，格拉祖诺夫显示了令人极为惊奇的尊严和荣誉感。他说他什么也不需要，希望不要把他置于和其他公民不同的生活条件下。但是，格拉祖诺夫说，如果政府开始注意音乐了，那么，就请照顾一下音乐学院，那里太冷。没有取暖的劈柴，没有任何可以取暖的东西。他的话招致了一些非难，但是至少音乐学院得到了劈柴。

我并不想描出一幅天使像。这完全不像我做的事。在格拉祖诺夫身上有许多我感到可笑和不可理解的事。我也不是那么喜欢他的音乐，但是我要强调，人不是单靠音乐生活的，即使这音乐是你赖以为生的音乐——你自己的作品。因此我要重申：格拉祖诺夫不是因为缺乏作曲的天赋和技巧才参加社会活动的。他才华横溢，是一位艺术大师。

只有在现在，喜欢参加会议、作出决定和指挥别人的人才是干本职工作一无所能的人。这些废料一旦有个一官半职，便一面吹捧自己那些没有价值的作品，一面运用手中的一切权力去扼杀、埋葬光辉灿烂的音乐。

格拉祖诺夫恰好相反。他不谋私利，他把当院长和教授挣得的薪金全拿来接济穷困的学生。他那著名的推荐信一共写过多少，谁也数不清。这些信使许多人获得了工作、面包，有时候还挽救了生命。

我希望人们很严肃地看待我现在回忆的事情，因为我说的是一个复杂的心理学和伦理学上的问题，而费神考虑这些问题的人并不多。在这些信件中，格拉祖诺夫确实经常写下他对这个人的真实的看法，并且公正地赞扬他。但是更为经常，而且更经常得多的是，他富于同情心，乐于助人。许多人，而且往往是素不相识的人，都向他求助，他们穷困潦倒，他总是很快地照顾每个受苦者。格拉祖诺夫可以接连一小时倾听他们的诉说，努力了解他们的处境。他不仅为他们签署申请书，而且还去找大人物为他们说情。格拉祖诺夫认为，如果给一个没有歌喉的歌唱者或者没有丈夫的母亲在小歌剧团里的合唱班里找个职业的话，那对伟大神圣的艺术并不会有什么害处。

每个犹太音乐家都知道，格拉祖诺夫肯想办法为他谋求在彼得堡居住的许可。格拉祖诺夫从来不叫可怜的小提琴手拉琴给他听，因为他坚信每个人都有权利生活在他愿意生活的地方，而艺术不会因此受到损害。

对于这种事，格拉祖诺夫一不做肥皂箱演说家，二不装出义愤填膺的模样。遇到可怜的小人物，他并不显示他的高度原则。这些原则他是留着对比较重要的人物和事情用的。从长远说，生活中的一切事情都能分成重要的和非重要的。在重要事情上必须坚持原则，在非重要的事情上就不必了。这可说是对待生活的秘诀。

格拉祖诺夫有时候很稚气，有时候又很有智慧。他教给了我很多东西。关于这一点，我想得很多，也许整个一生就是要找出其中什么是重要的，什么是非重要的。这是很不幸的，但确实如此。

我忘了在哪里读到过一段古代的祈祷文，说："主啊，请赐给我力量去改变能够改变的事物。主啊，请赐给我力量去忍受不能够改变的事物。主啊，请赐给我智慧去辨别这两者的差别。"

对这段祈祷文，我有时候喜欢，有时候憎恨。虽然我的生活已临近结束，可是我既没有这种力量，又没有这种智慧。

要求这个、要求那个是容易的，但是你得不到，不论你怎么敲门，怎么鞠躬，还是得不到。你没法得到它，就是这样。你可能得到一枚奖章或者勋章，或者一张漂亮的证书。最近，我在美国埃文斯顿得到一份学位证书。我问校长，这份学位证书能给我什么特权或者权利。他给了我一个机智的答复：用这份证书加上二角五分钱，可以在公共汽车上买一张车票。

我喜欢荣誉学位证书，拿它做装饰品很悦目，挂在墙上挺好看。它们用的纸张精美。我发现一件奇怪的事：国家越小，证书的纸越好，也越大。在看着我的这些证书的时候，我有时候想，老天爷已经把我的那份智慧给我了，不过这样想的时候不多，总是在我完成了一部作品的时候；那时感到一切问题都解决了，我已经回答了所有这些问题——自然是在音乐中回答，但是即使如此也已经回答很多了。现在，让人们听这音乐曲吧，听了就会理解他们应该做什么，理解如何辨别重要的和非重要的。

但是更经常的是，我想到事实上这一切都无济于事，不管有没有祈祷文。我真正需要的是平静的生活，愉快的生活。我想起老格拉祖诺夫这个聪明的大孩子。他在整个一生中都认为他能辨别重要的与非重要的，而且认为宇宙创造得很合理。但是我想他在他生命终结的时候也开始怀疑这些了。格拉祖诺夫真心相信，他为之献出全部力量的工作——俄罗斯音乐文化和音乐学院——已注定要灭亡。这是他的悲剧。

所有的价值观念都已混淆，所有的准则都已抹杀。格拉祖诺夫在巴黎结束了他的一生，在那里他受到尊重，但是，我想，没有得到多少爱。他继续创作，但是并不真正知道是为谁和为什么而写。我想象不出还有什么能比这更可怕的了。这就是终结。但是格拉祖诺夫错了。他得到了天赋的智慧，他已经正确地辨别了重要的与非重要的，他的工作是"新鲜的、强有力的"。

我年轻的时候喜欢嘲笑格拉祖诺夫，这很容易。我15岁时就比年高德劭的格拉祖诺夫成熟得多。未来属于我，不属于他。一切变化对我有利，不是对他有利。音乐在变化，趣味在改变。格拉祖诺夫只能生气地抱怨而已。

但是，现在我看到这一切确实非常复杂。现在我猜想，格拉祖诺夫的心灵里始终存在着矛盾，这是俄罗斯知识分子的通病，所有我们这些人的通病。格拉祖诺夫始终由于意识到他个人的安宁因世道不公受干扰而感到痛苦。许多生活坎坷的人去找他，他努力帮助他们，结果是找他的人更多了。他毕竟不是能造奇迹的人，我们都不是，于是他不断在痛苦中。许许多多作曲者都缠着格拉祖诺夫，他们从俄国各地把自己的作品送去给他看。

如果只是寄乐谱给你，我从我自己的经验中知道那还不算太糟，因为你可以很快地浏览一遍，特别是如果一下就看出这首乐曲毫无可取之处的话。当然，假若要全面感受这首乐曲，那就必须用和演奏它同样多的时间来视谱，只有这样才能从视谱中得到真正的满足。但是，这只能用于优秀的乐曲。用眼睛去"听"恶劣的音乐是受罪，浏览一遍就行了。但是，如果一个没有才能的作曲者找上门来，把他的乐曲从头到尾弹奏给你听，那你怎么办呢？

最糟糕的是，这个作曲者不是江湖骗子也不是无赖，而是个缺少才能却很用功的人。遇到这样的人，你会一边听一边想：我对他说什么呢？这乐曲写得很认真，作曲者尽了一切努力，问题是他能够做的很有限。你可以说他几乎什么也写不了。音乐学院教他按照作曲法写音符，他能做到的也只有这一点。然而，这种作曲者往往人品很好，也很潦倒。

所以，怎么对待他们呢？对这个好人说他这首作品要不得？要知道，他甚至理解不了他这首心血结晶怎么可能这么成问题。可不，什么都中规中矩。解释是没有意义的，即使你作了解释，固执地说一大通枯燥无味的话，而他也确实理解了，那又怎么样呢？这个人仍然不能干得比这好一些，常言道：人不能跳得比自己的额头还高。因此，在这种情况下，我告诉我的客人：行，可以这样写，有什么不可以呢？

我感到格拉祖诺夫对这种情况选择的办法是合适的。他一面用心看乐谱，一面悄声赞扬几句，有时候还在第二页或者第十五页用他的金色铅笔加上一个升记号或降记号，或者作其他些微的修改。"总的说，挺好，不错。不过这里从三拍子转到四拍子恐怕不太好……"这样，作曲者便不会认为格拉祖诺夫对这首作品不够重视了。

格拉祖诺夫遭到的另一种音乐折磨是义不容辞要出席音乐会。这差不多成了他的一种职业。我很理解这是受罪，因为这种事我自己也经历过许多次。

可是这一点并不像乍看之下那么明显。对这一切最容易产生的反应是觉得他是个"可怜的家伙"。看一看格拉祖诺夫，你会想到他是个可怜的家伙，成吨的乐谱把他埋在里面，成千次的音乐会他不得不去出席。但是，有时候我可以发誓说他喜欢这个。够奇怪的，我发现我自己有时也喜欢这个。一个作曲者来电话请你去听他的作品并提出意见。好吧，你同意了，可是心里暗暗咒骂。你会想，这个人干什么要存在，你还会想起萨沙·乔尔内对那个麻脸姑娘的看法："她干吗不结婚？但愿一根杆子打中她的天灵盖——她在来的路上干吗不摔在电车下面轧死？"

后来这个作曲者又来电话说，他不能如约来了，因为他必须到塔什干去；或者因为他叔叔病了。这时你又会真诚地为这计划中的约会没能实现而感到遗憾。

毕竟，我喜欢听音乐。这和单纯喜欢音乐不一样。如果我说我爱音乐，那当然是废话，因为这是不言而喻的。而且我爱所有的音乐——从巴赫到奥芬巴赫。但是我只爱优秀的音乐，就是我在无论哪个时期都认为是优秀的音乐。然而，我喜欢听任何音乐，包括蹩脚的在内。

这是一种职业病，一种对音符的嗜好。大脑从各种各样的音响组合中得到养料。它不断地工作，完成各种作曲活动。

在听管弦乐曲的时候，我的脑子里把它改为钢琴曲，一边听一边还用手指试着，看看是否适合用手弹。我听钢琴曲的时候又立即在脑子里把它改成管弦乐曲。这是一种毛病，不过是一种令人愉快的毛病，好比在痒的时候抓痒一样。

我是有心花时间谈谈俄罗斯作曲家中间的怪人。里姆斯基－科萨科夫的《金鸡》中有一句唱词："神话故事原是谎话，但是其中确有启示。"这些怪人的生活方式看起来可能离奇古怪、与众不同，他们不去作曲，却把时间全花在不该由他们去做的事情上。但是他们宁愿走这条奇怪的道路。他们可能败了，但是艺术胜了。艺术更洁净、更纯正了，具有更高的道德了——这不是以伪君子的道德观念而论。聪慧的人会理解我的意思。一个患梅毒的人也可能是道德高尚的人，酗酒的人也一样。医院的健康证明书并不能证明站在我们前面的是个健康的人。

今天许多作曲家能拿出健康证明来证明他们没有性病，但是他们的内心腐烂了，他们的灵魂发出恶臭。因此，我为里姆斯基－科萨科夫写的"新鲜和强有力"而斗争。我非常怀念那种感情。假如我到什么作曲家会议上去谈"作曲家的道德感"，定会遭到嘲笑。他们已经忘了那是什么了。

例如，我对剽窃行为在我们音乐界如此普遍感到惊愕。这种传染病，这种恶习是从哪里来的？我不是指模仿或者无意识的借用。我的一个同行说，没有任何音乐是完全由它本身组成的，就是说，音乐不是蒸馏水，它在风格上不可能是明净清澈到透明程度的。每首乐曲总在某种方面与别的乐曲有相似之处。

我不是指这个。我要谈的是最肆无忌惮的抄袭行为，我们这里这种丑事太多了。作曲家协会有一个女会员，干脆把美国一些作曲家的交响乐拿来从头一个音符抄到最后一个音符，没有任何改动。当这件事被拆穿（完全出于偶然）的时候，她咬定她是开玩笑。真是开玩笑。我想他们甚至已经计划要出版这些作品了，它们很适合于我们社会主义的艺术。不管怎样，稿费已经到手了。这个令人不齿的人物在莫斯科音乐学院教作曲。她会教给学生什么，是可以想见的。可能是个好主意："音乐剽窃学，某某教授，实习：每星期一和星期四。"

我知道人们会说这件事不典型，但是我认为是典型的。这件无耻的剽窃案没有任何偶然性，只有她被拆穿的事是偶然。原来，当我们这位厚脸皮的女士在作曲家协会拿出她的"作品"的时候，我们同事中的一位博学的作曲家认出了威廉·舒曼的作品，而且他家里正好有这份乐谱。是呀，一点也不典型，你可以说这是偶然事件。因为，我们的作曲家多半不愿意搞乱自己的思想，起先是不允许他们把自己的思想搞乱，后来允许了，但是看来又太麻烦了，人已经太懒了。把音乐视为堕落的西方的腐化产物而嗤之以鼻岂不省力。

我这里说的是现代的西方音乐，不过不幸的是，人们对西方古典音乐的知识也很粗浅。我不断遇到这样的人，他们听说过马勒和布鲁克纳，但是从未真正看过他们的乐谱，一份也没有看过。关于瓦格纳，他们只知道几首流行的曲调。不仅瓦格纳，对舒曼和勃拉姆斯也是一知半解（交响乐除外）。

在私下交谈的时候，你自然不能真的去考考一位同事。那不礼貌，可能伤他的感情。不过，我是莫斯科音乐学院作曲系的国家考试委员会主席。你也知道，音乐学院作曲系的学生毕业出来就成了作曲家协会的会员。他们都有一大堆作品——交响乐、歌剧，但是他们并不熟悉音乐，不但不熟悉西方的音乐，也不熟悉本国的音乐。这是另一种教学过程的结果。他们把西方音乐说得丑恶不堪并且把它藏起来，谁要是过分熟悉西方音乐的话，考试分数就要降低。他们把俄罗斯音乐使劲灌给学生，可是对俄罗斯音乐尽说些蠢话，例如说俄罗斯音乐是独立发展、自成一体的，与其他什么都毫无关系。你知道，这如同说"俄国是大象的故乡"一样①。

结果，我们的高等学府所教授的俄罗斯音乐史显得十分可笑，学生对它的嫌恶是可以理解的，但却是不可原谅的。小册子和讲课是一回事，真正的音乐毕竟是另一回事。这简直是言行的二分法。这些学生不懂二分法，还觉得做无知识的人是一种反抗，这未免可羞。我说的是以不知道或者不喜欢格林卡为荣的成年人。

对音乐的这种普遍的无知自然是有利于剽窃行为蔓延的一个因素，但显然不是唯一的因素。原因多得很，贪婪便是其一。还有一个原因是安全感，就是断定没有人来拆穿你，用不着怕拆穿了丢脸。

整个悲剧是在窃窃私语中展开的，生活被摧毁了。我有个朋友，有一次在酒后向我吐露，他的生活是靠为一个很有名气的作曲家捉刀写歌曲维持的。他告诉了我这作曲家是谁。

---

① 指战争结束后不久发动的反对"向外国人叩头"的全国性运动。正如一切极权主义的宣传一样，其范围是奇怪可笑的。学校里教孩子们说所有重要的发明创造都是从俄国开始的；俄国的作家、作曲家和美术家从来没有从西方取得任何借鉴；法国式面包改名为"城市"面包。这种种官方宣传不免引起许多笑话，肖斯塔科维奇这里说的就是其中一。

"我们的人民喜欢这些歌，不是吗?"他带着苦笑说，"这些歌都是歌颂英雄业绩、勇敢、高尚精神和其他种种可歌可泣的事情的。"他告诉我他们是怎么干的——一幅直接摘自陀思妥耶夫斯基的可爱的情景。这两个"合作作曲家"在厕所里碰头，一个把钱递过去，一个把新写的描写高尚精神的歌曲稿交给他。然后，为可靠起见，共谋者各撒一泡尿。

这就是又一首将要用来提高人民道德水平的作品的高尚而富于诗意的舞台布景。

我对这个朋友说："我要把这个混蛋赶出协会（当时，我是作曲家协会的书记）。"他清醒了，回答说："你试试看！我会说你污蔑他。"

"怎么了?"我问道，"这是你自己刚告诉我的。"他回答说："我不会否认的，我要说是你撒谎。我的饭碗要给你砸了。他给的钱不少，而且不拖时间。别的人我不催就不付钱。这个人给了我生计，我为此感谢他。我要说你是诽谤者——你说说试试！你会成为诽谤者，人人都会说你是撒谎的人。"

我什么也没说，让这件事过去了。为什么? 我至今还不能肯定。我知道我不应该如此。我好像从来没有把事情一直干到底，我想我是怕被人指为说谎的人。我讨厌听到人们说我这种话，我希望在各方面都成为一个诚实的人。

公民们，音乐史上已经开始了新时代，一个前所未闻的新时代。现在我们不再是与简单的剽窃打交道了。就剽窃而言，做贼的总是害怕被抓住，但如今却是知道真相的人诚惶诚恐。因为他面对的是一部顺利地开动着的机器，一部庞大的机器在运转，而他这个傻瓜却想把手戳进去。显然，这只手非被切掉不可。

我退缩了，但是我是应当把它办完的。我就当把这人赶走。然而那时我的朋友就会失业。当然，他干的是下等职业，他应当做些更有价值的事。我为他感到难过。

也许我还是不沾手为好。在剽窃者和恶棍当权的时候，同他们纠缠是没有意义的。全世界都可能骂某某人是恶棍和混蛋，可是他还是照旧生活下去而且越活越得意，触动不了他一根胡髭——如果他有胡髭的话。

拿著名作曲家穆赫塔尔·阿施拉菲来说吧。他令人惊奇地飞黄腾达了，而且不仅是在他的老家乌兹别克，他两次获得斯大林奖金，是苏联人民艺术家，是个教授。他甚至获得了列宁勋章，他的案件是我处理的，所以他的头衔和奖章我很清楚。原来他是个无耻的剽窃者，是个贼。我是当时把他挖出来的那个委员会的主席。我们在谎言中挖掘真相，"分析"他的音乐，听取证人作证，终使阿施拉菲无处逃遁。这件工作令人筋疲力尽，谁知结果却白费力气。起先，我们好像有了一些结果：作曲家协会把他开除了。但是最近我在翻阅一本杂志，看到了一个熟悉的名字，那是阿施拉菲对记者的谈话。他又掌权了，谈的是他的相当庞大的创作计划。这叫人怎能不甩手不干？怎能不咒骂？

我认为，对一个作曲家说来，最大的危险莫过于失去信心。音乐，以及整个艺术，不能是冷酷的嘲讽。音乐可以是辛酸的、失望的，但不能是冷酷的嘲讽。在这个国家，人们喜欢把嘲讽和失望混为一谈。假若音乐是悲剧性的，他们会说它是嘲讽。我不止一次遭到指责，说我是在冷酷地嘲讽，而且，顺便说一句，不只是政府官僚这样谴责我。我国音乐学家中间的伊戈尔们和鲍里斯们也随声附和。但是失望和嘲讽是不同的，正如厌倦不同于嘲讽一样。一个人感到失望，那意味着他仍然对某种事物怀着信念。

只有那些沾沾自喜的微不足道的音乐才往往是嘲讽性质的。它安宁、平静，因为作曲的人根本不关心任何事情。它完全是胡言乱语，不是艺术。可是这种东西包围着我们。我一提起这些便感到悲哀，因为冷酷的嘲讽不是俄罗斯音乐的特征。我们后来没有这种传统。我并不想慷慨激昂地劝人向善；我是想探究嘲讽的原因。我感到，在对许多有趣的现象寻找原因的时候，必须从革命中去找，因为革命使相当多的人在意识上发生了大的变化，激烈的变化。我现在说的是所谓文化阶层。

这个阶层的生活条件发生了剧烈的改变，而这些意外的变化使许多人遭到了打击。人们毫无准备。他们以文学和艺术为业；文学和艺术是他们的工作，他们的市场，可是突然间市场上的一切都变了。

我永远忘记不了左琴科告诉我的一件事。他对这件事印象很深，所以经常提起。他在彼得堡早就认识一个名叫季尼亚科夫的诗人，一个不错的甚至很有才华的诗人。季尼亚科夫的诗写到背叛呀，玫瑰呀，眼泪呀，写得相当精美。他风度翩翩，讲究仪表。

革命后，左琴科又遇到了他，季尼亚科夫送了一本他的新诗集给他，那里面没有爱情、花朵和其他崇高的东西了。这些诗很有才华，左琴科认为是天才作品，而他是个严厉的评论者，甚至阿赫玛托娃把自己的散文拿给他看的时候心里也忐忑不安。季尼亚科夫的新诗叙述了他如何挨饿，这是中心主题。诗人坚决地说："为了食物，任何卑鄙的勾当我都可以去干。"

这句话说得直率、诚实，而且不只是说说而已。人人都知道诗人的行动往往和他在诗中说的是两回事。季尼亚科夫却成了少数例外中的一个。这位当时还不老而且仍然很漂亮的诗人开始行乞了。他站在列宁格勒一个热闹的街头，颈上挂着一块写着"诗人"的牌子，头上戴着帽子。他并不哀求，而是傲然索取。吃惊的过路人给了他钱。季尼亚科夫用这种方式得到不少钱。他向左琴科吹嘘说，他比以前赚得多多了，因为人们喜欢把钱给诗人。辛苦一天之后，季尼亚科夫就上高级饭店又吃又喝，等到天亮又回到他的岗位上去。

季尼亚科夫成了一个快乐的人，不再需要装假。他怎么想就怎么说，怎么说就怎么做。他成了寄生虫，但是自己不以为耻。

季尼亚科夫是个极个别的例子，但不是罕见的例子。许多人想的和他一样，只是没有说出来而已。而且他们的行为不那么肆无忌惮。季尼亚科夫在他的诗中说他愿意为了食物而去"舔敌人的脚后跟"。许多文化人可以像季尼亚科夫一样傲然喊出这种话来，但是他们宁愿保持沉默，默默地舔着脚后跟。

和我同时代的知识分子的心理完全变了。命运使他们要为自身的生存而斗争，于是他以一个过去的知识分子的全部怒火为生存而斗争。他不再关心谁受赞扬，谁受诋毁。这些小事已经无足轻重。重要的是要吃，趁自己还活着的时候尽可能抢吃一份生命中的甜水。把这叫做嘲讽是不够的，这是一个罪犯的心理。我周围有许多季尼亚科夫，有些是有才华的，有些没有，但是他们同心协力，同心协力要使我们的时代成为冷嘲热讽的时代。他们成功了。

我真正喜欢契诃夫，他是我喜爱的作家之一。不但他的小说和剧本，连他的笔记本和书信我也读之又读。当然，我不是文学史家，对这位伟大的俄国作家的作品作不出恰当的评价，虽然我感到人们对他的研究并不透彻，对他的理解也并非始终正确。但是，如果突然要我写一篇关于一位作家的论文，我会选择契诃夫，因为他使我感到如此亲近。读着他的作品，我有时候认识了我自己；我觉得，任何人处于契诃夫的地位，对生活的反应肯定会完全像他一样。

契诃夫的一生是纯洁和朴实的典型——不是装样子的朴实，而是内在的朴实。大概正是因为这个缘故，我不喜欢某些纪念版本，这些版本只能说是一桶蜜里的一匙沥青。我对发表契诃夫和他妻子间的书信尤其感到遗憾，因为这些信件是内心的倾诉，其中绝大部分不应当公之于世。我这样说是因为敬重这位作家对待自己的作品的严谨态度。他对于自己的著作，在提高到他认为至少是像样的水平之前，是不肯发表的。

另一方面，读了契诃夫的信札，对他的小说就能有进一步的理解，因此，在这个问题上我是自相矛盾的。有时候我感到契诃夫如果有灵的话，是不愿意看到他的信件出版的；但是有时候我又认为他不会感到不高兴。也许是我有偏见，因为我对契诃夫所写的东西，包括他的书信在内，感到太亲切了。

契诃夫说，写文章一定要简洁，就写彼得·谢苗诺维奇是怎样同玛丽亚·伊万诺夫娜结婚的。他还加上一句："这就够了。"契诃夫还说，俄国是贪心和懒惰人的国土，这些人吃得多喝得多，喜欢白天睡大觉，睡着了还要打呼噜。在俄国，结婚是为了有个人管家，找情妇是为了外场面体面。俄国人的心理状态像狗——挨了打就呜呜地哼着，往角落里躲，给它挠挠耳根，它便躺在地上打滚。

契诃夫不喜欢谈论高雅的题目，他厌恶这种话题。有一次一个朋友去找他，说："安东·巴甫洛维奇，我该怎么办？沉思快要把我毁了！"契诃夫回答说："少喝点伏特加。"我忘不了他的这个答复，而且经常用它。当左琴科和我常常在扎米亚京家里见面的那个时候，他老是跟我谈他怎样沉思，还仔仔细细解释他感到忧郁的原因，吐露他准备克服沉思的复杂计划。我对他说："少喝点伏特加。"

左琴科也不断跟我纠缠，要为我排除忧郁。他说："你干吗这么闷闷不乐？让我解释给你听，你听了立即就会感到舒坦一些。"我粗鲁地回答说："我们打打扑克怎么样？"

我精神健全，确实比较爱怀疑，不过是健全的怀疑。但是左琴科继续唱他那个老调："忧郁是年轻的特征。不要忧郁。"他不断开导我如何通过内心的反省来驱除忧郁，等等。我打断他时他并不生气，我坚持说我精神健康，他也不生气。

左琴科常使我想起契诃夫，只有一点除外。虽然左琴科干过许多事——鞋匠、警察（我的《苏维埃警察进行曲》是为他写的），可是缺了医术这一门。但契诃夫是个医生，因此他才瞧不起任何医术。他常说："按照科学规律治病是什么意思？我们有规律，但是没有科学。"然而左琴科非常尊重医学。这一点错了。医生相信一切疾病都是由于着凉引起的。契诃夫也这么说。

我很高兴契诃夫是个毫不伪善的人。例如，他毫不忸怩地写道，他对女孩子是个内行。他在一封信中描述了他同哈尔科夫的一位教授如何决定要喝个酩酊大醉。他们喝了又喝，结果什么事也没有，早晨醒来神清气爽。契诃夫能喝一整瓶香槟，再加上些白兰地，还是不会醉。

我贪婪地阅读契诃夫的著作，因为我知道一定能从中找到一些关于起始和终了的重要的思想。记得有一次，我偶尔想起契诃夫的一个思想，就是俄国男人一直到 30 岁才过真正的生活。在年轻的时候，我们迫不及待，认为一切都在前面，我们急匆匆地看见什么便抓住什么。我们的心灵里塞满了我们所遇到的一切。但是，30 岁以后，我们的心灵里又塞满了灰色的无聊的东西。这话说得太对了。

契诃夫对生命的终了的看法很明智。他认为所谓"永生"，也就是生命在死后的任何方式的存在，全是胡说，因为这是迷信。他说我们必须想得明白些、大胆些。契诃夫并不怕死亡。"我活着的时候是孤单的，死后也将孤单地躺在坟墓里。"

然而果戈里是由于害怕死亡而死的。我先从左琴科那里听到这件事，后来一核对，果真如此。果戈里并没有抵制死亡，事实上反而为加速死亡做了他所能做的一切。他周围的人注意到了这一点，关于果戈里的许多回忆录也提到了它。

怕死可能是最强烈的感情了。有时候我想没有比这更深沉的感觉了。奇怪的是，人们竟然在这种畏惧的影响下，创作诗歌、散文和音乐。这是他们想要加强与生者的联系，并且加强他们对生者的影响。

这些不愉快的想法我也在所难免。我试图说服自己不要惧怕死亡。在这种意义上说，我学左琴科的思想，想从中得到帮助。但是这些思想在我看来似乎太天真。你怎能不惧怕死亡？据认为，以死亡为主题对苏维埃艺术来说是不合适的，描写死亡就等于当众露怯丢脸。像《乐观的悲剧》之类的标题就是这么来的。这是胡说——悲剧就是悲剧，乐观主义与悲剧毫不相干。

不过我始终认为我并不是唯一想到死亡的人，别人同样也关心这件事，尽管他们是生活在一个连悲剧也冠上"乐观的"这种形容词的社会主义社会里。我写过一些反映我对这个问题的理解的作品，据我看，它们并不是怎么乐观的作品。我认为其中最重要的是《第十四交响乐》，对这部作品我有一种特殊的感情。

我感到写作这些乐曲有一种积极的作用，因此我现在不那么害怕死亡了，或者说，我已经习惯于这种终局不可避免的想法，因此把它作为不可避免的事情来对待了。它毕竟是自然规律，从来没有人能逃脱它。我完全赞成用理智的态度对待死亡。我们应该多想到些死亡，习惯于死亡的想法。不能让对死亡的恐惧向我们出其不意地悄悄袭来。我们要对这种畏惧习以为常，一种办法就是描写死亡。

我以为描写死亡、考虑死亡并不是病态的表现，也不是只有老年人才会描写死亡。我想人们若是早一些想到死亡，就会少犯一些愚蠢的错误。有人认为年纪轻轻就描写死亡总不恰当。为什么？当你思索死亡和描写死亡的时候，你会得到一些益处。首先，你有了时间细想种种与死亡有关的事情，就不会再对它感到惊慌失措。第二，你会试图少犯些错误。因此，我不太在乎他们对《第十四交响乐》会说些什么，虽然我听到的对《第十四交响乐》的攻击要多于我的任何其他交响乐。

人们可能会说，怎么会呢？《麦克白夫人》怎么样呢？还有《第八交响乐》？还有其他许多作品？我看我的作品没有哪一首没有受到过批评，不过那是另一种批评，对《第十四交响乐》的批评来自自称是我的朋友的人。这完全是另一回事，这种批评令人痛心。

他们领会到《第十四交响乐》中的这样一个思想："死亡的权力无比。"他们希望终曲使人感到安慰，希望终曲说明死亡只是个开始。但是死亡并不是开始，而是真正的终了，此后一切都没有了。

我感到我们必须正视真理。作曲家常常没有勇气这样做，即使是最伟大的作曲家，如柴可夫斯基或者威尔第。拿《黑桃皇后》来说吧。格尔曼死了，接着而来的音乐，用老犬儒主义者阿萨菲耶夫的话来形容，是"可爱的丽莎的形象在尸体上空翱翔"。这算什么呢？尸体就是尸体，丽莎与它毫不相干。谁的形象在上空翱翔与尸体并无关系。

柴可夫斯基在获得慰藉的诱惑前作了让步——要知道，这是一切可能的世界中的最好的世界的最好的事物。在你的尸体的上空也会有什么东西在那里翱翔的。或许是丽莎的形象，或许是一些旗帜。这是柴可夫斯基的一个懦怯的表现。

威尔第在《奥赛罗》中所做的也完全一样。理查德·斯特劳斯把他的一首音诗题名为《死亡与净化》。即使是穆索尔斯基这位肯定是又公正又勇敢的人物，也害怕正视真理。在《包里斯·戈杜诺夫》中，包里斯死了之后音乐转到了大调，大到无法再大的大调。

否认死亡和它的力量是无用的。不管你否认不否认，你总是要死的。然而，理解这一点不等于向死亡屈膝。我并不把死亡当作崇拜对象，并不赞美死亡。穆索尔斯基也并不对死亡唱赞歌。在他的组歌中，死亡看来是恐怖的，最重要的是它提前到来了。

反对死亡是蠢事，但是我们能够，而且必须反对横死。一个人由于疾病或者贫困而早夭是憾事，但是更坏的是被人杀害。我在为《死亡的歌舞》写配器时，想到了这一切，这些想法也在《第十四交响乐》中有所反映。我在《第十四交响乐》中并不是反对死亡，而是反对那些杀人的刽子手。

因此，我为《第十四交响乐》选择了阿波利奈尔的《扎波罗热的哥萨克对土耳其苏丹的回答》。人人都立即想起了列宾的名画①，因而忍俊不禁。但是我的音乐同列宾的画很少相似之处。假若我有阿波利奈尔的才华，我也会写一首这样的诗给斯大林。我是用音乐做这件事的。斯大林已经死了，但是周围的暴君还是够多的。阿波利奈尔的另一首诗也成了《第十四交响乐》的一个内容——《在桑特监狱里》。我想到牢房，想到那些可怕的洞穴，人们在那里被活埋，巴望有人来救他们，听着每一个声响。可怕的处境，人会因为恐惧而发疯。许多人忍受不了这种压力，失去了理智。我知道这个。

等候处决是一个折磨了我一辈子的主题。我的音乐有许多页是

---

① 伊利亚·叶菲莫维奇·列宾（Ilya Efimovich Repin, 1814—1930）的这幅画描绘的是一群神态生动的扎波罗热哥萨克在给苏丹穆罕默德四世写一封带侮辱性的信。这幅画是现代俄罗斯群众文化的"圣像"。饶有兴趣的是阿波利奈尔（波兰血统的法国诗人）从列宾的画中受到启发（研究者认为是这样）创作了他的诗，而他的诗又启发了肖斯塔科维奇（波兰血统的俄国作曲家）。

描述它的。有时候我想向演奏者说明这一点，我想这样他们就会懂得作品的含意。但是我仔细一想，认为对蹩脚的演奏者，你什么也解释不明白，对优秀的演奏者，你不说他自己也应该感觉得到。然而近几年我开始相信语言比音乐更有效果。不幸，这是事实。当我为音乐加上语言的时候，就比较难于误解我的原意了。

我惊奇地发现那位自认为是音乐的最卓越的解释者的人物并不懂我的音乐①。他说，我想为你的《第五交响乐》和《第七交响乐》写欢欣鼓舞的终曲，结果力不从心。这个人从来没想到我根本无意要什么欢欣鼓舞的终曲，哪儿能有什么可欢欣的？我认为人人都很清楚《第五交响乐》里面说的是什么事。那里面的欢欣是逼出来的，是在威胁下制造出来的，正如在《包里斯·戈杜诺夫》中一样。那就好像有人用棍子打着你说："你的职责是欣喜，你的职责是欣喜。"于是你摇摇晃晃地起来，一边向前走，一边喃喃自语："我们的职责是欣喜，我们的职责是欣喜。"

这是什么礼赞？除非是十足的白痴，才听不出来。法捷耶夫②听出来了，所以在私人日记中写道：《第五交响乐》的终曲是无可挽回的悲剧。他必定是以他那俄罗斯人的嗜酒的心灵感受到的。

兴高采烈地来听《第五交响乐》的首次公演的人流了泪。说《第七交响乐》的终曲是凯歌式的终曲也是荒唐话，甚至更没有根据，然而这种解释还是出现了。

语言可以对极端愚蠢起一些防范作用，无论哪个笨蛋听说话总还能听懂。绝对的保障是没有的，不过歌词确实能使音乐比较易于理解。《第七交响乐》的首次公演证实了这一点。我是因为被大卫的《诗篇》深深打动而开始写《第七交响乐》的；这首交响乐还表达了其他内容，但是《诗篇》是推动力。我开始写了。大卫对血

---

① 指叶甫根尼·莫拉文斯基（Yevgeny Mravinsky）。

② 亚历山大·亚历山德罗维奇·法捷耶夫（Alexander Alexandrovich Fadeyev，1901—1956），作家，斯大林命他担任作家协会的领导。许多逮捕作家的命令是他签字同意的（正如其他"创作"协会的头头对他们的会员所做的一样）。在一次苏维埃政局的内部变动后，他自杀了。

有一些很精辟的议论，说上帝要为血而报仇，上帝没有忘记受害者的呼声，等等。我想起《诗篇》就感到激动。

如果在每次演出《第七交响乐》之前朗诵一下《诗篇》的话，对《第七》的蠢话就可能少写出来一些。这样想并不令我感到愉快，但也许确实如此。听众并不完全理解音乐，语言使音乐比较易于理解。

这在《第十四交响乐》彩排时得到了证实。即使是傻瓜巴维尔·伊凡诺维奇·阿波斯托洛夫①也听懂了这首交响乐说的是什么。在战时，阿波斯托洛夫同志指挥一个师，战后他指挥我们作曲家。人人都知道你别想把任何东西塞进这个木头脑瓜里去，但是阿波利奈尔是更强的强者。阿波斯托洛夫同志在看排练时倒下死了。我感到很内疚，我并不是想要他的命，虽然他肯定不是一个无害的人。他骑着白马来到，在音乐伴随下逝去。

直到阿波斯托洛夫死后，我才知道了两件使我吃惊的事实。第一件：阿波斯托洛夫同志（多怪的名字！）年轻时曾经学过以斯特拉文斯基命名的声乐课程。可怜的斯特拉文斯基。很像伊尔夫说的笑话：伊凡诺夫决定去拜访皇帝，皇帝一听到这个消息就退位了。第二件事实是：阿波斯托洛夫也是一个作曲家，写过十首墓志铭式的葬礼曲，包括《碑上的星星》《寂静的一分钟》和《英雄不朽》。这就是他的一生。

死亡毕竟是简单的，就像果戈里笔下的泽姆利亚尼卡所说的：应该死的人总是要死的，应该活下去的人总是要活下去的。想透了这一点，看许多事情就会简单些，对许多问题的回答也会简单些。

现在人们常问我，我为什么要做这件事或者那件事，为什么要说这话或者那话，或者为什么要在这篇那篇文章上签名。我的答复因人而异，因为对不同的人应该作不同的答复。例如，我记得叶夫图申科有一次问过我这种问题。我认为他是个有才华的人。我们有

---

① 巴维尔·伊凡诺维奇·阿波斯托洛夫（Pavel Ivanovich Apostolov，1905—1969 年 7 月 19 日），上校，莫斯科作曲家协会党组织的领导人。

过不少合作，以后也许还会合作。我是用他的诗写了《第十三交响乐》和交响诗《斯捷潘·拉辛的死刑》的。他的诗有一个时期比现在更使我激动，不过这一点并不要紧。叶夫图申科是个劳动者，我认为他工作很努力。他有权利问我这个问题，我也尽可能详细地回答了他。

叶夫图申科为人们为读者做了很多事。他的著作印刷数量很庞大，在苏联出版的加起来就有几百万册，可能还要多。他的许多重要的诗是在报纸上发表的，如《斯大林的继承人》登在《真理报》上，《娘子谷》登在《文学报》上，这两份报刊的发行量都是几百万份。我认为上面提到的叶夫图申科的这些诗是真诚的诗。谁读了这些诗都有好处。这一点很重要，我必须把它指出来。在我国，几乎人人都能看到这些重要的、真诚的诗。你可以买一本诗集或者一份有叶夫图申科的诗的报纸，也可以上图书馆或者任何阅览室去借一份有他的诗的报纸或杂志。你可以平静地、合法地这样做，不用环顾四周，不用害怕。这一点很重要。

人们不大习惯读诗。他们听收音机、看报纸，但是不经常读诗。报纸上刊登了诗，你自然就会读它，特别是如果这些诗是真诚的诗。这对人的影响很大。重要的是能够把一篇作品反复阅读、玩味、思考，而且可以在安静的、正常的气氛下这样做，不是从收音机里听，而是用自己的眼睛看。

如果靠收音机的话，连听也不能好好地听，因为时间可能不合适，不是早上太早就是晚上太晚①，在这种时间是没法细想的。对艺术作品不能仓促浏览而过，那样不会在你心灵里扎根，也不会留下真正的印象，既然如此又为何要创作它呢？是艺术家为了自我满足？满足他自己的自尊心？使他成为黑暗中的一个光辉形象？

不，我不理解这个。假若一件作品不是为人民而创作，那又是为谁呢？常言道，要在我们肮脏的时候爱我们，因为当我们一身干

---

① 指西方电台的俄语广播。据某些方面说，苏联城市人口中有四分之一的人经常收听西方俄语广播。这些广播是莫斯科和列宁格勒知识分子的主要新闻来源。清晨或深夜干扰较少，收听效果最好。

净的时候谁都会爱我们的——不过连这一点也有争论。然而当我想到人民，想到全体人民……但是干什么要想到他们全体呢？不一定要想到全体，只要想象一下两三个真正的人的生活，只要两三个就行了。当然，不是政治活动家或者艺术家，而是真正的劳动者，工作辛勤的诚实人。有成百种职业是人们从来不去想的，譬如警卫，或者列车员，或者修屋顶的人。

就以这样的一个人为例吧。你认为他的传记就那么纯洁、干净吗？我怀疑。那么这个人是不是因此就该骂呢？我同样怀疑。对于各种艺术，不论是优秀的还是不那么优秀的，他都可能读到、听到或者看到。这些人既不应当被变为圣像，也不应该受蔑视。

单独一个人不可能教育或者改变世界上所有其他的人。没有人这样做成功过，就是耶稣基督也不能说他做到了。没有人创造过这样的世界纪录，特别是在我们这个多事的和令人紧张的时代。想要一举拯救全人类的试验，现在看来不免虚无飘渺。

但是，我在这不太长的一生中遇到过一些病态的人，他们自以为负有指引人类走上正途的使命——即使不是全人类，至少也是他们本国的同胞。也许我是幸运的，因为我亲自看到了两位救世主，两位这样的人物。正如他们所说，这是享有专利的救世主；我还看到5个这种职业的候选人。也许是4个。我正在计算，但是记不准了，以后我会作出更精确的统计。

算了，先不谈这些候选人。两位享有专利的救世主有许多共同之处。这两人都是不容别人违抗的，一不高兴马上就用毫不留情的语言糟蹋人。最重要的是，他们都完全蔑视他们打算拯救的人们。

这种蔑视是一种令人吃惊的习性。怎么能这样呢？为什么呢，伟大的园丁、一切科学的英明导师、领袖和太阳？好吧，你们可以蔑视平民百姓，他们本来没有什么特殊之处，他们肮脏、不干净。可你们为什么又要自称是先知和救世主呢？这使人感到很惊奇。

噢，对了，我忘了上面所说的、我没有说明名字的领袖的另一个共同的习性，那就是他们虚伪的宗教信仰。我知道这么说会使许多人感到惊讶。他们全说，行，其中一个救世主在每一个街头巷尾宣称自己信教并且谴责所有其他的人缺乏信仰[1]，这是不必多说也明白的。可是另一个呢？另一个是无神论者，不是吗？

我希望说明，这另一个就是斯大林。的确，他被认为是一个马克思主义者，一个共产党人等等，而且是一个无神论国家的领袖，容不得偶像崇拜者。

但是这些全是表面现象。如今有谁能严肃地坚持说斯大林对于事物的一般规律有某种概念？或者坚持说他有某种思想体系？斯大林从来没有任何思想体系，也没有什么信仰、观念或者原则。斯大林始终是什么主张更便于他奴役别人，使别人不断处于畏惧状态和犯罪地位，他便坚持什么主张。导师和领袖今天这么说，明天又可以那么说。只要能继续掌权，他从来不在乎自己说了什么。

最惊人的例子是斯大林同希特勒的关系。他并不在乎希特勒的思想体系是什么。一等到他断定希特勒能帮助他保持权益甚至扩大权益的时候，他立即就同希特勒交了朋友。暴君和行刑者没有任何思想体系，他们只有狂热的权欲。然而，由于某种原因，正是这种狂热迷惑了人们。斯大林把教会视为政治上的敌人，视为劲敌。这是他企图铲除教会的唯一原因。当然，很难说斯大林是个有宗教信仰的人，因为他根本不相信任何事，也不相信任何人。但是你没见有不少和他一模一样的人——什么也不信，残忍，权力狂——自称笃信宗教吗？

斯大林肯定可以称为迷信的人。迷信有好多种。我认为有些人怕"黑猫"，怕"十三"这个数字，还有人怕"星期一"等等。但是有的迷信与宗教交错在一起，我认识的人中间也有这种人。这样的人自以为有信仰，其实他是迷信。我个人并不在意。这种事相当有趣，虽然有时很可悲。

例如，我为尤金娜感到难过。她是个出色的音乐家，但我们从来没有成为亲密的朋友，因为不可能。尤金娜为人正派、善良，但是她的善良是歇斯底里的，她是个歇斯底里的教徒。谈论这些令人

---

[1]　指作家索尔仁尼琴（生于1918年）。

感到别扭，但是事实如此。只要受到一点点刺激，尤金娜就会跪下来或者吻人的手。我们曾一起受教于尼古拉耶夫，有时候令我感到很别扭。常常是尼古拉耶夫说着说着，她就跪下了。我也不喜欢她的衣着，像道袍。她是钢琴家，不是修女，为什么要在人前这种打扮呢？我觉得未免乖张。

尤金娜总是对我说："你离上帝很远。你一定要靠近上帝。"尽管如此，她的举止相当古怪。举一件事为例吧。卡拉扬来到莫斯科，入场券一抢而空，没法买到。剧院门口围着警察，有的骑在马上，有的站着。尤金娜在剧院门口摊开裙子席地坐下了。当然，一个警察走了过来。"女公民，你妨碍秩序了。怎么回事？"尤金娜说："不让我进音乐厅，我就不起来。"

一个信教的人怎能做出这样的事？我听人说，尤金娜在列宁格勒的一次音乐会上朗诵帕斯捷尔纳克的诗。这一来当然引起了麻烦。结果是列宁格勒禁止她演出。本来嘛，为什么要这样哗众取宠呢？她是专业朗诵者吗？不是。她是个卓越的钢琴家，应该继续弹她的钢琴，给人们带来快乐和安慰。

我有一次在一个公墓里碰见她在那里匍匐在地。她对我说："你离上帝很远。你一定要靠近上帝。"我向她挥了挥手，走了。这真的是信仰吗？这只是与宗教略有一点联系的迷信。

斯大林的迷信也与宗教有关系。从我知道的许多事实中可以明显地看到这一点。我可以说一两点。例如，我知道斯大林对圣职人员比较袒护。我认为原因很清楚。我们的导师和领袖在神学院上过学，这一点我觉得值得一提。他幼时在宗教学校念书，毕业后又进了俄国东正教的一所神学院学习。当然，斯大林的《传略》① 里说我们在这所神学院里主要是学马克思主义。但是我敢对这种说法表示怀疑。这所学院大概同其他神学院是一样的。

---

① 在战后时期，《斯大林传略》是每一个苏联公民床头必备的两本书之一（另一本是《联共党史简明教程》）。众所周知，斯大林在他自己的"传略"中加上了一些话，诸如"斯大林同志以天才的洞察力猜中并挫败了敌人的计划"和"党和国家的指导力量是斯大林同志"。这两本书随时随地被引用和提到，不论场合是否合适。

因此，在斯大林青年时期，也就是印象最深刻的时候，他的那些愚昧的教师把五花八门的宗教方面的东西灌进了他的脑子，像任何当学生的一样，这些教师的未来的导师和领袖对他的教师又敬又畏，这种对圣职人员的敬畏心理是斯大林一生都怀有的。

斯大林很欣赏亚历山大·康斯坦丁诺维奇·伏伦斯基。伏伦斯基是一位优秀的文学评论家，对艺术确具鉴赏力，曾创办了20年代最精彩的杂志《红色处女地》。当时最令人感兴趣的文学作品都发表在《红色处女地》上。这份刊物是当时的《新世界》，而且或许比它更生动活泼。如左琴科的作品也是在《红色处女地》上发表的。

伏伦斯基出身于圣职人员家庭，父亲是个神父。斯大林上剧院的时候，特别是去看歌剧的时候，总带着他。他会给伏伦斯基打电话："一起去看《包里斯·戈杜诺夫》。"斯大林想要听听伏伦斯基怎么说。

伏伦斯基是个托洛茨基分子，不过斯大林对这一点并不在意。这位神学院学生尊重神父的儿子。谁知伏伦斯基不愿屈从斯大林。所以斯大林把他流放到利佩茨克，可是后来又把他召回莫斯科——这是绝无仅有的事。

"瞧，你现在知道社会主义能够在一国建成了吧？你看到我已经在俄国建成了社会主义了吧？"斯大林这样对伏伦斯基说。伏伦斯基只要点一下头，就能重新成为斯大林的顾问，但是他却回答说："对，我看到你为自己在克里姆林宫建成了社会主义。"斯大林下令："把他带回去。"

斯大林又试了几次想挽救伏伦斯基，但是毫无效果。伏伦斯基在监狱医院里病重时，斯大林去看他，想说服他在死去之前悔过。"见鬼去罢，神父，"伏伦斯基用他最后的一丝力气厉声说。伏伦斯基拒绝在斯大林面前忏悔。他死在监狱里，没有屈服。像这样一个人大概是值得尊敬的。

但是有时候我想，如果伏伦斯基当时同意斯大林关于社会主义的说法也许更好些。这毕竟是学究式的问题，斯大林只不过需要他表示同意而已，那不会使俄国的社会主义起任何变化。可是，假若领袖和导师继续听伏伦斯基的意见，特别是他对音乐的意见，那会怎么样呢？我们许多人的生活就会很不一样了。

从另一方面来说，在这些问题上没有任何事情是能够料定的。领袖和导师具有东方暴吏的心理：如果我想惩罚，我就惩罚；如果我不想惩罚，我就表示慈悲——外加一点疯狂。

至于音乐，他自然一窍不通，但他的确尊重悦耳的音调，这也是神学院训练的结果。斯大林讨厌"混乱而非音乐"的音乐，对于像我写的那样的不谐和的音乐持怀疑态度。当然，领袖和导师非常喜欢文工团，如红军合唱团。在这方面，我和他的音乐趣味截然相反。

我要向你提一提斯大林对神父的态度。我的好朋友叶甫根尼·施瓦尔茨对我说过一件事。人人都知道，如果你上电台讲话，讲话稿不经审查人审批是不能讲的。审查人不是一个，而是十来个，每个都得签字。如果讲话稿没有经过审批，没有人会让你靠近麦克风。谁知道你会向全国说些什么？

有一次决定要莫斯科的大主教①上电台讲话，我记得内容与为和平而斗争有关。大主教要对信徒说话，作一次号召他们参加这项斗争的讲道。伟大的园丁对此感兴趣。大主教到了电台，直向麦克风走去。他们一把抓住他的袖子把他拉开。"阁下，演讲稿呢？"大主教吃了一惊。"什么演讲？"他们开始解释他们的意思是指……是呀，不是演讲，是那个不管你叫它什么的……换句话说，如果大主教打算现在就讲，那么那份经过批准和签字的稿子在哪儿？

他们说，大主教不高兴了，说他讲道从来不照稿子念。这可乱了套了。怎么办？他们请大主教稍等片刻，赶紧打电话找上司，然而哪一个上司也不愿意负这个责任，这种问题只有斯大林能解决。结果斯大林决定让大主教想讲什么就讲什么，他们这才允许大主教走向麦克风。好笑吗？其实可悲。

---

① 俄国东正教会中最高等级之一。

还有，你可知《伊凡·苏萨宁》在列宁格勒的遭遇？格林卡的这部歌剧名叫《为沙皇献身》。我相信它在国外演出时就是用这个名字。它完全是一部忠君思想的作品。所以革命前《为沙皇献身》是逢"沙皇的节日"在玛丽亚剧院演出的。

30年代，在蹩脚的诗人、高明的无赖戈罗杰茨基[①]的帮助下，格林卡的歌剧剧本被删改了。（斯特拉文斯基为戈罗杰茨基的诗写了两首愉快的歌曲。他说戈罗杰茨基是他妻子的忠实朋友。也许是如此。）在戈罗杰茨基帮忙把《为沙皇献身》改编为《伊凡·苏萨宁》以后，他们开始剪辑音乐。这部歌剧几乎同时在莫斯科和列宁格勒排演出来了。在莫斯科，他们删掉了尾声中的祈祷合唱，但是在列宁格勒排演此剧的音乐指导帕左夫斯基为人固执，拒绝删节。他坚持要保留这场祈祷。这件事请示了日丹诺夫。你会认为日丹诺夫只要命令他们删去祈祷就行了，谁知他知道斯大林的弱点，知道斯大林的迷信。日丹诺夫决定让斯大林去决定。

领袖和导师指示："让他们祈祷，这部歌剧的爱国主义一点不会受损失。"所以，帕左夫斯基排演的歌剧中有祈祷，不过我想帕左夫斯基并未受过洗礼什么的。

有时候我感到这些事情好像是果戈里写的故事。它们看来好笑，实际上可怕。在这部歌剧中要不要祈祷？大主教讲道要不要照稿子宣读？领袖一面呼呼地吸着烟斗，一面决定这些国家大事。正如流行的诗说的："斯大林为我们思考。"他夜间在办公室踱步，"沉思"，考虑的主要就是这种无聊的事情。

对，我要再说一遍：斯大林是个病态的迷信者。所有无仁恕心的建国之父和人类的救星都有这种毛病，这成了一种不可避免的习性，也正因为这个缘故，他们对颠僧有一定的敬畏。有人认为敢于向沙皇说出全部真理的颠僧已经一去不复返了，成了文学作品的一

---

① 谢尔盖·米特罗凡诺维奇·戈罗杰茨基（Sergei Mitrofanovich Gorodetsky，1884—1967），革命前的著名诗人，后来"逢时过节"写"思想上正确"的歌剧剧本和阿谀奉承的诗。娜杰日达·曼杰尔施塔姆（Nadezhda Mandelstam）有一次指出：从戈罗杰茨基的生平中可以吸取一个教训，一个人不要吓得失去自己的尊严。

部分，如《包里斯·戈杜诺夫》等等。"为我祈祷吧，有福的人"——穆索尔斯基在那一场中表达得好极了，证明他是很了不起的歌剧戏剧家。他为了戏剧的真实性而抛弃了一切舞台效果，其结果是如此感人，使观众热泪盈眶。

但是颠僧仍然存在，暴君们也仍像从前一样害怕他们。在我们的时代就有这种例子。

当然，斯大林是半疯的人，但这也没有什么可奇怪的，疯狂的统治者多的是，我们俄国也有——伊凡雷帝和保罗一世。尼禄大概是疯子，人家说英国不知哪一世乔治也是疯子。可见，这个事实本身不足为奇。

令人吃惊的是：伊凡雷帝是作为一个全权的君主寿终正寝的。他遇到过一些麻烦和反抗，如库勃斯基亲王等等。但是靠斯库拉托夫的帮助，伊凡收拾了他的敌人。下一个疯子的日子比较难过。你知道，保罗一世是被人杀死的；他们对他厌烦了。这看来像是进步了，开明的人士可以相信历史的进步，特别是俄罗斯的历史。看来未来会有好日子过的，下一个疯狂的俄罗斯领袖可以简单地被请进疗养院，放下工作，休养休养治治病。

但是受过高深教育的人的美好愿望一点也没有实现。尼古拉一世诚然遇到过小小的反抗，但是最疯狂、最残忍的暴君的统治却没有遇到任何反抗。我不知道斯大林究竟是死在他床上还是死在他床底下，但是我确实知道，他造成的危害比过去所有反常的帝王和沙皇的祸害加起来还要大，然而没有一个人敢于暗示斯大林是疯了的。

弗拉基米尔·别赫捷列夫是一位卓越的精神病专家，与我们家的朋友外科医生格列科夫是至交。有人说他居然敢于说斯大林是疯的。当时别赫捷列夫大约70岁，是世界闻名的专家。他被克里姆林宫召去，仔细地检查了斯大林的精神状态。此后不久他死了。格列科夫相信别赫捷列夫是给毒死的。

然而这不过是关于疯人院和它里面的住客的一系列可怕的笑话中的一则。疯子毒死了给他治病的医生。为什么？一个聪明人这样回答："问题在于有些疯子得以创立他们自己的疯狂王国，其他人却不行。"如此而已。

斯大林晚年越来越像疯子，而且我认为他的迷信也更深了。领袖和导师藏在他的许多别墅中间的一所别墅里，用古怪的方法自我消遣。他们说他从旧杂志和旧报纸上把图画和照片剪下来贴在纸上，挂在墙上。

我的一个朋友（顺便说，是个音乐学家）有"幸"住在斯大林的一个警卫员隔壁。这个警卫员没有直接吐露真言。起先他否认，后来他们一起喝醉了，才谈了起来。他的工资很高，而且在他心目中这种工作十分体面并且责任重大。他和许多同事在莫斯科郊外斯大林的别墅周围巡逻，冬天蹬滑雪板，夏天骑自行车。他们日夜不停地绕着别墅转。这警卫员抱怨说他头都转晕了。领袖和导师几乎从来不走出别墅，偶而走出来的话，那种举止就像真正的妄想狂患者。据这警卫员说，他不断东张西望，寻寻找找。警卫员又敬又畏。"他是在寻找敌人。他一眼就全看到了。"他在喝着伏特加的时候高兴地向我的朋友解释说。

有一个时期，斯大林常常接连几天不让任何人去见他。他常听收音机的广播。有一次斯大林给电台领导打电话，问他们有没有莫扎特《第二十三钢琴协奏曲》的唱片。前一天电台广播了这首乐曲。他又说："尤金娜演奏的。"他们对斯大林说当然有。其实他们并没有这张唱片，因为音乐会是实况转播的。但是他们不敢对斯大林说没有，因为不知道这会招致什么结果。在他看来，一条人命是毫不足惜的。对他，只能事事同意、屈从，只能唯唯诺诺，对一个疯子唯唯诺诺。

斯大林要他们把尤金娜演奏的莫扎特协奏曲的唱片送到他的别墅去。委员会慌了，但是他们必须想个办法。当晚他们把尤金娜和管弦乐队叫去录制了唱片，所有的人都吓得发抖，当然尤金娜除外。她是个例外，因为她谁都不放在眼里。

后来尤金娜告诉我，指挥吓得脑筋都动不了了，人们不得不送他回家，另外又请来一位指挥。第二位指挥战战兢兢地把什么都搞混了，乐队也给他弄糊涂了。来了第三位指挥总算完成了录音。

我看到这是录音史上独一无二的事情——我是指在一个夜晚换了三个指挥。到了早晨，唱片总算准备好了。他们只制作了一张唱片，把它送去给了斯大林。这是一张创纪录的唱片，创唯唯诺诺的纪录。

不久，尤金娜收到一个装了两万卢布的封袋。有人告诉她，这是在斯大林的明确指示下送来的。于是她给他写了一封信。我听她说过这封信。我知道这件事看上去简直不可相信，但是，尤金娜虽然有许多怪癖，我还是可以说一句：她从来不撒谎。我相信她说的事是真的。尤金娜在她的信中写了这样的话："谢谢你的帮助，约瑟夫·维萨里昂诺维奇。我将日夜为你祈祷，求主原谅你在人民和国家面前犯下的大罪。主是仁慈的，他一定会原谅你。我把钱给了我所参加的教会。"

尤金娜把这封自取灭亡的信寄给了斯大林。他读了这封信，一句话也没说。他们预期他至少要皱一下眉毛。当然，逮捕尤金娜的命令已经准备好了，只要他稍微皱一皱眉头就能叫她消失得无影无踪。但是斯大林一言不发，默默地把信放在一边。旁边人等着的皱眉头的表情也没有出现。

尤金娜什么事也没有。他们说，当领袖和导师被发现已经死在他的别墅里的时候，唱机上放着的唱片是她所演奏的莫扎特协奏曲。这是他最后听到的东西。

我不隐瞒我说这件事自有我的目的。我不是一个好斗的无神论者，我觉得人们愿意信什么就信什么，但是单凭一个人有某种迷信，那并不能证明他有什么优点。比如说，一个人并不能仅仅因为他信教就自然而然成了一个更好的人。

斯大林是迷信的，仅此而已。无论在什么时代，暴君和颠僧都是一样的。读一读莎士比亚和普希金，读一读果戈里和契诃夫，听一听穆索尔斯基。

我想起尤金娜老是要对我念《新约全书》。我带着兴趣听，并不感到有什么可惊慌的。她对我念《新约全书》，我对她念契诃夫：

"什么都用圣经经文来解决，就像把犯人分成 5 组一样武断。"契诃夫还说，为什么分成 5 组而不是 10 组？为什么用圣经而不是用可兰经？从来没有一个圣经迷曾经令人信服地反驳过契诃夫的健全的推理。那么，又何必要这一切怜悯？

不，关于野心勃勃的人我没有什么可说的，我也不能接受他们对我的行为的任何评论。这些名人都愿意在一个条件下与我和睦相处：就是要我参加他们的行列，而且是没有一句怨言地参加，毫无思想地参加。但是我对是与非有我自己的看法，我也不需要和任何人讨论我的看法。我经常听到这种要求，而我经常想说："你是谁?"但是我控制住了自我，因为你反正不能向每个人提问，这太占时间了，而且他们不会理解。

但是我希望一劳永逸地解决它。我坚持我只能与干工作的人作严肃的谈话，或者说，实质性的谈话。那就是，与一个一生努力工作并且很有成就的人交谈。我不耐烦和那些飞来飞去的公民纠缠，不管他是卷头发的还是秃顶的，留胡子的还是下巴刮得光光的。他们没有任何专业，却有公诉人的雄心。

应该记住：工作有的是，而且不是所有的职业都给人以担任公诉人的角色的权利。比方说，假如你把一辈子的工夫都用在发展和完善氢弹上了，也许你也不该为这个事实感到自豪①。我说你的履历相当肮脏，相当肮脏。有这种履历的人想要当公诉人是不太合乎逻辑的，因为用短棍子只能打死一个人，但是用氢弹却能杀死千百万人。

一个人参加了杀人事业的惊人发展，单凭这一点，应该说就会把正派人吓得对他的说教敬谢不敏。但是我们已经看到事实并不然，不但不然，他的说教甚至因而更出风头，更增加了味道。这再一次证实，在我们对什么是高尚，什么是正派的衡量尺度中，有些东西是不健康的。这个领域里的事情不对头。直率地说，是个疯人院。

① 指安·季·萨哈罗夫院士（生于 1921 年）。

我不愿与名人显要作严肃的交谈，不愿向这种人谈论我自己或者别人，不愿与他们讨论我的行为是不是恰当的问题。

　　我写音乐，写出来以后拿去演奏。我的音乐是供人听的，谁愿意听都能听。反正我已经在音乐里把什么都说了，不需要什么历史性的或者伪善的评论。从长远说，关于音乐的任何语言都不如音乐本身重要。凡是不这么想的人都不值得交谈。

　　有人认为对一首交响乐的评论比交响乐本身更重要。我讨厌这种人。在他们看来，要紧的是勇敢的语言必须多一些——尽管这音乐本身可能充满了哀怨愁苦。这是真正的颠倒。我不需要充满勇敢的语言的音乐评论，而且我看谁也不需要这个。我们需要的是勇敢的乐曲。我说的勇敢的乐曲，并不是指敢于用图表来代替音符。我说一首乐曲是勇敢的乐曲，指的是它的真实性。在这样的乐曲中，作曲家真实地表达他的思想；而且表达的方式能使他本国和其他国家中尽可能多的正派公民理解并接受这首乐曲，从而了解他的国家和人民。我认为，这就是作曲的意义。

　　对聋子说话是没有意义的，所以我只对能听到的人说话，只打算和他们交谈，只和那些认为音乐比语言更重要的人们交谈。

　　人们说音乐是不用翻译就能理解的东西。我愿意相信这一点，但是我现在认为音乐需要加上许多语言才能使另一个国家的人理解。我出国时听到过许多愚蠢的问题。这是我不喜欢出国的原因之一，也许也是重要原因。

　　讨厌的人可以想到什么就说什么，什么都会拿来问你。这种白痴昨天连你的名字也不知道，可是今天，为了谋生，他总算念得出你的名字了。他根本不知道你是干什么的——而且也不想知道。当然，一个国家里的人并不全都是新闻记者，但是只需要给我看看你看的是什么报纸，我就能说出你脑子里想的是什么。

　　典型的西方记者是没有受过教育的、令人讨厌的、极为玩世不恭的人。他需要赚钱，根本不在乎别的事。这些好干涉人的家伙个个都要我"大胆"地回答他的愚蠢的问题，当他们听不到他们想听的东西的时候，这些先生就生气。我为什么非要回答不可？他们是谁？我为什么要拿自己的生命冒险？而且是为满足一个根本不把我放在心上的人的肤浅的好奇心而冒险！昨天他对我还一无所知，明天他就会连我的名字也忘了。他有什么权利指望我对他坦率和信任？我对他也一无所知，不过我没有用问题去纠缠他，是不是？虽然他回答我的问题是用不着拿他的皮肉冒险的。

这种事实在令人心烦，令人生气。最糟糕的是人们对这种颠倒现象已经习以为常，没有人停下来想一想这有多么愚蠢。别人用来评判我的根据，是我对史密斯先生和琼斯先生说了些什么或者没有说什么。这岂不可笑？报上的文章理应是评价史密斯先生和琼斯先生的手段！我有我的乐曲，而且相当不少，那就应该根据我的乐曲来评价我。我不打算为它提供注释，也不打算说明我是在什么环境下，在什么地方如何浸透了"浪一般的灵感之汗"的①。这种回忆让诗人们去向深信无疑的公众吐露得了；反正这全是谎话，而我又不是诗人。

总的来说，我不喜欢谈论灵感，因为谈起来未免太玄。我记得我只有一次谈到了灵感，而且这一次也是不得已的。那是和斯大林谈话的时候。我向他解释音乐创作过程是如何展开的，以什么样的速度展开的。我看出斯大林并不理解，于是我只得把谈话转到灵感上去。"你知道，"我说，"当然这就是灵感。写得多快取决于灵感。"等等，等等。我把责任推给了灵感。唯一可以提起灵感而不惭颜的时候就是你必须没话找话说的时候，其他时候还是根本不提灵感的好。

我也无意于一小节一小节分析我的乐谱。在斯特拉文斯基的回忆录中，这种部分肯定不很令人感兴趣。如果我告诉你说，在我的《第八交响乐》第四乐章第四变奏第四小节到第六小节，主题的和声是由七个下行的小三和弦组成的，那又怎样呢？谁在意呢？难道有必要证明你在你干的那一行里知识丰富？斯特拉文斯基的榜样并不使我信服。他应当把分析他的作品的事留给音乐学家去做。我宁

---

① 当代俄国生活中流行的一句讽刺话，引自伊尔夫和彼得罗夫的《金牛》。

愿他多谈些他认识的人和他的童年。

斯特拉文斯基对他的童年的描写很不错。我说过，我认为这是他的回忆录中最精彩的章节。通常，有种话一看就令人反胃。"我生于一个音乐家庭，父亲在梳子上弹音乐，母亲总是吹着口哨。"诸如此类的话，枯燥无味。

斯特拉文斯基对于答复记者的问题是拿手的——就像哥萨克在马背上耍花样或者砍葡萄树一样拿手。但是，首先，他不说实话。他说的事情过于奇特，真实的事情决不会这样引人入胜。（索列尔金斯基有一次说，俄文里"真理"这个字是无韵的。我不知道是不是这样，但是真理和广告确实没有什么共同点。）第二，斯特拉文斯基和我完全是两种人。我感到很难和他交谈。我们来自不同的星球。

至今我想起第一次去美国①的情形仍感到可怕。要不是迫于从斯大林而下各级和各色行政官员的强大压力，我根本就不会去。人们有时说这一次旅行一定很有趣，且看照片中我微笑的那样子。这是已经被定了罪的人的笑容。我感到自己像个死人。我头晕眼花地回答那些愚蠢的问题，心想，我回去以后就完了。

斯大林喜欢这样牵着美国人的鼻子走。他拿一个人出来给他们看看——瞧这个人在这儿活得好好的——然后就杀了他。可是，为什么要说牵着鼻子走呢？这样说过分了些。他只是愚弄那些愿受愚弄的人。美国人根本不会来关心我们怎么样，为了活得好睡得香，他们什么都可以相信。

就在那时候，1949 年，犹太诗人伊特西克·费弗尔在斯大林的命令下被捕。保罗·罗伯逊到了莫斯科，在宴会舞会的酬酢间，他想起他有一个朋友伊特西克。伊特西克在哪儿？"让你看看你的伊特西克"，斯大林作了决定，于是玩弄了一下他通常耍的卑鄙的花招。

---

① 肖斯塔科维奇于 1949 年 3 月首次去美国参加文化和科学界保卫世界和平大会。大会在纽约华道夫—阿斯多里亚饭店举行。

伊特西克·费弗尔在莫斯科最漂亮的饭店请罗伯逊吃饭。罗伯逊到了，被引入饭店里的一雅座间，桌上摆满了酒和考究的小吃。费弗尔清瘦苍白，话说得很少。但是罗伯逊又吃又喝，而且看到了他的老朋友。

友好的宴会结束后，罗伯逊不认识的那几个人把费弗尔押回了监狱，不久后他就在那儿死了。罗伯逊回到美国后逢人就说，关于费弗尔被捕和死了的谣言全是胡说和诽谤，他和费弗尔一起喝过酒。

的确，像这样生活要容易得多，想到自己的朋友又富裕又自由，能请你吃一顿丰盛的酒席，这的确比较省心。想到朋友在监狱里，那可是不愉快的事。你得要去过问，你得要写信提抗议。要是提了抗议，下回就不会请你去了。而且他们还会破坏你的名誉，电台和报纸会骂你，叫你反动分子。

对，还是看到什么就相信什么更容易得多。这样你看到的总是你想要看的东西。这是鸡的心理——鸡在啄食的时候只看见眼前的那粒谷子，别的什么也看不见。就这样，它啄了一粒又一粒，直到农夫扭断它的脖子。斯大林比谁都懂得这种鸡的心理，他知道怎样对付小鸡。它们都在他手上啄食。据我理解，他们西方人不喜欢记住这种事。因为他们始终是正确的，这些伟大的西方人道主义者，真实文艺的热爱者始终是正确的。错的总是我们。

有人问我，"你为什么要在这个或那个上面签字?"可是有没有谁问过安德烈·马尔罗他为什么要歌颂成千上万人为之丧身的白海运河的建设?[①] 不，没有人问过。太糟糕了。他们应该问得多一些。毕竟没有人能不让这些先生回答问题。当时没有任何东西威胁他们的生命，如今也没有。

---

① 俄国北部的一条运河，是按照斯大林的命令使用犯人在 1931 年 9 月至 1933 年 4 月建成的。在筑河过程中，劳工死亡数以万计。斯大林聪明地反过来宣传这种"把集中的劳动力投入庞大的事业，其规模之宏伟令人目瞪口呆"。(引自当代苏联的一份资料)千百个作家、艺术家和作曲家的才能被用于颂扬白海运河。见索尔仁尼琴的《古格拉群岛》。

那位著名的人道主义者利翁·费希特万格怎么样？他那本小书《1937年的莫斯科》我看了感到恶心。这书刚一问世，斯大林就叫人把它翻译出来大印特印。我读它的时候，对这个被吹捧的人道主义者又恨又鄙视。

费希特万格写道，斯大林为人单纯，充满了善意。我曾经以为费希特万格也是被羊毛蒙住了眼睛，但是后来把这本书重看了一遍以后，我看出这位伟大的人道主义者是在撒谎。

他宣称："我所理解的事物是好极了的。"他所理解的是莫斯科的政治审判是必要的——因此好极了。据他说，这些审判有利于民主化。不，要写出这种文章来仅仅是笨蛋还不够，必须还是一个无赖。这个人号称著名的人道主义者。

名气同样响亮的人道主义者肖伯纳又怎么样？这个人说过："你用'独裁者'这个名词吓不倒我。"当然咯，肖伯纳有什么可害怕的？他所住的英国没有独裁者。据我记得，他们的最后一个独裁者是克伦威尔。肖伯纳只是来拜访了一个独裁者。正是这个肖伯纳从苏联回去后宣布："俄国在闹饥荒？胡说。我在哪里也没有吃得像在莫斯科那么好。"当时千百万人在挨饿，有几百万农民饿死。然而，肖伯纳的机智和勇气使人感到愉快。我对这一点有我自己的看法，虽然我曾不得已而把我的《第七交响乐》的总谱送给他，因为他是位著名的人道主义者。

罗曼·罗兰怎么样呢？我想起他就感到不舒服。由于这些著名的人道主义者中间有些人赞扬我的音乐，我特别感到厌恶。一个是肖伯纳，还有罗曼·罗兰。他确实喜欢《麦克白夫人》。我本应该去会见这位属于爱好真实的文学和真正的音乐的光辉巨星群的著名的人道主义者。可是我没去。我说我病了。

我一度为这个问题感到苦恼：为什么？为什么？为什么这些人向全世界撒谎？为什么这些著名的人道主义者对我们，对我们的生活、名誉和尊严毫不在意？后来我突然平静下来了。他们不在意就不在意好了。去他们的吧。他们最珍惜的是他们作为著名人道主义者的舒适生活。这就是说不能真把他们当作一回事。他们在我眼里成了孩子一样。讨厌的孩子——这差别极大，正如普希金常说的。

当年在彼得格勒也有许多讨厌的孩子。你沿着涅瓦大街走着走着，会看见一个13岁的孩子，嘴里叼着一支雪茄。他一口牙齿都已经蛀坏，手上戴着戒指，头上一顶英国式便帽，口袋里装着打人用的铜指套。他玩过城里所有的妓女，吸毒的瘾头也大。他不喜欢生活。碰上这样一个小流氓可比碰上任何匪徒还可怕。这个小天使可以开玩笑似的给你一拳——孩子的头脑里什么念头都可能出现。

我看到我们当代的著名的人道主义者的时候也有同样的畏惧。他们一口蛀牙，我不需要他们的友谊。我只想迈开两只脚尽可能跑得离他们远些。

有一次，一个年轻的美国妇女来看我。一切都很顺当，宾主应酬如仪。我们谈音乐，谈自然和其他不着边际的东西。很愉快。突然，她惊慌失措，脸上一阵红一阵白。接着她挥舞着手臂，差点儿跳上了桌子，嘴里喊着"一只苍蝇，一只苍蝇!"房间里飞进了一只苍蝇，把我的这位受过高深教育的客人吓得要死。我不想捉苍蝇，因此我们告别了。

对这些人来说，一只苍蝇是从另一个世界来的神秘的动物，而我只是一头挖掘出来的恐龙。好吧，就算我是。那么，尊贵的客人，你愿意谈谈恐龙吗? 谈谈它们的问题、权利和义务? 噢，你不想讨论恐龙? 那么，也别讨论我，因为你对我的权利和义务比你对恐龙的权利和义务知道得还要少。

战时放映过一部好莱坞电影叫《莫斯科之行》。制片者一定认为这是一部情节戏，但是我们认为它是一部喜剧。我想，在战时我从来没有像看这部电影那样笑过。一只苍蝇，一只苍蝇。

有一天，尼米罗维奇－丹琴珂情绪很好，向我谈起好莱坞拍摄的《安娜·卡列尼娜》。我记得这部电影拍摄的时候他正好在那里，至少他在美国看过剧本。在这部美国剧本中，渥伦斯奇是在一个旅馆里占有了安娜的，根据是他的睡衣和拖鞋在安娜的房间里。这部电影的结局是大团圆（我记得是大明星嘉宝扮演安娜）——卡列宁死了，渥伦斯奇和安娜结婚了①。这不是一只苍蝇？当然是。

我知道这全是傻事，蠢得可笑。苍蝇、蚊子、蟑螂，全是大事。人们就是不想让脑筋紧张。那些东西确实严肃不了，只知道飞来飞去。一只苍蝇。好吧，让它们飞吧，但是一个生来只会爬的生物是飞不起来的，正如高尔基以极为丰富的经验所说的预兆着革命暴风雨的海燕，是反其意而用之。

你一旦习惯于飞来飞去，就不会想回到我们这罪孽深重的土地上来了。从上往下看，一切都显得壮丽、美观，即使白海运河也宏伟得惊人。

当然，我知道有整整一个旅的可敬的俄国笨蛋集体创作了一本赞美白海运河的书。如果说他们有什么理由的话，那就是他们今天作为旅游者被带去参观运河，明天他们中间的任何人都可能在那里挖烂泥。于是，伊尔夫和彼得罗夫又没有加入这可耻的"文学营"选集，他们说他们对同住者的生活"了解得很少"。伊尔夫和彼得罗夫很幸运，他们从未发现其他千百个作家和诗人所发现的生活。

他们的确从"游览和熟悉生活"的运河旅游中带回了一个笑话。作家和诗人受到一个乐队的欢迎，这乐队的成员全是刑事犯（与政治犯不同），是因为七情六欲而犯罪坐牢的。伊尔夫看着这些卖力的乐师，想起了著名的俄国管乐队，便低声说："这是个长角的王八乐队。"

好笑吗？我不知道。你知道，那是神经质的笑声，他们是因为无能为力才笑的。但是，当你听说亨利·华莱士为科列马集中营的头子对音乐的热爱而感动时，一点也不会觉得好笑。而他想当美国总统。

我在听人告诉我一些外国访问者如何使阿赫玛托娃和左琴科感

---

① 指米高美公司 1927 年改编的电影《爱情》，其中安娜·卡列尼娜由嘉宝扮演，渥伦斯奇由约翰·吉尔伯特扮演。后来好莱坞重新拍摄了一部《安娜·卡列尼娜》，仍由嘉宝演安娜，而弗留德里克·马奇扮演渥沦斯奇。在这部改编本中，安娜终于死了。

到失望时，也不感到好笑。阿赫玛托娃曾多次大难临头。吉米廖夫①被枪决，她的儿子判了长期徒刑进了集中营，而蒲宁又死在集中营里。她的著作有许多年不能出版，现在出版的也许只有她的著作的三分之一。左琴科和阿赫玛托娃是首先遭到"日丹诺夫的打击"的人②——随之而来的遭遇就不必多说了。

他们被叫出去见一些外国旅游者，某个不是保卫这个就是为那个战斗的人物的代表团。这种代表团我见得多了，他们脑子里都有一件事——尽可能快一点吃。叶夫图申科有一首诗很中肯地描写了这些友好代表团："餐券在手，招来五洲的朋友。"于是，左琴科和阿赫玛托娃被迫去见这个代表团。又是老花样，要证实他们还活着，很健康、幸福，对党和政府极为感激。

"朋友们"手里拿着餐券，除了问左琴科和阿赫玛托娃对党中央委员会的决议和日丹诺夫同志的讲话有什么想法以外，再也想不出更聪明的话。日丹诺夫的那次讲话是把阿赫玛托娃和左琴科当作典型批判的讲话。他说，左琴科是个毫无原则和良心的文学流氓，他有一副腐朽、堕落的社会政治和文学丑态。不是面目，他说的是丑态。

日丹诺夫说，阿赫玛托娃以她的诗里的腐朽、丑恶的精神毒害苏联青年的思想意识。所以，他们对这个决议和讲话怎能有什么感想呢？问这样的问题不是虐待狂吗？这就像问一个刚被流氓吐了一脸唾沫的人："你脸上给人吐了唾沫，有什么感想？你喜欢吗？"这还不够。他们是当着那个吐唾沫的流氓和匪徒的面问的。他们明知道他们是要走的，而受害者还得留下来同这个匪徒打交道。

---

① 尼古拉·斯捷潘诺维奇·古米廖夫（Nikolai Stepanovich Gumilyov，1886—1953）。诗人，阿赫玛托娃的第一任丈夫。尽管高尔基曾向列宁求情，但是古米廖夫还是以反政府阴谋（所谓塔干特西夫教授事件）集团成员的罪名被枪决。尼古拉·尼古拉耶维奇·蒲宁（Nikolai Nikolayevich Punin，1888—1953），艺术史学家，革命后任埃尔米塔日博物馆委员，是阿赫玛托娃的第三任丈夫。他几次被捕，最后死于西伯利亚。

② 战后的"拧紧螺丝"是从日丹诺夫对左琴科和阿赫玛托娃采取行动开始的（1946年）。他们两人被赶出作家协会，剥夺了一切生活来源，并在报刊和无数会议上遭到恶毒攻击。

阿赫玛托娃站起来说,她认为日丹诺夫同志的讲话和决议都完全正确。当然,她这样做是对的,对这些不知羞耻的、无心肝的陌生人只能这样做。她还能说些什么?说她认为自己是生活在一个国家疯人院里?说她蔑视和憎恨日丹诺夫和斯大林?是的,她可以这样说,但是以后就不会有人再见到她了。

当然,"朋友们"回国后可能"在朋友中间"把这件惊人的事情说一遍,甚至可能在报纸上登一条消息。可是我们就会在生活中失去阿赫玛托娃,失去她晚年的这些无与伦比的诗。国家就要失去一位天才。

但是天真可爱的左琴科以为这些人真的想了解些什么。他当然不能把他的感受都说出来,那等于自杀,但是他作了解释。他说,起先他对日丹诺夫的讲话和决议都不理解。他觉得讲话和决议好像不公正,于是他写了一封信给斯大林,谈了这一点。后来他开始思考,再后来许多指责看来是公正、正确的了。

可怜的米哈伊尔·米哈伊洛维奇,他的高尚心胸没有得到好报。他以为对方是些正派人。这些"正派人"鼓了掌,走了。(他们认为阿赫玛托娃不值得他们鼓掌。)结果,作为惩罚,本已有病的左琴科挨饿了。他的作品一行字也不许出版。他饿得半死,脚也肿了。他给人补鞋,想靠这个维持生活。

教训很明白。跟著名的人道主义者没有友谊可言。他们和我们相距远如两极。我对他们一个也不信任,他们也没有一个人为我做过什么好事。我不承认他们有权利向我提问。他们没有道义上的权利,他们也不敢对我说教。

我从来没有回答过他们的问题,以后也决不回答。我从来不把他们的演讲当真,以后也决不会。我的暗淡、不幸的一生所遭受的辛酸支持我这样做。但是我丝毫也不因为我的学生继承了我的多疑而感到愉快。他们也不相信那些著名的人道主义者。他们是对的。

这太糟糕了。要是他们终于发现有一个著名的人道主义者是能够信任的,能够和他谈谈鲜花、友爱、平等、自由、欧洲的足球锦标赛等等高尚的话题的,那我的确会很高兴。但是这样的人道主义者还没有生出来。无赖多的是，而我不想和他们交谈：他们会为了外币或者一瓶黑鱼子酱而把你廉价出卖。

因此，我的最优秀的学生在我的可哀的榜样下也不去同人道主义者交朋友，这一点使我感到一种忧伤的满足。若要避免孤独，我衷心劝世人找一只狗做伴。

公民们，别相信人道主义者，别相信先知，别相信名人——他们会为了一分钱而愚弄你。自己干自己的事，不要伤害人，要努力帮助人。不要想一举拯救全人类，要从救一个人开始。这要难多了，要帮助一个人而又不伤害另一个人是很难的难事。难到了难以相信。唯其如此，才产生了拯救全人类的欲望。于是，不可避免地，你在这条路上发现，全人类的幸福取决于能否毁灭几亿人。不过如此，区区小事。

果戈里说，世界上除了胡闹没有别的。我试图描写的就是这种胡闹。世界性的纷争吸引了一个人的注意力。本来他自己的问题已经不少，如今还加上世界纷争。你可能丢掉脑袋——或者丢掉鼻子。

经常有人问我为什么要写歌剧《鼻子》。这个，首先是因为我热爱果戈里。不是吹牛，我能整页整页地背他的作品。我从小看过《鼻子》，留下的记忆始终难忘。现在他们在写《鼻子》的评论时总是讲梅耶霍尔德对我的影响，也就是说，梅耶霍尔德排演的《钦差大臣》使我大为感动，于是我就写出了《鼻子》。不是这样。

我在移居莫斯科，住到梅耶霍尔德家里去的时候已经在为《鼻子》工作了。全剧都已经构思成熟，没有依靠梅耶霍尔德。我同萨萨·普列斯和格奥尔基·伊奥宁这两个优秀的人一起写剧本。那是令人神往的美好时期。我们一早就聚集在一起。晚上我们不工作，首先是因为我们以豪放不羁的作风工作。应该在早上或者下午工作，不需要午夜的戏剧。

其次，普列斯不能在夜里工作。他夜里没空，要干活。他的职业听起来很重要，"非液体财产保管代理人"，实际上是看守员。他是一所以前属于兰特林的糖果工厂的看守。厂主兰特林父子都跑到国外去了，留下了这份产业，萨萨看守着它，防止盗窃。

剧本很有趣。正如奥列尼科夫说的："真的有趣，实在有趣。"起先，我们去找扎米亚京，希望他负责我们的剧本创作，因为他是位名家。但是这位名家并没有增加趣味，而且哪方面也不比我们强。

科瓦廖夫市长要有一段独白。我们都不愿意写，扎米亚京说："干吗不写？"就坐下来写了。顺便说，这段独白写得很糟糕。这位俄罗斯散文大师的贡献仅止于此。所以可以说扎米亚京取得这份荣誉是偶然的。他没帮很大忙，我们是自己干的。名家的影响不过如此。

普列斯和伊奥宁是很特殊的人物。普列斯为果戈里写了果戈里的喜剧《圣·弗拉季米尔三年级》。你知道，果戈里没有写完这部剧本，只留下了简略的草稿，而萨萨把剧本写出来了。他不是按他自己的想法写的，而是完全用果戈里的话组成了这部剧本。他没有加上自己的一个字，每一行都是从果戈里的作品中提取的。确实惊人。他工作非常细致。我读了手稿。每一段对白都注明了出自果戈里的哪一篇著作。例如，剧中人说"晚餐准备好了"，脚注就告诉你自哪一篇作品的哪一页。一丝不苟。这个剧本在列宁格勒上演了，萨萨看到报上有一篇评论的标题是《唱吧，趁它还热》。

后来萨萨·普列斯对《麦克白夫人》的剧本帮了大忙，还专门为我创作了一个极好的歌剧情节：希望解放妇女的生活。这可以成为一部严肃的歌剧，但是结果落了空。普列斯死了，死时还年轻。他们杀了他。

伊奥宁也是一个特殊的杰出人物。他幼时曾经流落街头犯过罪，在陀思妥耶夫斯基儿童教养所里长大，有这种经历的人是成不了名的。伊奥宁的专长是俄罗斯文学，我不知道他那么些知识是从哪儿学到的。文学教师在教养所里都留不长。是伊奥宁把他们赶走的。一位女士来了，向他们朗读《蜻蜓和蚂蚁》。伊奥宁说："这些我们全知道。为什么不向我们说说最近的文学动态？"她回答说："不许对我说脏话。什么叫动态？"

伊奥宁死时也很年轻。他想成为一个导演。他从别人那里传染上斑疹伤寒死了。他有两个朋友写了一本以他为主人公的书。虽然他是犹太人，但是书中叫他"小日本"。他身材矮小，吊眼梢。这本书很受欢迎，可以说很出名，不久前还拍成了电影。我懂得他们是要用这部电影来教育人。请想想事情的结果有多奇怪。

我周围尽是些令人惊奇的事情，这也许是因为我周围令人惊奇的人太多了，虽然他们并不出名。这些人对我的帮助远远超过著名人物。著名人物向来时间不够。梅耶霍尔德就是这样。

至于他的《钦差大臣》，是的，我当然很喜欢这部作品，但是这里面的关系是倒过来的：我喜欢这部作品是因为我当时已经在写《鼻子》一剧，看到梅耶霍尔德和我一样解决了许多问题，而不是相反。我一点也不喜欢《钦差大臣》的音乐。我不是指格涅辛写的调子——不，它们写得很出色，也很合适。但梅耶霍尔德把什么东西都往这部戏里塞，效果不见得都好。例如，我至今不理解有什么必要用地道的民歌（我记得是卡卢加地区的民歌）来刻划奥西普的性格。梅耶霍尔德认为奥西普在这部戏里是健康的人物。我看这是误解。我也不理解为什么他们要用格林卡的《希望之火在我血中燃烧》这首歌。这首歌里没有任何淫荡的东西，可是梅耶霍尔德认为它能够表达安娜·安德烈耶夫娜的情欲。赖赫扮演这个角色。我扮演一个来宾在台上弹钢琴，赖赫唱起了格林卡的浪漫曲，一面唱一面摆动她肉感的肩膀，向赫列斯塔科夫送媚眼。赖赫在《钦差大臣》中演的是她自己——一个讨嫌的野心勃勃的女人。愿上帝原谅她，她死得惨，像殉道者一样。

我不知道，也许梅耶霍尔德确实影响了斯莫利奇在小戏院导演的我的歌剧《鼻子》。那是另一回事，与作曲者无关。对《鼻子》和对我本人影响更大的是著名的"哈哈镜"剧场上演的《鼻子》。

那是革命前的事了。那时正在打仗，我还是个孩子。我记得我很喜欢看这出戏，它演得很妙。我记得，后来我在找歌剧题材时立即想到了那一出《鼻子》，我想由我自己来写这剧本大概不会有多大困难。

总的说，这正是我所做的。我根据记忆写了提纲，然后我们一起把它铺陈开来。萨萨·普列斯为我们定步调。他一下班就来，人已经很困倦了，但是他能燃起我们的热情，我们由他带着进行创作，三个人像一个人似的工作，又愉快又顺利。

我不想写讽刺性的歌剧，我不大清楚究竟讽刺性歌剧是什么。普罗科菲耶夫的《三只橘子之恋》，有人说是讽刺性歌剧，可是我听了感到厌烦。你不断地意识到作曲家努力想使人觉得它有趣，可是它却一点也不有趣。人们在《鼻子》中找到了讽刺和怪诞，但是我写它的时候完全是把它作为严肃的音乐写的，里面没有讽刺或玩笑。要在音乐中表现机智是相当困难的——在最后太容易成为像《三只橘子》那样的成品了。我在《鼻子》中避免开玩笑，我想我做到了这一点。

真的，可以想想，一个人丢了鼻子难道真那么有趣？一个人结不了婚，干不了工作。我倒愿意看看我的哪一个朋友丢了鼻子。他非哭得像孩子一样不可。凡想排演这个歌剧的都应当记住这一点。你可以把《鼻子》当作笑话来阅读，但是不能把它作为笑话拿来上演。那太残忍了，而且最重要的是同音乐不相称。

《鼻子》是个可怕的故事，不是笑话。警察的压迫怎能有趣得了？不论走到哪儿，都有一个警察，你一步也迈不了，一张纸也扔不了。《鼻子》里的人群也不可笑。从一个个人来说，他们不坏，只是有些古怪，但是他们聚合在一起却成了一群嗜血的暴徒。

《鼻子》所隐喻的东西也没什么可笑的。没有了鼻子，你就不成其为一个人了，然而，没有你，鼻子能变成一个人，甚至变成一个重要的官老爷。这里面没有夸张，故事是可信的。假若果戈里活在今天的话，他会看到比这更奇怪的事。我们周围也有许多鼻子在走来走去，使人心慌意乱，在我们共和国里发生的与这异曲同工的事情一点也不可笑。

我的一个作曲家朋友同我说过一件既特别又平凡的事。它之所以平凡，是因为它是真事；它之所以特别，是因为它是够时代水准的诈骗案，值得果戈里或者霍夫曼动笔一写。那位作曲家在哈萨克工作了几十年，是位优秀的作曲家，从列宁格勒音乐学院毕业的，也是斯坦因伯格班上的，比我低一班。他在哈萨克确实功成名就，成了类似宫廷作曲家那样的人物，因此他知道许多事情，多数是机密。

在苏联，人人都知道江布尔·扎巴耶夫，我的儿子在学校里学他的诗，我的孙儿辈也学他的诗——当然，学的是俄文的，从哈萨克文翻译过来的。它们是很动人的小诗。你能想象在战时它们写的是些什么。"列宁格勒人，我的孩子们……"这是一个穿长袍的智慧的百岁老人那里来的。所有外国来的客人都喜欢和他一起照张相，这种照片太富于异国情调了。一个民间歌手，眼睛里闪耀着古老的智慧，等等。我承认，连我也为之倾倒，用他的一些诗写了音乐。这是事实。

原来这全是假戏。我的意思是说，江布尔这个人自然是存在的，他的诗的俄译文也是存在的。只是原诗从来没有存在过。江布尔可能是个好人，但不是什么诗人。我想他也可能是诗人，但是谁也不关心他是不是，因为对他那些乌有的诗歌的所谓俄译文是俄罗斯诗人的作品，他们甚至没有征求过我们这位伟大的民歌手的同意。即使他们想征求意见，他们也做不到，因为这些译者连一个哈萨克字也不识，而江布尔呢，一个俄文字也不识。

不，这么说还不对。他会一个俄文字：酬金。他们对江布尔说明：他每签一次名（不用说，江布尔是个文盲，但是他们教他怎样画押代替签名），他只要一说"酬金"这个神秘的词，就能拿到钱，就能再买许多羊和骆驼。

江布尔每次在合同上画个押就拿到一笔酬金，所以越来越富有。他喜欢这个。但是有一次出了问题。人们带他到了莫斯科，日程里除了会议、招待会、宴会以外，还安排了一次与一队少先队员的会见。少先队员围上了江布尔，请他签名。有人告诉他，他得把他那有名的符号画上去。他画了，但是一面画一面不断地说"酬金"。他断定人家是为了他所画的符号付钱给他的，他根本不知道"他的"诗的事。当向他说明这次没有酬金，他的财富不会有所增长时，他很失望。

果戈里不能在场把这件事写下来太可惜了：一个全国闻名的大诗人居然根本没有其人。然而，每一个怪诞的故事都有它悲剧性的一面。也许这可怜的江布尔的确是个伟大的诗人。他毕竟还能弹着他的冬不拉唱些什么东西。但是没有人对此感兴趣。需要的是对斯大林的壮丽的颂歌，东方式的应景的赞辞——生日、斯大林宪法的颁布，随后是选举、西班牙内战等等。需要歌功颂德的事情多的是，可是这位文盲老人对哪一件都一无所知。对"阿斯图里亚斯的矿工"的事他能知道，能关心吗？

一大批所谓俄罗斯诗人为江布尔劳动，其中有西蒙诺夫之流的名人。他们很了解政治形势，为讨好领袖和导师而写作，这意味着主要写斯大林本人，但是他们也没有忘记他的亲信，如，叶若夫①。

我记得，当时颂扬叶若夫的歌受到高度赞扬。那是模拟民歌风格歌唱秘密警察和它的光荣领袖叶若夫，表达了"用我的歌把我们的战士的声誉传遍全球"的愿望。叶若夫的名声的确传得很广，但不是由于他们所想的原因。

他们写得又快又多，一个"译员"才思尽了，就换上一个新的。这样，作品从未间断过，直到江布尔死了，这个工厂才关闭。

人们照常会说这一点也不典型，可是我要回答：怎么不典型？十分典型。这件事情里没有一点违法乱纪，正相反，一切都遵循着规则，一切都是该怎么样就怎么样。各族人民的伟大领袖需要来自各民族的意气风发的歌手，所以寻求这些歌手是国家的职责。假若找不到，就造，就像造出了江布尔这样。我认为这位伟大的新诗人的出现的过程也是典型的，而且富有教育意义。30年代，一个俄罗斯诗人兼记者在哈萨克的党报（用俄文出版）工作。他拿来了一些诗，据他说是他从一些民间歌手那里记录和翻译出来的诗。他们喜

---

① 尼古拉·伊万诺维奇·叶若夫（Nikolai Ivanovich Yezhov, 1895—1939），党务要员，从1936年起任安全机关首领。1939年，在斯大林令下，叶若夫显然被枪决了。据历史学家估计，在"叶若夫主义"时期苏联约有300万人被消灭。

欢这些诗，把这些诗登出来了。大家都很高兴。当时莫斯科在筹备一个哈萨克艺术成就展览会。哈萨克的党的领导人在报上读到这个"无名诗人"的诗，就叫手下把这个人找来，要他立即写一首歌颂斯大林的歌。

他们去找了这个记者——你的诗人在哪儿？他哼哼哈哈，原来他说的是谎话。这个漏子不能不弥补上，再说他们也无论如何需要一个"土生的哈萨克诗人"来歌颂斯大林。有人想起见到过一个模样挺富有民族色彩的老人倒也适用，这人会唱歌会弹冬不拉，而且照起相来形象不错。这位老人俄文一个字也不会，不会出问题的，只要给他找个好"翻译"就行了。

他们找到了江布尔。用他的名字匆忙写了一首赞美斯大林的歌曲送到了莫斯科。斯大林喜欢这首颂歌，这是最重要的事，此后，江布尔·扎巴耶夫的新生活开始了。

这个故事里面有什么不典型或意料之外的事呢？一切都是理所当然。一切都按计划顺利地发展。这个故事可以说典型到了在以前的小说中已曾成为刻画的题材。我的朋友尤里·蒂尼亚诺夫写过一部长篇小说叫《陆军少尉基热》，据说取材于沙皇保罗统治时期的历史故事。我不知道保罗统治时期是个什么样子，但是对我们这时代说来这故事是现实的。它说的是一个不存在的人如何成了一个存在的人，而一个存在的人却成了个不存在的人。对这件事，谁也不觉得奇怪，因为这种事很普通，很典型，谁都可能碰上。

我们读《陆军少尉基热》时不禁发笑，同时也不免担忧。现在每个学生都知道这个故事了。一次书写的错误造成了一个虚构的人物，而这个人物——基热少尉，度过了一长段曲折的生活，结了婚，得意了以后又失宠，后来又成了"皇帝的宠幸"，死的时候带着将军的军衔。

虚构成功了，因为在一个极权主义国家里，人是无足轻重的，唯一要紧的是要使国家机器无情地运转。机器只需要齿轮。斯大林惯于把我们所有人叫做齿轮。齿轮与齿轮没有什么区别，换一只很容易。你可以捡一只出来说，"从今天起，你是一只天才的齿轮"，于是别人就都把它当作天才。它究竟是不是天才，那没关系。在领袖的命令下，任何人都可能成为天才。

这种精神状态受到强烈的鼓动。有一首每天在电台上播送几遍的歌曲唱道："在这里，人人都能成为英雄。"

"最优秀、最有才华的"马雅可夫斯基经常在《共青团真理报》上发表诗。有一次有人打电话来问为什么当天的报上没有马雅可夫斯基的诗。"他在休假。"他们解释道。"那么谁来代替他?"打电话的人问。

我并不喜欢马雅可夫斯基，但是这事是意味深长的。人们的心理状态是创作界每个人都一定得有个替身，替身又有替身。他们应当随时准备替换斯大林称之为"最优秀、最有才华的"那个人。所以要记住，昨天你是最优秀、最有才华的，今天你什么也不是。是零，是粪土。

我们全都熟悉这种感觉——无数不知名字的"替身"站在你后面，信号一下就坐在你的书桌上写你的小说、你的交响乐、你的诗。杂志上把一些微不足道的作曲家称为"红色贝多芬"。我不是把自己比作贝多芬，但是我不可能忘记随时都可能出现一个新的"红色肖斯塔科维奇"，而我自己将消失。

每当我想到我的《第四交响乐》，这种想法就经常追逐着我。毕竟已经有 25 年没人听到过它了，而我手上还留着手稿。如果我消灭了，当局会把它赏给一个"热情"的人。我甚至知道这个人是谁。那时，这首交响乐就不再是我的《第四交响乐》，而会成为另一个作曲家①的《第二交响乐》了。

---

① 指赫连尼科夫。多年的恐怖统治和无耻的修改历史（包括文化史），加上公众噤若寒蝉，为明火执仗的剽窃行为创造了良好的气候。如，历史学家认为，斯大林的基本理论著作之一《列宁主义基础》是剽窃的（真正的作者伊·克谢诺方托夫于 1937 年被处死了）。文学界的典型例子是诺贝尔奖金获得者肖洛霍夫：许多人，包括索尔仁尼琴在内，认为肖洛霍夫的名著《静静的顿河》是剽窃他人的作品。

你看，气氛适宜于大批伪造天才，同样也适宜于天才的大批消失。我与之共事而且我也敢称他为朋友的梅耶霍尔德就是例证。现在已经不可能想象梅耶霍尔德当年是多么受欢迎。人人都知道他，即使对戏剧或艺术没有兴趣或没有关系的人也都知道他。在马戏团里，丑角总是开梅耶霍尔德的玩笑。这些玩笑在马戏团随时都能博得笑声。在他们的小调里唱到的人都是观众一听就能辨认出来的人。他们甚至常常出卖名为梅耶霍尔德的梳子。

　　后来梅耶霍尔德消失了。很简单，他消失了。好像从来没有存在过。几十年了，没有人提起梅耶霍尔德。这种寂静是可怕的，死一般的，我遇到的受过很高的教育的年轻人也从未听到过梅耶霍尔德的事。他被抹掉了，就像用一大块橡皮擦掉一小点墨迹一样。

　　这事发生在欧洲大国的首都莫斯科，深受其害的是世界闻名的人物。地方上，我们在亚洲的那些共和国的情况也就可想而知了。在地方上，这种一个人变为乌有，变为零，而零和不存在的东西却变为重要人物的事是屡见不鲜的。在地方上，这种精神仍占统治地位。

　　这种情况在音乐领域带来了可悲的后果。比如说，中亚细亚（塔什干、阿什哈巴德、杜尚别、阿拉木图、伏龙芝）的歌剧、舞剧、交响乐、清唱剧中间有大量的作品并非出自乐谱封面和音乐会节目单上印着名字的本地作曲家的手笔。真正的作者是谁，一般人以后也不会知道，也没有人会问：谁是这些音乐的奴隶？

　　我认识很多这种作曲家。他们是有着另一种命运的另一种人。这种代人提刀的作曲家到现在已经有几代人了，最老的正在逐渐死去。他们生活在边远的省份，有的是流放去的，有的是因为可能被逮捕而从莫斯科和列宁格勒逃跑去的。有时候，逃到穷乡僻壤是条出路。一个人改换了地址，他们就放过了他。我认识的这样的人有几个。

　　这些作曲家在加盟共和国里谋生。当时，正值莫斯科热心于宣传各加盟共和国民族的才能的装潢门面的时候。事情干得太不顾羞耻了，所以我要专门说一说，特别是因为人们至今仍然认为30年代的那些文化节不仅必要，而且是有益的。

实际上，任何清醒的（和不太笨的）人在看到这些舞蹈时首先应该联想到的是古罗马，因为古罗马的皇帝把被征服的地方的人掳到罗马，让这些新的奴隶向首都居民表现他们的文化成就。大家都能看到，这种主意并不新奇，可以肯定斯大林向罗马借鉴的不仅是他所喜爱的建筑风格。他还在一定程度上借鉴了罗马的文化生活的风格，一种帝国的风格。（我不大相信他的学识，他赏识的大概是已经改头换面的罗马，墨索里尼的罗马。）

总之，被征服的部落载歌载舞，还编出了赞歌向伟大的领袖致敬。但是这些可羞的表演肯定与民族艺术不相干。这不是艺术。他们需要的只是献给最伟大、最英明的人的新烤出来的颂歌。

传统的民族艺术和传统的——优美的——音乐不合他们的胃口。原因很多。首先，这种艺术太精湛、太复杂、太陌生了。斯大林要的是又简单，又惊人，又干脆的东西。正如俄国手推车小贩常说的："东西是热的，味道怎样不担保。"

其次，民族艺术被认为是反革命的艺术。为什么？因为正如任何古代艺术一样，它离不了宗教的礼拜。如果是宗教性的，那就要连根把它铲除掉。我希望有人把我们的伟大的民族艺术如何在20年代和30年代被摧毁的历史写下来。它已被永远摧毁了，因为它是口传的艺术。每当他们枪决一个民间歌唱艺人或者走方说书的艺人，几百首伟大的音乐作品就和他一起消失了。这些作品从来没有文字记录。他们永远消失了，无可补救，因为另一个歌唱艺人唱的是别的歌曲。

我不是历史学家。我说得出许多可悲的故事，举得出许多例子，但是我不想这样做。我要说一件事情，只说一件。这件事很可怕，我一想起来就胆战心惊，不愿回忆它。从记不清多远以前的古代开始，民间歌手就在乌克兰的道路上流浪。那里称他们"利尔尼克"（Lirnik）和"班杜里斯特"（Bandurist）。他们多是盲人，至于为什么全是盲人，那是另一个问题，我不想多谈，简单地说，这是传统。总之，他们总是失明的、无依无靠的人，但是人们从来不去伤害他们。还有什么比伤害盲人更卑鄙的呢？

在30年代中期，第一次全乌克兰的利尔尼克和班杜里斯特大会召开，所有民间歌手都必须参加，讨论以后干些什么。斯大林说过："生活更美好了，生活更愉快了。"盲人们相信这话。他们从乌克兰各地，从那些被遗忘的小村落汇集拢来参加大会，听说有几百个人。这是个活的博物馆，乌克兰的活历史。它的全部歌曲，全部音乐和诗歌都汇集了。可是，他们几乎全都被枪决了。这些可怜的盲人几乎全都被杀害了。

为什么这样干？怎么会有这种虐待狂——杀害盲人？这样干是免得他们碍事。那里正在干着伟大的事业，全面集体化正在进行，富农作为一个阶级已经消灭了，可是还剩下这些盲人，沿途唱着暧昧的歌曲。这些歌曲没有经过审查员审查。对盲人能有什么审查制度？既不能把一份经过修改和批准的歌词交给盲人，又不能给他下达书面指示。对盲人什么都得用嘴说，这太费时间了。而且还不能做档案。总之，没时间。集体化、机械化。还是把他们枪毙了比较省事。于是他们就这样做了。

这不过是许多类似的事情中的一件，不过我说了我不是历史学家。我只想叙述我知之甚深——太深了——的事情。我知道，当一切必要的调查都已经完成的时候，当所有的事实都已经收集起来，当这些事实已经为必要的文件加以证实的时候，这些罪恶行为的指使者必将对它们负责，即使是在子孙后代的面前。

如果我对这一点不是确信无疑，那么人也就失去了活下去的价值。

让我再回到我开始的地方往下讲。我讲到那些作曲家离开莫斯科和列宁格勒到了边疆。在那些穷乡僻野，他们默默地在畏惧中生活，等候着半夜的敲门声，等候着被人带走一去不复返，像他们的一些亲戚朋友一样。结果，用得着他们了。莫斯科的那些欢庆的节日迫切需要凯旋式的歌舞，还需要用音乐来谴责过去、歌颂现在。他们需要那种保留着一两个来自真正民间艺术的怀旧的旋律的"民间"音乐，诸如领袖和导师爱听的格鲁吉亚歌曲"苏利科"。

真正的民间音乐家差不多全被消灭了，只有零零落落还活着一些。但是他们即使侥幸得了活命，也不能像当局所要求的那样迅速转过来。这种事情是他们做不到的。见风使舵是新时代的专业者的特性，是我们知识分子的特性。正如马雅可夫斯基的剧本《澡堂》中的一个角色说的："阁下，请下命令，我马上就转。"（我确信马雅可夫斯基是在写他自己。）

　　用果戈里的话来说，这种本领需要一种"特别敏捷的思想"以及对当地民族文化的类似的态度。我所说的那些作曲家是外乡人，又是专业人员。而且已经是满怀惊恐。所以，民族艺术萌发"葱绿的嫩芽"（他们开始这样称呼它）——一种崭新的社会主义民族艺术——的一切先决条件都具备了。这些人开始工作了，民族歌剧、舞剧和大合唱大量地涌现。交响乐不怎么顺利，不过反正对交响乐的需求不多。他们也不需要协奏曲和室内乐。他们要的是表示忠诚的抒情作品，内容容易理解。他们取材于可怕的过去时代，一般是描写起义之类。在这类情节里很容易编进些公式化的冲突，然后加上一段注定不能如愿的爱情故事，引出一两滴眼泪。

　　主角自然是个大无畏的完美无缺的英雄，另外还一定有一个叛徒，这是必要的，可以要人加强警惕性。这也与现实相符。从专业观点来看，这一切都中规中距，符合我十分熟悉的里姆斯基－科萨科夫学派的最优秀的传统。承认这一点令我厌恶，但是事实如此。

　　他们选择当地的民间曲调（选其中最容易为欧洲人所接受的曲调），以欧洲的风格加以发展。一切"多余的"（按他们的观点）东西都被无情地删掉。正如一句老笑话："什么是藤条？一棵修剪合度的圣诞树。"

　　一切都很和谐，干净利落，但是等到写完最后一个音符，墨迹刚干，最难办的事情就来了。必须找一个冒牌作者，这个人的名字要像音乐那样好听——不过可以说是与音乐背道而驰的名字。音乐必须是尽可能欧化的，作者的名字却必须是尽可能民族化的。他们要在标准的欧洲作品上贴上生动的异国标签。总之，他们对这个问题处理得很圆满。他们从少数民族中间找到一些听话的青年，或者虽然不太年轻但是爱虚荣的人，这些人在根本不是自己的作品的封面上签上名字，一点也不感到良心的责备。交易完成了，世上又多了一个无赖。

可是我们的"专业者"并非老是停留在门槛上。首先，他们的名字有时也出现在乐谱的扉页上或者节目单和广告上，当然只是作为协作者，但是这对无家可归的作曲家已经是很大的体面了。其次，即使他们的名字仍然得藏起来，他们也得到了报酬，而且是相当慷慨的报酬。他们有了职称和勋章，稿酬也不少，他们丰衣足食，睡的是柔软的羽毛垫的床，住在自己的小住宅里。最后，也是最重要的，他们不那么恐惧了。当然，恐惧已经永远渗入了他们的血液，但是他们可以呼吸得舒畅些了。为此，他们永远感激他们所定居的加盟共和国。

我有一些朋友是这种劳动者，我可以说几十年来他们满足于这种处境。我始终对此感到惊讶。我知道诗人在因为贫困或者为了求得宽容而迫不得已（例如上面所说的那种恐惧）去翻译的时候是多么痛苦，为了民族文化的"葱绿的嫩芽"而译诗的事特别值得注意，但是这不是我的事。我只想说，两者的情况是一样的。他们把一首在少数民族语言中根本不存在的诗的俄文"译文"拿去交给诗人。换句话说，交给他的是这首诗——假设民族"作者"写出了这首诗的话——用俄文写的蹩脚散文。

于是，这位俄罗斯诗人根据内容大意写诗，有时候这种诗写得极优美。犹如常话所说的，诗人用粪土做成了糖果——请原谅我的粗俗。

帕斯捷尔纳克和阿赫玛托娃在做这种工作时内心很痛苦。他们感到，相当有理由地感到，自己这样做是犯了双重的罪。首先是歪曲了真相。为了钱，为了惧怕，他们把"无"说成了"有"。第二种罪是辱没了自己的才能。他们是在通过这种翻译埋没自己的才能。

我承认才思并不是随时索之即来的，但是我绝对反对一个人在感到笔涩的时候眼望着天空踱步，等着灵感来找你。柴可夫斯基和里姆斯基－科萨科夫彼此并无好感，看法一致的地方也很少，但是有一个看法不谋而合：你必须不断地写。如果写不出大部头作品，就写小作品，如果什么也写不出，就写些配器。我看斯特拉文斯基也这样认为。

看来这是俄罗斯作曲家的态度，而且我感到这完全是专业音乐家的态度，与西方人心目中显然对我们怀有的看法有很大不同。我看他们到现在还认为我们是在狂饮之后才趁兴蘸着伏特加写作的。其实，喜欢饮酒与专业精神并无抵触。在这方面，我在这种俄罗斯作曲学派下也并非例外。

所以说你必须不断练笔，翻译或者改写工作本身没有什么坏处，但是手下的材料必须是你认为需要的或者你所喜爱的。我知道你不会对自己说"这是我需要的，那是我喜爱的"，但是你内心会有这种感觉。在乡村，一只狗在患病的时候会自己跑到田野里去凭它的本能寻找能治它的病的药草，嚼了药草就好了。我也曾以这种方式，通过几次"与"穆索尔斯基的合作而得到了拯救，我还可以举出另外有几次我从为别人的作品效力之中恢复了精神，解除了疲惫的例子。例如，我为年轻的、才华出众的鲍里斯·季辛科①的《第一大提琴协奏曲》写了新的配器，在他的生日那天把总谱给了他。他倒也不见得感到非常高兴，但是这个工作所给予我的纯粹是裨益，是愉快。

帕斯捷尔纳克在翻译《哈姆莱特》或《浮士德》的时候，他自己一定从中得到了充实，但是，他也翻译三流的、完全不知作者为何许人的诗，其中有大量格鲁吉亚诗人的作品。这是一种讨好斯大林的方法之一。阿赫玛托娃也一样。他们当然为此感到痛苦，也经常谈起这种痛苦。但是我那些作曲家朋友却始终感到高兴而且满足。对他们来说，日子过得很顺当，没有人去找他们的麻烦，他们的恐惧逐渐减轻了。他们似乎能永远走运下去了。谁知世上根本没

---

① 鲍里斯·伊万诺维奇·季辛科（Boris Ivanovich Tishchenko，生于1939），作曲家，肖斯塔科维奇的得意学生，作品很多，在苏联广泛演奏。

有永恒的东西，连他们这种奇怪的幸福也告终了。

新一代的民族作曲家成长了。这些年轻人进的是我们最优秀的音乐学院，本人既有天赋，又有雄心——这是两个化学反应最快的因素。他们必须自己创出一番事业，然而挂满勋章和奖状的神圣的老橡树却挡在他们的路上。老前辈与年青一代之间往往没有什么温情可言，教育上的差异太大了。起先，这些来自加盟共和国的年轻作曲家模仿普罗科菲耶夫、哈恰图良和我，后来模仿巴尔托克和斯特拉文斯基。西方的乐谱只要能拿到手的，他们都加以钻研。不是特别标新立异，不过仍然……结果，他们得出了一个结论：他们必须寻找自己的道路，否则就前进不了。于是他们想起了自己故乡的音乐，不是收音机和电视上老在播送的那种歌曲。而是真正的民间音乐——还没有加工过的，没有被伤残得支离破碎的民间音乐。

直到那个时候，人们使用的还全是30年、40年，甚至50年前的民歌专家编辑的民歌集，认为这种集子选得最精，文学水平也最高。也许如此——就他们那个时代而言。但是年轻人开始怀疑了，他们着手寻找真正的民间歌唱家，这样的人剩下不多了，不过总还有一些，而且这些剩下的人甚至还秘密地收了学生，年轻的学生。我看民间文化毕竟是不可能完全消灭的，它会偷偷地活着——至少是幽幽地保持着火苗，等待较好的时光。

这些年轻的作曲家看到的图景令他们大为吃惊。这幅图景他们还是第一次领略。他们看到，日常名为"民间的"和"民族的"东西纯属伪造。他们想匡正弊端，在某些地方事情还闹到了打架吵架的程度。但是他们只得到了部分的成功。神圣的橡树活跃起来了，披盖苔藓和奖章的神圣的老古董动起来了，我们的老朋友，那些从莫斯科和列宁格勒来的、在漂亮的住宅里日子过得很悠闲的专业作曲家也是一样，打算长此以往摘取丰富的果实。

空气新鲜、位置偏僻、远离首都的烦恼和污染——生活在这种环境中对他们是有益的。他们身强力壮，乐于工作，仍旧打算为不断增加的假日和节日制作越来越新颖的"民族"歌剧、舞剧和大合唱。日子太称心了，更何况还可以爬进音乐史——不是世界音乐史，而是地方音乐史。即使不是作为作曲家，那么以协作作曲家的身份也行。哪知他们的地位，他们光荣的、有历史意义的过去和未来突然间受到了威胁。太不公平了。

这里我第一次看到这些朋友们垂头丧气。他们对待这件事的态度很富于哲学味道。他们叹着气谈论人的忘恩负义。他们说，要不是由于他们的启蒙性的帮助和支持，这些野蛮人至今仍是野蛮人；当地的头头们吃羊肉还在用手抓，吃完了把手往长袍上擦；这些人是恶棍，甚至一个人娶几个老婆。

但是这种洒脱的纯粹是发表感想的时期没有持续多久，因为他们在各条战线上的阵地都在崩溃。也许事实并非如此，只是他们自己这样想象而已，但是这些里姆斯基－科萨科夫学派的弟子在与地方上的神圣的橡树们联盟之下行动起来进行反击了。

老橡树们被推到了前线，迈着圣人敬畏的步子，磐磐匡匡地晃着奖章。我告诉你，这种架势颇为惊人。他们手中拿着指控状和申诉书——当然是那些协作者的手笔，他们在这方面也相当内行。里姆斯基－科萨科夫在坟墓里也会羞得打转。申诉书里说，我们的国家面临着严重的威胁，这种威胁来自这些少数民族青年，他们是阴谋家，因为他们对民间音乐和民间艺术的兴趣完全是一种掩护，实际上他们的兴趣是在复辟资产阶级的民族主义上，只不过把这种企图隐藏在对民族艺术的兴趣之下，这些年轻人打算从我们伟大的、强大的国家分离出去。这种敌对行动必须立即制止，对这些叛逆必须狠狠打击。

这些申诉书送到了自作曲家协会以上的各种各样的机构。递给上级机构的申诉书的内容我不知道，但是给作曲家协会的申诉书我的确看到过一些。当然，没有征求我的意见，但是这种申诉我确实看到了。我尽了我的力量帮助这些年轻人。

当然谁也不在乎我是什么想法，不过整个这件事情的结果相当不错，就我所知，没有人被枪毙或者坐牢，也没有人被剥夺生计。这一点我也许说得不对，不过我也只是指作曲界的情况而言。作家和电影摄影师的情况要由别人去谈了。

对这些事情所作的决定聪明到了难以形容和超凡的程度。通过各种有关机构的"讨论"和会议,"资产阶级民族主义"遭到了决定性打击。他们讨论,他们谴责。像伊尔夫和彼得罗夫的笑话里所说的一样,采用的公式是大家熟知的,只要填空就行了:"为响应……我们,大力神们,团结得像一个人……"总的来说,年轻人万万不可"谋害神圣事物的生命"。神圣的橡树们可以继续生长,不受威胁。沼泽地是平静的。什么也没有浮到面上来,没有任何人的声誉受到损害,家丑丝毫没有外扬。

情况多少有些改变:每一种民族文化都分成了两部分。一部分是原有的,其中一切都是假的、伪造的:名字、荣誉、作品。另一部分,不论你怎么评价,反正是真的。音乐可能是优秀的,也可能很平常,甚至拙劣的,但是它不是假的。它的作者与乐谱上署名的是同一个人。演奏结束时出台来鞠躬的是作曲者本人,不是挂名人物。所以,进步是有一些的。

但是伪造文化的做法并没有被抛弃。我经常受到邀请要我到共和国去参加各种庆祝音乐上的成就的盛大演出或者展览、全会等等活动,我也常常去参加。像参加婚礼的贺客一样,自然是看到什么就赞扬什么,或者说几乎是看到什么就赞扬什么。但是我深知底细,我的主人也知道底细,不过彼此都装出一切都好的样子。

凡是音乐节,都以著名作曲家的作品为开始——全是胡扯。歌剧院一开幕总是另一部歌剧或者舞剧的首次公演,主题一样:很久以前的民族起义。这些也全是胡扯。在看到由不同的作曲者挂名的几首交响乐全是出自一个人之手——或至少是由一个人写的配器(我认为这完全一样)——的时候,我总是心中暗笑。猜测谁是真正的作曲家成了我的一种游戏,而且多数能猜中,因为真正的作曲者(一般是来自莫斯科和列宁格勒的人)总也有一首署上他自己名字的作品拿出来演奏。

我善于辨认各人在配器上的风格,几乎从来不会弄错,哪怕这种"风格"只不过是技巧熟练。有时候我暗暗自责:为什么我默不作声,为什么我不说,或者不但说,而且还发表文章谈谈这些大吹大擂的音乐节。可是我何能为力呢？我能使事情发生变化吗？早先，这确实是悲剧，但是现在它更接近于喜剧，事情多少在起变化，在没有我参与的情况下起变化。我反正是无能为力的。

最坏的情况已经过去了，何况历史不能倒退。事情逐渐在变化，这是好事。谁听我的？所有的人，或者说几乎所有的人，都希望维持现状，我知道，任何要求剧烈变化的尝试都不会有好结果，都不会成功。曾经有几个年轻的哈萨克诗人想要揭穿江布尔·扎巴耶夫的神话，结果怎么样呢？他们全都奉命保持沉默，过了不久，又一场纪念早已死去的江布尔某某周年的活动搞起来了，又热闹又体面——集会、动听的演说，还有宴会上的大量葡萄酒和伏特加。

对于再出现几个果戈里和萨尔蒂科夫－谢德林的要求，大概就是这类事情激起的。这是果戈里的题材，也是未来某一个作曲家的题材，他也许能写一部妙极了的歌剧，叫做《江布尔的鼻子》。然而是不是由我来写呢？不，不是我。

不过我甚至并不因为我已不再适合写这个题材而感到难过。的确，我理解普希金，他之所以把《钦差大臣》和《死魂灵》的题材给了果戈里，是因为这些情节不再适合于他来写了。万物各有其时。

例如我还放着一部未完成的歌剧：《赌徒》[1]。它是我在战争时期接在《第七交响乐》之后开始写的。事实本身说明了问题。我写了很多，已经有差不多一小时的音乐，而且总谱也写好了。我决定果戈里的原话一句也不丢掉。我不需要剧本，果戈里就是最好的剧作家。我把书放在我前面，就开始写，一页一页地翻过去。进行得很顺利。

但是写了 10 页之后我停住了。我在干什么？首先，这部歌剧已经开始难以处理了，不过这还不是主要的问题。主要的是，这部歌剧谁会上演？题材既非歌颂英雄，也非歌颂爱国主义。果戈里是

---

[1]　1978 年，《赌徒》在列宁格勒的一次音乐会上首次演奏，由根纳季·罗日杰斯特文斯基（Gennady Rozhdestvensky）指挥。

位经典作家，他们无论如何也不会演出他的作品。而我呢，在他们看来只是尘土。他们会说肖斯塔科维奇在开玩笑，在嘲笑艺术。打牌的事怎么能拿来写歌剧？其次，《赌徒》没有道德说教，也许只说明愚昧无知的人的习气——他们唯一的生活就是玩牌，尔虞我诈。那些人不理解幽默本身是伟大的，不需要附加什么道德说教。

幽默是感情的升华，可是我向谁去解释这一点？歌剧院里的那些人不懂得这种严肃的事情，管理文化事务的部门里的人肯定也不懂。于是我放弃了《赌徒》。现在，有时候有人劝我把这部歌剧写完，但是我不能。我太老了，常言道河水不重流。

现在我在考虑另一个歌剧题材，是另一个作家的——契诃夫的。不同的时代，不同的歌曲。我一定要写歌剧《黑衣僧》。我对《黑衣僧》的兴趣比我现在对《赌徒》的兴趣大得多。可以说，这个题材磨擦着我的结满老茧的灵魂。

契诃夫是位非常富有音乐感的作家，但是这并不是说他用头韵体写作，如"chuzhdy charam chernyi chyoln"（黑色的独木舟哪似酒杯）①。那是劣等诗，没有什么音乐感可言。契诃夫的音乐感表现在更深的方面。他的作品结构犹如音乐结构。这当然不是有意识的，只是由于音乐结构反映了更普遍的规律。我肯定契诃夫的《黑衣僧》是以奏鸣曲的形式构思的，有引子，有第一主题和第二主题的呈示部、发展部，等等。

我向一位文学评论家说过我的想法，他还就此写了一篇学术论文，不过当然把事情全给弄混了。文学评论家一写到音乐，总是要把事情搞错的。但是那篇文章还是收进了一本学术性的选集。总之，文学界的人如果要写音乐的事的话，应该学阿·托尔斯泰伯爵，他写过两篇重要的文章探讨我的作品——我的《第五交响乐》和《第七交响乐》。这两篇文章都收入他的全集，不过很少有人知道这两篇文章实际上是音乐学家给他写的。这些音乐学家被召到了

---

① 象征主义诗人康斯坦丁·巴尔蒙特（Konstantin Balmont，1867—1942）的一句诗。在教科书上，这句话被举为拙劣的、幼稚的头韵体的例子。

托尔斯泰的别墅，帮他像解乱麻一样弄清楚小提琴、双簧管和其他种种不可能为一个伯爵所理解的令人糊涂的问题。

在《黑衣僧》中，勃拉加的小夜曲《少女的祈祷》要起重要的作用。这首乐曲有一度很流行，但是如今已被忘却了。我一定要在这部歌剧中用它。我还有一张这首曲子的唱片，是我请一些年轻的音乐家为我演奏的。我一面听，一面脑海中清晰地映出这部歌剧的样子。我还想到：从根本上说，什么是好的音乐，什么是不好的音乐？我不知道，无法作出肯定的回答。以这首小夜曲为例。按照所有的规则来衡量，它应该属于不好的音乐，但是我每次听它的时候，泪水就涌上眼眶。这首《少女的祈祷》一定也感动了契诃夫，否则他不会那样地描写它，那样深邃地描写它。也许无所谓好的音乐或不好的音乐，只有激动你的音乐和使你无动于衷的音乐。如此而已。

顺便说一句，这使我感到难过。举例说，我的父亲喜欢听也喜欢唱吉普赛歌曲，我也喜欢这种音乐，可是后来这些歌曲被贬得一文不值，斥为"耐普曼音乐"[1]，说是低级趣味，等等。我记得，当我告诉普罗科菲耶夫我对吉普赛音乐并不反感的时候，他大吃一惊。他一有机会就指出他欣赏不了这种东西。

然而结果怎样呢？迫害并不成功，吉普赛音乐欣欣向荣。我指出，尽管音乐眼界高的人士生气也好，听众还是把门都挤破了。再说一个相反的例子：兴德密特的音乐。他的音乐又出版，又录唱片，但是人们没有多大的兴趣去聆听。不过他的作品一度对我影响很大。兴德密特是位真正的音乐家，严肃的音乐家，为人也相当好处。我和他曾经识面，他在列宁格勒参加过一次四重奏。他给人留

---

① "耐普曼音乐"（Nepman music）是官方贬低流行音乐的用语，在苏联不断受到打击。列宁为解决经济问题而在1921年宣布的新经济政策导致了私人企业的复兴以及餐厅和夜总会的出现。在这些餐厅和夜总会里，除了吉普赛音乐外，还演奏探戈、狐步、查尔斯顿等舞曲——也就是"资产阶级"音乐。1928年，高尔基在《真理报》上称爵士乐为"脑满肠肥的资产阶级的音乐"，这句评语在此后多年是官方的定义。〔译者按："耐普曼"系音译，意为新经济政策时期的资产阶级分子。〕

下了很好的印象。他的音乐正如其人，一切都恰如其分，安排得很妥帖，而且不仅仅技巧高，也有感情，有含意和内容，可就是听不下去。这音乐发不出火花，就是发不出火花来。但是吉普赛歌曲，该死的，却能发出火花。领会这一点去吧。

我希望能有时间写那部根据契诃夫小说改编的歌剧。我喜爱契诃夫，常常重读他的《第六病房》。他的所有作品我都喜欢，包括早期写的故事。我感到遗憾的是，对改编契诃夫的作品我是想得多做得少。当然，我的学生弗莱施曼根据契诃夫的《罗特希尔德的小提琴》写了一部歌剧。我建议他用这个题材写一部歌剧。弗莱施曼富于感情，对契诃夫的理解很细腻。但是他的生活很艰苦。弗莱施曼喜欢写忧郁的音乐，而不是写快乐的音乐，当然也就因此而挨了骂。他写了这部歌剧的草稿，接着就志愿参军，阵亡了。他参加的是人民志愿警卫团。这些人全是去送死的。他们几乎没有经过训练，装备也差，就这样被送到了最危险的地区。一个军人还有生存的希望，但是志愿团员没有。弗莱施曼参加的古比雪夫地区的警卫团几乎全部阵亡、安息了。

我为自己终于完成了《罗特希尔德的小提琴》并为它写了配器而感到自慰。这是一部卓越的歌剧——富于感情而又忧郁。剧内没有廉价的效果，而是体现了智慧，很符合契诃夫风格。我为我们的剧院忽视弗莱施曼的歌剧而感到遗憾。就我所能理解的，这肯定不是音乐的过错。

我希望用契诃夫的故事再写些音乐。说也可羞，作曲界对契诃夫似乎视若无睹。我有一部作品是以契诃夫的题材为基础写的，就是《第十五交响乐》。这不是《黑衣僧》的草稿，而是一个主题的变奏曲。《第十五交响乐》有许多地方与《黑衣僧》有关系，虽然它是一部完全独立的作品。

我从来没有学会按照契诃夫的主要信条去生活。契诃夫认为人都是一样的。他拿出一个个人物来，至于什么是坏，什么是好，得要读者自己去判断。契诃夫一直是公平的。我在读《罗特希尔德的小提琴》的时候不免心潮澎湃。谁对？谁错？是谁使生命除了接连不断的丧失而外一无所有！我心潮澎湃。

穆索尔斯基和我有一种"特殊关系"。对我来说，他是我各方面的师长——在人与人的关系方面，政治斗争方面，艺术方面。我不仅仅是用我的眼睛和耳朵研究他，因为这对一个作曲者或者任何专业人员说来都是不够的。（其他艺术也是这样。请想想，多少伟大的画家曾经年复一年地临摹他人的作品，不认为这有什么可羞。）

我敬重穆索尔斯基，认为他是俄国最伟大的作曲家之一。几乎就在创作我的《钢琴五重奏》的同时，我还为他的歌剧《包里斯·戈杜诺夫》的一个新版本忙碌着。我得要从头到尾看总谱。抹平和声方面的几个皱褶和配器方面某些不恰当的与过于虚饰的瑕疵，还得更改几处不连贯的相继进行。配器上增加了某些从未被穆索尔斯基和里姆斯基–科萨科夫用过的乐器。后者是《包里斯·戈杜诺夫》的编辑。

穆索尔斯基根据斯塔索夫、里姆斯基–科萨科夫等人的意见作了许多更动和修正，然后科萨科夫自己又作了不少修改，科萨科夫编辑的《包里斯·戈杜诺夫》反映了上一世纪的思想、观念和艺术。你不能不敬佩他所做的大量工作。可是我想用另外一种方式来编这部歌剧，想使交响音乐在更大程度上展开，想使管弦乐队发挥超过单纯声乐伴奏的作用。

里姆斯基–科萨科夫是专断的，想要使乐谱服从他自己的风格，因此他重写了很多，还加进了他自己的音乐。我只更动了几小节，很少重写。不过某些段落确实需要改动。对克罗米郊区森林里的那一场应该给予相称的地位。穆索尔斯基在对这一场的配器上好像一个生怕考试过不了关的学生似的，犹犹豫豫，效果不行。我把它重写了。

我是这样工作的。我把穆索尔斯基的钢琴谱放在面前，然后是两份总谱——穆索尔斯基的和里姆斯基–科萨科夫的。我不看总谱，对钢琴谱也很少看。我根据记忆配器，一幕接一幕地。然后，我把我的配器与穆索尔斯基和里姆斯基－科萨科夫的作比较，如果这两份中有一份比我配得好，我就保留它。我不重新发明自行车。我诚实地工作，还可以说是拼命地工作。

穆索尔斯基的配器有些部分极佳，不过我自问在工作上也并无可责之处。配器成功的部分，我没有去触动，但由于他不精通配器技巧，所以有许多部分配得不成功。熟练的技巧只有靠长时间的磨练，没有别的办法。例如，波兰人那一幕的波兰舞曲糟透了，然而这一幕很重要。包里斯"加冕"这一场也是如此。还有钟声——唉，那算什么钟声？不过是可怜的模仿。这些都是很重要的场面，不能扔掉的。

当然，有一位名人——包里斯·阿萨菲耶夫——认为穆索尔斯基的那些败笔是有理论根据的，这位包里斯是出名的有本事为几乎一切事情创造理论根据。他不停地旋转，像陀螺一样。总之，阿萨菲耶夫坚持说穆索尔斯基对我刚才提到的那些场面的配器十分巧妙，很有用意。他故意让加冕的场面显得暗淡，用以表现人民反对包里斯加冕。这是人民的抗议形式——呆板的配器。至于波兰人的那一幕，阿萨菲耶夫会使你相信，穆索尔斯基在这一幕里是揭露颓废的绅士老爷，因此让波兰人随着拙劣的音乐跳舞。这是他惩罚他们的方式。

可是这全是胡说。格拉祖诺夫告诉我，穆索尔斯基自己曾为他在钢琴上弹奏了所有这些场面——钟声和加冕。格拉祖诺夫说他弹得辉煌、有力——这是穆索尔斯基对这些场面的要求，因为他是一位富有天才的戏剧家，我不断地向他学习。我现在说的不是配器，而是别的事。

作曲，是不可能从大门登堂入室的。你得要用自己的手去接触，去摸索每一样东西。光是听，光是欣赏和说上一句"啊，太好了"是不够的。对专业者来说，这是自我纵容。我们的工作从来都要花体力干，而且还没有什么机器或技术可以帮忙——这是说，如果你诚实地工作，不用任何欺骗手段的话。把一些东西录下来，然后让别人为你安排，为你配器，要采取这种做法也总是可以的。我认识一个属于这一类的"有才能"的人①，他就采取这种不体面的做法，我想他是因为懒。基洛夫剧院上演了一部完全用这种方式写成的舞剧。结果，事情变得相当玄妙，在排练时他们不让这位作曲家进去。这位"有才能"的作曲家一定要进去，基洛夫剧院的领票员把他的上衣也扯破了。这些领票员是彪形大汉，这是官办的剧院。

最可笑的是，这部舞剧是根据"最优秀、最有才华"的马雅可夫斯基的《臭虫》改编的。（舞蹈设计是好的，是由亚科勃森②设计的。）前玛丽亚剧院舞台上演的《臭虫》怪诞得甚至配得上穆索尔斯基。正如他们说的，看它爬得有多远。臭虫没有放过任何人，包括我。

当然，用录音机作曲像舔套鞋一样属于一种特别的口味。对于这种反常的事情我是退避的，不仅如此，连在钢琴上作曲我也不喜欢。当然，现在我即使想这样做也做不到了。我现在在练习用左手写字，防备我的右手无法动弹。这是垂死的人的体操。

对我来说，在钢琴上作曲总是一种退而求其次的方式。这种方式适合于听觉不好的人和乐器感很差的人，他们在工作时需要一些听觉上的帮助。然而也有些"大师"养着一帮秘书为他们的划时代的音乐作品写配器③。我永远理解不了这种"增产"方式。

一般说，我先在脑中有了总谱，然后用墨水把它写成定稿——没有草稿或习作。我这样说不是为了自夸。归根结底，每个人是按照他自己认为最合适的方式作曲，但是我总是严肃地提醒我的学生不要在钢琴上选音调。我幼时犯过这种即兴作曲症，差点不治。

穆索尔斯基是一个说明在钢琴上作曲的危险性的可悲的例子。很可悲——在他叮叮当当之间，多少卓越的音乐永远失去了记载！

---

① 指列宁格勒作曲家奥列格·卡拉瓦伊丘克（Oleg Karavaichuk）。
② 列昂尼德·维尼阿明诺维奇·亚科勃森（Leonid Veniaminovich Yakobson，1904—1974），先锋派舞蹈设计师，参加了肖斯塔科维奇的舞剧《黄金时代》的排演。
③ 指谢尔盖·普罗科菲耶夫。

有许多作品只留下了情节，其中，我最痛惜的是歌剧《比朗》，多么好的一段俄国历史！剧内描写了罪恶，还有一个外国的铁面无私的人物。他曾为朋友们弹过一些段落。朋友们劝他把它写下来，可是他顽固地回答说："我已经牢牢地把它记在脑子里了。"脑子里有了东西，应该记到纸上去。脑子是个脆弱的容器。

人们会说，这家伙干什么教训起穆索尔斯基来了？这正是我们需要的，需要有人教训艺术大师。但是穆索尔斯基在我心目中并不是艺术大师（附带说一句，他写过一首极好的音乐讽刺小品，是针对评论家的，标题是《艺术大师》，副题是《法明特辛的音乐草书》），而是一个活的人。这样说虽然平凡，但是真实。对穆索尔斯基，我愿意向他吐露我的一些批判性意见而不必担心受嘲笑。我不会像"五巨头"的将军们那样高谈阔论（我首先指的是居伊①这个很一般的、只信赖自己的作曲家），也不会像穆索尔斯基的那些从小亚罗斯拉夫酒店来的喝得烂醉的朋友那样巧言令色，而只是作为一个专业者对一个同行谈话。我对穆索尔斯基如果不是这种看法的话，就不会为他的作品配器了。

为《包里斯》配器犹如给伤口敷膏药。那正逢艰难时世，艰难到难以相信的地步。当时已经同我们的"生死之交"②签订了协议，欧洲正摇摇欲坠，而你知道，我们的希望寄托于欧洲。每天都传来坏消息，我心情十分痛苦，深感孤独和害怕，因此想散散心，找一个在音乐方面志同道合的人一起谈谈，消磨些时光。

《第六交响乐》已经完成了，下一部要写什么也已经胸有成竹，

---

① 凯撒·安东诺维奇·居伊（Cesar Antonovich Cui，1835—1918），作曲家，将军（军工工程师），音乐评论家。人称"五巨头"或"强力集团"的有名的作曲家团体成员（这5个作曲家是巴拉基雷夫、居伊、穆索尔斯基、里姆斯基－科萨科夫和鲍罗廷）。"强力集团"是评论家弗拉基米尔·斯塔索夫有一次对他们使用的名称，后来在历史上成了定名。它里面的作曲家的趣味、气质和天资差异很大。总的说，"强力集团"的共同旨趣是"音乐现实主义"。
② "生死之交"是爱说刻薄话的人对纳粹德国的称呼。纳粹德国和斯大林在1939年8月签订了互不侵犯条约，同年9月又签订了友好条约。当时，严禁批评希特勒，"法西斯主义"这个词也看不到了，代之而来的报纸上天天攻击英、法两国。

因此我坐下来研究作曲者的简化的《包里斯》钢琴谱。这本乐谱是由拉姆出版的（包括圣·巴西和克罗米的场景）。我把它放在书桌上，搁在那里，因为我不经常看它。对这部音乐已经相当熟悉了，事实上可以说十分熟悉了。

我应当提一下拉姆在这方面的作用和工作。每当他单独一个人干，没有阿萨菲耶夫参与的时候，他的工作是实在的、好的，用圣彼得堡的学院式语言说，也可以说是扎实的。但是只要阿萨菲耶夫一插手，便会掺入各种各样想象不到的糟糕而且荒唐的东西。在20年代后期由阿萨菲耶夫和拉姆共同出版的所谓作曲者的《包里斯》总谱就是一例。我可以说——而且我认为可能性很大——阿萨菲耶夫的动机是想在《包里斯》上捞上演费。他们还拼凑了一套舞台设计，实在不知羞耻。

他们把一个好主意——恢复真实的包里斯——变成了不知道什么东西，变成了某种假借马克思主义的名义的利己的买卖。为了排挤里姆斯基－科萨科夫的版本，我们的反偶像崇拜者把所有"意识形态上的"弥天大罪都加在它身上了。格拉祖诺夫半出于原则，半出于信念，出来为科萨科夫辩护，结果在刊物上遭到阿萨菲耶夫的恶言诽谤，阿萨菲耶夫使用了"帝国主义的鲨鱼"或者"最后一个拍帝国主义马屁的人"这样的字眼——我记不清到底是哪一个了。反正，他们使用了侮辱的手段，严重地伤害了格拉祖诺夫的感情。我认为这是最后一根稻草——他这人很有耐心，但是这使他忍无可忍。不久后，格拉祖诺夫便到西方"休养"去了。

我在为《包里斯》配器时不能不考虑这段历史。我的配器与阿萨菲耶夫直接发生了冲突，我认为我在后来受到了报复。穆索尔斯基的音乐就像这样——总是生气勃勃的，太生气勃勃了（假如这种优点居然会过多的话）。这意味着不久就要与那些彼此揪着衣领不放的公民展开争论了。梅耶霍尔德在世的时候告诉过我这一点，我最后也相信了这一点。

为一位可敬的作曲家配器的时候的感觉是什么也不能相比的。我认为这是研究一部作品的理想方法，因此我建议所有年轻作曲者把他们想学习的名家的作品拿来自己改编一下。我从在音乐学院学习的时候开始就几乎会背《包里斯》的乐谱，但是直到我为它配器的时候，我才像对自己的作品那样感受它、体会它。

我看我可以花点时间谈谈"穆索尔斯基管弦乐"，我们必须认为他的管弦乐"意图"是正确的，可他简直无法使之实现。他希望的是一种敏感、灵活的管弦乐。就我所能说得出的而言，他想象的是类似一支歌唱性的线条迂回于各个声部那样的效果，就像俄罗斯民歌中次要声部围绕着主旋律的线条那样。但穆索尔斯基缺乏这种技巧。真令人遗憾！显然，他有纯粹管弦乐的想象力以及纯粹管弦乐的意象。如人们所说，音乐竭力想游向"新岸"——音乐的舞台艺术，音乐的动力学、语言和形象化。但是他写作管弦乐的技巧把他拉回到了原来的岸上。

因此，1928年列宁格勒的演出当然是失败的，而且从此以后，每次墨守作曲家总谱的尝试的结果都很糟。如今，既可笑又可悲的是，发声比较弱的低音乐器手为了省力气而选择穆索尔斯基的总谱。但是公众不太关心这种事，所以《包里斯·戈杜诺夫》通常是用科萨科夫的或者我的版本演出的。

我常想，我也许能为穆索尔斯基效些劳，使他的歌剧同听众更接近些。让他们去学学，这里有许多可学的东西。我一直想，对比很明显，他们必然会注意到，不可能忽略。里姆斯基－科萨科夫把这一点稍微缓和了些，他把傲慢的沙皇与苦恼的人民的对立这个俄国长期存在的问题表达得隐约了些。穆索尔斯基的概念具有深刻的民主性。人民是一切的基础。这里是人民，那里是统治者。强加于人民的统治是不道德的，从根本上说是反人民的。个别人的意愿即使是最善良的，也无足轻重。这是穆索尔斯基的看法，我不怕冒昧，希望这也是我的看法。

还有一点也吸引了我，这就是穆索尔斯基肯定统治者与被压迫人民之间的矛盾是解决不了的，这意味着人民不得不无尽头地受苦受难，而且越来越惨，政府在试图巩固自己的过程中日益腐化、堕落。正如歌剧的最后两场所预示的，前面是混乱和国家的败落。我在1939年也曾料想要发生同样的情况。

我总觉得《包里斯》的伦理基础是我自己的。作者以不妥协的态度谴责一个反人民的政府的无道德，这个政府必然是犯罪的，甚至在犯罪时丝毫无动于衷，它从内部腐烂，尤其令人厌恶的是它隐藏在人民的名义之下。我总是希望观众席中的普通人能被包里斯的话所感动："不是我……这是人民……这是人民的意志。"多么熟悉的词句！在俄国，为卑劣行为辩解的方式从来没有改变，罪恶的臭气至今未散。还有同样的对"合法性"的申明，包里斯假惺惺地发怒了："……敢质问沙皇，合法的沙皇，为人民所指定、所选举的，由大主教加冕的沙皇！"我每当听到这段话就发抖。罪恶的臭气至今未散。

说来也够奇怪的（这也许是职业的偏见），我在普希金的作品中看不到这一切——我的意思是说，在理论上，我能理解它，但是没有这样的感受。就是没有。普希金在描写上更细致得多。对我来说，抽象艺术——音乐——更有效果，甚至在一个人到底是不是罪犯这样的问题上也是如此。为此，我始终很为音乐感到骄傲。

音乐使人从内心感到透彻，音乐也是人的最后的希望和最终的避难所。即使是半疯狂的斯大林，也本能地从音乐中感到这一点。正因为这样，他对音乐又怕又恨。我听说《包里斯》在大剧院演出时，他一场也没有缺席过。与人们根深蒂固的看法相反，他一点也不懂音乐。如今，我在观察斯大林传说的复兴。如果他的"光辉著作"原来是由别人写的，我是不会感到惊讶的。他正像霍夫曼的可爱的小娃娃查赫斯，但是比他邪恶、危险百万倍。

《包里斯》一剧中有什么东西使斯大林不能释怀？无辜者的血迟早会从土地上升起。这是这部歌剧的伦理核心。它意味着，统治者的罪行无法以人民的名义加以辩解，也无法以屠夫的"合法性"加以遮盖。一个人总有一天是要为他自己的罪孽受到报应的。

无论如何，沙皇包里斯要比"人民的领袖"好多了。按照普希金和穆索尔斯基的描写，包里斯曾为人民的幸福操心，他并不是完全没有仁慈和公正之心。如颠僧的那一场所描写的，最后，和斯大林不一样，他是个慈爱的父亲。至于他是不是内疚呢？他的内疚并不轻，是不是？当然，一个人干了坏事很容易感到内疚。有时候，这种典型的俄罗斯性格使我厌恶。我们的人太喜欢先把事情搞得一团糟，然后捶胸痛哭。他们号啕大哭，但是号啕有什么用？这是一种奴隶的心理状态，一种不讲信义的习惯。

不过一个悔过的人有时候还是可以相信的，我们看到包里斯就是一个悔过的统治者，这确实可以说罕见。然而，人民憎恨包里斯，因为他把自己强加于他们，因为他用谋杀行为玷污了自己。

我记得当时我还有一种令我非常不安的想法。那时人人都很清楚战争快要爆发了，迟早要爆发。我想，到那时事情就会像《包里斯·戈杜诺夫》里写的情节一样演进。政府和人民之间已经存在着鸿沟，而包里斯的军队所以在战争中败于觊觎王位者，以及后来他的国家之所以崩溃，请不要忘记，正是由于他同人民之间的裂缝太深了。

乱世快要开始了。"黑暗的黑暗，穿不透的黑暗！""悲哀，为俄罗斯悲哀吧，哭泣，哦，哭泣吧，俄罗斯人民！饥饿的人民！"这是颠僧的呼喊。在那些日子里，这听起来像是报纸上的新闻——不是登在头版的那种官方的赤裸裸的谎言，而是我们在字里行间读到的新闻。

我写的《包里斯》总谱里有些不坏的，事实上是相当好的地方，我对它们很满意。我在这里评判我自己的工作比较容易，因为从真正的意义上说，我不是指自己的音乐而言。它毕竟是穆索尔斯基的音乐，可以说我只是作了润色。不过正如我刚才说过的，它那么吸引我，以至我有时候把它当作我自己的音乐，特别是因为它是发自内心的，就像我自己创作的一样。

对我来说，这份总谱里没有机械的工作。我写任何配器时都如此。凡是音响，都不存在"无意义的细节"，也不存在什么"非基本的插曲"或者无关紧要的声音。拿修道院僧房那一场的寺院钟声来说吧。穆索尔斯基（和里姆斯基-科萨科夫）用的是铜锣，效果比较浅，太简单、单调了。我感到钟声在这里很重要，我必须表现寺院远离红尘的气氛，必须断绝比明〔见第284页脚注②〕和尘世的联系。钟声响的时候，要使人想到还有比人更强大的力量，想到一个人是不能逃脱历史的审判的。我认为这是钟声所要说的话，因此，我在表达时用了7种乐器——低音单簧管、低音巴松、法国号、铜锣、竖琴、钢琴和低音提琴——同时演奏。我觉得这样的音响更像真正的大钟的声音。

在里姆斯基－科萨科夫的谱子里，管弦乐队听起来常比我的更富有色彩。他使用比较明亮的音色，并且过多地切断旋律线条。我比较多地并列乐器的基本组合，并且更强调戏剧性的"爆发"和"炫耀"。里姆斯基－科萨科夫的乐队音响听起来比较平静，比较平衡，但是我认为这对《包里斯》并不合适。他在追随角色的情绪变化上应该更灵活些。此外，我感到把合唱与主旋律分开的话更易于表明合唱的涵义。在里姆斯基－科萨科夫的版本中，主旋律和次要声部通常混成一体，这样做恐怕模糊了它们的涵义。

音乐的涵义——这个提法多数人听来必然很奇怪，特别是在西方。在俄国，经常提出这种问题：作曲家在这部音乐作品中究竟想说什么？他想表达的是什么？当然，提这种问题未免天真，但是天真也好，幼稚也好，这些问题肯定是值得一问的。我还要加上几个问题，例如：音乐能打击罪犯吗？它能使人停下来想一想吗？它能发出呐喊，唤醒人们注意他们已习以为常的各种卑鄙行为，注意那些他们已熟视无睹的事物吗？

我是在研究穆索尔斯基的音乐的时候开始产生这些问题的。除了他，我还必须加上一个不太出名的名字（尽管他很受尊敬）：亚历山大·达尔戈梅日斯基及其讽刺歌曲《蛆》和《九品文官》，还有他的富有戏剧性的《老伍长》。我个人认为达尔戈梅日斯基的《石客》是音乐作品中把唐璜传说写得最好的一部。但是达尔戈梅日斯基能力不如穆索尔斯基。他们两人都把饱经风霜和践踏的人物写进了音乐，正因为如此，在我的心目中，他们比其他许多大名鼎鼎的作曲家更可贵。

我一生中不断受到谴责，说我具有悲观主义、虚无主义和其他危害社会的倾向。有一次，我看到诗人尼古拉·涅克拉索夫的一封信，是答复说他过分暴躁的谴责的，写得极好。确切的词句我记不得了，但大意是说有人告诉他，一个人对待现实的态度必须是"健康的"。（说到这里我想顺便提一提，多少世纪以来俄国的美学术语并无改变。）涅克拉索夫对这个要求的回答好极了：对健康的现实才能有健康的态度，如果有一个俄国人终于愤怒地拍案而起的话，他愿意向他下跪，因为在俄国应该令人拍案而起的事情太多了。我认为他说得好。涅克拉索夫最后写道："到我们开始多发一些怒的时候，我们就能爱得更好一些，也就是爱得更多一些——不是爱我们自己，而是爱我们的祖国。"我愿意在这些话的下面签上我的名字。就像果戈里在《可怕的复仇》中所说的："突然间，你能一直望到地球的尽头。"

现在时兴一面对酌一面议论穆索尔斯基。我必须承认，我自己也曾在喝过几盅后深入地议论过他，但是我认为我有两个可以原谅之处。首先，我对穆索尔斯基的看法始终如一，不受风尚和"必具的思想"的影响，也不受如何去讨好"上级"或者讨好巴黎来的人的考虑的影响。第二，我曾为推广他的音乐做过一些实际工作，虽然结果并未如我心愿，事实上，我认为我输了，而里姆斯基 - 科萨科夫的版本——毕竟比较粗糙——仍然领先。我的《死亡的歌舞》的管弦乐改编本也不是经常演奏。

确实，我们音乐界的人喜欢谈论穆索尔斯基，事实上，我看人们喜欢这个话题仅次于柴可夫斯基的爱情生活。在穆索尔斯基的生活中和音乐创作中都有许多事情令人迷惑不解，弄不清楚。他的传记里有许多地方我很喜欢，首先是它的秘密——他的生活中有一些阶段我们一无所知。他有许多朋友，对他们，我们只知道名字而已，也许连名字也弄错了。不知何许人的人，不知什么关系的关系：他机智地摆脱了历史的侦察。我很喜欢这一点。

穆索尔斯基大概是俄罗斯作曲家中间——其实还不止于俄罗斯作曲家——最类似颠僧的人。他的书信风格是可怕的，的确可怕，然而他说出了惊人真实和新颖的思想，虽然用语古怪、不自然、枯燥。他措辞过分自负。你得把这些信从头看到尾才能领会它们的要点。

但是信里也有一些珠玑般的语言，如："天空穿着宪兵的蓝灰色裤子"（这是彼得堡的典型天气）。我喜欢穆索尔斯基的抱怨："'音响世界是无限的。'可是脑子是有限的！"又如："锤得很好的脑袋。"可是这种机智的语言你得从平淡的、激烈的指责性言论中去挖掘。我很高兴地说：他在生活中并不是暴躁和爱吵架的人。据我所知，他从来不在公共场合因为他的作品而发脾气或者争论。在听到批评的时候，他总是沉默不语，点点头，差不多是表示同意了。但是这种同意只到门口为止；一到了门外，他又照样干他的，就像不倒翁那样。我非常理解也非常喜爱这种性格！

每个感觉到这一点的人都唠唠叨叨地批评他。同行把他叫做"生面团"，甚至叫他"白痴"。巴拉基列夫说："他脑子迟钝。"斯塔索夫说："他内心空洞无物。"居伊当然也不例外："当然，我不信任他的作品。"我们现在可以笑了，亲爱的同志们，因为这一切都已过去，没有人会受到伤害了，艺术继续在发展。但是穆索尔斯基当时是如何感觉呢？我能想象，按照我自己的反应——你能理解这一切，但是一看报纸，你的情绪就沉下去了。

引不起争论的音乐可能是令人舒畅的、有魅力的，但是更可能是枯燥的。大叫大喊本身当然证明不了任何东西，往往是除了宣传以外什么也不是。我记得，在我幼时，他们总是用热闹的歌曲引人们去看杂耍，但是一到里面，你就完全失望了。不过我更害怕得多的仍然是沉默或者异口同声的令人恶心的甜言蜜语的赞扬。最近这几年，我的作品在国内受到的赞扬比国外多。以前有一阵子正相反。当时我不相信我的"批评者"，如今我也不相信赞扬我的官僚。这两者往往是同一些人，一些厚脸皮的走狗。他们想从我的音乐中得到些什么？很难猜测。也许他们是因为我的音乐变得平静了不伤人了而感到高兴？引起了甜美的梦了？我看他们没有正确地理解我的音乐。我看他们是在犯一个诚实的——就他们所能达到的诚实程度而言——错误。我在征求朋友的意见的时候，听到他们说傻话我就要生气。可是我很想知道听众的真正想法。这在报刊上登出来的评论中是无法知道的，不论是国内的还是国外的报刊。

对听众来说，我现在是个行走的木乃伊，有点像一个复活的法老。我想到人们欣赏的是我的过去，不免难受。是难受，不是痛苦。使我痛苦的是别的事情。我承认，最感苦恼的是在公众前露面，去参加音乐会或者去看戏。我喜欢上戏院，天生爱看戏，是个戏迷。我爱各种自发的愉快的聚会，我对足球虽非内行，但是喜欢得入迷。从电视上看足球怎能比得上在体育场上看比赛那么精彩？一个好比蒸馏水，一个好比出口的"首都牌"酒。但是我不得不放弃足球，还有其他许多东西。医生向我说过我身上的病。他们给我进行检查，又按又敲的。但是我相信自己的问题是心理上的，正是这个使我痛苦。由于某种原因，我肯定人人都把眼睛盯着我，都在我背后咬着耳朵看我，他们都在等着我倒下去，或者至少摔一跤。这使我感到我每秒钟都可能摔倒。当灯光暗下去，表演或者音乐都开始的时候，我简直感到幸福。（当然，这是说表演或者音乐不是无聊的玩意儿的话。）等到灯光重新亮了，我又感到悲伤，因为我又在众目睽睽之下了。

我喜欢与人们接近，"我想，没有他们，我一天也活不了"①。可是假若我能隐身的话，我会更快乐些。我看这是最近出现的问题，从前我在公开场合露面时是比较高兴的。要不，是我记错了？

我必须指出，我在看到或者听到诋毁我的言论时，一向是要生气的。当我——用左琴科的话来说——年轻力壮，心脏在胸腔里热烈跳动，各种思想在脑海中追逐的时候，就是这样。现在，当我，如他所说的那样，由于"有机体全部贬值"，肝脏和膀胱已不知在哪里而感到痛苦时，也是这样。反正，批评使我生气，即使我认为它并没有多大价值——至少是大多数批判老手提出的批评。

穆索尔斯基不理睬批评者，他心里自有主张。（他这样做是对

---

① 讽刺性地借用柴可夫斯基歌剧《黑桃皇后》中叶列茨基王子咏叹调的一句歌词。肖斯塔科维奇在他最后第二首作品——用陀思妥耶夫斯基的《魔鬼》中的一些话写的讽刺性声乐组歌——里借用了这首咏叹调的一些音乐。

的，对我是个重要的榜样——穆索尔斯基的朋友们对他的第二部果戈里的歌剧的评论，与我在《鼻子》一剧上听到的相仿，因此当我知道穆索尔斯基的反应时很感兴趣。）但是除此以外，穆索尔斯基确实求知欲很强，有他很博学的方面。他阅读历史、自然科学、天文学、文学，当然包括俄国文学和外国文学。总的说，我在研究穆索尔斯基的性格和为人的时候，对我们之间有那么多的共同之处感到惊讶，虽然我与他也有明显的、鲜明的不同。当然，自己说自己的好话是相当不礼貌的（明知有一天这一切都要公之于众），有些资产阶级式的公民肯定会因此指责我。

但是，我还是对继续寻找相似之处感到很有兴趣，我也不否认这使我感到愉快。我主要是说专业方面的事，但是也有一些生活方面的特点，例如对音乐的记忆力。我不能埋怨我对音乐的记忆力，而穆索尔斯基第一次听了瓦格纳的歌剧就把它记住了。他只听了一遍《齐格弗里德》，就能凭记忆奏出沃坦的那一场。他也是个卓越的钢琴家，这一点人们不太记得了。我认为这对作曲家来说是不可缺少的条件。这和我所相信的不能在钢琴上作曲的主张并不矛盾。原因何在，我认为很清楚。我总是告诉学生，只有掌握了钢琴技巧，才有机会熟悉世界的音乐艺术。也许现在不那么绝对了，因为人人都买得起唱片和磁带了。但是，一个作曲者仍然必须掌握至少一种乐器——钢琴，小提琴，中音提琴，长笛，拉管，都可以，甚至三角铁。

作为钢琴家，人们曾经把穆索尔斯基与鲁宾斯坦相提并论。人们经常想起他在钢琴上的"钟声"，连反对他的人也承认他擅长弹伴奏。他也不是个非正统音乐不弹的钢琴家；他年轻时什么都弹，不是像我似的为了挣钱，而是完全为了"与人为伴"。他在年长以后曾即兴创作了一些极好的幽默作品，如，描写一个年轻的修女在走调的钢琴上感情丰富地弹奏《少女的祈祷》。

我也喜欢他的许多其他特点。穆索尔斯基了解儿童，用他自己的话来说，把儿童视为"自有他们的小天地的人，不是好玩的玩偶"。他欣赏自然，喜爱动物。总的说，对一切生物都爱。用鱼钩钩鱼的事他连想也不愿想。看到任何生物受到伤害，他都感到难受。最后，还有酗酒的问题。这一点使我们苏联的多数音乐历史学家感到为难。这确实是这位伟大的作曲家生活中的暗淡的一面，所以他们颇为风雅地回避了这一点，以免损害这位著名天才的形象。我想提个异端的见解。假如穆索尔斯基周围的同事和音乐家对酒比较尊重的话，他会少喝些，至少会在喝的时候多为自己打算些。那些人也是我们所说的酒徒，但是他们对"柠檬水"摆出一副伪善态度，特别是那个说过"管教我们那个白痴的时间到了吧"之类的话的巴拉基列夫。这种情况当然只能加深穆索尔斯基的抑郁，于是他喝得更凶了。附带说一句，有时候，喝酒并没有什么坏处。这是以我自己的经验说的。在我的生活的某一个时期，我通过扩大自己在这个有趣的领域里的知识而得到了很大解放。它驱散了过分的沉默，这种沉默在我年轻时几乎是一种毛病。我的最好的朋友①，一位从不错过喝一杯的机会的朋友帮我实现了这一点。在那以前，我的举止很像一个厌烦了高等教育的唯美派。确实，我在陌生人面前极为腼腆，也许主要是出于自尊心。因此我的那位朋友开始给我上课，深入讲解解放的道理，因为他自己感到从欢乐、解放的生活中找到了极大的愉快，虽然他工作很勤奋。有很长一段时间，我们几乎天天喝酒。有人说，文艺工作者喝酒大概是国营酒类管理局培养的。饭前喝喝酒是很舒服的。

令人痛心的是穆索尔斯基死在酒上。在医院里，他的病情好转了，我曾因此而认为他的机体值得天下人敬佩。医院是严禁看护带酒进病房的，但是他用一大笔钱买通了一个看护。一喝酒，他瘫痪了，他大叫了两声就死了。就这样。

他的死亡使我特别难受，因为情况与我最好的朋友临死时很相似。对此不能一句不提。

我必须说，我是直到最近才开始考虑这些类似之处的，也许这是衰老的象征。我已经进入了第二次童年，一个人在童年总是喜欢

---

① 此处和后面所指的是索列尔金斯基。

把自己和伟人比较的。在这两种情况下（童年和老年），一个人的生活不是他自己的，而是别人的，因此是不幸的。只有生活在自己的生活中才是幸福的，我如今的不幸就在于事实上我越来越多地生活于别人的生活中。我存在于幻想世界，忘记了我们的生活，似乎它对我已变得不能忍受了。

我想我为《死亡的歌舞》《包里斯》和《霍万希纳》配器的事实证明我忌妒里姆斯基－科萨科夫，就是说，我想要在穆索尔斯基的作品上超过他。当然，首先是《包里斯》，然后是《霍万希纳》。此后，有许多年我喜爱的作品是《死亡的歌舞》，但如今我想我最喜欢《没有太阳》。我觉得这个故事同我决定用契诃夫的故事为题材写作的歌剧《黑衣僧》有许多共同之处。

改编穆索尔斯基的作品的工作澄清了我自己工作中的一些重要问题。为《包里斯》做的工作对我的《第七交响乐》和《第八交响乐》有很大帮助，后来我在《第十一交响乐》中也想起了它。（有一阵，我认为《第十一交响乐》是我最"穆索尔斯基化"的作品。）《霍万希纳》里有些东西移植进了《第十三交响乐》和《斯捷潘·拉辛的死刑》，我还写过《死亡的歌舞》与我的《第十四交响乐》的关系。

可能的相似之处自然不止于这一些。将来，喜欢对照比较的人还可以列出许多条。当然，他们在这么做的时候需要认真琢磨我的作品——不论是已经问世的，还是至今仍躲过了"音乐学官员"耳目的作品。不过对于一个具有音乐水平和音乐目的的真正的音乐学家说来，这件工作虽然艰苦，但可能不乏成果。没关系，让他们流点汗吧。

阿萨菲耶夫克制不住自己，也为《霍万希纳》写了配器。我记得这是30年代初期的事。那时候，凡是用穆索尔斯基的作品写的东西都有把握得到肯定和赞扬，还能带来荣誉。

但是形势迅速朝着"好沙皇"的方向发展了，《为沙皇献身》预示着未来，很快改名为《伊凡·苏萨宁》。我喜爱格林卡，而且并不因为斯大林也"喜爱"他而感到别扭，因为我相信吸引领袖和导师的注意的只是标题——《为沙皇献身》——和情节：一个俄罗斯农民为君主牺牲了生命，因为斯大林已经预想到人民将如何为他牺牲生命。于是他们赶忙写剧本，加上些色彩，镀上些金，使它获得了一种符合时代的新面貌。格林卡的歌剧成了很能为时代所接受的作品，不像穆索尔斯基的作品颇为可疑。这件事清楚地告诉单纯的人应该怎样看事情，在紧要关头又应该怎样做才恰当。这种教诲是用优美的音乐伴奏下达给人们的。

当时还有两部歌剧也作了符合时代的修改，一是《伊戈尔王》，一是《普斯科夫的少女》。神祇们确实喜欢《普斯科夫的少女》的合唱终曲，在曲中，"禁卫兵"盗匪的声音和处于恐惧中的普斯科夫公民们的声音融合成动人的和声，颂扬伊凡雷帝的专制统治。爱好自由的里姆斯基－科萨科夫怎么会写出这样的作品，我不理解。用阿萨菲耶夫的话说，这是"现实的最高正义的一种万灵的感情"。这是他的话，一字不错，我最近查对过了。这句话卑贱得令人吃惊，我想不出还有什么更好的例子能说明拍马溜须的作风。阿萨菲耶夫的奴才精神和盘托出了。

那么，这是什么风格呢？"现实的最高正义"。"万灵的感情"是什么？是说我们必须忍受恐怖、清洗、政治审判和迫害？是说在这一切恶事后面有一种"最高的正义"？不，我不接受恶人的最高正义，哪怕他们是超现实的。显然，穆索尔斯基和我在这个问题上是在同一个阵营里的，而阿萨菲耶夫属于完全不同的阵营。他和虐待人、压迫人的人站在一起。他开始在《伊戈尔王》中挑毛病，说什么加利茨基的个性刻画得粗糙，有些词欠考虑，没有反映《伊戈尔王远征记》中崇高的爱国思想。

按阿萨菲耶夫的看法，鲍罗廷是个乐观主义者，穆索尔斯基是个悲观主义者。阿萨菲耶夫也舞文弄墨，在他自己炮制的一出短剧中，穆索尔斯基对鲍罗廷说："你为生命所统治，我为死亡所统治。"这种废话是什么意思？我们只要还活着，无例外地全都为生命所统治，我们死了以后就为死亡所统治，也毫无例外。这并不取决于我们的作品是乐观主义的还是悲观主义的。至于幸与不幸，我不知道。

　　我从来没有完全理解，所谓一个创作家是乐观主义者或者悲观主义者究竟是什么意思。譬如我吧，我属于哪一种呢？我自己很难说。当我想到住在我楼上的那位邻居①的时候，我可能是乐观主义者，可是联系到我自己的生活，我又可能是悲观主义者。当然，有时候刺心的忧郁和对人的恼怒把我逼到极度悲观的地步，但是也有时候正好相反。我究竟属于哪一种，我自己不愿作最后的判断。

　　在俄国，我们喜欢攻击孤单无依的作曲者，指责他是最消沉的悲观主义者。我多次遭到过这样的攻击，但是我并没有因此伤心，因为我所喜爱的人——果戈里、萨尔蒂科夫－谢德林、列斯科夫、契诃夫、左琴科——全都曾遭到同样的诋毁。但是我为我的一首作品感到伤心，就是《第十四交响乐》。问题在于，把我的其他许多上了黑名单的作品视为悲观主义作品的人是一些与音乐没有什么关系的人。如果他们不是这么说的话，那倒怪了，这是他们的职业。但是对于《第十四交响乐》批评得很厉害的是熟人，甚至是朋友，他们对"死亡是全能的"感到生气，说这是对人类的粗鲁的诬蔑。他们用了种种堂皇的辞藻，如美啊，宏伟啊，当然，还有所谓超凡入圣之类。

　　特别是有一位名人②指责这部小作品有一些明显的错误。我什么也没说，还邀请他带着他那辉煌的天才（用左琴科的语言来说）光临我的住处来喝杯茶。但是这位名人拒绝了，说与其同这样一个不可救药的悲观主义者一起喝茶，不如独自一人喝。换一个脆弱点的人听了这种话一定会很伤心，但是我忍下来了。你看，我是这么一个感觉迟钝，几乎迟钝到有罪的人。此外，我也不十分理解这场喧嚷的原因。显然，那些批评我的人思想明净，灵魂中玫瑰盛开，因此认为这首交响乐是对现实世界的粗暴诽谤。这我不能同意。也许他们觉得一个人不太容易在我们这个时代迷失方向。我觉得这样

①　哈恰图良。
②　索尼仁尼琴。

的人是为这个时代作了特别配备的。把自己罕见的才能用在这个目的上的人太多了。有些大天才和未来的著名人道主义者的举止——说得温和些——极为轻浮。他们先发明出一种强有力的武器把它交给暴君，然后写一些蹩脚的小册子①。但是这两者是不能互相抵消的。没有任何小册子能抵消氢弹。

我认为，先用丑恶的行为玷污自己，然后说些漂亮话，这种行径可称无耻之尤。我认为还不如说话难听但是不干任何非法的事的好。一个可能杀死千百万人的潜在凶手的罪太大了，无论如何不能轻恕，当然更没有理由赞扬他。

我们周围有那么多的人像穆索尔斯基说的那样经常用印度公鸡的威严神情提出生与死的问题。他们都是一本正经的公民，严肃地考虑生活、命运、金钱和艺术。也许他们觉得严肃和一本正经能使他们更舒服一些。但是我不这样感觉。

一个人的体内总是有令人不愉快的因素，这是医学所解决不了的。因此，有机体停止活动是不可避免的事。没有阴司和天堂。我们那些官方的新斯拉夫主义者认为穆索尔斯基笃信宗教，其实，我认为他根本不是这样一个人。你若相信他在信中写的话，你就会得到这种印象，而且，要说的话，除信件外还有什么可信的呢？在穆索尔斯基那个时代，秘密警察拆看私人信件的技术显然没有今天高明，也不像今天这么普遍。穆索尔斯基在给斯塔索夫的一封信中提到加尔特曼②的死，引用了一首小曲："死去的人，在你的坟墓里安息吧；活着的人，利用你的生命吧。"他还以独特的方式加上了一句："臭不可闻，但是不失真诚。"

他对加尔特曼的死深为惋惜，但是他没有自我安慰的想法。事实上，他本可能在这时放弃希望，"没有安宁，也不可能得到安宁；没有安慰，也不可能得到安慰——这就是弱点"。我由衷感到他说

---

① 萨哈罗夫。

② 维克多·亚历山德罗维奇·加尔特曼（Victor Alexandrovich Gartman，1831—1873），建筑师和画家，穆索尔斯基的钢琴组曲《展览会上的图画》是从他的画里得到灵感的。

得对，但我的思想仍不断寻找逃路，不断被各种想法和梦想所纠缠。我的理智不断冷冷地说：人死了，他所做的事情依然存在。可是那个叫人不能忍受的穆索尔斯基又来反驳了："又是一个用人的骄傲制作的肉丸子（为了引出一滴眼泪，加了辣椒做调料）。"

看来，穆索尔斯基在面对那个可哀的过程——死亡——时没有为它涂上一点糖衣，没有给它披上任何漂亮的衣衫，也没有给它遮上一层帷幕。然而，连他也欲言又止，好像说够了。"有些话还是留着不说的好。"我有些话也是不说的好。

我自幼就被马雅可夫斯基的诗所吸引。有一本书叫做《弗拉基米尔·马雅可夫斯基作品大全》，是1919年用劣质的纸张印的。这是我读他的诗的入门。当时我还年幼，刚刚13岁，但是我有一些朋友是年轻的文学爱好者，他们是马雅可夫斯基迷，所以很乐意为我解释这本书中我非常喜欢的比较难懂的部分。在后来一些年里，每逢马雅可夫斯基在列宁格勒露面，我从不错过机会。我和我的作家朋友们一同去听他的朗诵，听的时候充满兴趣和热情。

在他的诗中，我最喜爱的是《对马的爱》，而且至今仍然喜欢，认为是他最好的作品之一。在我年轻的时候，《穿裤子的云》给我的印象很深，我喜欢《脊柱横笛》和其他许多诗。我曾经尝试为他的诗谱曲，但是力不从心。我必须说，为他的诗谱曲很难，对我说来尤其难，因为至今我耳边还听到他的朗诵声，所以我总想在音乐中表达他朗诵自己作品时的声调。

1929年初，梅耶霍尔德正在排演《臭虫》，他要我为这部戏配乐，我愉快地接受了这个工作。我天真地认为真实生活中的马雅可夫斯基一定和诗中的他一模一样。当然，我没有想象过他穿上一件未来主义的黄衬衫，也没想过他在脸上画一朵花。在新的政治气候中干那种傻事对他有害无益。但是，看到一个人每次排练《臭虫》时都换一条新领带也是令人吃惊的事，因为照当时的看法，领带是资产阶级最显眼的一种标志。

就我所知，马雅可夫斯基确实喜爱舒适的生活，他穿的是最好的进口货——德国的套装，美国的领带，法国的衬衫和皮鞋——而且对此洋洋自得。他在诗中宣传苏联的产品，而且不断做广告，已经做到令人厌倦的地步了。然而马雅可夫斯基讨厌的东西也正是他赞美的东西。这是我在排练场上亲眼看到的。当时扮演普里瑟普金的演员伊林斯基需要一套难看的服装，马雅可夫斯基说："到国营商店去，看见哪一套就买哪一套，保证合适。"这就是马雅可夫斯基在他充满灵感的诗中赞扬的服装。

你瞧，这个例子再次说明浪漫主义的理想与现实之间的可悲差异。诗人的理想——这一次是服装——是一回事，而现实——这一次是国营工厂的产品——是另一回事。两者之间的区别是诗人的稿酬。正如人们说的，一根领带带不来幸福，证明不了一个人的高贵。在排练《臭虫》的时候，别人把我们介绍给马雅可夫斯基，他向我伸出了两个手指头。我不是傻瓜，因此只回报他一个手指头。我们的手指头碰上了，马雅可夫斯基愣住了。他是从来不讲礼貌的，但是这里却有一个无足轻重、地位低之又低的人坚持着自己的权利。

这个场面我记得很清楚，正因为记得很清楚，所以在有人要我相信这种事情从未发生过的时候，我不予理睬。他们根据的是老原则。正如少校看到一只长颈鹿时所说的："因为这种事情从来不可能有，所以是不可能的。""最优秀、最有才华的"人怎么可能是个举止粗鲁的人呢？

有一次他们请我在一次介绍"最优秀、最有才华的"人的电视节目中露面。他们显然以为我会向大家回忆马雅可夫斯基是如何聪明、仁爱、懂礼貌。我把我们初见时的情况告诉了制片人。他们似乎很尴尬，说："这不典型。"我回答说："怎么不典型？非常典型。"所以我没有在这次节目中出场。

要不是为了梅耶霍尔德，我是不会给《臭虫》写音乐的，因为马雅可夫斯基和我意见不合。马雅可夫斯基问我写过些什么，我告诉他说我写过几部交响乐、一部歌剧和一部舞剧。于是他问我喜不喜欢消防员的乐队。我说有时候喜欢，有时候不喜欢。马雅可夫斯基说："我最喜欢消防员的乐队，所以我希望《臭虫》的音乐用他们演奏的那种音乐。我不需要交响乐。"当然，我建议他去弄个乐队，把我辞了。梅耶霍尔德打断了这次辩论。

还有一次，我在听到马雅可夫斯基对一个女演员所提的要求时也差一点不干。症结是《臭虫》这出戏相当粗俗，马雅可夫斯基自然担心它是否会受欢迎。他怕观众不笑，所以决定用一种相当卑鄙的手法来保证观众能笑。他要求扮演一个投机者的女演员用明显的犹太口音念她的所有名词。他认为这能博得笑声。这是不足取的手法，梅耶霍尔德向马雅可夫斯基解释了这一点，但是他不听。梅耶霍尔德也只好用计谋了：他叫女演员排练时按马雅可夫斯基的要求去做，但是演出时丢掉这种口音，那时反正马雅可夫斯基会紧张得顾不了去注意口音的。果然，马雅可夫斯基什么也没说。

梅耶霍尔德剧院很穷，一年到头为经费问题挣扎，谁知马雅可夫斯基突然在他的剧本封面上写上"六幕喜剧"，其实四幕也足以充分表达剧情了。他这样做是为了多拿上演费。我认为这种做法很不体面！他们毕竟是朋友嘛。梅耶霍尔德向我诉苦说："怎么能向一个作家说明他应该删去些场次呢？"

我可以毫不犹豫地说，马雅可夫斯基身上集中了一切我所厌恶的品性：虚伪，喜欢自我吹嘘，贪图舒适生活，以及，最主要的，对弱者趾高气扬，对强者奴颜婢膝。权力是马雅可夫斯基的最高道德标准。他精通克雷洛夫寓言中的一句话："对于强者来说，错的永远是弱者。"不过克雷洛夫这句话是以谴责和嘲笑的口吻说的，而马雅可夫斯基则把这句话奉为至理名言，照此行动。

是马雅可夫斯基第一个说他希望斯大林同志在党代表大会上发言时谈谈诗。马雅可夫斯基是个人迷信的领唱者，斯大林没有忘记这一点，他把"最优秀、最有才华的"称号赏给了马雅可夫斯基。你也知道，马雅可夫斯基以普希金自比，即使现在，也还有许多人认真地把他和普希金并列。我认为我们这些同志错了。我不是指才华而言，他有多少才华尚可讨论，我指的是态度。普希金在残酷的年代里用他的作品赞美自由，要求人们怜惜被践踏者。马雅可夫斯基要求的东西完全是另一回事。他要求青年人以捷尔任斯基同志①为生活的榜样，这好比普希金要他同时代的人模仿宾肯多尔夫或者杜别尔特②。

总之，"你可以不做诗人，但必须做公民。"马雅可夫斯基不是公民，而是个忠心耿耿侍候斯大林的走卒。他用他那些断断续续的语言为领袖和导师的不朽形象增添了光彩。当然做这种有亏于品行的事情的人不只是马雅可夫斯基一个，他不过是一群在光荣的圈子里的人中间的一个。俄国文艺界有许多人对我们的领袖和导师着了迷，争先恐后地为讴歌他而创作。除了马雅可夫斯基，我还可以提一提艾森斯泰因和他的《伊凡雷帝》，这出戏的音乐是普罗科菲耶夫写的。

由于某种原因，我也与马雅可夫斯基和艾森斯泰因一起并列在这名单之内，作为作曲家的代表。但是我个人不把自己列入其内，因此我坚决敬谢不敏，不要这种荣誉。让他们另找候选人，挑上谁我都不在乎——普罗科菲耶夫也好，"红色贝多芬"达维坚科或者赫连尼科夫也好，让他们去评选他们中间谁写的歌颂"我们伟大的朋友和导师"（像我们嘴上常唱的那句歌词一样）的歌最热烈欢欣吧。

许许多多人被伟大的园丁和所有科学的主人所吸引。有一些吹捧斯大林的故事描写他有特殊的魔力，而且说都是亲身经历的。我也听到过一些。这些故事令人汗颜，最可羞的是那些人竟说是他们亲自遇到的。一位电影导演也对我说过这样的事。我不愿说他的姓名。他为人不错，也曾多次给我工作。故事是这样的。斯大林喜欢看电影，他看描写约翰·斯特劳斯的《翠堤春晓》，看了很多遍，有几十遍。（我要补充一句，这个事实并没有改变我对斯特劳斯的爱好。）华尔兹和列任卡不大一样，而且导演也不必害怕斯大林发

---

① 费利克斯·埃德蒙多维奇·捷尔任斯基，1877—1926，苏联秘密警察的创立人。

② 亚力山大·赫里斯托福罗维奇·宾肯多尔夫（Alexander Khristoforovich Benkendorf，1788—1844）和列昂季·瓦西利耶维奇·杜别尔特（Leonti Vasilyevich Dubelt，1792—1862）是尼古拉一世朝中最高的警察官。

怒。斯大林也喜欢"泰山电影"，全套《泰山》都看过。苏联影片他自然也全部都看。

苏联电影制成后，部部都看，也花不了斯大林很多时间，因为在他在世的最后几年里，上演的电影很少，每年不过屈指可数的几部。斯大林有一种美学理论。所有上演的电影里只有一小部分是好的，杰作更少，因为有能力搞出杰作的人很少。谁能摄制杰作，谁不能摄制杰作，都由斯大林决定，然后他决定：坏影片不需要，好影片也不需要，他只需要杰作。既然汽车和飞机的生产能够订计划，那么为什么不为制造杰作订计划呢？这不是什么复杂的事，尤其是电影，因为电影也是一种工业。

一个诗人可以为他自己写诗，甚至不一定要写下来，可以记在脑子里。诗人写诗也不需要许多钱。我们现在发现，他们在集中营里也写诗。要监视诗人很难，监视作曲家也难，尤其是如果他们不写舞剧或歌剧的话。你可以写一曲小小的四重奏，在家里和朋友们一起演奏。当然，在音乐上这样做稍微困难些，因为逃过监视的耳目没有诗那么容易。需要谱纸，要写交响乐还得要特殊的总谱谱纸，但是，你知道，总谱谱纸缺货，只卖给作曲家协会的成员。但是毕竟可以自己想办法画线做谱纸来写交响乐，这无须经过监视机构批准，也不受规章条文的限制。

但是电影制作者怎么办呢？这是一种特殊的职业，有些像音乐指挥。人们的第一个印象是，电影导演和音乐指挥一样，只会妨碍别人的工作。第二个印象也是如此。

拍一部电影需要许多人和许多钱。斯大林可以百分之百地负责电影业。如果他命令拍一部电影，他们就拍；他命令停拍，他们就停拍。这样的事曾多次发生。如果斯大林命令把一部已经完成的电影毁掉，他们就毁掉。这种事也发生过不止一次。艾森斯泰因的《白净草原》是在斯大林指示下毁掉的，对毁掉这部片子我倒不感到太遗憾，因为我不能理解怎么能用一个男孩子谴责他父亲的事做题材创作艺术作品。这部电影自然是赞扬这个了不起的孩子的。

所以，伟大领袖和导师决定组织电影杰作的有计划生产。他使用了伊尔夫和彼得罗夫的诀窍，他们在一篇短篇故事中说，有一个人走进一个出版商的办公室，问他们出版的书籍中间是不是有一部分枯燥无味的销路不好的东西。他们告诉他说当然有，于是这个人就请他们把这部分书让他来写。

斯大林的公式是，既然每年只能拍出很少几部杰出的影片，那么每年就应该只拍很少几部影片，每一部都会是杰作，尤其是照斯大林的看法，如果把他们交给已经拍摄过杰作的导演去摄制的话，又简单又英明。所以他们就这样办了。我记得，苏联最大的电影制片厂，莫斯科电影制片厂，当时只拍了 3 部电影：《海军少将乌沙科夫》《作曲家格林卡》和《难忘的 1919》。导演是指定的，因为斯大林相信他们能出杰作，当然是在他的帮助和亲自指导下。这 3 个导演是米哈伊尔·罗姆、格里高里·亚历山德罗夫和米哈伊尔·恰乌利。后者是我所熟悉的一个大恶棍、大混蛋。他很喜欢听我的音乐，其实他根本不懂。他分不清巴松和单簧管，也分不清钢琴和抽水马桶。

杰作按计划开始摄制了，不料这 3 位保险生产杰作的大师都出了毛病。罗姆的腿摔断了，亚历山德罗夫血压不正常，而恰乌利在某人的婚礼上喝得太多了。一场大灾难来临了——苏联电影业停顿了。莫斯科电影制片厂的音响舞台全都关了门，蝙蝠住了进去。唯一有灯光的房间是厂长的办公室，夜里他坐在那里等斯大林的电话，因为斯大林喜欢夜里打电话。

电话铃响了，厂长哆嗦着向领袖和导师报告这 3 位大师的近况。你会以为这个人不是电影厂厂长，而是医院的外科主任。斯大林生气了，他的理论没有应用到实践中去，斯大林不喜欢这样。不但厂长的命运，连莫斯科电影制片厂的命运也取决于罗姆的腿的好坏。斯大林可以叫制片厂关门，让全国的电影院都放映他喜欢的《泰山》，别的什么也不演，也许只有新闻片例外。

可怜的导演，斯大林像鹰一样盯着他们，他们在他的注视下吓得像蛇面前的兔子，但是最可怜的是他们居然为此感到自豪。

斯大林在克里姆林宫有专用的放映室。他在夜里看电影。这是他的工作，而且他像罪犯那样在夜里工作。他不喜欢一个人看电影；他叫全体政治局委员，也就是说国家的全体领导人和他一起看。斯大林坐在所有人后面的固定座位上，他坐的这一排是不许别人坐的。这些情形我不止听到过一次。我的一个导演朋友告诉我，有一次领袖和导师想出了一个明智的新念头。斯大林在看一部苏联片，电影演完后，他说："导演在哪儿？为什么导演不来？我们为什么不请导演来？我们要请导演来。我想，同志们，请导演来有好处。要是导演也在这里，我们就可以向他道谢，如果需要的话，也可以告诉他我们的批评意见和希望。应该在我们看电影的时候把导演也请来，这对导演和他们的工作都有好处。"

第一个获得这种荣誉的——与斯大林一起看自己导演的影片——恰好是我的朋友。他是个受过良好教育的人，但不很勇敢。他的嗓音又细又高。不论在精神上还是体格上，他都不是个武士，但是他的确努力做正派人，每当他觉得电影工作对他压力太重的时候，他就去导演一两出话剧，让他那并非英雄好汉的身体和精神休息一下。斯大林对舞台盯得没有那么紧，所以在那里可以呼吸得稍稍放松些。

他们把这位导演带到了克里姆林宫。在到放映室去的一路上他被搜查了15次。进去后，他坐在第一排，挨着电影摄影部部长保尔沙科夫。每年生产三部电影的工业仍然有一位专职的部长。我看应该每天给这位部长送三杯牛奶，照顾他那伤脑筋的职业给他造成的溃疡症。有人说这部长退休以后在写回忆录。我不知道他会用什么书名——《不受惩罚的犯罪行为》？

电影开始了。斯大林像通常一样，坐在后面。那位导演自然并不在看电影，也没有听我写的音乐。他是在听后排有些什么动静。他变成一个大听筒；似乎斯大林座位上的每一个轧吱声都具有决定意义，每一声咳嗽都是在宣布他的命运。这是我的导演朋友所感受到的，也是他后来形容给我听的。这次放映可能使我的朋友高升——唉，他多么希望如此——也可能叫他垮台。

放映到一半，长期给斯大林当秘书的波斯克列贝舍夫进来了。

他是个勤勤恳恳、富有经验的干部。波斯克列贝舍夫手里拿着一些急件走到斯大林身边。当时导演是背向斯大林坐着的，不敢回头，因此没看见后面的情况，但是他能听到。斯大林生气地大声说："这是什么破烂货？"虽然放映室里已经够黑的，可是我的朋友还是觉得眼前一阵黑，咕咚一声，摔倒在地上。警卫员赶紧过去把他扶了出去。

这位导演醒过来以后，别人向他说清楚了他的误会，还告诉他，斯大林说："这部片子不坏。我们喜欢这部电影，不过以后不请导演来了。不，不请了。他们都太神经过敏。"

所以，我的朋友没有像他希望的那样高升，他们也没有因为他尿湿了裤子而送他一条新的。但是这没关系。正如诗人萨沙·乔尔内说的："他们既然不愿把灵魂典当，只好让灵魂不穿裤子过时光。"

我还知道一件事。这次我要对主角提名道姓了，因为他在各种文章和发言里总要把我的名字提上一两次，更别提打给上级的许多报告了。我们的商店里到处贴着这样的标语："顾客和店员要以礼相待。"受到这种精辟的标语的启发，我也得讲礼貌。我是顾客，我要讲的那位主角是店员。我说的是赫连尼科夫，作曲家协会的主席，因此也是我的主席。那么为什么我是顾客他是店员呢？第一，店员总是比顾客重要。人们常听到店员说："你们人那么多，我只有一个人。"赫连尼科夫也是这样：我们作曲家有好多人，而他只有一个人。像他这样的人的确难找。其次，赫连尼科夫的父亲当过店员，在一个富商的店里做伙计。因此，我们的不朽的领导人在每一份表格上总是填上：父亲为柜台劳动者。我看，在斯大林物色管理作曲家协会的"小伙子"的时候正是这个情况起了决定性作用。我听说斯大林先审阅了这个行政职位的所有候选人的履历，然后把他们的照片要去。他把照片一张张摊在书桌上，考虑了一会儿，用手指着赫连尼科夫的脸："他。"他选对了人。斯大林对这种人有一种令人惊奇的本能。俄罗斯有一句老话："渔夫老远就能认出渔夫。"

有一次我看到我们领袖和导师的一篇漂亮文章。我甚至把它写了下来，因为它是对赫连尼科夫的完美的写照，我得到的印象是斯大林在写他。

对不起，我要引一段话。"在一部分共产党员的队伍中间，对于贸易，特别是苏维埃的贸易，还存在着一种蔑视。这些共产党员——假如他们配称为共产党员的话——把苏维埃的贸易看做第二等的、不重要的事情，把从事贸易的劳动者看做低微的人……他们不懂得，苏维埃贸易是我们自己的、布尔什维克的事业，贸易工作者，包括柜台劳动者在内，只要诚实地工作，就是我们的革命的布尔什维克事业的优秀分子。"

"我们的"世袭的柜台劳动者的后裔果然是"我们的"事业的优秀分子（斯大林喜欢用复数计算他自己）。

关于赫连尼科夫的故事是这样的。作为作曲家协会的首脑，赫连尼科夫必须向斯大林呈报当年斯大林奖金作曲奖获得者的候选人名单。斯大林有决定权，要由他从名单中选人，事情发生在他的办公室里。斯大林在工作，或者假装在工作。不管怎样，他在写字。赫连尼科夫用愉快的声调轻声念着名单上的名字。斯大林没有抬头，继续写着。赫连尼科夫念完了。没有声音。

突然，斯大林抬起头来望着赫连尼科夫，像人们说的"盯住他不放"。他们说斯大林玩这一手玩得十分高明。总之，柜台劳动者的后裔只觉得下身有一股暖流，这下他更吓坏了。他跳了起来向门口倒退出去，嘴里喃喃地不知说些什么。"我们的"官长一直退到接待区，在那里被两个热心的男护士一把抓住，他们是受过专门训练的，知道该怎么办。他们把赫连尼科夫拉进一间特殊的房间，脱了他的衣服，给他擦洗干净，然后扶他在一张榻上躺下，好缓过气来。同时，他们还把他的裤子洗干净了。他终究是个官长嘛。这是例行的手续。斯大林对斯大林奖金候选人的意见是后来传达给他的。

由此可见，上面两个故事中的主人公出来时都不大雅相。两个人都弄脏了裤子，虽然这两位看上去都是成年人了。此外，他俩讲起自己露丑的事却都很高兴。在领袖和导师前面尿裤子不是每个人都能做到的，这是一种荣誉，一种高级的乐趣，一种高级的奉承。

多么可鄙可厌的拍马术。在这两件事情里，斯大林都被描写成某种超人。我相信这两个人都极力想使事情传回到斯大林耳边去，那时他就会欣赏他们的拍马热情、他们的敬畏和忠诚了。

斯大林喜欢听这类与他有关的故事，喜欢知道他在他的知识分子、他的艺术家中间引起这样的畏惧。他们毕竟都是些导演、作曲家、作家，是新世界的建设者、新人的缔造者。斯大林怎么称呼他们的？"人类灵魂的工程师"。

你可能说，你何必用这些微不足道的牢骚来诋毁可敬的人的声誉呢？我们倒想知道你这个老家伙和斯大林在一起的时候的举止怎么样？也许你还大尿其裤子呢。

我回答：我见过斯大林，也和他谈过话。我没尿过裤子，也没有看到他有什么魔力。他是个貌不惊人的普通人，又矮又胖，头发略带红色，满脸麻子，右手明显地比左手瘦小。他总是藏着右手。他的相貌同他无数画像上的样子一点也不像。

你知道，斯大林很关心自己的仪表，总想显得漂亮。他喜欢看《难忘的1919》，在这部电影里他手持军刀站在装甲列车的脚踏板上疾驶而过。当然，这个幻想的画面与现实毫无关系。然而斯大林一面看一面大声感叹："当年的斯大林多么年轻漂亮。啊，斯大林当年多么漂亮。"他对自己用第三人称，而且对自己的扮相发表评论——积极的评论。

斯大林对自己的画像十分挑剔。有个东方的寓言妙极了。它说，有个可汗召来一个画家给他画像。看来这个命令很好办，但是问题在于这位可汗是瘸子，眼睛只有一只，还是斜视的。画家照式照样画了出来，立即被处决了。可汗说："我不需要诽谤者。"

他们又找来一位画家。这个画家拿定主意要机灵些，就把可汗画得十全十美：鹰一般的眼睛，笔挺的双脚。他也立即被处决了。可汗说："我不需要花言巧语的人。"

寓言里总是第三个人最聪明，所以，最聪明的是第三个画家。

他画的是可汗在打猎。画中的可汗正在用弓箭射一只鹿，他的斜视眼闭上了，瘸腿搁在岩石上。这个画家得到了赏赐。

我怀疑这个寓言不是从东方来的，而是在附近什么地方写的，因为这个可汗听起来和斯大林一模一样。在《难忘的1919》中，扮演斯大林的演员是格洛瓦尼，他有个专门化妆师，这人的专长是化妆斯大林，别的什么都不会。格洛瓦尼所穿的斯大林的有名的野外茄克收藏在莫斯科电影制片厂的一具特别保险箱里，以免落上一粒灰尘。上天保佑，可不能有人去报告说斯大林同志的外套脏了，因为这几乎等于说斯大林同志本人是……你知道，是脏的。

斯大林曾枪决了几个画家。他们被召到克里姆林宫去把领袖和导师的形象留下来传之千秋万代，但是他们显然没有使他满意。斯大林要自己显得高大，双手有力，而且两只手得一样大小。纳尔班迪安比他们都高明。在他画的像里，斯大林正在笔挺地正面走来，双手叠着放在腹前。画面取景是仰角，这种角度能使小人国里的小人也显得像巨人。纳尔班迪安听从了马雅可夫斯基的指点：画家必须像一只鸭子望阳台似的看他要画的对象。所以，纳尔班迪安用鸭子的视角画了斯大林。斯大林非常满意，于是，每一个机关里都挂上了这张画的复制品，甚至理发店和蒸气浴室里也挂。

纳尔班迪安用他拿到的钱在莫斯科附近为自己盖了一幢豪华的别墅，其大无比，还有圆屋顶，看上去既像火车站，又像圣·巴塞尔教堂。我的一个学生把这幢别墅戏称为"胡子上的救主寺"（Spas—na—Usakh，是同莫斯科"沙漠上的救主寺"〔Spas—na—Peskakh〕谐音的双关语），意指斯大林的胡子，阿赫玛托娃称之为"蟑螂胡子"。

我见到斯大林的情况是这样的。在战时，当局决定《国际歌》不宜于作为苏联国歌。据认为，歌词不合适，再说，"从来就没有什么救世主，也不靠神仙皇帝"确实是错误的。斯大林既是神仙也是皇帝，因此歌词的思想不纯。他们写了新歌词，"斯大林培育了我们"——要知道他是伟大的园丁。况且，不管怎么说，《国际歌》是外国作品——法国的。俄国人怎能用法国的歌做国歌呢？不能自己写一首吗？因此，他们匆忙地拼凑了新歌词，把它交给了作曲家：写一首新国歌。不管你愿意不愿意，你都得参加竞赛，否则他们有文章可做，会说你逃避重要的任务。当然，可以这么说，对许多作曲家，这是个机会，可以出人头地，可以爬进历史，四脚着地爬进历史。有些作曲家下了很大功夫。我有一个朋友①写了7首曲子。其实这位举世闻名的作曲家在工作上是并不特别勤快的，但是这一次他勤奋得出奇。

对，我也写了一首。接着是没完没了的评比试听。有时候斯大林也到场，他听了又听，然后命令由哈恰图良和我合写一首国歌。这个主意愚蠢之至。哈恰图良和我是非常不同的作曲家，风格不同，工作方法也不同。两人的气质也不同。何况有谁愿意在作曲家集体农庄里干活？但是我们不得不服从。

当然，我们并没有在一起工作，没有变成像伊尔夫和彼得罗夫那样的搭档。不是我妨碍他，就是他妨碍我。我对我的工作根本不保密。我不需要任何特殊的条件，也不乞求躲到另一个星球上去。有一个时期，我无论在哪里都可以写作，不论周围多吵，只要桌上有块地方就可以，只要别人不过分挤我就可以。但是现在我感到困难多了，所以我不那么急于笼统地宣布我的计划了，譬如说宣布我想写一部现代题材的歌剧——一部描写处女地的开垦的歌剧——或者写一部关于争取和平的舞剧，或者是关于宇航员的交响乐。

我在比较年轻的时候的确说过这类欠慎重的话，至今还有人问我准备什么时候完成我的歌剧《静静的顿河》。这部歌剧我永远不会完成，因为我根本就没开始写。我感到非常抱歉，因为我当时是为了摆脱困境才不得不那么说的。在苏联，这是一种特殊的自卫方式。你说你打算写一首这么这么的曲子，标题响亮之极，这样他们就不向你扔石头了。在这期间，为了自己内心的满足，你写了一首四重奏，可是你对当局说你正在写歌剧《卡尔·马克思》或者《青年近卫军》。那样，当你的四重奏出现的时候他们就会原谅你

---

① 哈恰图良。

了，不会来找你的麻烦了。在这种"创作计划"的强大挡箭牌下，你可以过一两年平静的日子。

我认为每一个作曲者都必须对自己的作品负责。这并不是说我在原则上反对合作，在文学上肯定是能够合作得好的；但是我实在不知道有谁在音乐上作过成功的尝试。对这条常规，哈恰图良和我也不例外，何况我俩是奉命合作的。所以，我对这件事当然不太认真。我也许因此使哈恰图良失望了，不过我不知道。

同哈恰图良相聚，首先意味着美餐一顿，开怀痛饮，谈天说地。正因为如此，只要有时间，我从来不拒绝和他会面。我们会了面，又吃又喝，谈到了所有的最新消息。我们一个音符也没写，甚至没有提起这件工作。谁知哈恰图良这一天本来真的是想工作的，可是，你瞧，我（呀，神秘的斯拉夫灵魂！）把他引开了正路。

我们另约了日子。这次，我满怀着工作的愿望，好像是参加什么体育比赛似的。我想，让我们来创作一幅名叫《国歌》的大油画吧。我们会了面，谁知哈恰图良（呀，神秘的亚美尼亚灵魂！）又在为某件事情伤感。他不想写，他满怀愁绪，说他的青春一去不复返了。为了使哈恰图良相信他的青春并没有完全消逝，我们不得不喝点酒。等我们清醒时已经是傍晚了，该走了。我们合写的国歌仍然一个音符也没写。

我们总得干点什么，于是我们作了一个比得上所罗门的决定。我们俩各写各的，然后再一起看看谁写得好些，把我写的国歌里的最好的部分和哈恰图良写的国歌里的最好的部分合在一起，就成了我们的联合创作。当然咯，我们写的两首歌有可能根本合不起来，因此，在写的过程中我们彼此把自己写的给对方看看。

我们各自在家里写了草稿，然后碰碰头，交换一下意见，再回到家里，脑子里都知道对方写的是什么了。工作进行得很快，虽然有一些困难。我们不得不向对方提些挑剔性的意见，而哈恰图良是个脾气很大的家伙。最好不要对他挑剔。

在他为罗斯特罗波维奇①写大提琴狂想协奏曲的时候，那位大提琴家把关系处理得很高明。他想要哈恰图良作一些修改，可是该怎么说呢？哈恰图良会大发脾气的。罗斯特罗波维奇是这么说的："阿拉姆·伊里奇，你写了一部好极了的作品，黄金的作品。不过，有些部分是银子，需要镀上金子。"哈恰图良接受了这种方式的批评。可惜我没有罗斯特罗波维奇那种诗才。

　　总的说，罗斯特罗波维奇是个真正的俄罗斯人；他什么都知道，什么都会干。无论什么都会。我这里说的不仅是音乐，我是说罗斯特罗波维奇几乎什么手工活或体力活都能做，而且还懂技术。

　　我也会干点儿事，例如，不论风多大我都能一根火柴就把营火点着，最多两根。这本事是我小时候学会的，是我得意的一手。我小时候最喜欢干的杂事就是给火炉点火。我现在仍然能感到点炉火时的那种安乐，那种安全感。这是很久以前的事了。当时我是个机灵的孩子，有俄罗斯人的灵巧劲儿，可是比起罗斯特罗波维奇来我还差得远，而且当然也缺少他那样的诗才和外交手腕，所以我和哈恰图良打交道比较困难。

　　不管怎样，我们终于把两支国歌合成了一首堪称艺术之奇的曲子。旋律是我的，副歌是他的。把音乐放开不谈；其实，要不是为了说明这支歌曲的悲剧式的问世过程，这件事我是不想多谈的。在配器上我们差一点吵起来。要把两个人的配器捏在一起本来就是蠢事。如果或是用他的，或是用我的，那就会快一些，要是只由一个人去写，签上两个人的名字，那就更快当。但是让谁去干呢？我们两人谁都不愿意干，各有各的理由。

　　这场争论是我解决的。我想起当年我和姐妹们都想逃避家务事的时候常玩的猜枚游戏。你得猜哪只手里握着小石子，猜不着就算输。我手边没有小石子，所以我叫哈恰图良猜哪只手里握着一根火

①　姆斯季斯拉夫·列奥波尔多维奇·罗斯特罗波维奇（Mstislav Leopoldovich Rostropov-ich，生于1927年），大提琴家及指挥，肖斯塔科维奇有两首大提琴协奏曲是题献给他的。从1974年起，罗斯特罗波维奇一直生活在西方。1978年，一项特别判决剥夺了他的苏联公民籍。

柴棍。哈恰图良猜对了，我成了输家，只好写配器。

　　对各种候选国歌的试听进行了很长时间。最后，领袖和导师宣布留下5首曲子参加决赛。这5首曲子是亚历山德罗夫一首，格鲁吉亚作曲家伊奥纳·杜斯基亚一首，哈恰图良一首，我一首，哈恰图良和我合作的一首。比较重要的一轮是在大剧院开始的。每一首都奏三次：不用乐队的一次，用乐队但是没有合唱的一次，又有合唱又用乐队的一次。这样他们可以知道这首歌在不同情况下听起来效果怎么样。他们还应该试试在水下的效果，但是没有人想到这一点。我记得当时的演奏是不错的，够得上出国水平。合唱由红军合唱团担任，乐队是大剧院的，可惜不能随着国歌跳舞，否则大剧院舞剧团就可以大显身手了。如果能跳的话，他们保准跳得很好，因为配器精确，而且像进行曲，适合跳民间舞。

　　亚历山德罗夫写的那首歌的合唱是由他自己指导的。他兴奋异常，东奔西颠忙得不亦乐乎。他参加国歌评比的作品，现在名叫《布尔什维克党歌》。斯大林喜欢这首歌。亚历山德罗夫一则因为高兴，一则因为嗓门被忠实侍从的口水噎住了，结结巴巴地告诉我说斯大林如何在所有的曲子中"看中了"这支歌。红军合唱团在亚历山德罗夫指导下，在一次官方音乐会上首次演唱了这首歌。那还是在战前。幕间休息时，亚历山德罗夫被召到斯大林的包厢，领袖和导师命他们在音乐会结束时为他个人再把这首歌唱一遍。当时这支歌名叫《党歌》。亚历山德罗夫和他的合唱团是以进行曲的节奏演唱它的。斯大林让他们用慢一些的速度唱——像颂歌那样。听完后，斯大林说它是"战舰般的歌"，还给它起了个新名字，所以从那时起这支歌就叫做《布尔什维克党歌》。

　　评比继续进行，作曲家们心里焦急。许多作曲家带着妻子一起来。哈恰图良带了他的妻子，我带了我的。每个人都装着若无其事的样子留神地瞄着花楼包厢。台上的声响终于停止了，哈恰图良和我被引到包厢去见斯大林。路上我们经过了搜查。包厢后面有一间小接待室，我们被带到那里。斯大林已经在那儿了。我已经描写过他了。我可以诚实地告诉你，我在见到斯大林的时候并未觉得害怕。当然，我紧张，但不害怕。

当你翻开报纸，看到报上说你是人民的敌人的时候，你会感到害怕。你没法洗清自己，没人听你的，也没人为你说一句辩护的话。你环顾周围，人人手上都有这张报纸，他们全都沉默地望着你，当你想说些什么时，他们就把脸转过去。他们不听你的，那才真正害怕。我经常做这样的梦。最令人害怕的是，什么都已说完并且作出决定了，而你却不知道为什么会作出那样的决定，争辩又无用。

但是哪里有什么可怕的呢？什么都还没有决定，你还可以说说话。这是我在见到这个胖胖的人的时候的想法。他太矮了，因此他不许任何人站在他旁边。比方说，如果同海燕似的高尔基并肩站着，斯大林就会显得滑稽可笑，就像滑稽双档帕特和帕塔琼①似的了。所以，他们两人一起照相时总是坐着照。

斯大林在小接待室里也是一个人站着。其他所有高级官员都挤在后面。除了哈恰图良和我以外，还有两位指挥——乐队指挥亚历山大·梅里克–帕沙耶夫和合唱指挥亚历山德罗夫。为什么把我们叫去？我至今也不知道。大概是斯大林突然感到想和我谈谈，但是谈话并不顺利。

首先，斯大林就国歌应当是怎样的问题作了深刻讲话。那是典型的斯大林的陈词滥调。讲话乏味之至，我连记都记不住。他的亲信们小心翼翼地、安静地表示同意。由于某种原因，每个人说话都是轻声轻气的。那个气氛适于做宗教礼拜，而且好像是要发生斯大林生孩子之类的奇迹似的。每一个跟班的脸上都是一副期待着奇迹的神情。但是奇迹并没有出现。如果说斯大林真的生产了什么，那也不过是生产了一些零零碎碎的晦涩的思想。"谈话"要继续下去是不可能的。你可以说"是"，也可以什么都不说。我宁可保持沉默，反正我不想参加关于如何写国歌的理论性讨论。我不介入理论性的讨论。我不是斯大林。

---

① 默片时代的著名滑稽演员，一个非常高，一个非常矮。

突然，枯燥的谈话起了一个危险的转折。斯大林想要表现他很懂配器。显然有人向他报告过亚历山德罗夫的曲子不是他自己写的配器，而是交给一个职业改编者去写的，很多参加比赛的人也是这样做的。有好几十首国歌的配器是出自同一个经验丰富的行家之手。在这一点上哈恰图良和我是光荣的少数，因为我们是自己写的配器。

　　斯大林认为自己同亚历山德罗夫谈配器问题肯定输不了。这个题目还是不和我们谈为好，我们毕竟是行家，他说错了怎么办？但是拿亚历山德罗夫做样子，领袖和导师就可以显显他的聪明智慧。这是斯大林一贯的作风，不过这次关于国歌的谈话在某种意义上说十分典型。它证明斯大林对这类谈话总是事先仔细作好准备的，准备好发表英明的讲话。

　　这些叫人听了发闷的讲话是不是够英明，他还不能十分拿得准，所以他像一个地方戏院的导演似的，为每一段讲话准备了富有舞台效果的开场白。地方戏院的导演熟悉自己的观众。他可能把伊萨克·巴别尔同奥古斯特·倍倍尔搞错，但是他也知道没有人会发觉他的错误，因为观众太傻，对什么都照单全收。斯大林周围是些粗鲁无知的人，他们什么书也不读，对什么东西都不感兴趣。在这班人面前，斯大林要出出风头是比较容易的，何况他是导演，谈话怎么进行由他决定。他随时都可以改变话题，也可以中止谈话；换句话说，洗牌时已经做了牌，好牌全在他手里。可是，尽管手中握了一串王牌，斯大林这副牌还是打得很蹩脚。

　　一开始，斯大林问亚历山德罗夫为什么他的歌改编得这么差。亚历山德罗夫做梦也没料到这个——与斯大林谈配器。他瘫了，昏了，垮了。你可以想见，他不仅在向他的国歌告别，而且还在向他的事业，可能还有其他什么东西告别。《战舰般的歌》的作者脸色发紫，惊恐万分，那模样看也可怜。可是这也正是一个人暴露内心的时刻。亚历山德罗夫采取了一个卑鄙的行为。为了保护自己，他把责任推给了改编者。这种做法可耻、低贱。这种谈话的结果可能使改编者丢掉脑袋。

我看到事情的结局可能很糟糕，斯大林对亚历山德罗夫凄惨的辩白感兴趣。这是一种不健康的兴趣，是狼对羊的兴趣。注意到了这种兴趣，亚历山德罗夫更加顺着这个劲儿添油加醋。可怜的改编者成了一个破坏分子，他是有意把亚历山德罗夫的歌改编得乱七八糟的。

我再也忍不住了。这种卑鄙的表演可能给改编者带来许多麻烦。这个人会无缘无故地送命。我不能容忍这种事情，于是我说，这位改编者是个优秀的专业工作者，责备他是不公平的。

斯大林对谈话中出现这个转折显然感到意外，不过至少他没有打断我的话，所以我就设法把谈话引出险滩。接着，我们谈到一个作曲家是否应当自己写配器，请别人帮忙是否合理。我表示，我深信一个作曲家不能把他的作品的配器工作委托给任何别人去做。奇怪，斯大林在这一点上也同意我的看法。我想他是从他的观点看这个问题的。他肯定不愿意任何人分享他的荣誉，这大概是他认为肖斯塔科维奇的意见正确的原因所在。

亚历山德罗夫的"战舰"下沉了。改编者得救了，我有理由感到高兴。最后，斯大林问我们大家最喜爱哪首国歌。他也问了我。对这个问题我是有准备的。我估计会提出这一类的问题，所以我决定我不能提我的或者那首合写的歌，而且大概也不应该提哈恰图良的，因为别人会讥我赞扬的是与我自己合作的人。亚历山德罗夫的歌我很不喜欢。这样，5 首候选歌曲中只剩下一首了——伊奥纳·杜斯基亚的那一首。所以，我说这一首最好，但是我补充说它不容易记住。我想斯大林在这一点上也同意我的意见，尽管杜斯基亚是格鲁吉亚人。

从接下来的谈话中看，有史以来最伟大的国歌评判者和专家显然认为哈恰图良和我合写的这首最好。但是，他认为副歌需要作少许修改。他问我们需要多少时间，我说 5 个小时。其实，我们 5 分钟就能弄好，不过我想，如果我让他们等着，说我们当时就能在这里改好，那看来可能不妥当。所以，你可以想象，当我看到我的答复使斯大林感到很生气的时候我是多么惊讶。他等待的显然是另一种答复。

斯大林说话慢悠悠的，思考也是慢悠悠的，无论做什么都是慢悠悠的。他一定这么想：国歌是国家大事，你必须量上 7 次再下剪刀，可肖斯塔科维奇居然说他只要 5 小时就能改好。这不严肃。这样不严肃的人不能成为国歌的作者。

这再一次证明斯大林对作曲一无所知。只要稍微懂得一点作曲，他听了我的估计就不会感到奇怪，但是，很清楚，斯大林对音乐的了解像他对其他事情的了解一样多，他提出配器的事只不过是为了卖弄，只是这一手没有奏效。

哈恰图良和我落选了。哈恰图良后来怪我轻浮；他说假如我要求至少一个月的时间的话，我们就胜了。也许他是对的。

总之，斯大林的威胁兑现了，亚历山德罗夫的歌宣布为国歌。战舰进港了。但这首作品并不走运——不是由于音乐，而是由于歌词。至于音乐，那是传统。国歌的音乐一定要蹩脚，而斯大林没有打破这个传统，这是意料中的事。对于那一套表示忠诚的歌词，他也是喜欢的，可是到了个人迷信被揭露的时候，歌词成问题了。让人们唱"斯大林培育了我们"成了蠢事了，因为当局已经正式宣布他并没有培育任何人，相反的倒是毁了千百万人。人们不再唱歌词，只哼曲调。

赫鲁晓夫想要更换国歌，但是他想要做这个，想要做那个，想要做一百件其他的事情，而结果几乎什么也没做。国歌的事情是这样的。他们先是起劲地进行这件事，我也被卷进去了，这次是作为专家卷进去的。然后事情不了了之，我们继续唱一首哼哼的国歌，这可不太好[1]。

我可以补充一下，亚历山德罗夫倒也写了一首不太坏的歌曲，就是著名的《神圣的战争》。战时到处都唱它。斯大林称之为"越野车似的歌"。一首是战舰，一首是汽车。这种军事运输的词汇是

---

[1] 肖斯塔科维奇逝世后，苏联在 1977 年修改了国歌歌词。歌词仍是原歌词作者们写的，改动不大，只是列宁的名字取代了斯大林的。

什么意思？讨厌。同志们，这种语言令人厌烦。

确实，现在回想，我不能说我的举止特别英勇，那里面没有什么特殊的东西，虽然我所做的那一点点也并不容易。那个年代当然不是好过日子的年代，不是最好的年代。但是，正如左琴科说的，未来时代的公民会很难理解这种环境，因为他们知道的情况不够，如果学校里能学左琴科的作品就好了！作为必读课文来学。那样，未来的年轻人对我们的贫乏的、平淡的生活就会有些理解。左琴科是我们的涅斯捷尔和比明①。

我是在扎米亚京的家里认识左琴科的，场合不大体面：在牌桌上打扑克的时候遇到的。那个时期我喜欢打牌，迷上了这个恶习，常常成天打，特别是在晚上。有一次，别利亚耶夫和利亚多夫说服了利亚多夫和他一起到高加索去欣赏美妙的风景。艺术鉴赏家和作曲家动身往南方去了。他们找了他们所能找到的最好的旅馆住了下来，不停地打了3天牌。别利亚耶夫和利亚多夫谁也没想起外面的风景，始终也没离开房间。然后，他们重新坐上火车回到了彼得堡。所以利亚多夫从未见过那里的风景，他还老是自己问自己："我到高加索去干什么？"从此，他对旅行完全绝望了。

当时扎米亚京日子很宽裕，是个有钱人。他家的桌子很讲究，还有各式各样的椅子以至安乐椅，这些当然不是他的文学成就赚来的。他是有名的工程师，一个造船工程师，钱是从这方面来的。举行些小集会招待文艺界的人的开销就是从这方面来的。年轻人到这种集会上吃些东西，互相见见面。

"总管"——这是大家对扎米亚京的称呼。他确实喜欢把人分门别类，而且从来不放过机会教训人。对这一点，我不大喜欢。不过我承认扎米亚京很有学识。可惜他随时随地都爱指教别人。他不大瞧得起左琴科，不过你确实不能称左琴科为学者。他从专业观点出发确实喜欢左琴科的小说，但是他嘲笑左琴科，一有机会就向我

① 涅斯捷尔（Nester）是古代俄罗斯编年史家；比明（Pimen）是《包里斯·戈杜诺夫》里的编年史家。

们说左琴科的耳朵里钻着一只熊，还说左琴科把一切音乐分成两类，一类是《国际歌》，另一类是所有其他的音乐。他说左琴科分辨音乐的类别有一个简便的方法：假如大家站起来了，那就是《国际歌》；假如大家固执地坐着，那就属于第二类。

对左琴科的耳朵的这种不客气的评价是完全正确的，我自己有充分的机会证实这一点。例如，左琴科听贝多芬的《第九交响乐》，当演奏终曲的时候，他便以为乐曲奏完了。《第九交响乐》的终曲的确有一处是似完非完的。左琴科听到这里便鼓鼓掌，大摇大摆地向出口走去，可是他发现怎么只有他一个人走，其他听众都还坐着，原来乐曲还没完。他不得不走回座位，一路踩着同排座位上的人的脚，一路挨嘘。

还有一次，左琴科使我深受感动。以至乐而忘忧。那是在1937年年底。我到音乐厅去参加我的《第五交响乐》的首次公演。这次首演的气氛高度紧张，大厅里坐得满满的，像人们说的，最好的人都来了，最坏的也都来了。这分明是成败的关头，而且不仅仅是对我一个人而言。风会朝什么方向吹呢？经过选择的听众——文学艺术界的和自然科学界的人物——也在这么琢磨着，因此，他们也处于兴奋状态。莫拉文斯基演奏的柴可夫斯基的《罗米欧与朱丽叶》在节目的第一部分。我的《第五交响乐》在节目的后半部分。我自己的感觉是又像《斯巴达克斯》中的角斗士，又像油锅里的鱼。我记得奥列尼科夫的小调："小鱼儿，油炸有点味儿，你昨天的笑容在哪儿？还记不记得有什么想法儿？"《罗米欧与朱丽叶》演奏完了。幕间休息时，左琴科满面笑容跑进来，像往常一样穿得整整齐齐。他一直走到我面前，为我的作品演出成功向我道贺。

原来左琴科喜欢我的新作品，说它音调优美。"我早就知道你是写不出反人民的音乐的。"左琴科这样称赞我。我受到了夸奖当然大笑一阵，笑得忘了为后半场发愁，连《第五交响乐》还没演奏这个事实都忘记了。

我一直很喜欢接近左琴科，觉得他很可爱。我们是很不一样的人，但是对许多事情有共同的看法。有时候，左琴科似乎把他的全部怒气都留在纸上了；他喜欢显得温和，喜欢装得羞怯。要知道，有时候幽默家想带上一副愁容，温良的人想显得残忍。这样，生活比较容易过些。

左琴科试图在他自己和他的作品之间造成一个距离。实际上，他在生活中善于刻薄和冷酷无情，像他的小说一样。他对女人是残酷的，他周围有许多女人，怎么不呢？他是全国闻名的人物，有钱，而且有女人所喜欢的那种漂亮。

我总是怀疑他算不算得上漂亮。我觉得他相貌太秀气了。假若他的行为更可恨些，那他够资格当花花公子。但是他文雅、谦虚，他在把又可怕又可恶的事情讲给迷恋他的情人们听的时候，谈吐也是又文雅又谦虚。幸亏左琴科一点也不多愁善感。对这一点我们的看法是一致的。有一次他笑着告诉我，他在上中学的时候有一次不得不写一篇作文论《丽莎·加里丁娜是理想的俄罗斯妇女》。有什么能比屠格涅夫更令人恶心呢？尤其是他对妇女的看法。我很高兴听到左琴科的这篇作文得了1分（劣）。我告诉他，契诃夫也不喜欢屠格涅夫的少女。他说所有那些丽莎和叶莲娜都假到令人不能容忍的地步，她们根本不是俄罗斯姑娘，而是自负的超过自己身份的不自然的女巫。

关于他自己，关于他和女人的关系以及一般的女人，左琴科写得好极了。他写得十分真实，很难想象有谁能写得比他更真实。他写的是很朴素的散文。色情文学往往充满柔情蜜意，但是他笔下没有任何甜蜜的东西。这是水晶般清澈的左琴科。《日出前》有些章节令人很难卒读，太残酷了。最重要的是，其中没有虚饰，没有玩世不恭，没有忸怩做作。左琴科用超脱的态度描写女人。

左琴科在战争时期出版了《日出前》，他的自我分析把斯大林气疯了。斯大林认为，这是战争时期，我们应当呼喊"乌拉！""见鬼去吧！"和"万岁！"，可是这里居然有人出版这种天知道是什么的东西。因此，左琴科被宣布为坏蛋、色鬼。一字不错，就是这样说的。左琴科不知羞耻，没有良知。

我们的领袖和导师被左琴科对妇女的不正确态度气成了这副模

样。他还赶紧为妇女辩护。斯大林对这个问题深为关心。例如，上面指示说，我的《麦克白夫人》赞扬了商人的色欲，音乐中自然没有这种东西的地位，所以要除掉色欲。那么，为什么我要赞扬商人的色欲呢？可是领袖和导师比我们更明白。"斯大林知道吗?"和"斯大林知道"是当时苏联知识分子喜欢用的两句话。我必须强调：这话不是在讲台上讲的，也不是会议上讲的，而是在家里，在苏联家庭的内室对妻子讲的。

斯大林对家庭抱有很大的希望。起先，斯大林千方百计想要破坏家庭。儿子痛斥父亲，妻子告发丈夫。报上满目是这种声明："我，某某，宣布与我的父亲，人民的敌人某某，没有关系。我已在十年前便和他断绝了关系。"人人都见惯了这种声明，连看也不看。你去断绝你的关系好了。就跟在报上看到"家具转让"或者"教授法文兼修指甲、修脚和除毛发"的广告一样。

那个时代的英雄是小巴甫利克·莫罗佐夫，他告发了他父亲。诗歌、散文、音乐都歌颂了巴甫利克。艾森斯泰因也跟着唱了赞歌，为一部赞美这个小告密分子的伟大的艺术影片辛辛苦苦地工作了好长时间。

在《麦克白夫人》中，我描写了一个安静的俄罗斯家庭。这个家庭里的成员互相殴打、下毒。看看周围，你就知道我一点也没夸张。这不过是对本性的轻描淡写。例外很少。有一个例外是图哈切夫斯基的母亲玛弗拉·彼得罗夫娜。她拒绝污蔑她的儿子为人民的敌人。她坚定不移，因此分担了儿子的命运。

在破坏了家庭之后，斯大林又重新建立家庭。这是他的标准方式，叫做辩证法。他用野蛮的手段破坏，也用野蛮的手段重建。斯大林颁布的可耻的婚姻法是人所共知的。后来越来越糟。先是禁止与外国人通婚，连毕竟也算是我们自己人的波兰人和捷克人也不行，然后是男女分校的法令。男生和女生分开上学，为的是维护道德，这样学生就不会向教师提出有关"器官"和"洞穴"的愚蠢问题了。

我们到现在还没有摆脱为健康的苏联家庭而进行的斗争。有一次我乘火车去市郊，邻座一个胖女人对她的女朋友讲起她所看过的一部电影《带狗的妇人》，是根据契诃夫小说改编的。她很生气。她说，男的有妻子，女的有丈夫，可是你看看他们干了些什么。她说，下流得都没法告诉你。这是通过电影宣道德败坏，而且学校里居然还教契诃夫的东西！斯大林死了，但是他的成绩还在。当德累斯顿博物馆在莫斯科开展览会的时候，中小学生没有看到。为了保护苏联家庭，只有满16岁的人才能参观，否则孩子们看了维罗内希或者蒂尚的裸体女人画，就会不可救药，真正胡作非为了。

事情有一便有二。他们给石膏像穿上游泳衣，从电影里剪掉接吻的镜头，而且，艺术家你可得小心，如果你打算展览什么裸体像的话，威胁性的信就会大量涌来，而且不全是从上面来的。纯朴百姓要生气的，他们说画裸体女人是对我们纯朴的苏维埃工农观点的亵渎。

有个纯朴的人写文章要求在表现艺术中禁止这种无耻行为，堪称奇文。他说："这种描绘激起极大的情欲，乃至破坏家庭生活的团结。"他的结论是："艺术家应当为这种道德败坏受到审判！"这不是左琴科或者我造出来的，而是确有其事。

一切艺术、一切文学都受到怀疑。不仅契诃夫，还有托尔斯泰和陀思妥耶夫斯基。《魔鬼》中的那一章永远不会出版[①]，他们生怕它影响苏联公民。苏联人民经受了一切考验：饥饿、破坏和战争——一次比一次更严峻；还有斯大林的集中营，但是他们却经不起《魔鬼》里面的这一章，一看就会垮掉。

所以斯大林怀疑左琴科想要伤害苏联的家庭。他们打击了他，但是没有置他于死地。他们决定以后再给他以致命打击。由于同样的原因，他们也打击了我。是同盟国害了我们。

精确地说，实际上有3种说法。事情想起来也令人奇怪：为什么他们选中了左琴科和阿赫玛托娃，把这两个人作为主要的靶子？

---

[①] 指陀思妥耶夫斯基在生前出版《魔鬼》时迫于审查官的压力而删去的一章："斯塔夫罗金的忏悔"。虽然人们知道陀思妥耶夫斯基非常重视"斯塔夫罗金的忏悔"这一章，但是苏联有五十多年之久没有发表它。

他们把他们拿出来示众，向他们扔石头。一种说法是：阿赫玛托娃和左琴科是斯大林的两个谄媚者，即马林科夫①和日丹诺夫互相斗争的牺牲品。据说，马林科夫想要成为斯大林的主要理论顾问，这种地位相当重要，仅次于斯大林的最高刽子手贝利亚，可以成为文化战线上的刽子手。马林科夫和日丹诺夫你争我斗，都想证明自己配得上这个光荣的地位。与希特勒的战争已经胜利了，所以马林科夫决定，应该强调与群众的联系，为祖国增添光辉，使整个文明世界惊奇地看到俄国是"大象的故乡"。

马林科夫拟定了一些宏伟的计划，其中之一是出版一系列装潢考究的俄罗斯文学作品，从古到今都有。我记得这套丛书是以《伊戈尔王远征记》开始的。最后，信不信由你，是以阿赫玛托娃和左琴科的作品为结束的。但是马林科夫的想法没有实现，日丹诺夫用智谋胜过了他。日丹诺夫更了解斯大林，所以他认为这套装潢性的书固然很好，但是坚定不移的对敌斗争——例如保持警惕性——更重要。

为了甩掉马林科夫，日丹诺夫攻击马林科夫的主张，并且像证明二加二等于几一样向斯大林证明马林科夫失去的正是警惕性。不幸的是，阿赫玛托娃和左琴科写了些什么，是怎么写的，日丹诺夫全都知道，因为列宁格勒是他的地盘。

日丹诺夫的论点是：苏联军队节节胜利，我们在欧洲正在挺进，苏联文学必须对此起助手作用，必须用以进攻已处于混乱和颓废状态的资产阶级文化。那么，阿赫玛托娃和左琴科是否进攻了资产阶级文化呢？阿赫玛托娃写的是抒情诗，左琴科写的是低级的散文。日丹诺夫赢了，斯大林站在他那一边，马林科夫调离文化战线的领导地位。日丹诺夫受权去打击各种有害的影响，打击"热衷于消极的批评、绝望和没有信念的精神"。

日丹诺夫后来宣布："如果当初我们在作品中以绝望和没有信

---

① 格奥尔基·马克西米连诺维奇·马林科夫（Georgi Maximilianovich Malenkov，生于1902 年），苏共领导人，在斯大林死后曾任部长会议主席。1957 年，赫鲁晓夫把他指为"反党集团"成员而赶下了台。

心的精神去培育年轻人，那会出现什么样的情况呢？那就是——我们伟大的卫国战争不可能取得胜利。"这下子把他们吓坏了。试想，左琴科写了一篇短篇小说，苏维埃政权就可能垮掉。肖斯塔科维奇再写一部交响乐，国家就可能遭受美帝国主义的奴役。

第二种说法是斯大林本人出于个人原因而不饶过左琴科。要知道，领袖和导师很不痛快。多年前，为了挣钱，左琴科写过几篇关于列宁的故事，有一篇把列宁描写为温厚、仁慈的人，一个闪闪发光的人。作为对比，左琴科描写了党内一个粗鲁的官员，是作为一个例外来写的，只是为了对比而已。这个粗鲁的人自然没有名字，但是故事里说得很清楚，这个人在克里姆林宫里工作。在左琴科的故事里，这个粗汉有一部大胡子，审查人员说这胡子不能要，不然人们会以为他是我们的主席米哈伊尔·加里宁。他们在匆忙之中犯了一个可怕的错误。左琴科去掉了大胡子，但是留下了小胡子。左琴科故事里的这个粗鲁的官员留着小胡子。斯大林看了之后生了气。他认定这是说他。斯大林就是这样看小说的。

审查人员不可能预料到或想象到事情会有这样的结果，左琴科当然也没料到，所以他们没有考虑到去掉大胡子的致命后果。

我想以上两种说法都有一些真实的成分，就是说都确有其事。可是我仍然认为主要原因是同盟国，就左琴科和我的事情而言都是如此。由于战争，左琴科在西方名声大振。西方经常出版和讨论他的著作。左琴科写了许多短篇小说，十分适合在报上刊登，而且他们连稿费也用不着付，因为苏联作家没有版权法的保护。对西方报刊来说真是价廉物美。可是这给左琴科带来了可悲的后果。

斯大林很留意外国报刊。当然，他不懂任何外文，但仆从们会向他汇报。斯大林仔细地衡量着别人的名望，只要看上去分量重了一点，他马上就把他从秤盘上扔掉。

所以他们就叫左琴科尝尝滋味，把他们所能想出来的所有的脏字眼都加在他的身上。左琴科之下流令人作呕，他彻头彻尾地腐化堕落。日丹诺夫把他叫做没有原则、没有良心的文痞。批评在苏联是件很妙的事情，在使用的时候离不开一个著名的原则：打了你还不让你哭。从前在俄国可不像这个样子。如果你在报上遭到侮辱，你可以在另一种文坛上作答辩，或者由你的朋友为你说话，在坏之又坏的情况下你也可以在朋友圈子里发泄你的怒气。但是这是很久很久以前的事，如今情况不同了，进步了。

要是别人在领袖和导师的命令下把你从头到脚涂满了污泥，那你连想都不要去想如何擦掉它，你要鞠一躬说声谢谢，再说声谢谢鞠一躬。不管怎样，谁也不会注意你的任何敌对的答辩，也不会有人来为你辩护，最不幸的是，你也不能到朋友中间去发牢骚，因为在这种可怜的情况下没有朋友。

人们在街上一看见左琴科就躲开，正如他们躲开我一样。他们穿过马路去，免得打招呼。他们在匆忙安排的会议上对左琴科欺凌更甚，最狠的也正是他从前的朋友，正是昨天赞扬他的声音最响的人。左琴科好像对这一切感到惊讶，可是我没有，因为我在比较年轻的时候已经经历过了，后来的狂风暴雨把我锻炼得坚强了。

斯大林伤害阿赫玛托娃也是出于同样的原因：忌妒她的名声。可鄙的忌妒。完全是疯狂。阿赫玛托娃一生中遭受了许多损失和打击："我的丈夫在坟墓里，我的儿子在监狱里。"然而，日丹诺夫事件是她最大的磨难。

我们各人的命运不同，然而有一些共同的特点。说来也够奇怪的。对阿赫玛托娃来说，和我一样，日子最好过的是战争时期。在战时，每个人都知道阿赫玛托娃，即使是从来不读诗的人。当时所有的人都读左琴科的作品。有趣的是，阿赫玛托娃怕写散文，她认为左琴科是这个领域中的最高权威。后来左琴科曾笑着把这一点告诉我，不无自豪。

战后，有一天晚上莫斯科举行了一次列宁格勒诗人的朗诵会。当阿赫玛托娃出来的时候，听众起立了。这就够了。斯大林问道："是谁组织起立的？"

我与阿赫玛托娃相识是很久以前的事了，是在那个"难忘的"1919 年——也可能是 1918 年——在格列科夫医生家里认识的。格列科夫很有名气，是我们家的朋友，主管奥贝霍夫卡亚医院。格列科夫这人值得一谈，他为我父亲和我做了很多事。在我父亲临死时，格列科夫通宵留在我家抢救他。格列科夫给我动过阑尾手术，虽然他经常说："在认识的人身上动刀子并不怎么好玩。"他身材高大，身上常带有烟草味。像所有外科医生一样，他脾气不好——这是职业特点。

我恨格列科夫。我每次从他家里出来总是发现大衣口袋里装着给我父母的食品。我气得要命——我是个乞丐吗？我们是乞丐吗？可是我不能拒绝，我们确实需要食物，需要极了。但是我恨施舍，也不喜欢借钱，非到万不得已不借，借了之后一有钱就还。这是我的大缺点之一。

当然，格列科夫喜欢自夸。我记得他的一次出名的手术。他为一个老不长个儿的女孩子治病。格列科夫认定，把她的臀部放宽些就会正常发育。他移动了她的坐骨，后来这女孩长得又高又大，还生了个孩子。

格列科夫的妻子伊丽娜·阿法纳西耶夫娜喜欢舞文弄墨，可是缺少才气，弄不好也许会死于对文学的单相思，可是格列科夫有的是钱，一次又一次自己花钱出版他妻子的作品，这才救了她一命。格列科夫夫妇也办类似文学沙龙的集会。他们开招待会，桌上摆满了吃的，作家和音乐家们跑来是为了吃。我在他们家里见到了阿赫玛托娃。她时不时地到那里去，她无非也是为了那些吃食。那是饥饿的年代。

格列科夫家有一架三角钢琴，我是参加弹奏助兴的一分子，为的是酬谢我口袋里的食物。我想阿赫玛托娃当时对音乐并不太感兴趣。她有一种令人觉得高不可攀的神气，你走到离她两码以内就会僵住。她的谈吐举止，连最小的动作都很有分寸。她很美丽，很美。

有一次，我的朋友廖尼亚·阿尔施坦和我到一个作家书店去。阿赫玛托娃进来了，问店员要一本她自己的作品。我不记得是哪一本了。不是《白羊群》，就是《安诺·多米尼》。店员卖了一本给她，但是阿赫玛托娃要买十本。店员生气了，说："不行，没听说过这种事。这本书很畅销，随时都可能有人要买。我得满足我的顾客，不能一个人就买十本，否则我对其他顾客怎么说？啊？"

他相当无礼，阿赫玛托娃惊奇地望着他，但是看来并不想说明自己是谁。阿尔施坦代她说了。你不知道这位就是阿赫玛托娃？怎么对著名的女诗人这样没礼貌？何况你说的是她自己的作品？阿赫玛托娃瞪了我们一眼，意思是我们多管闲事，破坏了她的尊严，把她的微服出行拆穿了。她立即离开了书店。

后来，阿赫玛托娃参加了我的一些作品的首次演出，而且想必她喜欢这些作品，因为她写了关于它们的诗。总的来说，我不喜欢别人用诗来评论我的音乐。我也知道，阿赫玛托娃曾对我在声乐组曲《犹太民间诗歌选》中所使用的"虚弱的言语"表示不满。我不想和这位著名的女诗人争论，但是我认为她在这一点上不懂得音乐，或者不如说她不懂得音乐是怎样与语言沟通的。

我一直避免与阿赫玛托娃谈话，因为我们两人太不一样了。但是，我们住在同一个城市，而且同样地忠于它，我们对世界的看法相同，认识的熟人也差不多，她似乎尊重我的音乐，我也很尊重她的作品，不论是早期的诗还是晚期的，当然还有《安魂曲》。尤其是《安魂曲》；我尊敬它，认为这是对恐怖年代的所有受害者的纪念碑。它写得那么纯朴，没有一点感情上的夸张。一有感情上的夸张就会把它毁了。

我是非常愿意把它谱成音乐的，可是音乐已经有了，是鲍里斯·季辛科写的，我认为写得极好。季辛科使《安魂曲》具有了我认为它所缺乏的东西：抗议。在阿赫玛托娃的原作中，你感到一种对命运的屈服。也许这是世世代代的问题了。

尽管我们有那些相同之处，要我和阿赫玛托娃谈话仍然叫我为难。不妨说说那次"历史性的会见"。别人在列宁格勒附近的科马罗伏为我安排了一次与阿赫玛托娃的特殊的历史性会见，结果出现了相当尴尬的场面。我们都没系领带——反正是在乡间。他们曾劝我在同这位有名的女诗人见面时穿得像样一些，可是我说："算了吧，反正来的是一个胖老太婆。"我对这件事很不在乎，穿的衣服既不讲究，也没系领带。等到一看见阿赫玛托娃时，我感到紧张了。她像个贵妇人，一副高贵气派。这位著名的女诗人穿得极为讲究，看得出她是为这次历史性会见着意打扮了的，她的举止也是恰如其分的。而我，连领带也没打。我觉得自己好像是光着身子似的。

我们默默地坐着。我沉默无言，阿赫玛托娃也沉默无言。我们什么也没说，坐了一阵就分手了。我听说她后来说："肖斯塔科维奇来看我。我们谈得很多，什么都谈。"

历史性会晤大抵如此，别的是到写回忆录的时候加进去的。我对她说，她对我说，后来我又说……全是谎话。我想公众大概还不知道历史性的照片是怎么拍摄的。两个"著名人物"并肩坐着，都不知道说什么好。传统的方法是彼此含笑问对方："我们没有什么可说的，说些什么好呢？"于是闪光灯一亮。还有一个方法是我自己发明的，就是嘴里说："八十八，八十八。"连笑都不用笑，因为说这几个字的时候你的嘴巴总是嘻开的，给人的印象是两人谈得很起劲。摄影记者很高兴，很快就走了。

不说了，我不能再叙述我的不愉快的一生了，我相信现在不可能有谁不相信我的一生是不愉快的了。在我一生中，没有特别愉快的时刻，没有极大的欢欣。这是暗淡沉闷的一生，想起来使我难过。承认这一点也使我难过，可是这是事实，不愉快的事实。

人在健康愉快的时候，感到欢欣。我常常生病，现在也在生病，我的病剥夺了我从日常事务中得到乐趣的机会。我行走很困难。我在练习用左手写字，以防我的右手完全不能使用。我已完全交在医生手中，我服从他们的命令，非常听话。他们开什么方子我就吃什么药，即使这些药使我恶心。但是至今没有诊断。他们不愿确诊。有些美国医生来了，说："我们对你的勇气感到惊奇。"别的什么也没有。他们什么办法也没有。以前他们吹嘘说，没有问题，他们能治好我的病。他们在这个领域里已经取得了多大多大的进展，等等。如今，他们说来说去只说勇气了。

但是我感到自己并不像超人，并没有超人的勇敢。我是个羸弱的人。我的情况是不是已经那么糟了？

他们终于提出了一个初步诊断：有些像慢性脊椎灰质炎。当然不是小儿麻痹症。在苏联也有少数人患这种莫名其妙的病。他们说有一个电影导演走路时拖着腿。没有治疗方法，看来什么办法也没用处。我在莫斯科的时候，感觉最痛苦。我总是想自己马上要倒下来摔断腿了。在家里，我还能弹钢琴。但是我怕出去。我怕被人看见，我感到脆弱，感到自己会破碎。

日子过了一天又一天，但是任何新的一天都没有给我带来欢乐。我以为我能从回忆我的朋友故旧中排遣愁闷。他们中间有许多是有名又有才能的人，他们曾告诉过我种种有趣的事情，有启发的故事。我想，谈谈我的卓越的同代人也会是有趣的、有启发的。他们有些人在我的生活中起过重要的作用，我感到我有责任把我还记得的他们的事情叙述出来。

谁知连这种工作也是忧伤的。

我曾经认为我的生活充满了忧伤，很难找到比我更不幸的人，但是我一开始回忆我的朋友和熟人的生活便不禁不寒而栗。他们中间没有一个人的生活是轻松的或者幸福的。有些人的结局悲惨，有些人在极大的苦难中死去，许多人的生活很可以说比我更不幸。

所以我更添了忧伤。我在回忆朋友们的时候看到的只有尸体，堆积如山的尸体。我没有夸张，确是堆积如山。这幅景象使我充满了恐怖的抑郁。我忧伤，时刻感到悲痛。我几次想放弃这个不愉快的工作，不再去回忆往昔，因为我看这样做没有任何好处。我想什么都不再去回忆。

但是由于许多原因，我还是继续下来了。我强迫自己继续回忆，即使有些往事不堪回首。我决定，如果这种过程能帮助我重新认识某些事情和某些人的命运，那么也许它就不是完全白费精力，也许别人能从这些简单的故事中得到一些启发。

此外，我这样想：我描述了许多不愉快的甚至悲惨的事情，也描述了几个阴险可憎的人物。我和他们的关系给我带来了许多悲哀和痛苦。我想这方面的经历或许能对比我年轻的人有些用处。也许他们不会像我这样不得不面对可怕的幻灭，也许他们对待生活会比我更有准备、更坚强。也许他们的生活会摆脱使我的生命蒙上灰色的辛酸。

# 季米特里·肖斯塔科维奇

## 1906—1975

### 主要作品以及生平职称和获奖表

1924—1925　《第一交响乐》，作品 10

1926　　　　《第一钢琴奏鸣曲》，作品 12

1927　　　　《十句格言》，钢琴曲，作品 13

　　　　　　《第二交响乐》（《献给十月》），为管弦乐与合唱作；歌词作者：亚·别兹缅斯基；作品 14

1927—1928　歌剧《鼻子》，根据果戈里的原著改编，作品 15

1928　　　　《二人饮茶》管弦乐改编曲。原作曲者：文·尤曼斯；作品 16

1928—1929　电影《新巴比伦》配乐（导演：格·科津采夫和列·特劳伯格），作品 18

1928—1932　《浪漫曲六首》，为男高音和管弦乐作，歌词：日本诗人的诗；作品 21

1929　　　　为马雅可夫斯基所作喜剧《臭虫》配乐（导演：梅耶霍尔德），作品 19

　　　　　　《第三交响乐》（《五一节》），为管弦乐和合唱作，歌词：谢·基尔萨诺夫诗；作品 20

1929—1930　《黄金时代》（舞剧），作品 22

| | |
|---|---|
| 1930—1931 | 《闪电》（舞剧），作品 27 |
| 1930—1932 | 《姆岑斯克县的麦克白夫人》，歌剧，根据尼·列斯科夫原著改编，作品 29 |
| 1931—1932 | 《哈姆莱特》配乐（导演：尼·阿基莫夫），作品 32 |
| 1932—1933 | 《钢琴前奏曲二十四首》，作品 34 |
| 1933 | 《钢琴协奏曲》作品 35 |
| 1934 | 《大提琴与钢琴奏鸣曲》作品 40 |
| 1934—1935 | 《清澈的溪水》（舞剧），作品 39 |
| 1934—1938 | 电影《马克西姆的青年时代》《马克西姆的归来》和《维堡区》配乐（导演科津采夫和特劳伯格），作品 41、45、50；这套电影三部曲于 1941 年获斯大林奖金一等奖 |
| 1935 | 《管弦乐片断五首》，作品 42 |
| 1935—1936 | 《第四交响乐》，作品 43 |
| 1936 | 《声乐与钢琴浪漫曲四首》，歌词：普希金诗，作品 46 |
| 1937 | 《第五交响乐》，作品 47 |
| 1938 | 《第一弦乐四重奏》，作品 49 |
| 1938—1939 | 电影《伟大的公民》配乐，两集（导演：弗·埃尔姆列尔），作品 52、55；电影于 1941 年获斯大林奖金一等奖 |
| 1939 | 《第六交响乐》，作品 54 |
| 1940 | 《钢琴五重奏》，作品 57；于 1941 年获斯大林奖金一等奖<br><br>为穆索尔斯基歌剧《包里斯·戈杜诺夫》配器，作品 58<br><br>《李尔王》配乐（导演：科津采夫），作品 58a<br>获红旗劳动勋章 |
| 1941 | 《第七交响乐》，作品 60；于 1942 年获斯大林奖金一等奖 |
| 1942 | 《第二钢琴奏鸣曲》，作品 61 |

《浪漫曲六首》，为男低音与钢琴作，歌词：沃尔特·雷利、罗伯特·伯恩斯和莎士比亚诗，译者：萨·马尔沙克和帕斯捷尔纳克；作品62（1970年改编为男低音和室内管弦乐作品，作品140）。

获俄罗斯苏维埃社会主义联邦共和国荣誉艺术家称号

1943　　　《第八交响乐》，作品65

接受美国文学艺术学会和文学艺术研究会荣誉会员地位

1944　　　电影《卓娅》配乐，作品64；电影于1946年获斯大林奖金一等奖

《钢琴三重奏》，作品67；1946年获斯大林奖金二等奖

《第二弦乐四重奏》，作品68

1945　　　《第九交响乐》，作品70

1946　　　《第三弦乐四重奏》，作品73

获列宁勋章

1947　　　电影《皮罗戈夫》配乐（导演：科津采夫），作品76；电影于1948年获斯大林奖金二等奖

1947—1948　《青年近卫军》配乐，两集（导演：谢·格拉西莫夫），作品75；电影于1949年获斯大林奖金一等奖

《第一小提琴协奏曲》，作品77

1948　　　电影《米丘林》配乐（导演：亚·多夫任科），作品78；电影于1949年获斯大林奖金二等奖

《犹太民间诗歌选》，声乐组曲，为女高音、女低音、男高音与钢琴作，作品79

电影《易北河会师》配乐（导演：亚历山德罗夫），作品80；电影于1950年获斯大林奖金一等奖

获俄罗斯苏维埃社会主义联邦共和国人民艺术家称号

1949　　　《森林之歌》，清唱剧，歌词：叶·多尔玛托夫斯基诗，作品81；于1949年获斯大林奖金一等奖电影《攻克柏林》配乐，两集（导演：米·恰乌利），作

品 82；电影于 1950 年获斯大林奖金一等奖

《第四弦乐四重奏》，作品 83

| | |
|---|---|
| 1950—1951 | 《前奏曲与赋格二十四首》，为钢琴作，作品 87 |
| 1951 | 《合唱诗十首》，歌词；革命诗人，作品 88； |
| | 于 1952 年获斯大林奖金二等奖 |
| | 电影《难忘的 1919》配乐（导演：米·恰乌利），作品 89 |
| 1952 | 《独白四首》，为男低音和钢琴作，歌词：普希金诗，作品 91 |
| | 《第五弦乐四重奏》，作品 92 |
| 1953 | 《第十交响乐》，作品 93 |
| 1954 | 《节日序曲》，作品 96 |
| | 获苏联人民艺术家称号 |
| | 获国际和平奖 |
| | 接受瑞典皇家音乐学会荣誉会员地位 |
| 1955 | 接受德意志民主共和国艺术学会通讯会员地位 |
| 1956 | 《第六弦乐四重奏》，作品 101 |
| | 获列宁勋章 |
| | 接受意大利圣西西利亚艺术学会荣誉会员地位 |
| 1957 | 《第二钢琴协奏曲》，作品 102 |
| | 《第十一交响乐》，作品 103；于 1958 年获列宁奖金 |
| 1958 | 小歌剧《莫斯科，稠李》，作品 105 |
| | 接受英国皇家音乐学会会员地位 |
| | 接受牛津大学荣誉博士学位 |
| | 接受法国文艺骑士地位 |
| | 获国际西贝流士奖 |
| 1959 | 为穆索尔斯基歌剧《霍万希纳》配器，作品 106 |
| | 《第一大提琴协奏曲》，作品 107 |
| | 获世界和平理事会银质奖章 |
| | 接受美国科学学会会员地位 |

| 1960 | 《第七弦乐四重奏》，作品 108 |
| | 组歌《讽刺作品》，为声乐和钢琴作， |
| | 歌词：萨沙·乔尔内诗，作品 109 |
| | 《第八弦乐四重奏》，作品 110 |
| 1961 | 《第十二交响乐》，作品 112 |
| 1962 | 《第十三交响乐》，为男低音、男低音合唱和管弦乐 |
| | 作，歌词：叶夫图申科诗，作品 113 |
| | 为穆索尔斯基声乐组曲《死亡的歌舞》配器 |
| 1962—1975 | 任苏联最高苏维埃代表 |
| 1963 | 《卡捷琳娜·伊兹麦洛娃》（《姆岑斯克县的麦克白夫 |
| | 人》改编本），作品 114 |
| | 《俄罗斯和吉尔吉斯民间主题序曲》，作品 115 |
| | 任联合国教科文组织国际音乐理事会荣誉理事 |
| 1963—1964 | 电影《哈姆莱特》配乐（导演：科津采夫），作品 116 |
| 1964 | 《第九弦乐四重奏》，作品 117 |
| | 《第十弦乐四重奏》，作品 118 |
| | 《斯捷潘·拉辛的死刑》，为男低音、合唱和管弦乐 |
| | 作，歌词：叶夫图申科诗，作品 119；于 1968 年获苏 |
| | 联国家奖 |
| 1965 | 《浪漫曲五首》，为声乐和钢琴作，歌词选自讽刺性 |
| | 杂志《鳄鱼》，作品 121 |
| | 获苏联音乐荣誉博士学位 |
| | 接受塞尔维亚艺术学会荣誉会员地位 |
| 1966 | 《第十一弦乐四重奏》，作品 122 |
| | 《我的作品全集的序言以及对这序言的简短的沉思》 |
| | 为男低音和钢琴作，作品 123 |
| | 《第二大提琴协奏曲》，作品 126 |
| | 获列宁勋章 |
| | 获社会主义劳动英雄称号 |
| | 任联合国教科文组织国际音乐理事会理事 |

获英国皇家交响乐团金质奖章

1967    《浪漫曲七首》，为女高音、小提琴、大提琴和钢琴
        作，歌词：亚·布洛克诗，作品127
        《第二小提琴协奏曲》，作品129
        获奥地利共和国大银质奖章

1968    《第十二弦乐四重奏》，作品133
        《小提琴和钢琴奏鸣曲》，作品134
        接受巴伐利亚艺术学会通讯会员地位

1969    《第十四交响乐》，为女高音、男低音和室内管弦乐
        作，歌词：洛夫、阿波利奈尔、库克海尔贝克和里尔
        克诗，作品135
        获维也纳莫扎特协会莫扎特纪念奖章

1970    《忠诚》，男声合唱组歌，歌词：多尔玛托夫斯基诗，
        作品136；于1974年获俄罗斯苏维埃社会主义联邦共
        和国国家奖
        电影《李尔王》配乐（导演：科津采夫），作品137
        《第十三弦乐四重奏》，作品138
        《苏维埃警察进行曲》，管乐曲，作品139
        接受芬兰作曲家协会荣誉会员地位

1971    《第十五交响乐》，作品141
        获十月革命勋章

1972    获"人民友谊巨星"金质奖章（德意志民主共和国）
        接受三一学院（都柏林）荣誉音乐博士学位

1973    《第十四弦乐四重奏》，作品142；于1974年获俄罗斯
        苏维埃社会主义联邦共和国国家奖
        《玛丽娜·茨维塔耶娃诗六首》，为女低音和钢琴作，
        作品143（1974年为女低音和室内管弦乐改编，作品
        143a）
        获商宁奖（丹麦）
        接受西北大学（伊利诺州埃文斯顿）荣誉艺术博士

学位

1974 《第十五弦乐四重奏》，作品 144

《男低音和钢琴组曲》，歌词：米·布纳罗蒂诗，作品 145，（同年为男低音和交响乐改编，作品 145a）

1975 《列比亚德金上尉诗四首》（选自陀思妥耶夫斯基小说《魔鬼》），为男低音和钢琴作，作品 146

《奏鸣曲》为中音提琴和钢琴作，作品 147

接受法国艺术学会荣誉会员地位

（京权）图字：01-2021-4807

**图书在版编目（CIP）数据**

见证——肖斯塔科维奇回忆录／（美）所罗门·伏尔科夫著；叶琼芳译.
-- 北京：作家出版社，2015.11（2023.8 重印）

ISBN 978-7-5063-8272-4

Ⅰ.①见… Ⅱ.①所… ②叶… Ⅲ.①肖斯塔科维奇（1906~1975）-
回忆录 Ⅳ.①K835.125.76

中国版本图书馆 CIP 数据核字（2015）第 211888 号

**见证——肖斯塔科维奇回忆录**

作　　者：[美]所罗门·伏尔科夫
译　　者：叶琼芳
责任编辑：赵　超　赵文文
装帧设计：吴元瑛
出版发行：作家出版社有限公司
社　　址：北京农展馆南里 10 号　　邮　　编：100125
电话传真：86-10-65067186（发行中心及邮购部）
　　　　　86-10-65004079（总编室）
**E-mail: zuojia@zuojia. net. cn**
**http:// www.zuojiachubanshe.com**
印　　刷：唐山嘉德印刷有限公司
成品尺寸：142×210
字　　数：274 千
印　　张：10.5
版　　次：2015 年 11 月第 1 版
印　　次：2023 年 8 月第 6 次印刷
**ISBN** 978-7-5063-8272-4
定　　价：58.00 元